CASAMENTO EM DEZEMBRO

OBRAS DA AUTORA JÁ PUBLICADAS PELA HARLEQUIN

Operação Família
Um verão em Paris
Casamento em dezembro

PARA NOVA YORK, COM AMOR
Meia-noite na Tiffany's
Amor em Manhattan
Pôr do sol no Central Park
Milagre na 5ª Avenida
Simplesmente Nova York
Férias nos Hamptons
Manhattan sob o luar

SARAH MORGAN

CASAMENTO EM DEZEMBRO

Tradução
Marina Della Valle

Rio de Janeiro, 2023

Título original: A Wedding in December
Copyright © 2019 by Sarah Morgan

Todos os personagens neste livro são fictícios. Qualquer semelhança com pessoas vivas ou mortas é mera coincidência.

Direitos de edição da obra em língua portuguesa no Brasil adquiridos pela Editora HR LTDA. Todos os direitos reservados. Nenhuma parte desta obra pode ser apropriada e estocada em sistema de banco de dados ou processo similar, em qualquer forma ou meio, seja eletrônico, de fotocópia, gravação etc., sem a permissão do detentor do copyright.

Direitos exclusivos de publicação em língua portuguesa cedidos pela Harlequin Enterprises II B.V./ S.À.R.L para Editora HR Ltda.

A Harlequin é um selo da HarperCollins Brasil.

Contatos: Rua da Quitanda, 86, sala 218 — Centro — 20091-005
Rio de Janeiro — RJ
Tel.: (21) 3175-1030

Edição: *Julia Barreto e Cristhiane Ruiz*
Assistência editorial: *Marcela Sayuri*
Copidesque: *Sofia Soter*
Revisão: *Rachel Rimas e Pedro Staite*
Design de capa: *Osmane Garcia*
Diagramação: *Abreu's System*

Publisher: *Samuel Coto*
Editora-executiva: *Alice Mello*

CIP-Brasil. Catalogação na Publicação
Sindicato Nacional dos Editores de Livros, RJ

M846c

Morgan, Sarah
  Casamento em dezembro / Sarah Morgan ; tradução Marina Valle. – 1. ed. – Rio de Janeiro : Harlequin, 2023.
  400 p. ; 21 cm.

  Tradução de: Wedding in December
  ISBN 978-65-5970-303-6

  1. Romance inglês. I. Valle, Marina. II. Título.

23-85754
CDD: 823
CDU: 82-31(410.1)

Meri Gleice Rodrigues de Souza – Bibliotecária – CRB-7/6439

Este livro é dedicado a Manpreet Grewal,
uma inspiração em todos os sentidos.

Maggie

Quando o telefone tocou às três da manhã, arrancando-a do sono tão necessário, o primeiro pensamento de Maggie foi de que eram *más notícias*. Sua mente logo se ocupou das possibilidades, começando com o pior dos casos. Morte, ou ao menos ferimentos graves. Polícia. Ambulância.

Com o coração disparado e o cérebro confuso, ela pegou o celular do topo da pilha bamba de livros. O nome na tela não oferecia conforto.

Os problemas perseguiam sua filha caçula.

— Rosie?

Ela tateou, procurando o interruptor, e sentou-se. O livro que estava lendo antes de dormir caiu no chão, derrubando a pilha de cartões natalinos que começara a escrever na noite anterior. Tinha escolhido uma imagem de inverno, com árvores carregadas de neve. Fazia quase uma década que não caía um floco de neve sequer no vilarejo durante o Natal.

Ela se aconchegou debaixo do cobertor com o telefone.

— Aconteceu alguma coisa?

A distância física entre ela e Rosie a deixava frustrada e impotente.

Todos diziam que as viagens internacionais tornavam o mundo menor, mas, para Maggie, não parecia ser o caso. Por que a filha não podia ter continuado os estudos mais perto de casa? Oxford, com seus coruchéus famosos e prédios antigos, ficava a apenas poucos quilômetros de distância. Rosie tinha feito ali a graduação, seguida de um mestrado. Maggie amava tê-la por perto. Tinham feito passeios em dias ensolarados por ruas de paralelepípedos, passando por prédios antigos cor de mel e pelo parque de Christ Church, dourado com narcisos. Seguiram o meandro suave do rio e torceram pelas equipes de remo. Maggie esperara, em segredo, que a filha ficasse por perto, mas, depois do mestrado, Rosie fora convidada para um doutorado nos Estados Unidos, com bolsa integral.

Acredita nisso, mãe? No dia em que soube, a filha dançara pela sala, o cabelo voando em torno do rosto, girando até ficar zonza e deixar Maggie zonza só de olhar. *Está orgulhosa?*

Maggie ficara orgulhosa e chateada em igual medida, embora tivesse escondido a chateação, é claro. Era o que se fazia como mãe.

Até ela via que era uma oportunidade irrecusável, mas, ainda assim, parte dela desejara que Rosie *tivesse* recusado. O voo transatlântico partindo do ninho deixara Maggie com e-mail, Skype e as redes sociais, e nada era muito satisfatório. Muito menos no meio da noite. Fazia mesmo só quatro meses da partida de Rosie? Parecia que tinha se passado uma vida desde o dia abafado de verão em que a tinham deixado no aeroporto.

— É a asma? Você está no hospital?

O que ela poderia fazer se Rosie estivesse, de fato, no hospital? Nada. A ansiedade era uma companheira constante, naquele momento mais do que nunca.

Se quem tivesse se mudado para outro país fosse sua filha mais velha, Katie, ela ficaria mais sossegada. Katie era confiável e sensata, mas Rosie? Rosie sempre fora impulsiva e aventureira.

— Não estou no hospital. Deixa de drama!

Só então Maggie ouviu o barulho de fundo. Torcida, gritaria.

— Você tem uma bombinha aí? Parece estar sem fôlego.

O som despertou lembranças. Rosie, de olhos esbugalhados e boca manchada de azul. O som de assovio enquanto o ar lutava para passar pelas vias respiratórias reduzidas. Maggie fazendo ligações de emergência com mãos tão trêmulas que quase não conseguia segurar o telefone, o terror cru e brutal, embora o escondesse da filha. A calma, ela aprendera, era importante mesmo se fosse falsa.

Até quando Rosie passou de criança para adulta não houve alívio. Algumas crianças superavam a asma. Rosie, não. Houve algumas ocasiões, quando a filha estava na faculdade, em que ela fora a festas sem a bombinha. Depois de poucas horas de dança, tinha sido levada ao hospital. Aquelas ligações também chegaram às três da manhã, e Maggie correra noite afora para estar ao lado dela. Aquelas eram as crises de que Maggie sabia. Tinha certeza de que havia muito mais, que Rosie mantinha em segredo.

— Estou sem fôlego porque estou empolgada. Já tenho 22 anos, mãe. Quando vai parar de se preocupar?

— Nunca. Filha é sempre filha, não importa quantas velas tenha o bolo de aniversário. Onde você está?

— Vim passar o feriado de Ação de Graças com a família do Dan em Aspen, e tenho novidades.

Ela parou de falar, e Maggie ouviu o tilintar de copos e o riso contagiante de Rosie. Era impossível ouvir aquele riso e não ter vontade de sorrir também. O som contrastava com o silêncio no quarto de Maggie.

Uma lufada de ar frio gelou sua pele, e ela se levantou e pegou o roupão pendurado na cadeira. O Bangalô Madressilva era idílico por fora, mas vivia cercado de correntes de ar. A ventilação era um alívio no verão, mas no inverno o frio gelava os ossos. Ela precisava dar um jeito no isolamento térmico antes de pensar em vender o lugar. Charme histórico, rosas trepadeiras e uma vista do parque da cidade não compensavam queimaduras de frio.

Ou talvez o frio não fosse da casa. Talvez fosse dela.

Sentia-se derrubada por uma onda de tristeza, com dificuldade de se erguer.

— O que houve? Qual é a notícia? Parece que você está dando uma festa.

— Dan me pediu em casamento. *Literalmente* do nada. Estávamos cada um dizendo pelo que nos sentíamos gratos, e, quando foi a vez de Dan, ele me olhou de um jeito engraçado, se ajoelhou e... Mãe, vamos nos casar.

Maggie sentou-se na beira da cama, esquecendo o ar gelado.

— Casar? Mas você e Dan só estão namorando há algumas semanas...

— Onze semanas, quatro dias, seis horas e quinze minutos... Ah, espera, agora são dezesseis, ou melhor, dezessete...

Ela riu, e Maggie tentou rir com ela.

Como deveria reagir?

— Não é muito tempo, querida.

Aquilo era típico de Rosie, que saltava de um impulso a outro, movida pelo entusiasmo.

— Eu me sinto tão bem que parece uma eternidade. E você vai entender, porque foi assim com você e o papai.

Maggie olhou a mancha de umidade na parede.

Conte a verdade.

Ela mexeu a boca, mas não conseguia empurrar as palavras. Era o momento errado. Deveria ter contado meses antes, mas fora covarde demais.

Já era tarde. Ela não queria ser a assassina de momentos felizes.

Não podia nem dizer "Você é tão jovem", pois tinha a mesma idade da filha quando Kate nascera. Ou seja, ela era uma hipócrita. Ou talvez só tivesse experiência.

— Você acabou de começar o doutorado...

— Não vou desistir. Posso me casar e estudar. Muita gente faz isso.

Maggie não tinha resposta para aquilo.

— Estou feliz por você. — Ela parecia feliz? Tentou com mais afinco: — Ebaaa!

Ela achava que tinha atravessado todas as partes mais difíceis de ser mãe, mas pelo visto havia ainda algumas surpresas à espera. Rosie não era mais criança. Precisava tomar as próprias decisões. E cometer os próprios erros.

Rosie voltou a falar:

— Sei que foi tudo meio rápido, mas você vai amar Dan tanto quanto eu. Você disse que o achou bacana quando falou com ele.

Mas falar com alguém em uma chamada de vídeo não era a mesma coisa que conhecê-lo pessoalmente, era?

Maggie engoliu todas as palavras de advertência que subiam dentro de si. Ela se recusava a se transformar na própria mãe e soprar nuvens para escurecer cada momento luminoso.

— Ele me pareceu simpático, e fico muito feliz por você. Se não parece, é porque aqui é madrugada, e você sabe como eu fico quando acordo. Quando vi seu nome na tela, fiquei com medo de ser sua asma.

— Faz muito tempo que não tenho crise nenhuma. Desculpa por te acordar, é que eu queria contar a novidade.

— Fico feliz que tenha me acordado. Conte tudo.

Ela fechou os olhos e tentou fingir que a filha estava no quarto com ela, e não a milhares de quilômetros dali.

Não havia motivos para entrar em pânico. Era um noivado, só isso. Tinham muito tempo para decidir se era a coisa certa para eles.

— Vamos comemorar bastante quando você e sua irmã estiverem aqui, no Natal. O Dan gostaria de vir? Não vejo a hora de conhecê-lo. Quem sabe fazemos uma festa. Convidamos os Baxter, e seus amigos da faculdade e da escola.

Fazer planos melhorou o humor de Maggie. O Natal era sua época do ano favorita, a única ocasião em que a família inteira se reunia. Até Katie, com sua vida atarefada de médica, em geral conseguia a muito custo negociar alguns dias de folga na data, em troca de horas movimentadas no turno do Ano-Novo. Maggie queria muito passar um tempo com ela. Andava desconfiada de que a filha mais velha a evitava. Toda vez que Maggie sugeria um encontro, Katie dava uma desculpa, o que não era típico dela, que quase nunca recusava um almoço grátis.

O Natal lhe daria oportunidade para investigar mais a fundo. Em sua opinião, Oxford era o local perfeito para passar aquela época. Era verdade que a chance de neve era baixa, mas tinha coisa melhor que caminhar após o almoço e ouvir o repique dos sinos em um dia frio e fresco de inverno?

Prometia ser perfeito, a não ser por uma complicação.

Nick.

Maggie ainda não sabia como lidar com aquela situação. Talvez um noivado fosse essencial para mudar o foco das atenções.

— Natal é uma das coisas que preciso combinar com você. — Rosie parecia hesitante. — Eu planejava voltar para casa, mas, já que Dan me pediu em casamento… Bem, não vemos motivo para esperar. Escolhemos o dia. Vamos nos casar na véspera de Natal.

Maggie franziu a testa.

— Do ano que vem?

— Não, deste ano.

Ela contou os dias, e seu cérebro quase explodiu.

— Quer se casar em menos de quatro semanas? Com um homem que mal conhece?

Rosie sempre fora impulsiva, mas aquilo não era um boneco de pelúcia que seria abandonado depois de alguns dias ou um vestido que, no fim das contas, não tinha a cor certa. Casamento não se resolvia com um reembolso. Não havia motivos para pressa, a não ser...

— Querida...

— Sei no que está pensando, e não é isso. Não estou grávida! Vamos nos casar porque estamos apaixonados. Eu o adoro. Nunca me senti assim com ninguém.

Você mal o conhece.

Maggie mudou de posição, consciente de que conhecer bem alguém não te livrava de problemas.

— Estou animada por você! — Afinal, ela sabia fingir empolgação de modo tão convincente quanto fingia calma. — Mas eu jamais conseguiria organizar algo assim rápido. Até um casamento pequeno leva meses de preparação. Quando Jennifer Hill se casou no verão, a mãe dela me disse que precisaram contratar o fotógrafo com mais de um ano de antecedência. E todos ficariam hospedados aqui? É Natal. Tudo vai estar reservado e, mesmo se arranjarmos algum lugar, vai custar uma fortuna nessa época do ano.

Quantas pessoas ela podia acomodar no Bangalô Madressilva? E o que a família de Dan pensaria da casa de Rosie, com suas paredes levemente tortas e sistema de aquecimento antiquado? O charme do interior inglês compensaria os dedos dos pés congelados? No verão o local era perfeito para fotos, com seu jardim murado e profusão de roseiras, mas morar ali no inverno era mais como um exercício de sobrevivência. Por outro lado, Aspen ficava nas Montanhas Rochosas, e decerto fazia muito frio no inverno também, não?

Talvez ela e a mãe de Dan pudessem conversar sobre os desafios de aquecer uma propriedade em tempo frio.

— Você não precisa organizar nada — disse Rosie. — Vamos nos casar aqui, em Aspen. É uma pena desmarcar a tradicional reunião de família, mas vai ser mágico passar as festas aqui. Lembra todos aqueles anos em que eu e Katie ficávamos olhando pela janela, na esperança de cair neve? Aqui neva mais do que você imagina. O Natal no Colorado é um paraíso. A paisagem é incrível, e será um Natal de verdade.

Natal no Colorado.

Maggie fitou as cortinas rosa-chá que se amontoavam no chão escuro de carvalho. Ela as costurara durante as longas noites que passara cuidando de Rosie.

— Não vai passar o Natal aqui? — Por que dissera aquilo? Não queria se transformar em uma daquelas mães que sufocavam os filhos de culpa. — Deve se casar onde e quando deseja, mas não acho que Aspen será diferente daqui, em termos de organização. Organizar um casamento em menos de um mês seria um milagre.

— Nós temos um milagre. Catherine, a mãe de Dan, é organizadora de casamentos. Ela é incrível. O pedido aconteceu há apenas uma hora e, com alguns telefonemas, ela já arrumou as flores e o bolo. Ela costuma trabalhar com celebridades, então tem milhares de contatos.

— Ah, tá... Legal. — Maggie sentia que tinha caído em um rio e era levada, indefesa, debatendo-se. — Ela não se incomoda de ajudar?

— Ela está empolgada. E tem um gosto impecável. Vai ser perfeito.

Maggie pensou em sua própria vida imperfeita e sentiu uma onda de algo que reconheceu como inveja. Como ela podia sentir inveja de alguém que nem conhecia?

Talvez estivesse tendo uma crise de meia-idade, mas, se fosse o caso, não deveria ter acontecido anos antes, quando Rosie saiu de casa? Por que naquele momento? Ela estava sofrendo com atraso pelo ninho vazio.

Piscou para clarear a visão enevoada e se perguntou por que algum dia pensara que seria fácil ser mãe.

Concentrando-se no lado prático, fez uma lista de todas as coisas que precisava fazer para cancelar o Natal. O bolo e o molho de cranberry podiam ser congelados. Ela tinha encomendado um peru de um fazendeiro local, mas talvez ainda pudesse cancelar.

A única coisa que não era tão fácil de cancelar eram suas expectativas.

A família White sempre se reunia no Natal. Eles tinham suas tradições, que podiam parecer loucas para algumas pessoas, mas que eram importantes para Maggie. Decorar a árvore, cantar canções natalinas, montar um quebra-cabeça imenso, jogar jogos bobos. Juntos. Não se reuniam com frequência agora que as filhas eram adultas, e ela estava esperando por isso.

— Já contou para sua irmã?

— É meu próximo telefonema. Não que ela vá atender logo. Katie está sempre trabalhando. Quero que ela seja minha madrinha.

Qual seria a reação de Katie?

— Sua irmã não se considera muito romântica.

Maggie às vezes se perguntava se trabalhar tanto tempo no hospital tinha distorcido a impressão de humanidade da filha mais velha.

— Eu sei — disse Rosie —, mas não é qualquer casamento. É o *meu* casamento, e eu sei que ela vai fazer isso por mim.

— Você está certa, vai mesmo.

Katie sempre fora uma irmã mais velha amorosa e protetora.

Maggie olhou de relance para a fotografia na mesa de cabeceira. As duas garotas lado a lado, abraçadas, um rosto encostado no outro enquanto olhavam para a câmera, os sorrisos se fundindo. Era uma de suas fotos prediletas.

— Sei que detesta andar de avião, mãe, mas você vem, não vem? Quero tanto vocês todos aqui.

Andar de avião. Rosie estava certa, Maggie odiava andar de avião.

Com amigos, quando a conversa caía em viagens, ela fingia que estava protegendo o planeta ao evitar aviões, mas na verdade estava protegendo a si mesma. A ideia de ser impulsionada através do ar em uma lata a apavorava. Tudo parecia fora de seu controle. E se o piloto tivesse bebido demais na noite anterior? E se eles colidissem com outro avião? Todos sabiam que o espaço aéreo estava sempre superlotado. E quanto aos drones? Colisões com pássaros? Quando as meninas eram pequenas, ela e Nick as acomodavam no carro e as levavam para a praia. Uma vez, tinham tomado a balsa até a França e dirigido até a Itália ("Nunca mais", dissera Nick, pois foram bombardeados por um coro de "já estamos chegando?" por todo o caminho de Paris a Pisa).

E agora esperavam que Maggie voasse até as Montanhas Rochosas para o Natal.

E ela iria. Claro que iria.

— Vamos, claro. Nada nos impediria. — Maggie deu tchau para seus sonhos de um Natal em família no bangalô. — Mas e o local? Como vai reservar em tão pouco tempo?

— Vamos fazer o casamento bem aqui, na casa dele. A família de Dan é dona do Nevada Resort. É um hotel-boutique *maravilhoso*, bem perto de Aspen. Mal posso esperar para que você o veja. Tem vista da floresta e das montanhas, e ofurôs na parte externa... será o lugar perfeito para o Natal. O lugar perfeito para o casamento. Estou tão empolgada!

O Bangalô Madressilva era o lugar perfeito para o Natal.

Maggie não conseguia imaginar passar o Natal em um lugar que não conhecia, com pessoas que não conhecia. Não só isso, mas pessoas *perfeitas* que ela não conhecia. Nem a possibilidade de neve fazia com que se sentisse melhor.

— Parece que você cuidou de tudo. Só precisamos pensar no que vestir.

— É, eu ia falar disso. Faz muito frio nesta época do ano. Você vai precisar de muitas camadas.

— Eu estava falando das *suas* roupas. Seu vestido de casamento.

— Catherine vai me levar para sua loja de noivas predileta amanhã. Ela marcou hora, e vão fechar a loja para a gente e tudo.

Nas poucas ocasiões em que Maggie pensara no casamento de Rosie, imaginara que planejariam juntas, debruçando-se sobre fotografias em revistas, experimentando vestidos.

Jamais imaginara a coisa toda acontecendo sem ela.

Pensando bem, quase nada em sua vida saíra como planejado.

Ela olhou para o espaço vazio na cama ao seu lado.

— Que... gentileza dela.

— Ela é mesmo gentil. Diz que sou a filha que ela nunca teve. Está me mimando.

Mas Rosie era *sua* filha, pensou Maggie. Deveria ser ela a mimá-la.

Por mais que tentasse, era impossível não se sentir magoada e um pouco ofendida. Ela parecia mais uma convidada do que a mãe da noiva.

Não! Ela não se transformaria naquele tipo de mãe. Era o dia especial de Rosie, não o dela. Seus sentimentos não tinham importância.

— O que posso fazer para ajudar?

— Nada. Venham para cá. Catherine mal pode esperar para conhecê-la. Sei que você vai amá-la.

Maggie se perguntou o que Rosie tinha dito sobre ela. *Minha mãe trabalha com publicações acadêmicas. Ela gosta de fazer bolos e de jardinagem.* Para uma organizadora de casamentos de celebridades, ela pareceria tão interessante quanto notícias velhas.

— Estou animada para conhecê-la.

— Posso falar com o papai? — perguntou Rosie. — Quero ouvir a voz dele.

Maggie apertou o telefone. Não tinha esperado aquilo.

— Eu... Hum... Ele não está aqui agora.

— É madrugada. Como ele pode não estar aí?

Maggie tentou buscar uma explicação plausível. Ouvia até a voz de Nick: *Pelo amor de Deus, Mags, que absurdo. Está na hora de falar a verdade.*

Mas a verdade era a última coisa que Rosie precisava ouvir no dia de seu noivado. Ela não iria estragar o grande momento da filha.

— Ele saiu para uma caminhada.

— Uma *caminhada*? Às três da manhã? Vocês por acaso compraram um cachorro?

— Não. Seu pai ficou trabalhando em um artigo até tarde e não conseguiu dormir. Mas ele deve voltar logo.

Ela ficou um pouco chocada com a própria criatividade. Criara as filhas para dizer a verdade, e ali estava, mentindo como uma profissional.

— Peça para ele me ligar assim que chegar.

— Você não estará dormindo?

Houve um som de copos tilintando, e Rosie riu.

— São só oito da noite aqui. Pede para ele me ligar de volta?

Sem conseguir pensar em outra desculpa, Maggie prometeu que Nick ligaria assim que chegasse e, depois de mais algumas palavras de animação, desligou o telefone.

Ela ainda ficou sentada mais um pouco e, ao se levantar, foi até a janela. Estava escuro lá fora, mas a lua jogava um brilho fantasmagórico no parque.

No verão, era o local para os jogos de críquete, e no inverno as árvores eram cobertas de piscas-piscas pagos pela prefeitura. Houve protestos contra propostas de desviar o trânsito pelo centro.

Maggie imaginava que esses problemas não existiam em Aspen. Provavelmente ninguém precisava brigar contra o fim dos serviços de ônibus local, ou o plano de abrir a biblioteca apenas dois dias por semana.

Sem encontrar uma alternativa, ela pegou o celular e digitou o número de Nick.

Tocou e tocou, mas Maggie insistiu. Quando as meninas eram pequenas, a habilidade de Nick de dormir em meio a qualquer coisa a incomodava e despertava sua inveja em igual medida. Era Maggie quem se arrastava para fora da cama a cada meia hora quando Rosie era bem pequena, e Maggie quem aguentava as consequências das crises de asma mesmo quando Nick estava em casa, entre suas viagens.

Por fim, ele atendeu com um grunhido.

— Oi.

— Nick?

— Maggie?

A voz dele estava grave de sono, e ela o imaginou chacoalhando-se para acordar, como um urso depois da hibernação.

— Você precisa ligar para a Rosie.

— Agora? No meio da noite? Qual o problema? — Pelo menos ele ficou preocupado. — Ela está no hospital?

— Não. Ela tem novidades.

Deveria contar para ele ou deixar que Rosie contasse? Por fim, decidiu contar. Nick tendia a ser brusco, e Maggie não queria que ele estragasse o momento de Rosie.

— Ela e Dan vão se casar. — Ela ouviu o tilintar de vidro e Nick xingando. — Tudo bem aí?

— Derrubei um copo d'água.

Nick era professor de egiptologia, muito inteligente, e tão desajeitado com os objetos do dia a dia que chegava a ser encantador. Ao menos Maggie achara encantador no começo. Foi se tornando menos encantador conforme os anos se passaram e ele quebrou metade de suas louças favoritas. Ela brincava que ele estava tão acostumado a lidar com fragmentos de cerâmica que não sabia segurar uma peça inteira.

— Ela e Dan vão se casar no Colorado no Natal.

— Neste Natal? No mês que vem?

— Isso. A família de Dan é dona de um resort de luxo. Eu me esqueci do nome.

— Nevada Resort.

— Como você sabe disso?

— Rose mencionou quando me contou o que tinha planejado para o feriado de Ação de Graças. Meu Deus. Casada. Não previ isso. Nossa pequena Rosie. Sempre fazendo o inesperado. — Houve uma pausa, e ela ouviu um farfalhar de fundo e o clique de um interruptor. — Como você está?

Triste. Perdida. Confusa. Ansiosa.

Ela não tinha certeza de quantos daqueles sentimentos poderiam ser atribuídos à novidade de Rosie.

— Estou bem. — Era mentira, assim como deixar Rosie pensar que Nick estava na cama com ela. — É a vida de Rosie, ela deve fazer o que quiser.

— E quanto ao Natal? Eu sei que é importante para você.

— Ainda vamos comemorar o Natal, apenas não no Bangalô Madressilva. O casamento está marcado para a véspera de Natal. — Maggie não conseguiu esconder o tremor na voz.

— Você vai?

— Que tipo de pergunta é essa? Acha mesmo que eu não iria ao casamento da minha filha?

— Não tinha pensado nisso até dois minutos atrás, quando você me contou que ele ia acontecer. Sei que ama o Natal no bangalô e odeia andar de avião. Sei quase tudo sobre você.

Ela pensou no arquivo que deixara aberto na mesa da cozinha.

Ele não sabe tudo.

— Se minha filha vai se casar em Aspen, é onde eu estarei também — declarou Maggie.

— Como? Nunca consegui enfiar você em um avião. Nem na nossa lua de mel.

— Vou dar um jeito.

Ela podia fazer um curso para perder o medo de voar, mas parecia um desperdício ridículo de dinheiro. Álcool seria mais barato. Ela não costumava beber, então uns dois copos de gim-tônica deveriam dar conta do recado.

— Resolvo os detalhes depois — acrescentou. — Ela quer que você telefone para ela contar a notícia.

Houve uma pausa.

— Onde ela acha que eu estou? O que você disse?

— Que você estava caminhando porque não conseguia dormir.

O suspiro dele ecoou pelo telefone como uma acusação.

— Isso foi longe demais. Temos que contar a elas, Mags. — Nick parecia cansado. — As duas não são mais crianças. Merecem saber a verdade.

— Contaremos quando for a hora certa, e não quando sua filha caçula liga toda empolgada para contar que vai se casar.

— Certo, mas contamos antes de chegar ao Colorado. Vamos ligar juntos na semana que vem. Estamos vivendo separados há meses. Está na hora de contar às meninas que acabou.

Acabou.

Maggie sentiu a garganta apertar e o peito doer.

Era por causa da madrugada. Tudo sempre parecia pior às três da manhã.

— Prefiro contar para Katie pessoalmente, mas ela anda arredia. Teve notícias dela?

— Não, mas não é incomum. Vocês têm essa coisa de mãe e filha. É para você que ela sempre telefona.

Mas Katie não tinha telefonado. Não telefonava havia um tempo.

Isso significava que ela estava ocupada ou havia algo de errado?

— Vou tentar ligar para ela de novo. Ela não faz nada além de dormir e comer no Natal. Viajar para Aspen pode ser difícil para ela.

Difícil para todos eles.

Uma irmã que não acreditava em casamento e pais que estavam se divorciando.

Que tipo de festa seria aquela?

Katie

— **P**ronto, Sally. Acabei.

Katie tirou as luvas cirúrgicas e se levantou. Os pontos estavam certinhos, e ela ficara satisfeita por ter feito o melhor trabalho possível. Restaria uma cicatriz, mas Katie sabia que, com ou sem cicatriz, Sally jamais se esqueceria daquela noite.

— Há alguém que podemos chamar para você?

A mulher balançou a cabeça. Havia hematomas e um inchaço no lado esquerdo do rosto, e desilusão nos olhos.

— Nunca pensei que isso fosse acontecer comigo.

Katie sentou-se de novo. Seu ombro doía de ficar sentada na mesma posição por tempo demais, e ela deu uma leve mexida, tentando aliviar o desconforto.

— Pode acontecer com qualquer um. Não tem a ver com você. Tem a ver com ele. Não é sua culpa.

Era importante que isso fosse dito, mesmo sabendo que não acreditariam.

— Eu me sinto estúpida. Fico pensando que devo ter deixado de notar alguma coisa. Ficamos dois anos juntos. Nos casamos há quatro meses. Ele nunca tinha feito nada assim. Eu o amo. Achei que ele me amasse. Nós nos conhecemos quando comecei no trabalho e ele me arrebatou. Parecia perfeito.

Katie estremeceu. "Perfeito" não era normal. Que ser humano era perfeito?

— Sinto muito.

— Não houve sinais. Nenhuma pista.

"Perfeito" poderia ser um sinal. Ou talvez Katie estivesse calejada.

Ao longo dos anos em que trabalhara na emergência, vira de tudo. Crianças que foram maltratadas. Mulheres que foram maltratadas e, sim, homens que foram maltratados. Vira pessoas que esfaquearam umas às outras, pessoas que dirigiam rápido demais e pagaram o preço, pessoas que beberam e então se sentaram ao volante e acabaram com uma vida. Havia outros acidentes também, é claro, como ataques cardíacos, hemorragias cerebrais e um sem-número de emergências que necessitavam de atenção imediata. E havia ainda inúmeras pessoas que decidiam que a emergência era o local mais fácil para ter acesso a cuidados médicos do tipo mais trivial. Todo dia ela andava em meio a uma sopa mista de humanidade, algumas boas, outras nem tanto.

— Quando nos conhecemos, ele era doce e bondoso. Amoroso. Atencioso. — Sally secou o rosto com a mão. — Estou tentando não chorar, porque chorar dói. As feridas físicas são terríveis, mas a pior ferida é a que abala a confiança em seu próprio julgamento. Você deve ter visto isso antes. Não acredito que eu seja a primeira.

Katie passou um lenço para ela.

— Não é.

— Como você lida com isso? Trabalhando aqui, deve ver o pior do comportamento humano.

O ombro de Katie escolheu aquele momento para uma pontada agonizante. Ela via o pior do comportamento humano, sim. Tinha que se recordar de que também via o melhor. Ela se perguntava o que iria acontecer com aquela mulher. Com aquele casamento. Ela o perdoaria? O ciclo continuaria?

— O que vai fazer? Tem um plano?

— Não. Até ele me empurrar escada abaixo, não sabia que precisava de um. — Sally assoou o nariz. — A casa é minha, mas não me sinto segura lá no momento, então devo ficar um tempo com meus pais. Ele quer falar comigo, imagino que deveria ao menos ouvir.

Katie queria dizer a ela para não voltar, mas não era de sua alçada dar conselhos. Seu trabalho era consertar os danos físicos. Ajudar Sally a lidar com a carnificina emocional e encontrar algum grau de empoderamento era responsabilidade de outra pessoa.

— A polícia quer falar com você. Sente-se bem para isso?

— Na verdade, não, mas é importante, então vou. Esse seria nosso primeiro Natal juntos. — Sally enfiou o lenço na manga. — Tinha planejado tudo.

Aquela época do ano parecia aumentar o sofrimento dela, mas Katie sabia por experiência própria que a tragédia não tira folga no Natal.

Alguém abriu a porta.

— Dra. White! Precisamos de você.

Nas noites de sábado, a emergência não era para os fracos, embora nos últimos tempos não fosse apenas nos sábados. Todas as noites eram uma loucura.

— Já vou. — Ela olhou para a enfermeira que a ajudara. — Pode se certificar de que Sally tenha toda a informação de que precisa? — Ela se virou para a paciente. — Quando estiver pronta, há pessoas com quem pode falar. Pessoas que podem ajudar.

— Mas ninguém que possa fazer o relógio voltar. Ninguém que possa transformá-lo no homem que eu pensei que ele era.

Katie se perguntou se o pior ferimento de Sally era o machucado em suas crenças. Como confiar de novo em um homem?

— Espero que tudo dê certo para você.

Era improvável que Katie fosse descobrir o que aconteceria com aquela mulher, é claro. O hospital era como uma esteira de traumas. Ela lidava com o que vinha através das portas, e então seguia adiante. Não havia gerenciamento de longo prazo ali.

— Você foi muito gentil. Seus pais devem se orgulhar.

— *Dra. White!*

Katie rangeu os dentes. A realidade era que a compaixão precisava ser esmagada o mais rápido possível. Estavam com dois médicos a menos e ela tinha uma fila de pacientes esperando por sua atenção, então sorriu mais uma vez para Sally e saiu da sala.

Os pais dela ficariam orgulhosos se testemunhassem sua vida nas últimas semanas? Achava que não.

Ela decerto os decepcionava. Sabia que se decepcionava.

Olhou para a enfermeira que perambulava pelo corredor.

— O que foi?

— O rapaz tossindo sangue... — disse a mulher.

— O sr. Harris.

— Isso, Harris. Como você consegue? Como decora o nome de todo mundo em menos de um minuto?

— Gosto de tornar uma experiência desumana a mais humana possível. O que ele tem?

— Chegaram os resultados dos exames. O dr. Mitford o atendeu e disse que ele precisa ser internado, mas está faltando leito.

Quando não estava faltando leitos? Era mais fácil encontrar um unicórnio debaixo da árvore de Natal do que um leito de hospital. A demanda excedia a oferta. Um paciente que ela atendera no começo do turno ainda esperava por um leito, seis horas depois. Como eles corriam o risco de pegar uma infecção no hospital, Katie mandava as pessoas para casa sempre que podia.

— Conseguiu entrar em contato com a filha dele? Ela está vindo?

— Sim e sim.

— Quando ela chegar, me chame. Quero falar com ela. O pai pode ficar melhor em casa se houver alguém para cuidar dele.

Poderia ser melhor para a dignidade do paciente. Katie vira nas anotações que o homem era um diretor-executivo aposentado. No passado, ele decerto comandara muitas pessoas. Agora era vítima da fragilidade humana. Por mais ocupada que estivesse, tentava se lembrar de que ir parar no hospital era um dos momentos mais estressantes da vida de uma pessoa. O que era rotina para ela era aterrorizante para o paciente.

Ela jamais se esquecera de como fora para a mãe estar no hospital com Rosie.

Katie atendeu mais três pacientes em rápida sequência e então foi atingida por uma onda de tontura.

Acontecera algumas vezes nas últimas semanas, e ela começava a entrar em pânico. Precisava estar em sua melhor forma para o trabalho, e ultimamente isso não estava acontecendo.

— Vou pegar um café rápido antes de cair.

Ela se virou e trombou com seu colega.

— Oi, Katie.

Mike Bannister estudara com ela na faculdade, e eles tinham permanecido amigos.

— Como foi a lua de mel?

— Digamos assim: duas semanas no Caribe não foram suficientes. O que está fazendo no trabalho? Depois do que aconteceu eu pensei... Tem certeza de que deveria estar aqui?

— Estou bem.

— Você tirou alguma folga?

— Não preciso de folga.

Ela se forçou a respirar devagar, esperando que Mike fosse deixar para lá.

Ele olhou para trás, para conferir se alguém escutava.

— Você está estressada e tensa. Estou preocupado.

— Está imaginando coisas. — Ela estava muito estressada. — Eu devo estar com hipoglicemia. Fico mal-humorada quando estou com fome e não parei um segundo desde que entrei neste lugar há sete horas. Estou indo resolver isso agora.

— Você tem permissão para ser humana, Katie. — O olhar de Mike pousou em seu rosto. — O que aconteceu foi pesado. Assustador. Ninguém a culparia se...

— Preocupe-se com os pacientes, não comigo. Há mais que o suficiente deles.

Katie tentou ignorar a dor no ombro e as batidas rápidas do coração. Ela não queria pensar nisso, muito menos falar disso.

Ela uma vez ouviu a mãe dizer a alguém: "Katie é firme como uma rocha".

Até o mês anterior não teria discordado.

No momento, porém, sentia-se tudo menos firme. Estava desmoronando, e era cada vez mais difícil esconder dos colegas. Até pensar em trabalhar a deixava à beira de um ataque de pânico, e ela jamais sofrera de ataques de pânico.

A mãe continuava ligando e sugerindo almoços, e ela seguia dando para trás porque tinha medo de um colapso.

— Licença.

Uma enfermeira trombou nela enquanto corria de uma ponta do departamento a outra, e a sirene de uma ambulância dizia que sua carga de trabalho não iria diminuir tão cedo.

— Os paramédicos estão trazendo um paciente com uma lesão feia na cabeça. E aquela equipe de filmagem está me deixando louco — disse Mike.

Katie havia se esquecido da equipe de filmagem. Estavam filmando um documentário acompanhando a rotina do hospital. Ela desconfiava que estavam começando a desejar que tivessem escolhido outro lugar.

O operador de câmera desmaiara no primeiro dia depois de testemunhar as consequências de um acidente de carro bem feio. Ele batera a cabeça em um carrinho e precisara levar oito pontos. Seus colegas acharam hilário que ele tivesse acabado do outro lado da câmera, mas ela poderia ter passado sem o trabalho extra.

— Parece até uma zona de guerra — observara mais cedo um dos jornalistas; já que ele de fato tinha trabalhado em uma zona de guerra, ninguém discutiu. — Não é de se admirar que tenham pouco pessoal. Não fica tentada a largar tudo e se requalificar em dermatologia?

Katie não respondera. Ela ficava tentada por um monte de coisas, e isso começava a perturbá-la.

Medicina era sua vida. Decidira ser médica na noite do primeiro ataque de asma de Rosie. O pai delas estava fora. Katie era muito jovem para ser deixada sozinha em casa, então foi ao hospital também.

Ficara fascinada pelas máquinas que apitavam, pelo sibilar suave do oxigênio e pelas mãos habilidosas dos médicos que tinham ajudado a irmãzinha a respirar de novo.

Com 18 anos, fora para a faculdade de medicina. Mais de uma década depois, ainda estava subindo na carreira. Ela gostava dos colegas, amava sentir que fazia o bem, mas nos últimos tempos aquele sentimento não era mais tão frequente. Queria fazer mais pelos pacientes, mas tempo e recursos eram escassos. Andava cada vez mais frustrada com as limitações do trabalho e começava a questionar se era o lugar certo para ela.

A hora para se fazer aquela pergunta fora doze anos antes.

Ela deu as costas para Mike.

Um médico iniciante perambulava em volta, esperando para discutir um caso com ela, mas, antes que ela pudesse abrir a boca, o paciente com a lesão na cabeça chegara. O homem, bêbado, estava coberto de sangue e berrava como um animal.

Levou mais uma hora até que Katie pudesse ir à sala de descanso, e ela pegou uma barrinha de cereal e um copo de café enquanto olhava o telefone.

Tinha perdido três telefonemas da irmã. No meio da noite?

Engoliu o resto da barrinha e retornou a ligação, acalmando-se com a constatação de que a irmã era bem capaz de ligar no meio da noite para falar que começara a fazer balé ou decidira correr uma maratona.

Que seja só isso, por favor.

Se algo tivesse acontecido com a irmã, seria o fim dela.

— Rosie? — Ela jogou a embalagem no lixo. — Você está no hospital?

— Nossa senhora, não posso ligar para minha família sem acharem que estou no hospital? Qual é o *problema* de vocês?

O alívio a inundou.

— Se vai ligar para sua família às quatro da manhã, deve esperar esse tipo de reação. — Katie decidiu dar cinco minutos de descanso aos pés e tirou os sapatos. — Então, ligou só para dar um oi?

Ela olhou para a cadeira, mas decidiu que, se sentasse nela, talvez não conseguisse mais se levantar.

— Não só por isso. Liguei porque tenho uma grande novidade e um pedido especial para você.

— Uma grande novidade? — Por que, quando a irmã dizia aquelas palavras, elas pareciam tão assustadoras? — Vai desistir dos estudos e se mudar para o Peru?

Rosie riu, pois houve uma época em que considerara essa opção.

— Tenta de novo.

Com Rosie, podia ser qualquer coisa.

— Você começou a estudar dança irlandesa e vai morar em uma colônia de leprechauns.

— Errou de novo. Vou me casar!

Katie derrubou o café na camisa e na calça.

— Puta merda.

— Sei que você não é a maior romântica do mundo, mas não acredito que disse isso mesmo.

— Foi uma reação à queimadura severa que acabei de me dar, não à novidade. — Antes, ela não era de xingar, mas anos trabalhando na emergência a transformaram. — O que você estava dizendo? — Ela pegou toalhas de papel para limpar a sujeira. — Casar? Com quem?

— Como assim, "com quem"? Com Dan, é claro.

— Eu sei do Dan? — Katie perdera a conta dos relacionamentos da irmã. — Ah, espera, lembro que você o mencionou. Ele é o seu namorado mais recente.

— Não só o mais recente, mas o último. É o amor da minha vida.

Katie revirou os olhos, aliviada por não estar em uma chamada de vídeo.

— Você também achava que Callum Parish era o amor da sua vida.

— Ele foi meu primeiro. Todo mundo ama o primeiro namorado.

Katie não amara o primeiro namorado. Katie jamais se apaixonara. Tinha certeza de que aquela parte sua era defeituosa.

— Qual é o problema dele?

— Como assim?

— Você sempre escolhe homens que estão atravessando um período difícil. Você gosta de salvar pessoas.

— Isso não é verdade. E Dan não tem problema nenhum, a não ser talvez que sua futura cunhada seja doida.

Futura cunhada? Katie teve dificuldade de assimilar aquilo.

— Se ele não tem problema nenhum, por que vai se casar com ele?

— Porque estou apaixonada!

Paixão. Uma doença de prognóstico incerto que com frequência atacava sem aviso.

— Só quero me certificar de que você não está sendo pressionada. É importante que faça isso pelos motivos certos.

Katie não conseguia pensar em um só motivo que fizesse sentido, mas aceitava as próprias limitações naquela área. Rosie tinha razão. Ela não era romântica. Não assistia a filmes românticos. Não lia romances. Não sonhava com casamentos. Vivia uma vida encharcada de realidade. Via muitos finais, poucos deles felizes.

— Pode ficar feliz por mim?

— Sou sua irmã mais velha. Meu trabalho é proteger você.

— Do quê?

— De qualquer coisa que possa te fazer mal. Neste caso, de si mesma. Você é impulsiva e muito livre com seu coração. Você é gentil e adorável, e é um alvo para todos os fracassados.

— Dan não é um fracassado.

— Talvez não, mas você não vê nada de ruim em ninguém. E... como dizer isso sem ofender? Seu filtro para homens não é muito bom.

— Você me ofendeu, sim. E, a propósito, "adorável" faz com que eu pareça um filhotinho que caiu na poça. Não é um elogio para alguém no caminho de uma carreira acadêmica. Você *nunca* me leva a sério. Posso até não ser uma médica de sucesso que nem você, mas estou fazendo doutorado em Harvard. Algumas pessoas ficam impressionadas com isso.

— Eu levo você a sério. — Não levava? — E é possível ser fofa e acadêmica. Sei que algumas pessoas ficam impressionadas, por isso é meu trabalho manter você no chão, para que essa coisa toda de Ivy League não suba à sua cabeça. E precisamos lembrar que você está estudando contos de fadas, o que resume toda a sua visão da vida.

Era uma velha piada de família, mas Katie sentiu uma pontada de culpa ao dizer aquilo. Talvez fizesse aquela piada com uma frequência exagerada.

— Estou estudando línguas, folclores e mitos celtas. *Não* contos de fadas.

— Eu sei, e me orgulho de você. — Katie suavizou o tom. Ela se orgulhava, *sim,* da irmã. — Eu também te amo e quero proteger você.

— Não preciso de proteção. Eu amo o Dan, Katie. Ele é... incrível. É engraçado, bondoso, tão tranquilo que chega a ser inacreditável, e beija como um deus. Não achei que pudesse sentir algo assim.

— Não pode se casar com um cara só porque ele é bom de cama.

Fazia tanto tempo que ela estivera com alguém na cama, bom ou não, que provavelmente não era a melhor pessoa para julgar aquilo.

— Isso foi tudo que ouviu do que eu disse? É tão mais que isso. Ele é perfeito para mim.

Depois de lidar com Sally, os alarmes na cabeça de Katie eram ensurdecedores.

— Ninguém é perfeito. Se ele parece perfeito, é porque está tentando a todo custo esconder algo, ou porque você não esteve com ele por tempo suficiente para ver suas falhas. Lembre-se de Sam.

— Eu acabei de contar que vou me casar, e você precisa mencionar o Sam? Acha mesmo que é um bom momento?

— Você adorava o Sam. E, falando nisso, você pensou que ele fosse o amor da sua vida até descobrir que ele tinha transado com duas amigas suas.

— As pessoas às vezes fazem merda. É um fato da vida.

— Está passando pano para ele?

— Não, mas foi na faculdade. As pessoas ficam um pouco malucas na faculdade.

— Ele te magoou, Rosie. Você chorou tanto que teve o pior ataque de asma da sua vida. Jamais vou me esquecer daquela corrida maluca para Oxford. E de mentir para a mamãe, já que você me implorou para não contar para ela.

A mãe delas sabia menos de cinquenta por cento das coisas que aconteceram com Rosie depois que ela saíra de casa. Às vezes Katie sentia o fardo daquilo. Ela via a versão sem filtro da vida de Rosie.

— Eu não queria preocupar a mamãe. Já fiz isso mais que o suficiente na vida.

— E aí veio o… como era o nome dele? James. Insistia que você pagasse sempre que estavam juntos.

— Ele não tinha muito dinheiro.

— Ele era um parasita.

Ela precisara emprestar dinheiro a Rosie, mas não mencionou isso. Não se tratava de dinheiro. Tratava-se de julgamento.

— Dan é diferente. — Rosie era teimosa. — Você vai ver assim que conhecê-lo.

— Ótimo. E quando isso vai acontecer?

Quanto mais rápido, melhor, no que lhe dizia respeito. Noivados podiam ser desfeitos, não podiam? Relacionamentos terminavam o tempo todo, particularmente os de Rosie.

— É por isso que estou telefonando. Vamos nos casar no Natal, aqui em Aspen. Dá para imaginar algo mais romântico? Céu azul e neve.

— *Neste* Natal? O Natal que chega em menos de um mês? Está de brincadeira?

— Por que está todo mundo tão surpreso?

— Porque em geral se recebe a notícia de um casamento com mais do que poucas semanas de antecedência, e você conhece esse Dan só há uns dois meses.

Uma imagem do rosto machucado e choroso de Sally entrou em seu cérebro. *Não houve sinais. Nenhuma pista.*

— A mamãe sabe?

— Eu liguei para ela primeiro. Ela ficou empolgada. O papai também.

Katie tinha certeza de que a mãe teria um ataque de ansiedade.

— Por que a pressa? Por que não esperar um pouco?

— Porque não queremos esperar! Queremos fazer isso o mais rápido possível. E realmente quero que você esteja aqui. Mas dispenso seu pessimismo.

— Desculpe. — Katie engoliu em seco. A última coisa que queria era machucar a irmã. — Tive umas semanas difíceis no trabalho, só isso, me ignore. É claro que estarei em seu casamento. Você não é só minha irmã, é minha melhor amiga. Não perderia por nada. Perdão.

— Não há nada para perdoar. Sei que está cuidando de mim.

A voz de Rosie era suave e afetuosa, e a resposta generosa dela fez com que Katie se sentisse pior.

A capacidade da irmã de perdoar a fragilidade humana era ao mesmo tempo a força e a fraqueza dela. Tornava-a vulnerável a todo babaca abusado que cruzasse seu caminho.

Seria Dan um deles?

— Qual é o plano? Preciso reservar um hotel? — Pensar em planejar a viagem sugou o resto de sua energia. — E a mamãe e o papai?

— Também vêm, é claro. E está tudo resolvido, a não ser pelos voos. A família do Dan é dona de um lugar maravilhoso nas montanhas. Vão ser as melhores férias que já teve.

Katie estava com receio do Natal. Vinha se perguntando como ia se segurar durante todo aquele tempo em família. Em geral amava aquelas férias. Amava dormir até tarde e comer a comida maravilhosa da mãe. Amava botar a conversa em dia com o pai e ouvir sobre o trabalho dele. Mas tudo estava diferente. Sua vida havia mudado para sempre em uma noite escura e chuvosa poucas semanas antes.

Ela estava exausta. Seria capaz de viajar para Aspen e fingir felicidade?

— Quando quer que a gente chegue?

— O casamento será na véspera de Natal, e pensamos que vocês todos podiam chegar uma semana antes, para terem tempo de conhecer Dan e a família dele. Podem ficar o Natal aqui e voltarem para o Ano-Novo, ou quando quiserem. Ah, Katie, estou tão empolgada! Não consigo decidir entre um trenó puxado por cavalos ou um passeio de husky para os convidados.

— Bem, não canse o cérebro por minha conta. Fico feliz caminhando.

— A neve já chegou a uns trinta centímetros aqui. É uma linda paisagem de inverno. Não é tão fácil andar.

— Andar é uma das poucas coisas em que sou excelente. Tenho anos de prática.

— Quero que seja minha madrinha. Minha *demoiselle*. Chame como quiser.

Katie não queria chamar de nada. Por que a irmã não percebia que aquele casamento era um grande erro?

— Tem certeza? É capaz de eu deixar uma pegada enlameada em seu vestido. Não entendo muito de casamentos.

Entendia ainda menos das obrigações de uma madrinha, mas presumia que não incluíam ser uma estraga-prazeres.

— Só precisa sorrir e me ajudar. E pode ressuscitar a mamãe se ela tiver um ataque de pânico no avião. Eu me sinto mal por destruir o Natal em família, sabe como é importante para ela ter todos juntos. Estou com saudade de você. Faz tanto tempo que a gente não se fala. Até comecei a achar que estava me evitando.

— Que ridículo. Estava ocupada, só isso.

Conte a ela o que aconteceu com você. Conte a ela que sente que o mundo está desabando ao seu redor.

Rosie, Katie sabia, ficaria horrorizada. Conhecendo a irmã bondosa, ela com certeza pegaria o primeiro avião e viria.

Katie piscou. Era ela quem cuidava de Rosie, não o contrário.

Ela era o pilar de Rosie. E Rosie jamais precisara tanto de seu apoio e de seus conselhos como naquele momento.

Foi então que tomou uma decisão.

Deixaria para lá o Natal. O relaxamento. Lidar com as próprias questões.

Sua prioridade era impedir a irmãzinha de cometer um grande erro que terminaria em infelicidade.

— Eu não perderia o casamento por nada.

Ela precisava conhecer Dan e descobrir um jeito de salvar a irmã de si mesma. Se conseguisse fazer isso rápido, talvez pudessem voltar a tempo para passar o Natal no Bangalô Madressilva.

Com sorte, a mãe estaria muito concentrada em Rosie para notar que havia algo de errado com Katie.

— Mal posso esperar para ser madrinha *demoiselle*, ou seja lá o título correto. Não me vista de poliéster roxo, só peço isso. Não quero choque estático. E não gaste muito dinheiro.

Porque esse casamento não vai acontecer. Ela se virou quando a porta se abriu e Mike entrou no cômodo.

— Preciso desligar — acrescentou. — Estou no trabalho.

— Estou orgulhosa de você, Katie. Digo a todos que minha irmã mais velha é médica.

Sua irmã mais velha está desmoronando.

Ela era uma fraude.

— Vai lá. Divirta-se, mas não a ponto de esquecer as bombinhas.

— Katie…

— Eu sei. Sou a polícia da bombinha. Festeje. Curta a vida. Amanhã eu ligo.

Ela desligou e calçou os sapatos.

Mike levantou uma sobrancelha.

— Nada como dar conselhos quando você não segue nenhum. Qual foi a última vez que festejou e curtiu a vida?

— Festejo na minha mente. Estou em uma festa virtual bem agora.

— A ressaca também é virtual? Quem vai se casar?

— Minha irmã. Em menos de quatro semanas.

— A irmã que está estudando contos de fadas?

Katie fez uma careta.

— Devo ter exagerado nessa brincadeira. Ela estuda línguas, mito e folclore celtas em uma certa faculdade da Ivy League. Ela diria que contribui para o entendimento da cultura e das crenças da sociedade. Foi o assunto de muitas discussões vívidas na mesa de jantar. Ela é superinteligente, mas ainda penso nela como minha irmãzinha e pego pesado na implicância. — Ela massageou a testa. — Parece que foi ontem que estava lendo seus livrinhos de criança.

— A diferença de idade é grande?

— Dez anos. Acho que meus pais tinham desistido de ter outro filho, até que Rosie chegou.

— E você foi atingida por uma dose imensa de ciúmes?

— Quê? — Katie o encarou. — Não. Eu a adorava. Desde o primeiro momento em que vi aquela cabecinha careca engraçada.

Ela pensou em Rosie, uma criança adorável, seguindo-a por todos os lugares. Rosie em seus pijamas de dinossauro favoritos. *Rosie ficando azul de asma.*

— Confesso que devo ser um pouco superprotetora, e é por isso que vou até o Colorado para conhecer esse cara.

— Você não o conhece?

— Não. E não me olhe assim. Já estou apavorada. Eles se conhecem há uns dois meses só. O que dá para saber de alguém em poucos meses? E se ele for viciado em jogo, ou um babaca? Ele pode ser um psicopata. Talvez um assassino.

Mike se encostou na porta e cruzou os braços.

— Dra. Pessimismo. Sempre alegre.

— Não sou dra. Pessimismo, sou a dra. Realidade, graças aos anos que passei trabalhando aqui. Ver as realidades da vida de frente tende a curar o otimismo. Não há certezas nesta vida, nós dois sabemos disso.

— Mais um motivo para agarrar os momentos felizes que atravessam seu caminho.

— Você disse isso de verdade? Se for expulso da medicina, pode escrever cartões motivacionais.

Ela terminou o café e seguiu em direção à porta.

— Katie... — chamou Mike.

— O que foi?

Ela se virou e viu o olhar preocupado dele.

— Sua família sabe o que aconteceu com você?

— Não, e não há motivos para contar.

— Eles poderiam te dar apoio.

— Não preciso de apoio. Sou meu próprio apoio.

Os pais deram apoio suficiente ao longo da vida das filhas. Estava na hora de aproveitarem o tempo deles juntos.

— Talvez umas duas semanas aproveitando o ar livre da montanha façam bem a você — comentou Mike.

— Talvez.

Ignorando o olhar preocupado dele, ela deixou a porta se fechar atrás de si.

Ela não se importava com o ar livre. Não se importava com a montanha. Não se importava nem com a neve no Natal.

Ela iria até o Colorado por uma razão, e apenas uma razão.

Impedir o casamento da irmã.

Maggie

Armada com uma xícara de café forte, Maggie digitou o nome de Catherine em um mecanismo de busca.

Havia fotos da mãe de Dan em um evento beneficente em Manhattan, esguia como um junco, de cabelo louro preso em um penteado condizente com um tapete vermelho.

Desanimada, Maggie passou por mais uma dezena de imagens.

Catherine esquiando em uma encosta quase vertical em Aspen.

Catherine com o punho levantado em um gesto de triunfo no cume do monte Kilimanjaro, arrecadando dinheiro para pesquisas sobre doenças cardíacas.

Catherine correndo para uma reunião em um vestido preto justo, com uma agenda debaixo do braço.

Rosie lhe dissera em uma conversa anterior que o marido de Catherine morrera de repente de um ataque cardíaco quando Dan estava na faculdade. A família ficou devastada com a perda, mas Catherine se forçou a seguir adiante.

Maggie aumentou a foto. Aquela mulher não parecia destruída. Não havia sinal de luto nem ansiedade. Nenhuma ruga. Nenhum fio grisalho. Como alguém sobreviveria a um golpe como aquele com tanta compostura? Uma revista estadunidense tinha publicado uma matéria sobre ela, com a manchete "Da tragédia ao triunfo". Maggie leu o texto de cabo a rabo, e soube que Catherine Reynolds havia começado o negócio de casamentos depois de enviuvar, transformando suas habilidades como anfitriã em um empreendimento comercial.

Dan tinha 28 anos, então, a não ser que ela fosse uma aberração médica, Catherine deveria estar chegando aos 50 anos, no mínimo.

A mulher sorrindo na tela não parecia ter nem 40.

Maggie mexeu nas pontas dos cabelos. Ela o cortava no mesmo salão havia trinta anos, sempre no mesmo estilo. Na verdade, mudara muito pouco em sua vida.

Enquanto Catherine se reinventava e começava de novo, enchendo a vida de desafios, a vida de Maggie tinha se esvaziado devagar. Primeiro Katie saíra de casa; depois, Rosie. Seu calendário, um dia tomado por compromissos escolares e esportivos, tinha grandes espaços vazios. Ela seguiu fazendo o que sempre fizera, dedicando-se ao trabalho e ao jardim. Era acostumada a cozinhar para quatro, mas então eram três, e então dois, e então, quando seu casamento desmoronou, um. Em vez de construir uma nova vida, como Catherine obviamente fizera, Maggie seguiu vivendo uma versão diluída da que sempre tivera.

Ela empurrou o computador para o lado e olhou para o arquivo aberto na mesa. Estava quase cheio. Logo não seria capaz de fechá-lo.

Ler sobre a luta determinada de Catherine para se reinventar fez com que ela se sentisse patética e inútil. Catherine perdera o marido de um modo trágico. Maggie perdera o seu por descuido. Ou era apatia? Ela nem sabia.

Maggie não conseguia se livrar da sensação de que havia desperdiçado seu casamento.

Ela ainda não contara às meninas o que tinha acontecido em parte porque não tinha conseguido absorver aquilo.

Ela e Nick deveriam ter tentado com mais afinco?

Consciente de que gastara uma hora deprimindo-se, fechou o arquivo e o enfiou em uma gaveta fora de vista. Ela não queria que Nick o visse, ou iria começar uma conversa que não queria ter.

Em seguida, fechou seu livro predileto de receitas natalinas, que passara a última semana aberto na mesa, e o guardou na estante. Não precisaria dele, afinal.

Era vergonhoso admitir, mas vinha planejando o Natal desde setembro e fazendo listas desde outubro. A primeira sugestão de inverno no ar a fazia pensar em guisados no fogo baixo, sopas cremosas e leguminosas assadas. Esperava pela época das festas pelo conforto de seus rituais culinários: mexer, ferver, assar em uma névoa morna com aroma de canela. Mais que tudo, esperava pelo tempo que passaria com a família.

Ela fechou as mãos em torno da caneca e olhou o jardim pela janela enquanto tomava o café. O gelo brilhava e cintilava no gramado, e uma camada de névoa adicionava um toque etéreo. Naquela época do ano, a única pitada de cor no jardim vinha do pé de azevinho, de frutos carnudos e vermelhos. Maggie vinha torcendo para que os pássaros deixassem o suficiente para ela usar como decoração pela casa, mas não tinha mais importância.

Não precisaria de frutos. Não precisaria do visco que crescia em pencas na macieira velha. Ela não estaria ali no Natal.

Já havia passado seu último Natal no Bangalô Madressilva e nem soubera.

Nunca viajara durante as festas. Nunca tivera um Natal que não fosse o seu. Tinha amigas que se deliciavam ao "escapar" no Natal, para evitarem a loucura, mas Maggie amava a loucura. O que seria do feriado sem aquilo?

E por que ela se preocupava com o Natal, quando a questão verdadeira ali era o casamento de Rosie? O que havia de *errado* com ela?

Ela olhou as horas.

Nick disse que estaria com ela às onze, e meia hora já havia se passado. Como estava sempre atrasado para as coisas, incluindo o casamento deles, Maggie não estava surpresa. No passado, ela ficava furiosa porque ele sabia grego clássico, mas não conseguia comunicar o horário que estaria em casa. Ele sabia ler hieróglifos, mas não, pelo visto, um relógio ou uma simples mensagem de texto.

No início, aquilo não importava. Ela amava a paixão dele e o fato de que ele se concentrava tanto nas coisas que amava. O que ele não tinha em confiabilidade compensava em espontaneidade. Um dia, brandia ingressos para um concerto no Sheldonian Theatre, no outro, um piquenique que devoravam ao lado do rio, observando a luz do sol dançar na superfície da água. Nick havia trazido à tona o lado divertido de Maggie. Para ela, era uma descoberta tão grande quanto a da tumba de Tutancâmon. Ela era filha de pais mais velhos, que levavam suas responsabilidades a sério e investiram tudo em seu desenvolvimento e sua educação. Conseguir o amor deles fora cansativo, e era um relacionamento desconfortável, estressante. Divertir-se não era parte da vida dela até encontrar Nick em suas primeiras semanas em Oxford.

Ele estudava egiptologia, e ela, letras. A reputação e a carreira acadêmica dele floresceram. Tinham ficado em Oxford, e ela começara a trabalhar para uma editora acadêmica, onde passava os dias editando livros didáticos. Se algum dia lhe passara pela cabeça que não amava o trabalho como Nick amava o seu, ela ignorou o pensamento.

E então Katie nascera, e a força de sua emoção e o poder do laço que ela sentira a deixaram em choque. Maggie amou com ferocidade e descobriu que sua paixão era destinada aos filhos, ao marido, à família. Para criar um lar como o que sonhara em viver.

A chegada de Katie lhe dera a desculpa perfeita para reduzir as horas de trabalho. Ela acabou ficando com a responsabilidade pelo cuidado das crianças só porque gostava disso mais do que de trabalhar.

Quando Katie começara a escola, Maggie voltara a trabalhar para a mesma editora, mas, depois da chegada de Rosie, ela fizera outra pausa na carreira. Sua filha caçula nascera prematura, um serzinho frágil pesando menos que um saco de açúcar. Quando bebê, Rosie sofreu de infinitas tosses e resfriados, até que veio sua primeira crise de asma.

Maggie jamais se esqueceu daquilo. Depois da primeira, as crises começaram a acontecer com regularidade, e a vida se transformou em uma série de noites em claro e jornadas apavoradas ao hospital.

Pela primeira década da vida de Rosie, Maggie andara por aí em uma bruma de exaustão.

Tinham se mudado do centro de Oxford para o Bangalô Madressilva, esperando que a poluição do ar fosse menor do que no meio da cidade. Testes mostraram que pelo de cachorro era um desencadeador, o que significava que não puderam ter o cão de estimação que Nick tanto quisera.

A infância de Rosie foi uma ciranda de planos cancelados e corridas assustadoras ao hospital. Então ela chegou à adolescência e ficou mais difícil de controlar. Não era "legal" andar por aí com a bombinha, e negar sua condição a levou ao hospital em muitas ocasiões. A tensão daquilo afetava todos eles, assim como a ignorância geral dos amigos e conhecidos, que sempre pensaram que asma fosse algo ameno e benigno.

Maggie se lembrava do dia em que Katie entrara na cozinha pisando firme e batera os livros na mesa.

Vou ser médica, porque assim posso curar a Rosie.

Maggie com frequência sentia-se culpada por a maior parte de seu tempo e atenção se concentrar na filha caçula, mas Katie não parecia ligar. Ela era uma criança inteligente e determinada que se tornara uma adulta inteligente e determinada. Ela estabelecia objetivos e organizava listas do que fazer para alcançá-los. Diferente de Nick e Rosie, que tomavam decisões com base em impulsos e emoções, Katie nunca fazia nada que não tivesse planejado.

Ela fora de uma criança esforçada para uma adulta esforçada. Era uma médica talentosa e dedicada, de quem Maggie se orgulhava.

Ao contrário de Rosie, que ia de uma coisa para outra, Katie sempre soube o que queria e nunca vacilou.

O som da campainha cortou seus pensamentos, e ela foi até a porta e a abriu.

Nick estava ali. O casaco longo de lã tinha anos. Ele o usava com o colarinho para cima e o cachecol predileto. Deu o mesmo sorriso torto de sempre, que prendera a atenção de Maggie tantos anos antes, e ela sentiu uma onda de tristeza. Para onde fora o amor deles? Não houvera nenhum grande desentendimento. Nenhum caso clandestino ou flertes. Ela tentara repetidas vezes identificar onde o casamento tinha dado errado, mas não conseguira apontar um acontecimento específico. Ela e Nick viveram vidas paralelas e então foram se afastando tão aos poucos que nenhum dos dois percebera, até que um dia não conseguiram mais se conectar do mesmo modo.

Até a decisão de se separarem fora mútua e amigável.

Às vezes ela cogitava se tinham se perdido um do outro sob a pressão de serem uma família.

Apesar de tudo, ela se sentiu aliviada por ele estar ali. Ela precisava falar com alguém. Qualquer um. Ela abriu mais a porta.

— Perdeu a chave de novo?

— Dessa vez, não, mas não me senti à vontade para usá-la. Não é mais a minha casa.

Ele hesitou e então pisou na soleira.

— Ainda é sua casa, Nick. Nós a compramos juntos e, quando a vendermos, vamos dividir o dinheiro. Você tem o direito de entrar quando quiser.

Nenhuma parte dela gritava *mude a fechadura*. Por que deveria?

— Não quero me intrometer — disse ele.

Nick olhou de relance para a escada, e Maggie abriu um meio sorriso ao perceber que o ex-marido respeitava a privacidade dela.

— Acha que tem um elfo de Natal escondido debaixo da minha cama? O Papai Noel? Algum jovem musculoso?

Outro relacionamento sério não estava em sua lista de desejos. Quanto a algo mais superficial, bem, pensar em um caso era ridículo.

— Que frio. — Nick tocou o aquecedor mais perto dele. — Quebrou de novo?

— Ele espera pelo primeiro sinal de gelo para quebrar.

Como de costume, ela vestia duas blusas, que a faziam parecer mais pesada do que era.

— Quer que eu chame alguém?

Ele não se ofereceu para dar uma olhada. Nick sabia enfeitiçar uma sala de aula, mas não conseguia consertar uma torneira pingando e ficava perplexo diante de móveis para montar.

— Já chamei. Eles vêm segunda-feira.

— Você parece cansada.

— Isso acontece quando alguém telefona às três da manhã.

Ela sabia que Nick devia ter voltado a dormir logo depois do telefonema. A habilidade dele de dormir, em qualquer crise, fora fonte de inveja e frustração ao longo dos anos. Ela teria dado qualquer coisa para se desligar e deixar que outra pessoa ficasse com a responsabilidade por cinco minutos. Talvez fosse por isso que ele conseguia se desligar, tranquilizado por saber que ela estava no comando.

— Rosie não deveria ter ligado no meio da noite.

— Ela estava empolgada. Queria contar a novidade. E eu fico feliz. Ela pode estar morando a quilômetros daqui, mas ainda quero participar da vida dela.

— Mas telefonemas no meio da noite sempre assustam. Tenho certeza de que você atendeu em pânico, achando que ela estava com uma crise de asma. Não é fácil voltar a dormir depois disso. — Ele apertou o ombro dela. — Sente-se. Vou passar um café, e depois compramos as passagens.

— Ah. — O estômago dela revirou. — Por que a pressa?

— O casamento é daqui a pouco mais de três semanas. Já vai ser sorte encontrar passagens.

Nick moeu café e fez duas xícaras. A máquina fora um prazer deles, um presente mútuo que seguia funcionando enquanto o estresse se acumulava. O café se transformara em um hábito naqueles anos insones iniciais e permanecera. Ambos bebiam café puro, muito por preguiça de pegar o leite.

— Se eu te der tempo para pensar, você vai encontrar um motivo para não ir.

— Preciso ir. Não vou perder o casamento da Rosie.

— Nesse caso, precisamos comprar as passagens.

Ele deixou a xícara na mesa e tirou o cachecol.

O cachecol viajara o mundo com ele. Protegera-o de tempestades de areia e poeira, e ele se recusava a deixar de usá-lo ou substituí-lo. Ela achava fascinante que alguém tão inteligente pudesse achar que um cachecol era capaz de trazer sorte. Não entendia como alguém tão perspicaz podia achar que havia magia em uma mescla de algodão e lá.

— Não acredito que Rosie vai se casar. Ela é tão jovem.

Ela estava desesperada para falar daquilo com alguém. Nick não era sua primeira escolha, mas, como era o único candidato para suas confidências, venceu.

— Ela tem 22 anos. — Ele botou açúcar no café. — Se fosse o Antigo Egito, teria se casado há uma década.

É por comentários como esse, pensou Maggie, *que uma mulher precisa de amigas.*

Às vezes ela queria pegar a frigideira mais próxima e bater naquele cérebro inteligente, mas ainda assim sem-noção.

— Não estamos no Antigo Egito. — Às vezes a cabeça de Nick estava tão afundada nos estudos que Maggie se convencia de que ele se esquecia disso. — E nós ainda nem o conhecemos.

— Bem, não somos nós que vamos nos casar com ele. Desde que ela goste dele, é o que importa.

— *Gostar* dele? — Às vezes ela se desesperava. — Eles mal se conhecem. Só viveram uma diversão inebriante, romântica. Isso não é de verdade. Não é um casamento.

Casamento era abraçarem firme um ao outro enquanto despencavam do precipício. Casamento era nunca soltar.

Ela e Nick tinham soltado.

Ele mexeu o café devagar.

— Talvez devesse ser. Talvez devesse haver mais desses tempos bons e românticos.

O que aquilo queria dizer? Era uma indireta?

— A vida acontece, Nick. Alguém tem que lidar com ela.

— Opa… — Ele lhe lançou um olhar assustado. — O que eu disse?

— Deu a entender que eu me ocupei tanto com o lado prático que me esqueci de ser romântica.

— Não dei a entender nada. — Ele baixou a colher. — Você sabe que não penso assim. Não uso mensagens subliminares, subtexto ou qualquer outro jeito complexo de comunicação. Só estava dizendo que diversão romântica e inebriante pode ser de verdade também.

Ela estava exagerando?

— Só quis dizer que eles ainda estão no estágio da euforia — disse Maggie. — Não estão discutindo quem vai trocar a lâmpada ou cozinhar o jantar. Não precisaram lidar com as coisas dando errado. Nós dois sabemos que haverá desafios. A vida é assim. Eles mal se conhecem. Estou com medo de ser uma decisão errada.

— Se for a decisão errada, é a decisão errada deles. — Ele tomou um gole de café. — E pessoas que sabem tudo o que há para saber sobre o outro podem se divorciar também.

Ela sentiu o rosto corar.

— Eu sei disso, claro, mas... Ah, deixa para lá.

Era sempre assim que terminava uma discussão entre os dois, com Maggie desistindo. Não fora sempre desse jeito. No começo, eles falavam de tudo, mas em algum ponto ao longo do caminho aquilo terminara. As conversas foram de profundas a rasas e práticas.

Pode comprar o remédio de Rosie no caminho para casa?

Em algum ponto ela havia parado de dividir as coisas com ele, e lhe ocorria que tivera vários pensamentos e emoções sobre os quais ele nada sabia. Jamais dissera a ele que às vezes se sentia inferior ao seu lado, mesmo que, no fundo, soubesse que não era. Sentia que, de algum modo, havia se esquecido de ser ela mesma.

Maggie se lembrava de participar de uma reunião de pais em que o professor disse "Ah, você é a mãe da Katie e da Rosie", como se aquilo de algum modo tivesse se tornado uma identidade. Na época aquilo não a chateara, porque ela *era* a mãe delas. E era esposa de Nick.

Quem mais era? Ultimamente aquela questão começara a perturbá-la.

Nick pousou a caneca na mesa.

— Você está chateada.

— Um pouco, sim. Estava esperando pelo Natal há tanto tempo. Tirei toda a decoração do sótão na semana passada, e o bolo está pronto... — Ela terminou o café. — Esquece o que eu disse. O Natal é só um dia. Podemos nos reunir em outro momento.

Nick franziu a testa.

— Estaremos todos reunidos em Aspen, mas sabemos que não é por isso que está chateada.

Ela apoiou a xícara na bancada.

— Como assim?

— Você não está chateada por causa do Natal. Está chateada porque Rosie está se casando com alguém dos Estados Unidos. Você acha que ela pode decidir morar lá para sempre. Ter filhos lá. Envelhecer lá.

Maggie perdeu o fôlego.

Estava tentando *não* pensar naquilo. Não tinha se permitido pensar naquela parte da equação.

Tinha se concentrado no curto prazo. Natal. Era tudo que suportaria. Mas Nick estava certo. No fundo, aquele era seu medo desde o telefonema de Rosie.

Talvez Nick a conhecesse melhor do que ela pensava.

Ela sentiu uma onda de emoção que era quase como luto. Quando Rosie se mudara para os Estados Unidos para estudar, aquilo a abalara, mas Maggie dissera a si mesma que era algo temporário. Nem por um instante considerou que a mudança pudesse ser permanente.

— Sinto que a perdi. — Ela não ia chorar. Seria ridículo. Tudo o que importava era a saúde e a felicidade de Rosie. — Você deve achar que sou a mãe mais egoísta do planeta, desejando que ela volte para casa.

— Não acho que seja egoísta. Acho que você é uma ótima mãe, sempre foi. Talvez um pouco boa demais.

— Como assim?

— Você coloca aquelas meninas na frente de tudo.

— Você faz parecer que foi um sacrifício, mas não foi. Amei estar sempre ao lado das nossas meninas. Se voltasse no tempo, não mudaria nada.

Algumas pessoas tinham grandes sonhos e objetivos, mas Maggie apreciava as coisas pequenas. Os primeiros brotos na macieira, o raspar suave do lápis no papel enquanto Katie fazia o dever de casa na mesa da cozinha, o cheiro de roupa recém-

-lavada, a alegria da primeira xícara de café do dia e o puro prazer de um livro que a transportava para outra vida e outro lugar.

Mas era verdade que fazer duas pausas na carreira havia diminuído suas escolhas. E tinha o fato de que ela construíra uma boa relação com a editora em que trabalhava. Porque confiavam nela para o trabalho, eram flexíveis quando ela precisava de folga para cuidar de Rosie. Preocupada que um novo empregador não oferecesse a mesma autonomia, sentira-se segura ficando onde estava.

Ela olhou Nick mais de perto e notou as rugas em torno dos olhos. Ele parecia cansado.

— Você comeu?

Maggie sabia que ele às vezes esquecia, e, a julgar pela expressão encabulada em seu rosto, era uma daquelas ocasiões.

— Não. Eu me esqueci de fazer compras, pensei em pegar alguma coisa na faculdade.

— Se tiver tempo para comer, preparo alguma coisa para você.

— Sempre tenho tempo para qualquer coisa que você cozinha. — Ele se levantou. — Como posso ajudar?

Maggie ficou boquiaberta.

— É a primeira vez que oferece ajuda — comentou ela.

— Não é verdade. Eu faço a limpeza. Sou um limpador de primeira.

— Mas em geral não ajuda na cozinha.

— Porque você é muito boa nisso. E nunca me deixou chegar perto.

Era verdade? Podia ser. Quisera e precisara de algo que era só dela. Algo em que pudesse ser excelente, com propriedade.

Muitas pessoas teriam revirado os olhos para sua aparente falta de ambição, mas Maggie não se importava. Ela estivera ali quando as meninas deram os primeiros passos. Ensinara ambas a ler. Nunca sentira que o que fazia era menos precioso.

Fora apenas nos últimos anos que começara a se sentir insatisfeita.

Invejava as pessoas cuja vida era como queriam que fosse. Pessoas como Nick e Katie, que tinham uma paixão e a seguiam. Até Rosie parecia saber o caminho que queria tomar.

Maggie sentia que tinha perambulado pela vida a esmo, sem mapa.

— Se quiser ajudar, pode pegar ovos na geladeira.

Ela pegou uma vasilha grande no armário e um batedor na gaveta.

Quando ele colocou os ovos ao seu lado, ela selecionou seis e os quebrou dentro da vasilha, enquanto ele a observava.

— A última omelete que fiz estava crocante.

Ela tentou não sorrir.

— Geralmente é melhor não incluir a casca.

— Ah, então é esse o segredo. Sabia que devia ter um.

Ela cortou ervas frescas dos vasos no parapeito da janela e as adicionou à mistura, então colocou metade na panela quente, esperando enquanto chiava.

— Não se trata apenas de mim — retomou Maggie. — Eu me preocupo com ela.

— Precisa parar de protegê-la, Mags.

— Está para chegar o dia em que não vou proteger minha filha.

— Você entendeu o que eu quis dizer. Ela sabe que sempre terá nosso amor e nosso apoio, mas precisamos deixar que ela viva a vida dela do jeito que escolher.

— Mesmo se essa vida for a um milhão de quilômetros daqui?

— Que exagero.

— A distância parece essa. — Ela levantou as beiradas da omelete e, quando ficou satisfeita, as dobrou com perfeição. — A vida pode ser difícil, sabemos disso. Precisa da família ao redor.

E se ela se estabelecer lá? E se eles se separarem? O que acontece se eles não se separarem e tiverem filhos? Quero ajudar, mas não estarei perto o bastante.

— Espera... Sua preocupação é que talvez não seja capaz de ajudar com o bebê que eles ainda não têm? Você gasta muita energia se estressando com coisas que não aconteceram.

— Não espero que entenda. — Ela serviu a omelete em um prato, salpicou com cebolinha picada e o passou para ele. — Só estou dizendo que será difícil dar apoio a eles daqui.

Ele pôs o prato na mesa e se sentou.

— Isso parece delicioso, obrigado. — Ele pegou um garfo. — Quanto ao apoio, talvez eles morem perto da mãe de Dan.

Por que aquilo não fazia com que se sentisse melhor? Sua mente disparava. Catherine já estava organizando o casamento da filha, e as chances de que ela se tornasse a avó favorita eram altíssimas. Maggie seria a pessoa que veriam poucas vezes ao ano.

Quem é aquela, crianças? Não, não é uma estranha, é sua avó. Deem um beijo e um abraço nela.

Ela os imaginou encolhendo-se, torcendo o nariz como se tolerassem um beijo de uma quase desconhecida.

Um nó se formou em sua garganta.

Ela queria dizer a Nick como se sentia, mas não encontrava um jeito que não a fizesse parecer ridícula. E talvez estivesse *de fato* sendo ridícula. Preocupando-se com coisas que não haviam acontecido. Ela fazia isso bastante.

Derramou o resto da mistura na panela, embora não estivesse com muita fome.

— Falando de coisas difíceis — disse Nick —, precisamos combinar um momento para contar a verdade sobre nós às meninas.

— Não podemos contar ainda, Nick.

— Por que não? — Ele deu uma garfada na omelete macia.

— Nenhum de nós teve um caso, não nos odiamos, não temos

nenhum problema em ficar no mesmo ambiente. Ainda poderemos nos encontrar em reuniões de família e não será esquisito. Não vai mudar muita coisa.

Ele estava falando sério?

— Tudo vai mudar. Somos os pais delas, Nick! Elas nos veem como uma unidade. E talvez os encontros de família sejam amigáveis por um tempo, mas você vai encontrar alguém. Então vai trazer alguém, e teremos que organizar turnos e...

Ele baixou o garfo.

— Talvez quem conheça alguém seja você.

Onde? Como? Ela quase fez as perguntas em voz alta, então percebeu como elas a fariam parecer triste. Ela precisava construir uma nova vida. Uma que não incluísse Nick. Precisava se juntar a um coral, ou aprender italiano, ou *alguma coisa*. Qualquer coisa.

Depois do casamento, prometeu a si mesma. Depois do casamento, ela iria se recompor. Primeiro reformaria a casa, depois a colocaria à venda e encontraria um lugar menor.

A ideia de vender o Bangalô Madressilva fazia com que se sentisse fisicamente mal. Todas as melhores partes de sua vida aconteceram ali. Nick. Katie. Rosie. Ela ainda se lembrava de quando se mudaram. Nick, baixando a cabeça para evitar as vigas baixas. Instalando um portão nas escadas, para que Rosie não caísse. E as horas passadas no jardim, moldando o refúgio tranquilo que era aquele lugar.

Houve tempos difíceis, mas o bangalô era cheio de riso e lembranças. Todas aquelas coisas se apagariam quando outra pessoa se mudasse. Veriam um arranhão na parede e pensariam que era preciso consertar. Não iriam sorrir, lembrando que era onde Rosie enfiara a bicicleta na parede naquela manhã de Natal em que chovia demais para sair.

Uma nova história seria escrita naquelas paredes.

Mas aquilo não era sua preocupação imediata.

— Me escuta. — Ela serviu a omelete em um prato e pegou um garfo. — Talvez seja um erro não contarmos, mas é o grande dia da Rosie. Dela e do Dan. Uma comemoração. Como acha que vai ficar o clima se anunciarmos nosso divórcio ao mesmo tempo?

— Se fizermos isso hoje, então não será ao mesmo tempo. Ela terá tempo de superar.

— Não é uma gripe, Nick. Você não "supera". Um divórcio muda a paisagem da nossa família. Nós todos temos que encontrar um jeito novo de ficarmos juntos. De encaixar. Será um grande ajuste. — Dizer aquilo em voz alta de algum jeito tornava tudo mais deprimente. — E hoje ela vai escolher o vestido de casamento. Não seria apropriado estragar o dia dela.

— Divórcio é parte da vida. A vida acontece. Não era isso que você estava dizendo quase agora?

— Só não precisa acontecer antes do que deve ser um dos dias mais felizes da vida da nossa filha.

Ela forçou uma garfada e então baixou o talher.

— Então o que está sugerindo? — perguntou Nick.

— Que nos comportemos como se nada tivesse mudado.

— Você… — Ele parou de falar, perplexo. — Você quer que a gente participe do casamento juntos, como um casal? Fingindo que tudo está bem?

— Isso. Apresentamos uma frente unida. Haverá muito tempo para dar nossas notícias não tão felizes depois que os sinos do casamento pararem de bater e a neve tiver derretido.

— Para ser claro, está sugerindo "agir" como casados?

— Bem, ainda somos casados, Nick, então não deve ser um grande desafio fingir por uma semana.

O olhar dele estava fixo.

— Quer viajar junto, dividir um quarto de hotel…

— O que for preciso — reforçou Maggie.

Ela não ia se oferecer para abrir mão da cama. Nick conseguia dormir em qualquer lugar, fosse uma tenda no deserto ou o chão duro de um quarto de hotel. Maggie mal conseguia cochilar se estivesse em um colchão de penas, então não dificultaria as coisas para si.

— É fácil fingir. Não é como se discutíssemos o tempo todo nem nada.

Ele empurrou o prato.

— Não parece certo mentir para elas.

— Não estamos mentindo. Estamos segurando as notícias. Não contamos a elas que estamos vivendo separados por um tempo. Que diferença faz esperar mais umas semanas?

— Não contamos porque concordamos que era melhor cara a cara, quando estivéssemos todos juntos.

— Você realmente acha que a hora certa de anunciar um divórcio é no casamento de sua filha?

Ele suspirou.

— Não, não acho isso.

Houve uma longa pausa.

— Tudo bem. — As palavras foram arrancadas dele. — Mas, assim que eles voltarem da lua de mel, vamos contar.

— Feito.

Maggie sentiu uma onda de alívio que morreu quando Nick se esticou e puxou o laptop dela.

— O que é isso?

Por que, *por que* ela não tinha fechado o browser?

— Estava pesquisando um pouco sobre a família do Dan.

Ele levantou o olhar do laptop e a encarou.

— Ou seja, estava se torturando.

— Não tenho ideia do que está falando.

— Você faz o mesmo antes de qualquer evento social da faculdade. Entra em pânico sobre o que vai vestir e o que as pessoas vão pensar de você.

— Isso é chamado ser humano.

— Você é adorável, Maggie. — A voz dele estava rouca. — Gostaria que fosse mais confiante.

Ela era uma futura divorciada, mãe de duas filhas adultas, que não gostava muito da própria vida. Ela pensou no arquivo, enfiado na gaveta em segurança.

Que motivo tinha para se sentir confiante?

E, se Nick achava que ela era tão adorável, por que estavam se divorciando?

Ele digitou e acessou os detalhes da companhia aérea.

— Como vamos transportar todos os presentes de Natal? — Maggie pegou o café e sentou-se ao lado dele. — Não vou conseguir levar tudo.

— Leve algumas coisas, e elas podem buscar o resto na próxima vez que estiverem aqui.

— Eu sempre faço meias de Natal para elas. E não imagino uma árvore sem todas as decorações que as meninas fizeram ao longo dos anos. É a tradição.

— Então empacote e leve. — Ele levantou os olhos da tela, parecendo prestes a dizer algo, mas então mudou de ideia. — Pagaremos por excesso de bagagem, se for preciso.

Excesso de bagagem. Nick poderia estar a descrevendo.

— Não posso empacotar nossa decoração. Seria ridículo — observou, ansiosa, enquanto ele digitava datas e olhava preços. — O voo está lotado?

— Tenho certeza de que você gostaria que estivesse, mas não, restam dois lugares no primeiro voo do dia. Classe executiva.

Ele enfiou a mão no bolso, buscando a carteira.

— Nick, não podemos voar de classe executiva.

— Por que não? Merecemos um agrado.

Voar? Um agrado? A realidade de se amarrar a um assento em um avião e esperar pela decolagem pairava em seu cérebro. O coração de Maggie disparou.

— É uma extravagância.

— Sei que tem medo de voar, mas, se não reservar isso agora, você não irá ao casamento da sua filha.

Maggie gemeu e apoiou a cabeça na mesa.

— Como o Natal se transformou nisso?

— Servem champanhe gratuito na classe executiva. Vou derramar uma garrafa daquilo dentro de você antes de decolarmos. Você não vai sentir nada.

Maggie levantou a cabeça.

— O que você disse para Rosie?

— Ontem? Não lembro. Não desperto rápido que nem você. Preciso de um tempo para emergir. Espero ter dito as coisas certas.

Quais eram as coisas certas? Ela não tinha certeza. Deveria ter soltado um aviso ou dado os parabéns?

— Ela é tão jovem — disse Maggie.

— Nós éramos jovens.

Ela ficou tentada a dizer "e olhe como acabou", mas se impediu.

Mesmo tendo acabado, o casamento deles não fora um desastre. Acreditar nisso significaria que todos os 35 anos anteriores tinham sido um erro, e não foram. Tiveram muitos anos felizes, o que era, talvez, o motivo pelo qual se sentia tão triste sobre tudo. Era uma confusão, mas a vida era confusa, não era? Cheia do bom e do ruim, de altos e baixos, triunfo e decepção.

Parte dela sentia que, de algum modo, deveriam ter conseguido fazer dar certo.

— Sua mãe tentou impedir nosso casamento — comentou Maggie. — Ela reprovou com afinco. Achou que eu era séria demais.

— Ela nunca tinha visto você depois de uma garrafa de gim, e eu já te disse que ela nunca aprovou nenhuma mulher que namorei. Ela tinha medo que fossem levar o menininho dela embora. — Ele esticou as pernas. — A sua não foi muito melhor.

— Eles queriam que eu me casasse com alguém com um emprego normal. Desconfiavam de suas viagens ao Egito e do seu cabelo na altura do colarinho. Faz tanto tempo, mal lembro, embora tenha sido bem estressante na época.

— Fizemos o que nos parecia certo. Não escutamos nossos pais, e Rosie e Dan também não vão nos escutar, então não adianta nos perguntarmos se devemos dizer alguma coisa. Tomamos nossas próprias decisões e agora precisamos deixar nossa filha tomar as dela.

— Muito maduro e racional. — Ela encheu as xícaras e sentou-se ao lado dele. — Falando de maduro e racional, semana passada conversei com umas pessoas sobre vender o bangalô. Estava pensando que poderíamos colocá-lo no mercado depois do Natal, mas o conselho deles foi esperar até a primavera. Isso nos daria tempo de fazer alguns reparos e nos certificarmos de que esteja com a melhor aparência possível. O jardim sempre está maravilhoso em maio.

Deveria estar mesmo. Gastara horas nele. Era algo só dela. Um lugar em que se sentia calma. Sempre que estava estressada, ia para o ar livre cuidar do jardim. O lado bom de sua ansiedade é que seu jardim tinha uma aparência fantástica.

Nick lançou um longo olhar para ela.

— Tem certeza de que quer vender?

Não, ela não queria vender. Vender a casa partiria seu coração.

— É grande demais para uma pessoa. Estou me debatendo aqui. E não só eu. As janelas também. Um lugar velho como este precisa de muita manutenção.

— Você se lembra da primeira vez que o vimos? Você disse "É isso. É essa a casa certa". Não havíamos nem dado uma olhada dentro.

— Eu soube. Eu soube na hora... — Ela olhou a cozinha que fora o cenário de tantos dramas familiares. — Você achava que uma construção nova daria menos trabalho.

— Poderia ser menos trabalho, mas teria faltado personalidade.

— Estou começando a pensar que "personalidade" é um eufemismo para "velho e necessitando de reparos". Por você, posso botar à venda quando acharem que está na hora certa?

O olhar dele era indecifrável.

— O que for melhor para você.

Eles eram tão educados. Civilizados. Não havia estranheza ou antipatia. Eram apenas dois amigos que perderam a química. Ela fixou o olhar na mandíbula dele, na curva entre o pescoço e o ombro, onde tinha pousado a cabeça com tanta frequência. Quando ele voltava de uma viagem longa, era como naqueles primeiros dias do relacionamento, a paixão entre eles intensa e incontrolável.

Para onde tinham ido aqueles sentimentos?

Ela ficou de pé de repente, a cadeira raspando no chão de pedra.

— Então é o que vou fazer. Foi um belo lar para nós, mas está na hora de seguir em frente.

Hora de ela seguir em frente também. Aquele lugar era tão cheio de memórias que quase a sufocava.

— Seguindo nas questões práticas... — Ele terminou o café. — Vou marcar um táxi para o aeroporto. Só precisa fazer a mala. Pode ser divertido, Mags.

— O voo?

— Natal no Colorado.

Talvez ela não fosse muito aventureira, pois tudo o que queria era um Natal em casa. Ela queria um ano a mais acendendo o fogo na lareira e decorando uma árvore grande.

No ano seguinte, ela estaria morando em um pequeno apartamento, ou talvez uma pequena casa geminada vitoriana. Nick se juntaria a eles ou ficaria com as meninas em um dia diferente? Fosse como fosse, Maggie sabia que nenhuma reunião de Natal seria mais a mesma.

— Deveria dar uma pesquisada — disse Nick. — Aspen parece linda. É cercada por florestas e montanhas nevadas. Qual foi a última vez que tivemos um Natal com neve de verdade?

Maggie pensou nos cartões de Natal pela metade no quarto.

— Neve pode ser bom.

— E pela primeira vez você poderá relaxar e se divertir. Não terá que cozinhar.

Maggie amava cozinhar. Amava picar e fatiar, mexer e provar. Amava a loucura e o caos da cozinha no Natal. O som da geladeira se abrindo e fechando. O cheiro de torrada quando alguém fazia um lanche tarde da noite.

Era o silêncio vazio que ela mais odiava.

Saber que ninguém no mundo precisava mais dela de verdade.

As garotas a amavam, ela sabia disso, mas não precisavam dela. Eram adultas, com vida própria.

Ela ao menos tinha um propósito?

Ainda trabalhava para a mesma editora e sabia que era valorizada, então por que não sentia mais satisfação com o trabalho?

A tristeza caiu sobre Maggie, e de repente desejou que Nick fosse embora. A vida dele não tinha mudado muito. Seus dias ainda eram cheios de trabalho, aulas, estudantes, pesquisa. A única coisa que mudara para ele era onde dormia à noite.

Ela ficou curta e prática, como sempre fazia quando estava estressada.

— Concordamos em esperar para contar a elas até depois do Natal?

— Sim, mas não sou bom ator. E se elas descobrirem?

— Cabe a nós fazermos com que não descubram. Fomos casados por mais de três décadas. Acho que conseguimos atravessar dez dias.

Ela esperava não estar errada. Daria certo, não?

Quão difícil podia ser fingirem estar apaixonados?

Estavam a ponto de descobrir.

E stava cometendo um erro terrível, horrível, *tenebroso*?
E se Katie estivesse certa?

Rosie estava no provador da loja de noivas cara no centro de Aspen, segurando um vestido que já não queria mais experimentar.

Era verdade que nenhum de seus relacionamentos anteriores fora duradouro, mas isso não era parte de ser jovem e crescer? Como era possível saber se um relacionamento estava certo se não tivesse tropeçado em alguns errados antes?

Mas Katie tinha razão ao dizer que aqueles relacionamentos todos pareceram certos em seu tempo.

Você, ela disse a seu reflexo no espelho, *é impetuosa, impulsiva e um desastre ambulante.*

Quando criança, ia de uma paixão para outra como uma abelha procurando néctar. Aos 8 anos, queria ser bailarina. Aos 9, astronauta. Quando fez 10 anos, decidiu ser professora e enfileirava as bonecas ao estilo de uma sala de aula. E assim foi vivendo. Era inevitável. Rosie se entusiasmava muito e depois seguia em frente.

Seu histórico de namorados era parecido.

E agora havia Dan, que amava total e absolutamente. Mas era verdade que não se conheciam fazia tanto tempo.

Isso tinha importância?

Começava a desejar que não tivesse ligado para a irmã. Mas como poderia não ligar para ela?

— Como ficou? — A empolgação de Catherine penetrou a porta. — Acho que pode ser esse. No momento em que botei os olhos nele, soube que era perfeito. Mal posso esperar para vê-lo em você e para ver a cara do Dan ao ver você vestida com ele! Ah, acho que pode ser o dia mais feliz da minha vida!

Estava se transformando no pior dia da vida de Rosie.

Ela queria fugir daquele lugar, nem que fosse se arrastando.

— Ainda estou me trocando, Catherine.

— Precisa de ajuda, querida? Posso…

— Estou bem, obrigada.

Ela fechou os olhos e se encostou na parede. O que faria? Precisava colocar a cabeça no lugar onde estava antes daquele telefonema. Isso ou pausar aquilo tudo. Mas como sair daquele trem desgovernado sem ferir todos os envolvidos? Não era um curso noturno (ela mudara de francês para italiano depois de um período) no qual podia repensar suas opções.

Por que os comentários de Katie tinham tanta influência sobre Rosie? Ela tinha idade suficiente para tomar as próprias decisões, independentemente da irmã.

Catherine bateu na porta.

— Se está preocupada com o preço, não fique. É meu presente especial para uma mulher especial. Não é todo dia que seu filho precioso se casa. Mal posso esperar para recebê-la oficialmente na família Reynolds. Meu Dan é um rapaz de muita, muita sorte.

Rosie apertou as mãos nos ouvidos para tentar bloquear o som da voz de Katie. Ela adorava a irmã, mas parte dela estava brava por Katie ter enfiado dúvidas em sua cabeça. Por que ela só não podia ter ficado feliz e dado apoio?

Rosie precisava de espaço para pensar, e não conseguiria enquanto experimentava um vestido de noiva.

Olhou o provador em busca de uma rota de fuga. Com certeza não era a primeira noiva a se perguntar se estava cometendo um engano. Por que não havia um serviço para ajudar com esse tipo de coisa? Passou os dedos pela beirada de um espelho, esperando que fosse uma porta secreta, mas tudo o que viu foi seu próprio reflexo em pânico.

Quando Dan dissera todas aquelas coisas no jantar de Ação de Graças e a pedira em casamento na frente de toda a família, ela ficara muito feliz. Jamais sentira por qualquer pessoa o que sentia por Dan. Os últimos meses foram os mais felizes de sua vida. Ela adorava sua família, mas eles ainda a tratavam como alguém que precisa ser protegido. Estava usando a bombinha? Tivera uma crise? A ansiedade deles alimentava a ansiedade *dela*. Mudar-se para longe fora a melhor coisa que já fizera. Apavorante, é claro, e de início sentira saudade de casa, mas a liberdade mais do que compensara. Sentia-se mais forte. Mais capaz e independente. Tomava decisões sem que todos a questionassem. E então conhecera Dan, que a fizera sentir-se ainda mais forte. Ela tinha tanta certeza dos sentimentos por ele que nem lhe ocorrera questionar se aceitar o pedido dele era uma boa ideia. E havia o amor no olhar dele e o fato de que as catorze pessoas sentadas ao redor da mesa já estavam convencidas de que era uma ótima ideia.

É claro *que ela vai aceitar*, a avó paterna dele sussurrara para a irmã, que concordara.

Quem não iria querer se casar com nosso Dan?

Para Rosie, a pergunta era razoável.

Quem não iria querer?

O deleite delas com o pedido de casamento só corroborava sua convicção de que era a coisa certa. E por que não seria? Todos achavam Dan maravilhoso. *Ela* achava Dan maravilhoso. Ele era o melhor ouvinte, e houve momentos em que se sentira mais próxima dele do que da própria família. Disse a ele coisas que jamais dissera à família, incluindo como era difícil correr riscos quando as pessoas estavam sempre dizendo a ela para ter cuidado. Era verdade que não conheciam os detalhes da vida um do outro, mas os detalhes eram menos importantes que as grandes coisas. Ela imaginava que teriam muito tempo para saber mais sobre o outro, mas então a mãe dele sugerira um casamento natalino e os níveis de empolgação subiram.

Rosie sentiu-se como se tivesse sido levada por uma avalanche.

Ela havia se perguntado se o Natal não era um pouco cedo demais, mas apenas porque a logística de organizar algo em tão pouco tempo a impressionava. Organização não era seu ponto mais forte. Tinha 9.420 e-mails na caixa de entrada porque não gostava de apagar nada e não tinha o hábito de arquivar. Terminava seus artigos sempre no último minuto, e horários no médico, dentista e cabeleireiro sempre viravam uma emergência.

Ela abrira a boca para confessar que não conseguiria organizar um casamento em tão pouco tempo, mas a família de Dan já estava no modo planejamento. Rosie quase achou que Catherine ia sair da sala e começar a preparar um buquê.

Ela já estava apaixonada pela família de Dan, especialmente pela tia-avó Eunice, cuja audição agora era ruim, mas que preenchia as lacunas nas frases com sua própria imaginação fértil.

Ela falou que está com tesão?

Não, tia Eunice, ela disse que sofreu uma lesão.

E então Dan a beijara e dissera que a adorava e que o casamento seria mágico e perfeito, e de repente tinham combinado que se casariam em um mês.

Tudo parecera maravilhoso, até que ela telefonara para casa e sentira as ondas de ansiedade viajando através do Atlântico na velocidade da luz. A dúvida deles penetrara a nuvem de champanhe que acolchoava o cérebro de Rosie.

E não era apenas Katie. Sua mãe estava preocupada, e Rosie detestava preocupar a mãe.

Ela causara à família mais ansiedade do que o suficiente ao longo dos anos, e ficava desconfortável com a ideia de que todos achassem que ela estava cometendo um erro. Estava questionando o próprio juízo. A mulher confiante que se tornara nos últimos meses sumira.

Ela tinha certeza de que amava Dan, mas como *confirmar*? Não dava para fazer um exame de sangue. Ninguém sentaria à sua frente, de jaleco e diria: "A senhora tem uma taxa alta de amor, então posso lhe assegurar de que vai ficar bem".

O amor era um sentimento, e, durante seu tempo no planeta, Rosie aprendera que sentimentos não eram confiáveis. Os seus, pelo menos, não eram. O fato de que sua vida era cheia de roupas que nunca vestira, sapatos muito desconfortáveis para serem usados e ex-namorados para quem nunca ligava era prova disso.

E se o amor por Dan se revelasse tão passageiro quanto seu amor por patinação?

Tentando se recompor, ela se enfiou no vestido que Catherine escolhera. De seda marfim, era um vestido tubinho acinturado de belo corte, que descia até se amontoar no chão.

Rosie se virou de lado e alisou o tecido sobre os quadris.

A mulher tinha bom gosto, não havia dúvidas. O vestido era incrível. Tão incrível que suas dúvidas recuaram. Era um bom sinal.

Nervosismo era natural, não era?

Ela tentou se imaginar envelhecendo com Dan, e Katie se desculpando ao comemorar as bodas de ouro deles.

Olhe para vocês! Eu estava tão errada.

— Rosie? — Outra batida na porta. — Podemos vê-la com o vestido, querida?

Rosie deu uma última olhada no reflexo e abriu a porta.

Catherine arquejou e cobriu a boca com a mão.

— Ah, nossa...

A costureira, que estava pronta para sugerir alterações, abriu a boca.

— Ah, *nossa...*

Rosie fez o giro obrigatório, e as sequelas do champanhe da noite anterior a deixaram tonta. *Lembrete: piruetas de ressaca não são uma boa ideia.*

— Você está linda, querida. — Os olhos de Catherine ficaram marejados. — Pode experimentar todos que quiser, é claro, mas acho de verdade que este é perfeito. E você? Tem alguma dúvida?

Rosie olhou para o reflexo. O vestido era maravilhoso. Clássico. Caía bem.

Decerto era um sinal.

— Eu amei.

Ela não tinha dúvidas sobre o vestido. Ela tinha dúvidas sobre o casamento, e aquelas dúvidas se multiplicavam em sua cabeça como um vírus.

Na semana anterior mesmo ele mencionara que adorava cães, e ela pensara: *Sou alérgica a cães.* Não dissera nada. Havia muitas coisas pequenas que não contaram um ao outro, e até então isso não a incomodara nem um pouco. Naquele momento, era apenas um exemplo de algo que ele não sabia sobre ela.

Tensa, Rosie ficou parada enquanto a costureira zanzava em torno dela, verificando o caimento.

— A cintura precisa de um pouco de ajuste. Você é tão esbelta. E faz frio em dezembro em Aspen, então pode querer dar uma olhada em nossa linha de estolas de pele falsa. Talvez um regalo? — Ela deu um passo para trás e levou a mão ao peito. — Você vai ser uma noiva linda. Adoro casamentos no Natal. É uma comemoração dupla.

Natal.

Quando alguém dizia aquela palavra, Rosie pensava no Bangalô Madressilva, no aroma de canela e pinheiro e na mãe preparando petiscos na cozinha. Ela pensava em pijamas de flanela, canecas de chocolate quente e longas conversas com a irmã que iam até a madrugada. Havia sempre uma árvore imensa que cheirava a floresta, decorada com os enfeites costumeiros, todos com uma história, e a reunião anual de vizinhos, quando a sra. Albert da casa ao lado bebia xerez demais e contava histórias de seu tempo em Oxford durante a guerra.

Ela percebeu a realidade daquilo.

Tinha planejado ir à casa dos pais no Natal, como ela e Katie faziam todos os anos. Já havia embrulhado os presentes. O Natal *sempre* era passado em casa com a família e, mesmo tendo morado em outra casa por quatro anos, era perto o suficiente para ver os pais com frequência. O Bangalô Madressilva ainda era o lar de Rosie. O alojamento da faculdade, por mais que fosse divertido, não se comparava com a cama confortável no quarto do sótão, que era dela desde a infância. Quando se ajeitava sob as cobertas e olhava as estrelas pela claraboia, sentia-se mais relaxada do que em qualquer outro lugar.

A véspera de Natal era a sua noite predileta porque os pais ainda insistiam em encher uma meia de presentinhos e, graças ao assoalho barulhento, ela sempre escutava o movimento deles do outro lado da porta, se passando por Papai Noel.

Estivera ansiando por isso, mas não iria acontecer.

Não devoraria os ovos mexidos com salmão defumado que o pai preparava no café da manhã. Não haveria caminhada gelada pelo parque do vilarejo nem fatias generosas do bolo de frutas imbatível da mãe. Não voltaria cambaleando do pub cantando canções de Natal, substituindo as letras por versões inadequadas.

Passaria o Natal em Aspen, com a família de Dan. Na verdade, seria a família *dela*, porque no dia de Natal estaria casada.

O pânico se aproximou. Dan e ela não tinham pensado nos detalhes.

Onde iriam morar?

Dan era filho único. Ele esperava passar o Natal no Colorado todos os anos? Era outro assunto que não tinham explorado juntos. E o que Dan acharia da casa dela? Ele era alto. Como se viraria no Bangalô Madressilva, de pé-direito baixo e vigas fatais? E então havia a mistura das duas famílias.

Catherine era muito bondosa e acolhedora, mas estava sempre bem-arrumada e com a melhor aparência possível. Rosie não se sentia confortável andando por aí de pijama, então vinha se arrumando toda, com maquiagem e tudo, todos os dias para o café da manhã. E Catherine era uma supermulher. Vivia no telefone, resolvendo problemas nos casamentos das pessoas.

Rosie pensou na própria mãe e nas horas que passavam conversando na mesa da cozinha. Maggie trabalhava, mas o trabalho não dominava sua vida como o de Catherine. Ela e Catherine ao menos se dariam bem?

A tensão revirou seu estômago.

Ela ficara empolgada com a vinda da família, mas já não tinha mais tanta certeza. O que acontecia quando duas famílias não se misturavam, e sim colidiam?

Seria um Natal feliz em família ou a receita do desastre?

Ela respirou fundo e tentou se acalmar.

Se precisasse de provas de que um romance repentino podia dar certo, só precisava olhar para os pais. Eles se casaram poucos meses depois de se conhecerem e ainda estavam juntos e felizes, trinta e cinco anos depois. *Toma essa, Katie!*

Quanto mais pensava naquele simples fato, melhor se sentia.

O casamento dos pais era forte e indestrutível. Eles eram sólidos como uma rocha. Por que ela e Dan não seriam como eles?

Seus pais eram um belo exemplo do que um casamento deveria ser.

Ela confessaria suas preocupações para a mãe, embora já pudesse imaginar o que ela diria. *Seu pai e eu nos conhecemos e nos casamos de repente também, e estamos bem juntos por mais de trinta anos.*

Sentindo-se melhor, Rosie sorriu.

Se alguém podia acabar com as suas dúvidas sobre casamento, era sua mãe.

Katie

Katie abriu a porta da casinha de dois quartos na qual morava de aluguel havia uma década e deixou a bolsa cair no chão.

Vicky apareceu no corredor, usando um suéter grosso de Natal vermelho por cima do pijama de bolinhas.

— Quem é você?

— Muito engraçado.

Katie tirou o casaco e o pendurou no gancho. Chovia sem parar havia uma semana e Londres estava desanimada e triste. Seus dedos estavam congelados, e o cabelo, escorrido. Jamais se sentira tão pouco festiva na vida.

— Estou falando sério. Eu dividia essa casa com uma amiga, mas notifiquei seu desaparecimento há semanas. A polícia está procurando um corpo.

— Ótimo. Se encontrarem, me avise. Vou trocar pelo que estou usando para andar por aí.

Seu ombro latejava. Isso a mantinha acordada, não por causa da dor, embora *fosse* dolorido, mas por causa das lembranças que a acompanhavam. Ela olhou os pés de Vicky.

— Você está usando dois pares de meias. O aquecedor quebrou de novo? Por favor, me diga que temos água quente.

— Sua cara está um pavor, Katie.

— Muito obrigada.

— Você vive no trabalho, mal sai, e, em casa, ou é a Katie Cacto ou pega no sono na frente da TV.

— Katie Cacto?

— Espinhosa. Perigosa.

— Ah. Bem, se estiver planejando me regar, use vodca. — Ela afastou o cabelo úmido do rosto. — Admito que ando de pavio curto, mas estamos com uma crise de equipe.

— Faz anos que estão nessa crise de equipe. Antes a gente comia juntas pelo menos uma vez por semana, e agora não conseguimos nem falar no telefone. Estou preocupada com você.

— Não se preocupe. Estou bem. A chaleira está quente? Está um gelo lá fora. Se não me aquecer rápido, vou ter que tratar minhas próprias queimaduras de frio. — Ela entrou na cozinha e deixou o celular na mesa, ao lado de uma caixa de pizza. — Sobrou alguma coisa?

— Uma fatia. Se soubesse que viria para casa, teria guardado mais para você.

— Uma fatia basta. — Katie a tirou da caixa, deu uma mordida e fez uma careta. — Que sabor é esse?

— Pizza de Natal.

— Isso existe?

— Parece que sim. Estava tentando entrar no clima.

— Não vou nem perguntar que tipo de clima. Uma fatia é mais que suficiente. Deveria avisar meus colegas. Pode ser uma nova causa de morte.

Katie largou a fatia de pizza pela metade na caixa. Nem se lembrava da última vez que fizera uma refeição saudável. Estava sempre cansada demais para cozinhar quando chegava em casa.

— Desculpe pelo sumiço. — O celular começou a tocar, e ela olhou para a tela. — Como você está?

— Melhor que você. — Vicky colocou uma xícara de chá na frente dela. — Não vai atender? É sua mãe. Ela pode querer algo.

— Eu sei o que ela quer. Quer me levar para almoçar e falar de casamento.

— Casamento?

— Rosie vai se casar no Natal.

— *Neste* Natal?

— É. No Colorado. E, antes que pergunte, não, não vou para Oxford. Terei que dar um jeito de me enfiar em um avião para Aspen e impedi-la de fazer algo de que vai se arrepender para sempre. — Ela baixou a cabeça nos braços e fechou os olhos.

— É um voo longo. Ao menos poderei dormir a viagem toda.

Naqueles dias, no entanto, ela praticamente não dormia. Caía na cama exausta, mas sua mente se recusava a cooperar. Em vez de parar, ela se acendia, produzindo uma apresentação de slides das imagens que tentava esquecer. Não havia trégua. Passara tantas semanas no looping de "e se" e "se apenas" que estava zonza.

Aquilo não era de seu feitio. Ela não tinha ideia de como lidar com isso.

— Espere. Você quer *impedir* o casamento?

— Claro. — Katie levantou a cabeça. — Ela o conhece há poucos meses, Vick.

— E daí?

— E daí que tem queijo nessa geladeira que é mais velho que o relacionamento deles. Como é possível conhecer alguém depois de uns meses? Leva tempo para que os piores traços de uma pessoa se revelem, mas tenho intenção de acelerar essa parte.

Vicky pestanejou.

— Para ficar tudo claro… você vai até Aspen para revirar a roupa suja do homem que sua irmã ama?

— *Acha* que ama. Fico feliz que entenda. E não vou revirar nada. Vou passar um tempo com ele. Tenho muito mais experiência que Rosie em ver o lado ruim das pessoas e não estou emocionalmente envolvida, então não vou ter problemas em fazer as perguntas difíceis.

Vicky suspirou devagar.

— Pode ser seu futuro cunhado.

— Só se ele passar no processo de entrevista.

Vicky balançou a cabeça.

— Há um tempo desconfio, mas isso confirma: você precisa de ajuda.

— Quer dizer que Rosie precisa de ajuda. Concordo. É por esse motivo que estou fazendo isso.

— Não, quero dizer *você*. Você é quem precisa de ajuda. — Ela se inclinou para a frente. — Katie, eu te amo, somos amigas desde o primeiro dia da faculdade, mas estou te dizendo que isso não é um comportamento racional. As pessoas não cruzam o oceano para impedir um casamento. Normal é ir como convidada. Comprar um vestido. Talvez um chapéu. Levar um presente. Jogar confete. Não fazer perguntas difíceis ao noivo e dizer à noiva que acha que ela está cometendo um erro.

— Não acho. Ela *está* cometendo um erro.

— Se for um erro, então é o erro dela. Não é sua responsabilidade, Katie, não é nem da sua conta. Quer saber o que acho? Acho que deveria ir ao casamento e relaxar uma vez na vida. Pare de tentar consertar tudo e todos. Aspen é maravilhosa. Meus pais me levaram para esquiar lá quando eu tinha 16 anos. Se tivesse dinheiro, iria de novo. Respire o ar fresco. Relaxe um pouco. Um casamento no Natal na neve parece divertido.

Não para Katie, mas não havia muito mais que parecesse divertido no momento.

Talvez Vicky estivesse certa. Talvez precisasse de ajuda. Não por causa de sua reação a Rosie, que lhe parecia sadia, mas por causa do jeito que se sentia de modo geral.

Estava deprimida? Não tinha ideia. Naqueles dias, não tinha energia nem para diagnosticar a si mesma.

— Você não sente a menor compaixão por eu ter que me arrastar em uma viagem de catorze horas, sendo que a meia hora até o trabalho já quase acaba comigo?

— Vai passar o Natal brincando na neve num resort de luxo na montanha e quer que eu sinta pena de você? Vai precisar se sair melhor que isso.

Katie tentou sorrir, mas a cabeça estava cheia de tudo que era sério. Havia se esquecido de como rir e ter uma conversa leve. Era consumida pela culpa, pela dúvida e, sim, pela ansiedade. E ainda precisava se preocupar com a irmã. Como suportaria uma semana em família sem desmoronar? Sinceramente, não tinha ideia.

Ela sabia que não era boa companhia, nem no trabalho nem em casa.

Vicky sentou-se à frente dela.

— Vai me dizer o que aconteceu?

Katie levantou a cabeça e olhou para a amiga.

— Não sei do que você está falando.

— Há algumas semanas você chegou em casa com uma aparência pior do que agora, se é possível. Não quis conversar e eu respeitei, mas… você parecia traumatizada. — Vicky se esticou sobre a mesa e pegou a mão dela. — Sei que alguma coisa aconteceu no trabalho e que você está sendo consumida por isso. Sou sua melhor amiga, Kat. Nós nos conhecemos há séculos. Pode me contar.

— Isso eu não posso. — Katie tentou puxar a mão, mas Vicky a apertou. — Estou me virando.

Vicky a soltou.

— Se não quiser conversar comigo, tudo bem, mas precisa falar com alguém. Você não pode continuar assim. Mesmo antes daquela noite, sua vida estava ridícula. Vai de casa para o trabalho e do trabalho para casa.

— Muita gente faz a mesma coisa.

— Mas você ao menos gosta? Você era feliz. Falava do quanto adorava o trabalho, dos casos que via. Você era animada, mas agora…

— Sou o quê?

Vicky engoliu em seco.

— Um robô, sei lá

— Obrigada.

Ela amava o trabalho? Era verdade que se sentia satisfeita ao alcançar suas metas. Sempre fora assim. Estudar para uma prova, passar com as maiores notas. Trabalhara duro a cada passo, desfrutando do avanço. Para cima e avante.

— Acho que ninguém *gosta* de tirar as pessoas da beira da morte todos dos dias.

A pressão era tão intensa que se sentia esmagada por um quebra-nozes.

— Mas você sentia satisfação. Amava fazer a diferença.

O coração dela bateu mais forte.

— Acha que fazemos a diferença?

— Claro. Não acha?

— Na maior parte do tempo, eu me sinto como se estivesse tentando evitar o naufrágio do Titanic tapando o buraco com a mão. Não está funcionando. Fazemos o possível, mas nunca é o suficiente.

E desde aquela noite ela questionava tudo.

Tinha perdido a confiança em si mesma. Em seu julgamento.

Você tomou uma decisão ruim, Katie.

Péssima escolha.

Sentia o pulsar do sangue nos ouvidos e a respiração ficando mais rasa.

Não importava quantas vezes as pessoas lhe dissessem que não era sua culpa, sentia-se culpada.

— Bem, se enfiou a mão no Titanic, está afundando junto com o navio, Kat. Fazemos o melhor possível. É o que podemos. Mas você está se doando demais. Está trabalhando à custa de sua vida social. Está trabalhando à custa de sua saúde! Qual foi a última vez que ficou com um cara?

— Teve aquele cara no bar há umas semanas.

— Isso foi em junho. E o fato de que se lembra significa que não saiu mais depois. Aliás, um beijo bêbado no bar *não* constitui um relacionamento.

— É minha culpa se ele não telefonou?

— Não sei, é, *Karen*?

Katie sentiu o rosto avermelhar.

— É bem parecido com meu nome de verdade. E ele ficou com meu número.

— Não o número todo. Você sempre muda os dois últimos dígitos.

— Fazer o quê? É mais fácil do que falar "Não quero ver você de novo".

— Já deu seu telefone de verdade para um homem?

— Já. E acabei precisando de um número novo porque ele não me deixava em paz. Prefiro manter as coisas simples.

Vicky inclinou-se para a frente.

— O que você está fazendo não é viver. Está só existindo.

O que Katie fazia era tentar não perder o controle das coisas. Se estivesse ocupada, ficaria tudo bem. Ela quase contou tudo à amiga naquele momento, mas parte dela tinha medo de que, se mostrasse aquela ponta solta da vida, o resto se desmancharia.

— Talvez tenha razão. Talvez eu precise de um descanso. Vou melhorar depois da folga.

— Vai?

— Não sei. — Ela empurrou a caixa de pizza. — Eu tenho a sensação de que estou ficando maluca. Droga, Vick… o que está acontecendo comigo?

Vicky se levantou e a abraçou.

— Você precisa de ajuda profissional. Conversaria com alguém?

A bondade e a compaixão na voz dela quase fizeram Katie ultrapassar o limite.

Ela mal podia forçar as palavras através do nó na garganta.

— Eu tenho você.

— Mas você não está conversando comigo, e tudo o que tenho para oferecer é pizza de peru... Precisa de alguém especializado.

— Sua pizza de peru não estava lá grande coisa. Você é uma péssima amiga.

Vicky não sorriu.

— Vá falar com o departamento de saúde ocupacional.

— E aí?

— Não sei. Talvez receba uma licença médica.

— Já vou tirar férias.

— Não é tempo suficiente.

— Tirar licença é uma das razões para a situação da equipe estar tão ruim. Se eu sair também, deixaria as coisas mil vezes piores para os meus colegas.

— Você não pode ser uma boa médica sentindo-se assim. Como vai tomar boas decisões?

Ela não tomava. Não tinha tomado boas decisões.

Ficou de pé de repente.

— Preciso ir dormir.

— Para acordar e fazer a mesma coisa amanhã de manhã.

— Isso mesmo. — Ela terminou o chá e colocou a caneca na máquina de lavar louça. — Obrigada pelo chá e por me ouvir. E pela pizza. Foi uma experiência.

— De nada. Espero que acorde melhor. Ah, e, Katie...

Katie parou, com a mão na porta.

— O que foi?

— Só para avisar... Do meu ponto de vista, não parece que você está se virando.

Ela não acordou melhor, nem naquela manhã, nem em nenhuma das vinte manhãs que se seguiram. Reservou o voo no automático, escolhendo uma passagem flexível, pois, se as coisas corressem do jeito que esperava, voltaria em uns dois dias. Aprovou a sugestão de Rosie para seu vestido de madrinha, embora mal tivesse olhado direito.

A conversa com Vicky se repetia em sua cabeça.

Você não pode ser uma boa médica sentindo-se assim.

Katie jamais fracassara em nada na vida. Quisera muito ser médica, e uma boa médica, e foi assim que se viu sentada diante de um médico no papel de paciente, para variar.

Foi uma coisa imensa admitir que não estava bem. Se falasse isso em voz alta para um profissional, então seria verdade. Não daria mais para fingir que os sentimentos passariam.

A médica de saúde ocupacional foi direto ao ponto.

— Li seu histórico médico, então sei o que aconteceu. — Ela tirou os óculos, com uma expressão bondosa. — Quero saber por que você levou tanto tempo para vir me ver.

— Não achei que precisasse. — Katie se remexeu. — Estava indo bem... Não perdi um dia de trabalho sequer...

— Por que não?

— Perdão?

A dra. Braithwaite olhou mais uma vez para as anotações.

— Depois do que aconteceu, eu esperaria que tirasse uma folga. E talvez fizesse terapia. Já considerou conversar com um psicólogo?

— Não. — Seu coração acelerou. Ela apertou as mãos no colo, esperando que a mulher diante dela não percebesse que suava. — Não quero gastar o pouco tempo livre que tenho conversando sobre algo que tento esquecer. Prefiro lidar com isso do meu jeito.

A médica assentiu.

— Mas você está sentada à minha frente agora, o que me diz que não está achando tão fácil quanto pensou.

Katie sentiu lágrimas queimando os olhos e piscou.

— Penso nisso o tempo todo. Flashbacks.

— Do ataque?

— Sim, mas em grande parte dos acontecimentos que levaram a ele. Fico pensando no que poderia ter acontecido se fizesse alguma coisa diferente. Ele... ele disse que era minha culpa.

— E você acredita nele?

— *Era* minha culpa. Mas estávamos tão atarefados naquela noite que não dei a ele o tempo de que precisava. É questão de triagem. Sempre a triagem. A questão é que o risco nem sempre é obvio. Desculpe. — Ela pegou um lenço da caixa na mesa da dra. Braithwaite. — Não costumo ser assim.

— Como você costuma ser?

— Obstinada. — Ela sorriu entre as lágrimas. — Sou obstinada. Nunca falto por doença. E sou perfeccionista. Nunca encontrei uma prova em que não pudesse passar, ou um problema que não pudesse resolver. Fosse o que fosse, eu me saía bem.

A dra. Braithwaite assentiu.

— Vê o perfeccionismo como uma boa coisa?

— Na medicina, sim. Na medicina esperam que acerte sempre.

— Mas como acertar sempre? Os humanos são falhos, não são? Erros são inevitáveis, e é claro que devemos fazer o melhor que podemos para evitá-los quando há vidas em jogo, mas há uma diferença entre exigir um padrão pessoal alto e o perfeccionismo. Um faz com que se esforce para fazer o melhor que pode, e o outro, sendo impossível, a torna crítica a si mesma e infeliz. Também faz com que as pessoas tenham medo de revelar qualquer coisa que possa ser percebida como fraqueza e as impede de correr riscos, porque o fracasso não é visto como opção.

Katie assoou o nariz.

— Seu conselho é fracassar?

— Acho que deveria considerar a possibilidade de que possa cometer um erro e ainda ser uma boa médica. — A dra. Braithwaite empurrou a caixa de lenços para mais perto de Katie. — Admitir que precisa de ajuda não é fraqueza.

— Eu queria ser médica desde criança. Cada prova pela qual me esforcei me trouxe até aqui. Trabalhei duro e me sacrifiquei, e agora estou questionando tudo.

— Por que acha que cometeu um engano?

— Não só isso. Acho… — Ela engoliu em seco. — Acho que talvez não queira mais fazer isso.

— E isso a assusta?

— Claro.

Pois, se não fosse médica, quem seria? Katie olhou o peso de papel na mesa da doutora.

— Nunca me senti assim. Estou por um fio, e com medo de arrebentar. Não vai ser bonito.

— E o que aconteceria se "arrebentasse"? Por que isso teria importância?

— Porque as pessoas confiam em mim.

Ela pensou na mãe e em todas as preocupações que teve com Rosie. Ficaria horrorizada se soubesse como a filha mais velha sentia-se mal.

— Não quero que ninguém se preocupe comigo. Vou cuidar disso. Preciso… — Ela se encolheu na cadeira. — Não sei do que preciso. Não imagino que você tenha uma poção mágica.

A dra. Braithwaite ficou pensativa.

— Não tirou nenhum dia de folga depois do que aconteceu?

— Tirei umas horas enquanto me davam pontos e fiz algumas sessões de fisioterapia que não parecem ter feito diferença. Tive que falar com a polícia, é claro, mas além disso, não. — Katie balançou a cabeça. — Me sinto melhor ocupada.

— Talvez não. — A dra. Braithwaite pegou um bloco de notas. — Vai trabalhar no Natal?

— Não, tiro folga amanhã e volto ao trabalho na véspera de Ano-Novo.

— Não vai trabalhar no Ano-Novo. Vou colocá-la de licença até o meio de janeiro. Isso lhe dá um mês.

Katie se endireitou, sem fôlego.

— Você... *Um mês*? Não posso ficar um mês sem trabalhar. Até tirar uma hora para esta consulta já deu trabalho para os meus colegas. Já estamos no limite no departamento, e o inverno está chegando, e...

— Dra. White... Katie... — A voz dela se suavizou. — Já ouviu a frase "médico, cura a ti mesmo"?

— Já, mas não há nada de errado comigo. Meu ombro está curado, assim como minha cabeça.

A não ser pela dor constante e pelos pesadelos.

— Não são essas as lesões que me preocupam. — A médica rabiscou algo. — Gostaria que conversasse com uma colega minha. Uma psicóloga especializada em acontecimentos traumáticos. Ela é muito boa no que faz.

— Não quero gastar meu tempo falando de algo que quero esquecer.

— É uma decisão sua, mas vou passar o número de qualquer modo, e sugiro que ligue para ela.

A dra. Braithwaite tirou a folha do bloco e estendeu. Então digitou algo em um computador e imprimiu uma receita.

— Vou prescrever um tratamento curto com antidepressivos. Acho que podem ajudar nessa fase aguda. Volte no meio de janeiro e conversaremos de novo.

Katie pegou a receita, mesmo sabendo que iria direto para uma gaveta. Não sabia do que precisava, mas tinha certeza de que não eram antidepressivos.

— Obrigada.

A dra. Braithwaite baixou a caneta.

— Vai viajar no Natal? Em minha opinião, precisa de uma folga completa, longe de Londres. Para descansar.

— Por acaso, vou ao Colorado. Preciso...

Ela quase disse "impedir minha irmã de se casar", e então percebeu a impressão que daria para alguém que não a conhecia. Já soara mal para Vicky, sua *melhor amiga*.

— Minha irmã vai se casar e preciso estar lá para dar meu apoio.

Esperou que a médica sorrisse e dissesse todas aquelas coisas sobre como seria empolgante e divertido.

Ela não fez isso.

— Assim estará concentrada nela e nas necessidades dela, e seus dias estarão cheios de novo. Quero que se concentre em suas próprias necessidades ao menos uma vez, Katie. Precisa de tempo para pensar.

Ela não queria tempo para pensar.

— Quer que eu diga à minha irmã caçula que não posso ir ao casamento dela?

— Não, mas quero que tire tempo para você mesma. Pensando bem, talvez essa viagem no inverno seja exatamente do que você precisa. — A dra. Braithwaite tamborilou na mesa ao observar Katie. — Montanhas. Neve. Ar fresco. Pode fazer bem para você.

Katie não estava convencida. Se passara vergonha chorando diante da dra. Braithwaite, que era uma completa desconhecida, como seria com sua família?

A mãe logo perceberia que havia algo errado, e era por isso que Katie vinha evitando encontrá-la. Por sorte, não tinha conseguido uma passagem no voo dos pais, viajaria um dia depois. Sentia culpa por isso também, pois a mãe não ficava apenas nervosa em avião, e sim apavorada, e Katie deveria estar lá para ajudar, mas não era culpa dela que o voo estivesse lotado.

Teria longas horas de viagem para se recompor e forjar uma atuação convincente.

E talvez ela *precisasse* pensar em como estava lidando com a vida. Em outras circunstâncias, talvez não importasse se fracassasse. Mas, naquele momento, fracassar faria toda a diferença.

Ela tinha uma família para enganar e um casamento a impedir.

Rosie estava de pé na área de desembarque do aeroporto, esticando o pescoço para procurar os pais.

Dan estava atrás, abraçando-a para protegê-la dos empurrões da multidão.

— Sabia que você sempre morde o lábio quando está nervosa ou empolgada?

— Eu não mordo o lábio.

Ela parou de morder o lábio.

— Você nem percebe que morde. Além disso, abraça o próprio corpo, e não precisa disso, porque agora eu posso abraçar você. — Como se para provar o que dizia, Dan a apertou mais forte. — Nunca a vi nervosa assim. É esse o efeito que sua família causa em você?

— Estar com eles sempre me deixa um pouco ansiosa.

— Percebi. A propósito, pode querer tirar o brinco.

Ela virou o rosto para olhá-lo.

— Não gosta dos meus brincos?

— Adoro seus brincos, mas só está com um deles. — Ele deu um sorriso travesso. — Imagino que o outro esteja em casa, em algum lugar em nossa cama.

Ela arquejou e levou a mão à orelha. Não havia nada.

— Deve ter caído quando nós…

Ele tapou a boca dela.

— Há crianças pequenas que podem ouvir.

— Saímos tão atrasados, nem percebi.

— Estávamos meio distraídos. — Ele a beijou no rosto. — Não se preocupe. Ao menos se lembrou da calça.

Ela o empurrou com uma das mãos e tirou o brinco com a outra.

— Estou aliviada por você ter notado. Prefiro não receber meus pais como se tivesse acabado de sair da cama, obrigada. — Ela se virou para a multidão. — *Cadê* eles?

— Devem estar na fila da imigração. Ou esperando a bagagem. Precisa relaxar.

Ela não sabia "relaxar". Aquela palavra não estava em seu vocabulário.

Ele deveria saber disso. Ele deveria saber tudo sobre Rosie, não é? Ou como ele poderia ter certeza de que queria passar o resto da vida com ela?

Uma pessoa deveria saber com o que se comprometia. Em que estágio se sabe o suficiente?

Ah, pare com isso, Rosie!

Ouvia as vozes da família ainda que não tivessem chegado.

Gostaria de não ter falado com Katie. E se eles a envergonhassem na frente de Dan?

Desejava poder injetar algo em si mesma para matar todas as pequenas dúvidas que se multiplicavam em sua cabeça. Naquele instante, seu foco deveria estar nos pais. A mãe decerto estaria com os nervos em frangalhos depois do voo, isso se o pai tivesse conseguido colocá-la no avião. E se não tivesse?

Talvez ainda estivessem em Heathrow.

Sua imaginação tomou um voo longo sem escalas. Ela imaginou a mãe entrando em colapso no portão de embarque e precisando de sedação. Ou, pior, no meio do voo, tentando sair da aeronave.

— É possível abrir a porta do avião quando ele está no ar?

— Não, claro que não.

— Por que "claro"?

— Porque a cabine é pressurizada e a pressão interna é maior que a externa. A diferença de pressão faria você puxar mais de quinhentos quilos... é impossível. É física.

Rosie odiava física.

— Minha área de especialização é folclore e mitologia, então não há razão para eu saber disso.

Ele a soltou e a virou, para que ficassem de frente.

— Por que está perguntando? Sua mãe costuma tentar abrir a porta de aviões no meio do voo?

— Não. — Mas isso era porque a mãe evitava voar sempre que possível. — Minha mãe odeia avião.

— Se ela odiasse tanto assim, não teria vindo.

— Você não conhece minha mãe. Não há nada que ela não faria por mim e pela minha irmã.

Rosie sentia-se cada vez mais culpada por arrastar a mãe para longe de casa no Natal. Ela amava Natal e sempre se preocupava tanto com todos...

— Ela sempre nos apoiou, não importava o que fosse.

— E é o seu casamento! Tenho certeza de que ela está feliz e empolgada por você.

Rosie não tinha nenhuma certeza daquilo. Começava a sentir-se um pouco enjoada. O que havia em sua família que fazia com que ela regredisse ao modo infantil?

— E se eles não pegaram o voo?

— Seu pai teria ligado.

— Precisa ser tão lógico?

Ele sorriu.

— Sim. É parte de quem eu sou, você sabe disso.

— Sei disso.

Ela falou com firmeza, para se lembrar de que na verdade havia muitas coisas que sabia sobre Dan. Sabia que era apaixonado por saúde e bem-estar desde que perdera o pai de ataque cardíaco quando tinha 20 anos. Sabia que preferia ler não ficção a ficção, que absorvia fatos como uma esponja e que amava o ar livre. E sabia que estar com ele fazia com que ela sentisse que podia enfrentar o mundo. Ele jamais questionara sua competência ou suas decisões. A fé que Dan tinha nela fez com que começasse a acreditar em si mesma.

— Está pensando demais. Esse seu cérebro criativo está trabalhando além do horário de expediente. — Ele pegou o rosto dela e a encarou com uma expressão bondosa. — Tem certeza de que é por causa dos seus pais? Nada mais? Você vem ficando cada vez mais estressada nessas últimas semanas.

— Está imaginando coisas.

— Eu conheço você, Rosie.

Conhece? De verdade?

— Não se pode planejar um casamento em menos de um mês e não esperar um pouco de estresse, Dan. Não seria realista.

— Então é o casamento? — Ele afastou uma mecha de cabelo do rosto dela. — Não que eu seja especialista em casamentos, sendo esse meu primeiro e único, mas pensei que deveria ser divertido e emocionante.

Era o que ela pensara também, mas os dois estavam errados.

Ela não se sentia zonza de empolgação; tinha dor de cabeça por causa da tensão.

— Vamos falar de outra coisa por cinco minutos.

— Ei — ele a puxou de volta em seus braços —, vai correr tudo bem, prometo. Assim que sua família chegar, vai ficar mais relaxada. Você deve estar estressada porque sua irmã não conseguiu o mesmo voo. Sei que sente saudade dela.

Hmmm. Naquele momento Rosie queria matar a irmã.

Por que relacionamentos eram tão complicados?

— Ela mandou mensagem ontem. Quer ficar comigo algumas noites, assim podemos colocar o assunto em dia. Tudo bem para você? No Natal sempre dividimos um quarto. É meio que uma tradição.

Dan sorriu.

— Imagino que eu não esteja convidado para essa noite de irmãs.

— Não está convidado, mas vai ser estranho ficar separada de você. Não tenho certeza do que acho disso, para ser sincera.

Katie dissera na mensagem que sentia muita saudade daquelas conversas de menina e que queria umas noites juntas como sempre faziam no Natal, mas Rosie se perguntava se havia mais naquele pedido do que afeto de irmãs.

Ela tentou telefonar, mas a irmã não atendera.

Dan parecia tranquilo.

— Vai ser divertido, e é compreensível. Ela não te vê faz muito tempo. Quer conversar com a irmãzinha.

Rosie esperava que isso fosse tudo.

Ela quase contou a ele. Quase contou o que Katie dissera e como colocara dúvidas em sua cabeça.

Mas como poderia? Não sabia nem se aquelas dúvidas eram reais. Não sabia o que queria. Havia tanta coisa que poderia falar para ele, mas não isso.

— Espero que goste dela.

Espero que minha irmã não o sujeite a um interrogatório. E se sujeitasse? E se Dan decidisse que aquilo tudo era demais? Rosie apoiou a cabeça no peito dele, sentindo-se deslocada, apesar do calor dos braços do noivo. Era como se uma barreira tivesse de algum modo surgido entre eles. Uma das coisas que amava em Dan era como era fácil conversar com ele, mas naquele momento não conseguia encontrar uma maneira de dizer o que precisava ser dito. Ela sentiu que ele acariciava seu cabelo.

— Você falou tanto dela que sinto que já a conheço.

Havia algumas coisas que ela não mencionara. Como o fato de que a irmã não parecera feliz com o casamento.

— Foram umas semanas doidas — disse Rosie.

Ele levantou o rosto dela.

— Minha mãe tem sido sufocante?

— Nem um pouco. É muito bondosa, e tão generosa. Amo sua mãe.

Aquilo era verdade, embora também fosse verdade que as expectativas de Catherine a respeito do casamento adicionavam outro nível de pressão.

— E ela ama você. — Dan sorriu ao beijá-la. — Ela me disse que, se pudesse escolher uma filha, teria escolhido você.

E... mais pressão.

Ah, aquilo era ridículo. Precisava contar a ele da conversa com Katie. Mas aí Dan poderia ficar furioso com a irmã dela, e isso Rosie não suportaria. Não queria começar um casamento com tensões familiares.

— Me conta algo que não sei sobre você?

— Quer dizer um segredo realmente sombrio?

Ela engoliu em seco.

— Isso.

— Algo que ninguém no planeta sabe sobre mim, nem mesmo Jordan?

— Isso.

— Tem certeza? Porque tenho coisas muito sérias enterradas no meu passado.

O coração dela disparou. Talvez Katie estivesse certa. Talvez houvesse coisas realmente importantes que não sabiam um sobre o outro.

— Conta. Você pode me contar qualquer coisa.

E ela deveria poder contar qualquer coisa a ele, não deveria? Depois que Dan fizesse sua grande confissão, fosse o que fosse, contaria logo sobre suas dúvidas. Nenhum deles estaria escondendo nada.

— É bem chocante.

— Diz *logo*.

Ele respirou fundo.

— Quando tinha 7 anos, achei meus presentes de Natal debaixo da cama de meus pais e abri todos.

A ansiedade se tornou alívio.

— É isso? Ah, fala sério...

Ela empurrou o peito dele, e Dan sorriu.

— Falei que era chocante.

— Estou falando sério.

— Foi sério. Fiquei de castigo por duas semanas. E não, não ganhei outros presentes naquele ano. Foi quando descobri que Papai Noel não existia, apesar de me perguntar se ele não tinha feito uma visita antecipada e guardado os meus presentes debaixo da cama.

— Esse é seu segredo sombrio?

— É. — Ele baixou a cabeça e deu um selinho nela. — Não tenho segredos sombrios, Rosie. Sou bem direto.

— Eu sei, e amo isso em você.

O coração dela ainda martelava no peito. Ela se preparara para ouvir algo horrível, e deveria ter percebido que era brincadeira. Dan amava provocá-la, e na maior parte do tempo Rosie amava as provocações dele.

— Há algo sobre mim que você não sabe: tenho alergia a cães. E gatos.

Ele levantou a sobrancelha.

— Sério?

— Sério. Minha pior crise de asma aconteceu quando estava com uma amiga que tinha um cachorro. Então não posso ter animais de estimação.

— Droga. — Ele passou a mão pelo rosto. — Então acabou. Acabou. Melhor ligar para minha mãe e cancelar o casamento.

O coração dela quase parou.

— Você... — Ela engoliu em seco. — Você está falando sério?

— Não, claro que não estou falando sério. Você deveria saber disso. — A expressão dele estava entre divertido e exasperado. — O que tem de errado hoje?

— Não sei. Acho que estou com medo de que você mude de ideia.

— Eu te amo, Rosie. Você. Você inteirinha. Não sabia que você é alérgica a animais, mas não importa. Vamos nos virar. Eu gosto de cães? Claro. Mas gosto mais de você. Se me casar com você significa que vou precisar de minha dose de animais peludos fora de casa, então é o que farei.

Ele fazia tudo parecer tão simples.

— Isso — ela engoliu em seco — é bom. Porque pensei que talvez sempre tivesse imaginado uma casa de família com um animal de estimação, então...

— Posso viver sem um animal de estimação, Rosie.

— Certo. Você... você não vê obstáculos, vê?

Ele franziu a testa.

— Isso não é um obstáculo.

— Poderia ser, para algumas pessoas, mas é disso que estou falando: você não os vê. — Rosie amava aquilo nele. — Achei que poderia haver coisas que não sabemos um sobre o outro, é só.

— Tenho certeza de que há. Mas não porque estamos guardando segredos. Não porque há algo sombrio que precisa ser escondido. É descobrir as coisas pequenas que aumenta a diversão.

Ele estava tão certo de tudo. Tão confiante.

Fez com que ela se sentisse um pouco melhor.

Dan baixou a cabeça, e seus lábios roçaram o dela, provocando, sedutores, uma lembrança do que tinham compartilhado na noite anterior e na noite antes dela.

Rosie sentiu um golpe de desejo e envolveu o pescoço dele com os braços. Os sons do aeroporto desapareceram no fundo, e seu mundo foi tomado apenas por Dan, a boca dele, a rajada súbita de calor conforme os braços dele se enrolaram nela. A cabeça de Rosie girou.

Quando ele a soltou, Rosie manteve a mão no ombro do noivo como apoio.

Alguém passando por eles murmurou "que pouca-vergonha", e Dan riu.

— Que tal irmos para um hotel de aeroporto e eu mostrar o quanto te amo? Diremos aos seus pais que ficamos presos na neve.

Apesar de ser uma ideia ridícula, ela quase ficou tentada. As pernas pareciam líquidas, e o corpo pulsava de desejo. A química entre eles era de matar. Quando estavam nus na cama não havia qualquer dúvida.

— Dan, estive pensando... — *Diga, Rosie, diga!* — Estou pensando se deveríamos ter ido mais devagar, só isso. Está acontecendo muito rápido, e é muita pressão.

— Você é tão cuidadosa, mas não se preocupa com isso. Minha mãe é campeã em organizar coisas no último minuto. Nunca encontrou uma crise que não tenha derrotado. De verdade, ela se dá bem nisso. Vai correr tudo bem. Demos a ela algo em que se concentrar. Não a vejo feliz assim desde quando papai era vivo.

E ainda mais pressão.

Tudo o que ele dizia fazia com que fosse mais difícil para Rosie se abrir.

— Dan...

— Espere... são eles?

Dan olhou para trás dela, e Rosie se virou, procurando em meio ao fluxo de pessoas.

Iam de muito jovens a muito velhos, muitos chegando para celebrar as festas com a família. Passavam ao redor dela, de cachecóis, chapéus e expressões ansiosas, equilibrando malas e pacotes.

Ela viu uma família acalmando uma criancinha indócil, uma mãe exausta confortando um bebê.

Não viu os pais.

— Não são eles.

— Você está certa, eles estão demorando. — Dan franziu a testa para o último fluxo de pessoas. — Seu pai teria telefonado se houvesse algum problema, certo?

— Espero que sim.

A não ser que tivesse esquecido de carregar o telefone, um hábito que deixava todos malucos. Ela se levantou na ponta dos pés para observar um novo grupo de pessoas emergindo das portas.

Não eram eles.

Estava a ponto de enviar outra mensagem quando identificou a cabeça do pai acima da multidão.

— Ali está ele! É o de cabelo bagunçado e óculos.

Ela acenou. Estava aliviada por vê-los.

— Eu vi. E aquela é sua mãe? Acha que ela está bem? Ela parece... meio trêmula. Ah... — Dan soltou um riso desconfortável. — Acho que ela está bem. Ela ama mesmo seu pai, não é? Eles sempre se beijam desse jeito em público? É bem bonitinho. Talvez a gente devesse mesmo ter arranjado um quarto de hotel. Eles poderiam ter usado.

Como Dan era mais alto, tinha uma vista melhor, mas, conforme as pessoas saíram da frente de Rosie, ela viu os pais em um abraço apaixonado.

Rosie ficou perplexa. *Que diabo...*

— Eles não costumam ser assim. Quer dizer, eles têm um ótimo casamento, estão juntos há séculos, mas não costumam ser assim explícitos.

Rosie estava morrendo de vergonha, enquanto Dan, ao lado dela, morria de rir.

— Acho legal, e prometo que ainda vou beijar você assim quando estivermos juntos daqui a trinta anos. Talvez sua mãe esteja feliz por sobreviver ao voo. Nada aumenta mais os níveis de gratidão do que uma experiência de proximidade da morte, não é?

— É.

Quando ela temeu que a família pudesse envergonhá-la, não era essa a cena que tinha em mente.

Eles ainda estavam muito longe para ouvir o que era dito, mas ela viu a mãe ajeitar as roupas e passar o braço pelo do marido. Parecia um gesto mais motivado pela necessidade do que pelo afeto. Observando-a de perto, Rosie achou que a mãe parecia se escorar no pai.

Ela estava doente, será?

Ansiosa, ela largou a mão de Dan, correu até os pais e os abraçou. Primeiro a mãe, então o pai.

— Estava começando a ficar preocupada. Como foi o voo?

— Foi muito rápido — disse a mãe. — Os assentos baratos haviam acabado quando reservamos, então seu pai nos mimou com assentos na classe executiva, na fileira do meio. Pudemos ficar de mãos dadas e assistir aos filmes. Foi como namorar de novo. Fez a gente perceber o quanto ainda estamos apaixonados.

Rosie congelou. Aquela era mesmo sua mãe? A mãe sensata, prática, firme?

— Ah, mãe…

— O que foi, amorzinho? Eu amo seu pai, só isso. Quero que vocês todos saibam disso. Somos tão felizes juntos. Felizes, felizes, felizes. Tudo está bem, não precisa se preocupar com nada. Falei de como estamos felizes?

O que não estaria bem? Com o que ela não precisaria se preocupar? Quando alguém dizia para não se preocupar, em geral significava que havia motivo de preocupação.

Ela olhou para o pai, buscando pistas, e ele devolveu um sorriso cansado.

— Foi um longo voo, e você sabe que voar não é a ideia de diversão de sua mãe.

— Ah, mas *foi* divertido, e depois das primeiras taças de champanhe eu não estava nem um pouco nervosa! — A mãe parecia alegre. — Aquele homem adorável não parava de encher minha taça...

— Homem adorável?

— Um comissário de bordo. E seu pai conversou comigo e não parou de me paquerar. Ri tanto que mal percebi que tínhamos decolado, até que o aviso para o cinto de segurança fez *ping*.

Rosie já vira o pai encantar um salão de palestras, debater na mesa da cozinha com vigor e eviscerar esnobes intelectuais, mas jamais o vira paquerar.

O fato de que não conseguia imaginar estava ótimo para ela. Admirava e sentia-se agradecia pelo relacionamento firme dos pais, mas isso não significava que quisesse ficar pensando nos detalhes.

— Fico feliz pelo voo ter sido suportável.

— Foi mais que suportável. Tive a impressão de que estávamos a caminho de nossa lua de mel. Se fosse um voo noturno poderíamos até ter...

— Mãe!

A mãe dela estava *bêbada*?

O pai deu um tapinha no ombro da filha.

— Desculpe por deixá-los esperando, Rosie. Fomos os últimos a sair porque perderam a mala da sua mãe, incluindo a roupa do casamento.

— Ah, não, que horror.

Era um sinal? Não, claro que não era um sinal. Por outro lado, se fosse acreditar em bons sinais, precisava também acreditar nos ruins. *Pare com isso, Rosie!*

— O que vamos fazer? — perguntou ela.

— Eles nos disseram para esperarmos pela entrega da mala em nossa hospedagem.

— E quando vai ser isso?

— Eles não sabem. Espero que logo.

— Estou mais preocupada com os presentes que empacotei. Eram só umas coisinhas pequenas, mas eu os escolhi com cuidado. Não precisamos de roupas. — A mãe pousou a cabeça no ombro do pai, despreocupada. — Será como nosso primeiro Natal juntos. Lembra? Nevou, e não quisemos sair da cama. Não podíamos pagar o aquecimento, então dependíamos do calor corporal. Não nos vestimos por dias.

Rosie quis tapar a boca da mãe.

— Muita informação, mãe.

Nenhum deles notara Dan de pé atrás dela? O quanto ele escutara?

Aquilo era um pesadelo. Era sua primeira vez apresentando o noivo aos pais e sua mãe se comportava de modo totalmente estranho.

O pai também não parecia o de sempre. Costumava ser a pessoa mais sossegada que conhecia, mas naquele dia estava tenso. Talvez não fosse surpreendente, dado o voo estressante que tivera com a mãe dela.

— Quero que conheçam o Dan.

Não era o melhor momento, mas que escolha tinha? Pegou o noivo pelo braço e o puxou para a frente.

— É um prazer finalmente conhecê-los.

Dan deu um passo na direção deles, de sorriso no rosto e mão estendida, sempre simpático com as pessoas. Ele lhe dissera que isso era decorrência de ser filho único e precisar procurar parceiros de brincadeira fora da família, mas Rosie desconfiava que fosse parte da personalidade dele.

O noivo apertou a mão da mãe dela, depois a do pai, e foi tão afetuoso e receptivo que Rosie relaxou um pouco.

Talvez ele não tivesse notado que a mãe parecia ter consumido muito álcool no avião.

E então Maggie se afastou de Nick e cambaleou na direção de Dan.

— Ah, Rosie, ele é *maravilhoso*. Não é de se admirar que queira casar logo. — Ela fechou as mãos em torno do bíceps de Dan e apertou. — Que forte. Delicioso. E esses olhos, e o *sorriso*.

— Mãe, por favor...

Infelizmente a mãe não havia acabado.

— Tenho certeza de que você malha, Dan.

Mate-me agora.

— Dan é personal trainer — explicou ela. — Foi assim que nos conhecemos, lembra? Decidi parar de ser sedentária, então entrei para uma academia. Tenho certeza de que contei para você.

Por que ela estava se preocupando com o futuro do relacionamento? Depois disso, o relacionamento não teria futuro. Ela deveria devolver a aliança logo e poupar Dan do trabalho de pedi-la.

Deu um olhar agonizante para ele e ficou aliviada quando ele retribuiu com uma piscadela.

O fato de que ele se esforçava para não rir a fez sentir-se um pouco melhor. De algum jeito, ele sempre encontrava graça em situações que ela achava estressante.

Ela o amava. Ela o amava mesmo.

E estava tão agradecia que conseguiu dar um sorrisinho de volta.

— Acho que minha mãe gostou de você.

— O que é uma boa notícia, já que vou entrar na família. Foi uma longa viagem para seus pais — disse ele, com calma. — Vamos levá-los para casa.

A gentileza dele era outra coisa que Rosie amava. Katie tinha razão ao dizer que a maioria dos ex-namorados de Rosie a trataram com descuido. Dan era sempre atencioso.

Ah, o que havia de *errado* com ela? Deveria estar dançando de alegria porque ia se casar com ele. Deveria estar aliviada por fazerem isso rápido, antes que ele tivesse a oportunidade de descobrir a pessoa inconstante que ela era.

Dan já estava confortável com os pais dela.

— O tempo muda muito nesta época do ano, então que bom que o céu está azul para recebê-los hoje. E não se preocupem com a bagagem. Tenho certeza de que minha mãe vai poder ajudá-los com roupas de emergência.

— Duvido — disse Maggie. — A não ser que ela tenha sido gorda algum dia. Ela guardou as roupas da gravidez?

— Mãe! Você não é gorda e não precisa das roupas de gravidez de ninguém.

Desde quando sua mãe era insegura? Jamais fora uma daquelas mulheres obcecadas com aparência. Cuidava do corpo e tentava se arrumar, mas isso era o máximo.

— Acho melhor sairmos logo, assim podemos fazer a maior parte da viagem enquanto ainda há luz.

Dan pareceu concordar, pois pegou a bagagem que não se perdera, e todos marcharam para o carro.

— Quer sentar na frente com o Dan, pai?

Ao menos desse jeito ela poderia silenciar a mãe, se necessário. Rosie abriu a porta para o pai, mas a mãe pegou a mão dele.

— Essa é nossa primeira viagem juntos em muito tempo. Queremos sentar juntos, não é, Nick?

Rosie viu o pai hesitar.

— Talvez seja melhor. — Ele apertou o ombro da filha e fez um sinal para que ela fosse para o assento da frente ao lado de Dan. — Ela ficará bem, não se preocupe. É minha culpa. Deveria ter tirado a taça dela, mas fiquei tão aliviado por ela não berrar de pavor que a deixei continuar.

Rosie escorregou para o banco do carona e rezou para que a viagem terminasse logo. Pensar em passar horas presa em um carro com a mãe bêbada não a animava. Com sorte, ela adormeceria e acordaria sóbria.

Catherine os convidara para um jantar em família no hotel naquela noite, mas Rosie já planejava adiar o evento.

Ela pediria serviço de quarto e diria à mãe de Dan que os pais estavam sentindo os efeitos do voo e do fuso horário. Até que era verdade, se intoxicação por álcool entrasse na lista de efeitos de jet lag.

Com sorte, se dormisse cedo, a mãe se recuperaria.

Havia ainda a questão da mala extraviada, é claro, mas Rosie resolveria aquele problema no dia seguinte.

O pai dela levou a conversa para um terreno seguro:

— Vocês moram aqui há muito tempo, Dan?

— Fui criado em Boston, mas meus pais vieram aqui esquiar depois do casamento, se apaixonaram pelo lugar, e foi isso. Meu pai comprou um terreno antes que o preço subisse, construiu, e o resto é história. Eles amam a cultura e o estilo de vida ao ar livre. Quando ele morreu, minha mãe montou o negócio de casamentos. — Dan olhou de relance para o espelho. — Vocês moram em Oxford. Toda aquela história ali bem na porta de casa. Sempre quis conhecer.

— É um lugar maravilhoso — disse Maggie, feliz. — Moramos em um lindo bangalô com rosas e madressilvas em torno da porta.

Dan sorriu.

— Parece lindo.

— E é. E não precisa se preocupar em não ver a casa, pois eu *não* vou vendê-la. Tomei essa decisão. Sei que é grande para uma pessoa, mas eu a amo demais para ir embora.

Grande para uma pessoa? Rosie franziu a testa. Do que a mãe estava falando?

— Vocês dois moram lá. Você e o papai. São duas pessoas, não uma.

— Ah, sim. A coisa é que nos vejo como um só. Não é verdade, Nick? Depois de tantos anos juntos, nos tornamos um só.

A mãe tinha perdido o juízo.

Dan se esticou e apertou a mão de Rosie, depois olhou pelo espelho para a mãe dela.

— É a casa da sua família. Minha família também é assim com o Nevada Resort. Minha mãe sempre disse que vão precisar arrastá-la de lá. Acho que, quando se vive muito tempo em um lugar, ele se torna parte de você. Entendo por que não gostaria de vender sua casa. Faz sentido para mim.

Não fazia sentido para Rosie, pois a questão de vender o Bangalô Madressilva jamais surgira.

Os pais adoravam o lugar. Era o único lar que Rosie conhecera. Jamais mencionaram vendê-lo.

— Antes Aspen era uma cidade de mineração, até que o mercado de prata entrou em colapso. — Dan entrou no fluxo do tráfego deixando o aeroporto. — Por sorte, esquiar entrou na moda, e a cidade se desenvolveu a partir daí. A posição é ótima. Estamos bem ao lado do rio Roaring Fork e temos o monte Red ao norte, o Smuggler ao leste e o Aspen ao sul.

— O rio Roaring Fork — murmurou Maggie. — Que romântico. Nós temos o Tâmisa e o Cherwell.

— É um afluente do rio Colorado. Vocês deveriam voltar no verão. — O trânsito se dispersou, e Dan acelerou. — O passeio pelo Independence Pass é lindo.

— Não podemos pegar esse caminho agora?

— Fecha no inverno. Somos obrigados a ir pelo caminho mais longo.

Rosie olhou para trás.

— Nevou ontem. É tão lindo. Mal posso esperar para mostrar a vocês, mas é claro que estará escuro na hora em que chegarmos, então só poderão ver direito amanhã.

Dan ajustou o aquecimento.

— Até agora tivemos queda de neve acima da média para a estação. E Rosie está certa: esse lugar é um paraíso de inverno. O Nevada Resort está cheio. Estamos reservados até março. Fico feliz pela minha mãe. Ela dedica toda a energia a isso desde que meu pai morreu.

— Então é um hotel? — perguntou Maggie.

— Mais ou menos, mas não um daqueles lugares frios e impessoais onde ninguém o conhece ou liga para você. Nossos hóspedes tendem a ser bem exigentes, e nos orgulhamos de nosso serviço. Minha mãe cuidava de tudo, mas, conforme foi se envolvendo mais com as coisas de casamento, contratou um gerente. Cada hóspede tem um arquivo. Se é alérgico a penas, se não come carne... isso fica no arquivo, de modo que, na próxima vez que vier, tudo estará do jeito que gosta. Para os hóspedes que precisam de mais privacidade, temos nossas casas na árvore. Foram construídas na copa das árvores e oferecem uma oportunidade única de ficar bem no meio da floresta. A vista é incrível. Vão ficar numa dessas. Minha mãe insistiu.

— Uma casa da árvore? — Maggie franziu a testa. — São construídas na árvore de verdade?

— Sobre estacas — disse Dan. — Não tenha medo. São mais luxuosas do que rústicas. Ganharam vários prêmios ambientais e de arquitetura. Vão amar ficar lá. As casas são feitas de madeira, então se misturam à floresta, e a fauna local às vezes faz visitas. Sempre faz sucesso com casais em lua de mel. Onde mais se pode beber champanhe em uma banheira quente sob o céu da meia-noite? Será perfeito para vocês.

Rosie se encolheu no assento. Não queria pensar nos pais como um casal em lua de mel.

Com medo de a mãe ficar tentada a fazer outra piada sobre nudez, Rosie mergulhou na conversa.

— Como a Katie está? Mal falei com ela nas últimas semanas.

Depois daquele telefonema, tinham trocado poucas mensagens sobre questões práticas como o vestido dela e passagens de avião. Perturbada com a última conversa que tiveram, Rosie ficara nervosa ao pensar em ligar de novo para a irmã, e Katie também não telefonara.

— Você conhece sua irmã — disse o pai. — Ela está ocupada salvando vidas.

— Esperemos que seja apenas isso. — A mãe encostou a cabeça no ombro dele. — Na minha opinião, tem alguma coisa acontecendo. Toda vez que sugiro um almoço, ela me dá uma desculpa. Não é do feitio dela. Ela não perde uma oportunidade de ser alimentada. Está me evitando.

Rosie sentiu uma centelha de desconforto. Tinha percebido a mesma coisa, mas imaginou que era porque a irmã a deixara chateada. Ela e Katie tinham desentendimentos, claro, como era comum entre irmãs, mas nada tão sério, nem que durasse muito tempo. Suas brigas não eram mais do que bobagens de irmã sobre coisinhas do dia a dia.

Está na sua vez de limpar a cozinha.

Você pegou meus sapatos?

Aquela vez era diferente. Era como se Katie a mantivesse distante.

— Ela deve estar ocupada.

Era o que vinha dizendo a si mesma. Esperava estar certa.

— Pena que não vieram juntos, mas esses voos de Natal são sempre um pesadelo. Além dos turistas, todo mundo quer ver a família nas festas — comentou Dan.

— Família é importante nesta época do ano. Eu te amo — disse Maggie a Nick. — Eu já disse hoje o quanto te amo?

— Muitas vezes — disse Nick, de modo seco, e Rosie fechou os olhos.

Jamais vira a mãe demonstrar afeto daquele jeito. Em geral era um olhar ou um toque que proclamava que os dois eram um casal. Uma intimidade silenciosa. Naquele dia, a mãe se comportava como se fosse o último dia deles na Terra e ela estivesse determinada a aproveitar ao máximo. Devia ser o álcool, mas até isso era estranho, pois nunca tinha visto a mãe beber tanto, nem no Natal.

Jamais tentaria convencer a mãe a voar de novo, se fosse assim.

— Que tal um pouco de música?

Ela viu que Dan tentava não rir.

— Isso nem chega perto da vergonha de quando você conheceu minha tia Elizabeth — murmurou ele. — Lembra?

A lembrança compartilhada a fez sorrir, mas Rosie só se permitiu relaxar quando olhou para trás de novo e viu que a mãe havia adormecido no ombro do pai.

O cenário ficava mais espetacular conforme se aproximavam de Aspen. O céu era de um azul-claro ártico, o sol de inverno jogando uma luz suave sobre os picos cobertos de neve.

Como alguém que passara a maior parte da vida em um vilarejo inglês onde poucos flocos de neve criavam uma empolgação inacreditável para as crianças e um grau ridículo de perturbação para os adultos, as montanhas nunca deixavam de animá-la, e neve no Natal seduzia seu lado romântico.

Sentindo-se um pouco melhor, ela esticou as pernas.

— Você se acostuma com a vista?

Dan balançou a cabeça.

— Nunca.

— É lindo. — A mãe dela acordara, grogue e encantada ao mesmo tempo. — Olhe, Nick!

— Estou olhando.

— Agora que o voo já passou, estou animada. É maravilhoso estar aqui, não é? Nunca viajei no Natal. E vamos ficar em uma casa na árvore, apenas nós dois. É mesmo uma segunda lua de mel. — Houve uma pausa, e então um som farfalhante quando a mãe de Rosie se aproximou do pai. — Você ainda é lindo, Nick. Eu já disse isso?

Rosie desejou que a mãe voltasse a dormir. Infelizmente, o cochilo curto pareceu revigorá-la, e ela continuou com seus comentários.

— Nunca vi montanhas altas assim. E a neve é tão macia e perfeita naquele campo ali que me lembra do meu bolo de Natal.

Rosie sentiu uma onda de nostalgia. Não ia comer o bolo de Natal da mãe naquele ano. E no ano seguinte? Não sabia. Era uma das coisas que ela e Dan ainda precisavam decidir juntos. Isso e muitas outras coisas.

Ela olhou pela janela quando Dan fez a curva fechada que levava à entrada cercada de árvores do Nevada Resort. A neve se acumulava em montes macios, borrando os limites da estrada.

— Rosie me disse que você trabalha com publicações acadêmicas, Maggie. — Dan diminuiu a velocidade. — Deve ser interessante. Você gosta?

— Não. Se quer saber a verdade, acho um tédio imenso — disse a mãe. — Trabalho em um escritório silencioso, com pessoas silenciosas, fazendo a mesma coisa silenciosa que faço desde sempre. Odeio.

Fez-se um silêncio.

Rosie virou a cabeça e viu um vinco profundo surgir na testa do pai. Parecia tão chocado quanto ela.

Até mesmo Dan, que era especialista em conversas, pareceu ter dificuldade para achar uma resposta adequada.

Rosie sentiu que o mundo tinha mudado um pouco de lugar.

— Você odeia seu trabalho, mãe? Mesmo?

— Por que isso é tão surpreendente? Nem todo mundo tem a sorte de trabalhar com alguma coisa que é sua paixão. Às vezes você cai em algo e, antes que perceba, ainda está lá, vinte anos depois.

— Eu... eu achei que você amasse seu trabalho.

— É um trabalho adequado. Ideal de muitas maneiras, porque foram flexíveis por me deixar trabalhar de casa sempre que você estava doente, o que era importante. Foi uma escolha prática. Não sou a primeira mulher do mundo a fazer esse tipo de escolha.

Uma escolha que parecia deprimente e pouco inspiradora.

Rosie sentiu uma pontada de culpa.

Era por causa dela? Sabia que suas constantes idas ao hospital colocaram pressão em toda a família, mas jamais tinha considerado que a mãe pudesse ter ficado no emprego porque assim seria mais fácil cuidar de uma criança doente.

— Por que nunca falou disso?

— Acho que nunca ninguém perguntou. Dan é o primeiro. A inteligência emocional dele é com certeza tão desenvolvida quanto os músculos.

Era *claro* que já tinham perguntado sobre o trabalho dela. Por anos, enquanto morava em Oxford, Rosie perguntara: "Como foi seu dia?"

Mas o que a mãe havia respondido? Não lembrava.

Tinha certeza de que jamais a ouvira dizer que odiava o emprego, mas talvez houvesse pistas sutis que ela não percebera. Não tinha procurado com atenção, mas porque jamais lhe ocorrera que a mãe não gostasse do trabalho. Por que pensaria nisso? Se você não gostava de algo, falava disso. A mãe jamais reclamara de nada. Na ausência de evidência do contrário, Rosie pensara que ela amava a vida que levava.

Quando era mais nova, todos os amigos de Rosie invejavam sua mãe. Maggie sempre estava lá para recebê-la depois da escola com abraços e comida fresca e saudável. Ela ajustava seus horários para acomodar qualquer crise familiar — geralmente obra de Rosie — que pudesse acometer os habitantes do Bangalô Madressilva a qualquer hora.

Quando Katie teve gripe poucos dias antes dos exames de admissão na faculdade de medicina, foi a mãe quem tirou folga e a levou para as provas, a encheu de remédios e foi buscá-la depois. Foi a mãe quem dormiu em uma cadeira ao lado de Rosie quando ela estava no hospital, e a mãe quem a incentivou do canto das quadras quando ela praticava esportes.

Rosie percebeu que jamais vira o pai fazer nada daquilo, e até aquele momento jamais achara aquilo estranho.

O pai sempre lhe parecera uma figura empolgante. Ele era enérgico, entusiasmado e muitas vezes elusivo, desaparecendo da vida delas por semanas, às vezes meses, e reaparecendo com presentes típicos e histórias de tempestades de neve e camelos malcriados. Como isso foi antes dos telefones celulares, era comum receberem apenas um cartão-postal durante o tempo em que ele estava fora.

Rose se lembrava de admirar seus suportes de livro, esfinges em miniatura, enquanto a mãe enchia a máquina de lavar com roupas que pareciam ter mais areia que o deserto.

A família se contraía e se expandia conforme ele ia e vinha, e a mãe era a pessoa responsável por aquela elasticidade fácil. Mantinha todos juntos na ausência dele e recebia-o de volta como se jamais tivesse estado longe.

Não houve insatisfações das quais Rosie se lembrasse. Nenhum ressentimento enquanto ele levava o passaporte e ela levava o almoço das filhas.

O que deve ter acontecido para o casamento dos pais ser assim tão flexível?

Concessão.

Muita concessão da parte da mãe e pouca da parte do pai.

Rosie percebeu com uma pontada de vergonha que só pensava na mãe em relação a seu papel na família, não como um indivíduo. A mãe era seu chão. A pessoa que sempre procurou quando teve um problema. Quando perguntara à mãe se ela estava feliz? Nunca. Só supunha. A mãe sempre estivera lá para apoiá-la, cem por cento confiável, em qualquer circunstância. Quem a apoiava? A resposta era seu pai, é claro, a não ser que, a julgar pela expressão no rosto dele, não fosse o caso. Parecia tão chocado quanto ela.

O pai jamais pensara no sacrifício que a mãe fizera por todos?

Rosie decidiu, bem ali, que não sobrecarregaria a mãe com o peso de sua crise atual. Certificaria-se de que tivesse um feriado relaxante, porque ninguém merecia mais do que a mãe.

— Estou levando vocês para a casa da árvore, assim podem se acomodar. — Dan levantou a mão em um cumprimento quando passaram por alguns funcionários do resort. — E vou pedir para minha mãe umas roupas de emergência.

Ele estacionou na frente da casa da árvore.

— Aqui estamos. O caminho deve estar limpo, mas o gelo se acumula, então tomem cuidado.

A casa ficava no alto da copa das árvores, misturando-se com os arredores.

— Estamos *dentro* da floresta. Parece até um conto de fadas. Mágico. — Maggie saiu do carro e deu o braço para Nick para se equilibrar. — Está sentindo o cheiro das árvores?

— Minha mãe é uma jardineira dedicada. Ela ama plantas — murmurou Rosie, pegando o casaco da mãe no banco do carro.

— E estrelas. — Maggie inclinou a cabeça para trás. — Eu também amo estrelas. Está vendo, Nick?

— Estou vendo. Vai conseguir subir a escada, Mags?

— Por quê? Quer me carregar?

Lutando para não sorrir, Dan desceu a mala de Nick.

— Temos o melhor céu noturno. Quando eu era criança, meu pai e eu caminhávamos à noite para tirar fotos. Atravessávamos a floresta até o lago.

Maggie olhou ao redor.

— O ar é tão limpo, e as árvores... têm cheiro de Natal. São abetos-de-douglas?

— Temos uma mistura de abetos, pinheiros e álamos.

— É o lugar mais romântico que já vi. Não se preocupe com as minhas roupas, Dan. Não precisaremos de nenhuma.

Rosie a empurrou para a escadaria que ia dar no deque e na porta.

— A casa está equipada com roupões e produtos de banho — disse ela. — Se acomodem e tenham uma boa noite de sono. Venho vê-los pela manhã e trarei roupas.

Dan franziu a testa.

— Mas minha mãe ia...

— Tudo bem, Dan. — Ela lançou um olhar expressivo para ele. — Meus pais estão cansados. Acho que precisam dormir para descansar da viagem — *e da bebida* — e com sorte estarão bem para aproveitar o dia amanhã.

— Obrigada. — O pai dela deu um passo à frente e a abraçou. — Não se preocupe com sua mãe, Rosie. Vai ficar tudo bem.

Por que continuavam dizendo aquilo?

O que ela estava deixando passar?

Insistindo para Dan esperar do lado de fora, ela pegou a mala e ajudou o pai a guiar a mãe através da porta da casa da árvore.

— Que lindo. — Maggie parou na entrada. — Nick, não é lindo?

— É.

Ele a empurrou para a frente, para que pudesse fechar a porta e se proteger do ar gelado da noite.

Rosie amava as casas na árvore, em especial aquela. Todas tinham o mesmo projeto básico: paredes revestidas de cedro, vigas expostas e janelas do chão ao teto com vistas incríveis em todas as direções. Bem do lado de fora ficava um pequeno lago e um riacho, e veados e alces vinham explorar com frequência. Era o melhor refúgio do mundo, e com muito conforto.

Rosie passara umas noites naquela casa em sua primeira visita, mas desde então ficava no quarto de Dan no apartamento sobre o Nevada Resort, que era o lar da família Reynolds.

Maggie foi à mesa de jantar no fundo da sala.

— É um lustre de galhada! Isso é... — Ela engoliu em seco. — O animal morreu?

A mãe não suportava a ideia de qualquer criatura sendo ferida.

— Não, as galhadas caem naturalmente no fim da estação de acasalamento, então pode acender as luzes sem se preocupar com sua consciência. O banheiro fica à sua direita, e o quarto está no andar de cima. — Ela levou o pai por uma rápida visita guiada. — Mamãe precisa de um pijama?

O pai lhe deu uns tapinhas nos ombros.

— Ela pode usar uma camisa minha. Vai ficar tudo bem.

— Não preciso de nada — gritou a mãe do quarto. — Pelada está bem. A cama é imensa. Que tamanho é esse? É maior que *king* ou *queen*... está mais para toda a monarquia.

Rosie foi em direção à porta.

— Ela está segura com essa escada?

— Provavelmente não. Vou dar um jeito.

— Acho que podem providenciar uma barreira para as escadas, se precisar. — Ela hesitou. — Pai, está tudo bem?

— Por que não estaria tudo bem?

— Não sei. Eu... — Ela deu de ombros, sem certeza de que era uma boa ideia dizer o que sentia. Queria que fosse tudo imaginação. — Ignore o que eu disse. Tenho certeza de que está tudo bem, é o estresse do voo, só isso. A geladeira deve estar cheia, então, se estiver com fome...

— Vamos dormir cedo e nos vemos pela manhã.

— Está bem. Você que sabe.

Ela ouvia a mãe cantarolando uma música sobre um pinheiro solitário e saiu apressada.

Dan estava encostado na grade que cercava o deque, com um olhar bem-humorado.

— Você parece até um tratador de zoológico que acabou de enjaular um animal selvagem perigoso sem perder um membro. Está tudo bem?

— Está.

Isso se ignorasse o fato de que a mãe dela estava a ponto de correr pelada pela casa. E de que pelo visto estava muito infeliz com a vida.

— Acho melhor irmos — acrescentou. — Sua mãe deve estar esperando, e preciso dizer a ela que meus pais não se juntarão a nós.

— Sem pressa. Já telefonei para minha mãe. Ela está bem tranquila. Seus pais têm tudo de que precisam? Por que me impediu de entrar?

— Porque há um limite de vergonha que alguém pode passar em um dia, e já atingi minha cota.

— Por que está envergonhada?

— Está mesmo me perguntando isso? — Ela passou por ele, na direção do carro. — Se soubesse que minha mãe estaria bêbada, não teria pedido a você para me acompanhar ao aeroporto.

— Não deixaria você fazer essa viagem sozinha.

Ela parou e se virou.

— Está sendo machista?

— Não, estou sendo cuidadoso. — Ele a alcançou. — Você não conhece essas estradas como eu. Vim para cá quase a vida toda, no verão e no inverno. E você está acostumada a dirigir do lado errado da estrada.

— Não é o lado errado de onde eu venho. E sou uma ótima motorista.

— Você é uma ótima motorista, a não ser nos momentos em que se esquece do lado em que deveria dirigir.

— Isso aconteceu duas vezes, e nas duas ocasiões vi um carro vindo na minha pista e voltei com tempo de sobra.

— Foi quando eu comecei a beber. — Ele passou o braço pelos ombros dela. — Estou brincando. Você é uma ótima motorista, mas é uma viagem longa, e duas pessoas facilitam a coisa. E agora você precisa relaxar. Sua mãe estava apavorada com o voo, então bebeu. Não pense demais nisso.

— Não é a bebida, são todas as coisas. Minha mãe nos disse que odeia a vida dela.

— As pessoas nem sempre dizem a verdade quando bebem um pouco.

— E às vezes dizem a verdade nua e crua. — Havia algo mais que a mãe gostaria de ter feito? — Minha mãe aceitou o emprego na editora quando terminou a graduação e trabalha lá desde então. Pensei que era o que ela queria fazer. Quer dizer, se alguém faz algo, você acha que é o que a pessoa quer, não?

— Talvez, embora tenha certeza de que a maioria da população não termina no emprego dos sonhos.

Eles amassavam a neve fresca no caminho de volta para o carro. O ar estava gelado e aromatizado com fumaça de madeira e o cheiro de pinho.

Ela sentiu o peso do braço dele pousado sobre seus ombros.

— Sua mãe sempre quis ser organizadora de casamentos?

— Não, mas, olhando para trás, os sinais sempre estiveram lá. Ela organizou a própria festa de aniversário quando tinha 6 anos. Tinha um tema, e ela fez os convites à mão.

— Como sabe disso?

— Tia Eunice me contou. Além disso, há fotografias. Minha mãe organiza festas desde então. Ela organizou quatro casamentos das amigas. — Ele parou e pegou uma pinha. — Mudar da nossa casa em Boston para cá e começar o negócio de casamentos foi o jeito dela de processar a perda do meu pai, mas foi a melhor coisa que ela poderia ter feito. Ela ama o lugar e ama o trabalho.

— Certo. — Então a mãe dele vivia um sonho, enquanto a dela... Rosie franziu a testa. A mãe dela tinha sonhos? — Minha mãe é filha única, e meus avós morreram antes de eu nascer. Não tenho histórias assim. De repente sinto que não a conheço.

— Claro que a conhece. Talvez seja algo em que não pense muito, só isso. Nunca pensamos assim nos nossos pais. O que ela faz no tempo livre?

— Não acho que ela tinha muito tempo livre quando estávamos crescendo. Desde que saímos de casa... não sei. Nossa casa é bem velha e toma muito tempo. Sempre há algo errado, ou um cômodo que precisa de decoração. Ela faz sozinha. É boa com esse tipo de coisa. E o jardim. Ela ama o jardim.

— Aí está. Você sabe qual é a paixão dela. Nem todo mundo transforma as coisas que ama em emprego, mas isso não significa que não tenha paixões no tempo livre.

Ele deu a ela a pinha e abriu a porta do carro. Ela não se mexeu.

— E se ela tiver mesmo passado a vida inteira fazendo um trabalho que não ama?

— Então foi decisão dela. E, antes que passe a noite preocupada, por que não espera para ver como ela vai estar amanhã? É possível que não tenha falado nada disso a sério.

— O que faz você pensar que vou passar a noite em claro?

— Eu conheço você.

— Certo. Você está certo, sim. Nós nos conhecemos. — Ela respirou. — E eu penso demais nas coisas. Desculpa por estar tensa, mas é a primeira vez que você encontra minha família, então me perdoe por eu preferir que minha mãe não estivesse bêbada e babando em cima do meu pai. Foi tudo meio aterrorizante.

Ele riu e a puxou para um abraço.

— Eu adorei seus pais. E sua mãe me lembra um pouco você.

— Bêbada?

— Aberta. Amigável. — Ele a beijou. — Esqueça. E não se preocupe com sua mãe. Ela vai estar bem pela manhã.

Maggie

M aggie acordou sentindo que toda uma obra acontecia em sua cabeça.

Por um momento não se recordou de onde estava, ou por que sentia tanta dor. Lembrou-se de Nick oferecendo uma bebida no portão de embarque e de não confessar que já tinha bebido dois copos de gim com bem pouca tônica antes de sair de casa, para evitar olhares tortos para seu consumo de álcool no voo. O resto da viagem era um borrão.

Não estava acostumada a beber muito, mesmo na melhor das circunstâncias. Além disso, vinha comendo pouco havia três semanas, para vestir melhor suas roupas. A combinação de gim, champanhe e barriga vazia não fora boa.

Ela gemeu e enterrou o rosto no travesseiro. Era o travesseiro mais macio e fofo em que já pousara a cabeça, e o edredom a envolvia como uma nuvem. Não queria se mexer, mas sabia que precisava de água. E de analgésicos. Além disso, muito possivelmente de um médico e de acesso a uma UTI.

Não poderia ser só o álcool, poderia? Talvez tivesse pegado uma gripe no avião.

Sentia-se como se tivesse poucas horas de vida pela frente.

— Bom dia.

Nick apareceu na porta, com um copo de água e uma caneca. O aroma de café fresco era o suficiente para convencê-la a levantar a cabeça do travesseiro.

O movimento foi insuportável.

Ele deixou a caneca ao lado dela.

— Como se sente? — perguntou ele.

— Pode não gritar?

Nem mesmo o conforto do travesseiro conseguia neutralizar sua dor de cabeça.

— Está tão mal assim?

— Pior. Acho que talvez precise de um médico. E de um advogado, para escrever meu testamento.

Ele se sentou na beirada da cama e estendeu o copo de água.

— Você precisa é se hidratar, e depois tomar um café da manhã.

O interior dela se revirou.

— Minha barriga discorda.

— Acredite, é a melhor coisa. Vou prepará-lo enquanto você toma um banho.

Ela era capaz de andar até o chuveiro?

Cautelosamente, sentou-se. E percebeu que estava nua. Com um guincho de vergonha, puxou o edredom sobre os seios.

— Por que estou nua?

— Insistiu que era como queria dormir. Disse que se sentia sexy e em união com a natureza.

— *Quê?* — Ela nunca dormia nua. Preferia pijamas aconchegantes que a protegiam do frio do inverno. — Como vim parar na cama?

— Eu a coloquei aí.

— Ai, isso é *grave*.

Ela pegou o copo com as duas mãos e deu uma golada. Por que era constrangedor que ele a tivesse visto nua, se tinham passado mais de trinta anos juntos?

— Eu... eu lembro que conhecemos Dan.

— É. E você gostou dele. Gostou muito dele.

Ela o encarou.

— Como assim?

— Nada.

— Não me venha com "nada". Fui mal-educada com o Dan?

— Não, você foi muito... afetuosa e receptiva.

— Não gostei dessa ideia. E quanto a nós? — Um pensamento horroroso a atingiu. — Eles descobriram que vamos nos divorciar? Eu falei alguma coisa? Quis mostrar a eles como estamos apaixonados.

— Você com certeza mostrou. — O humor ardeu nos olhos de Nick. Ele tirou dois analgésicos do bolso. — Achei que pudesse precisar disso.

Ela os engoliu sem reclamações.

— Eu fui muito constrangedora?

— *Divertida* seria a palavra que eu usaria. Pedi uma caixa de champanhe para a mãe de Dan. Vamos tomar uma garrafa por dia pelo resto da estadia.

Como ele ousava fazer piadas sobre aquilo? E como estava com uma aparência tão boa depois daquele voo longo? Ele obviamente não tinha bebido tanto quanto ela.

Nick usava um suéter de tricô azul-marinho e uma calça de trilha resistente que sobrevivera aos rigores do trabalho. Não importava onde estava, sempre parecia à vontade.

Ela devolveu o copo.

— Você vai beber sozinho... Nunca mais vou beber na vida.

Depois de alguns goles de café, sentiu-se um pouco mais humana. Humana o bastante para absorver o que a cercava. Estava em uma casa na árvore. Uma casa na árvore de verdade. O quarto ficava acima da sala de estar, e o aspecto aberto permitia as mesmas vistas da floresta e das montanhas através das janelas que iam do chão ao teto. As três paredes restantes eram feitas de vidro. Picos pontiagudos os cercavam, e, em torno deles, estava a floresta de árvores altas e galhos cedendo ao peso da neve. Conforme ela olhava, a neve caiu de um galho e passou pela janela em uma avalanche suave de branco.

Tudo no quarto se mesclava com os arredores, da cama de madeira talhada à luxuosa coberta creme enrolada aos pés dela.

Fora a roupa de cama macia como pluma que a mantivera aquecida enquanto dormia nua.

— Esse lugar é incrível. — Ela olhou para Nick e percebeu que os olhos dele estavam cansados e que ele não tinha feito a barba. — Onde você dormiu?

— No sofá. Luxuoso, comparado a alguns lugares em que já dormi. — Ele ficou de pé. — O banheiro fica no andar de baixo.

— Obrigada. Cadê minha mala?

Ele fez uma pausa.

— Você não lembra?

— Do que deveria me lembrar?

— A companhia aérea perdeu sua mala.

— Quê? Não! Os presentes. Meus presentes para as meninas estavam lá.

E não só os presentes. Maggie pensou em todas as visitas a lojas que fizera para encontrar o vestido certo para usar no casamento. Ela não amara o que encontrara, mas era a melhor opção de todos os que havia experimentado. Agora o vestido tinha sumido e, se não aparecesse, ia precisar começar tudo de novo. Não apenas isso, mas suas pesquisas lhe diziam que qualquer coisa que comprasse em Aspen custaria uma fortuna.

O problema não era apenas o vestido. Com exceção das roupas que vestira na viagem, todas as outras estavam na mala. Seu suéter vermelho predileto, que sempre usava no Natal. Seu pijama.

— Deixei uma camisa e um suéter no banheiro para você. Vista isso por enquanto, e faremos um plano para substituir sua bagagem depois.

— Substituir? Não podemos esperar ela chegar?

Ele hesitou.

— Liguei para a companhia aérea há uma hora. Até o momento, não conseguiram localizar sua mala.

— Como isso é possível? Pensei que hoje em dia tudo fosse eletrônico. Não podem rastreá-la?

— Alguma coisa no rastreamento não funcionou. Não sabemos se ou quando vai chegar.

Algumas mulheres adoravam fazer compras. Maggie detestava. Pensar em fazer tudo de novo, e em um local desconhecido como Aspen, quase fazia com que voltasse para baixo das cobertas.

— O que devo vestir para ir comprar roupas novas?

— Rosie está vindo em um minuto com umas coisas que ela espera que sirva. Ela e Dan têm uma reunião com o florista nesta manhã, então Catherine se ofereceu para levá-la para fazer compras e almoçar.

— Catherine? Você também vem?

Ele deu um meio sorriso.

— Não fui convidado. Parece que é um programa de garotas.

Aquilo ficava pior a cada minuto. Ela não era uma garota. Não era uma garota havia algumas décadas. E fazer compras com alguém com a postura e a elegância de Catherine não seria de muita ajuda para sua autoestima frágil.

— O que vai fazer?

— O tio de Dan vai me levar para um passeio de motoneve por algumas das trilhas que vão do Nevada Resort para a floresta.

— Por que você vai fazer as coisas divertidas? Podemos trocar? Um passeio de motoneve parece muito mais legal do que fazer compras.

Ele levantou uma sobrancelha.

— Mesmo com essa dor de cabeça?

Ela imaginou os solavancos no chão gelado.

— Talvez não. Mas compras também não combinam com dor de cabeça. — Ela não conseguia pensar em uma desculpa. E precisava de roupas. — Imagino que não possa fugir dessa.

— Por que fugiria? É a desculpa perfeita para conversar com a mãe do Dan antes do casamento.

— Sério? Pensei que tivesse dito que me conhecia.

Ele franziu a testa.

— Eu conheço você.

— Então como não sabe que a *última* coisa que quero fazer é conhecer a mãe do Dan quando estou de ressaca e sem roupas?

— A ressaca vai passar, e vamos te emprestar roupas.

— Roupas que não vão cair bem.

— Bem... — Ele se atrapalhou. — Desde que sirvam, tenho certeza de que vão ficar bem. E desde quando você precisa de roupas para se sentir confiante?

— Desde que minha filha arranjou uma sogra muito bem-sucedida, magra, elegante e perfeita. — De algum jeito seus pensamentos saíram pela boca. — E se me conhece de verdade, como não sabe que fico intimidada diante de pessoas bem-sucedidas? Como não sabe disso, Nick? *Como não sabe?*

Ela quase nunca via Nick sem palavras, mas era assim que ele estava naquele momento.

— Mas... — Ele passou a mão pelo cabelo. — Você é bem-sucedida, Mags.

— Eu? Como eu sou bem-sucedida? Eu não tenho meu próprio negócio. Não sou um professor universitário de renome internacional. Não reconstruí minha vida do nada ao perder o marido. Não reavaliei meu propósito depois de um trauma pequeno, muito menos um grande. Não sou médica como a Katie, nem estudante de Harvard, como a Rosie. Eu... não sei o que sou. Sou alguém que segue se arrastando, tirando poeira das mesmas superfícies, sentada à mesma mesa à qual me sentei durante a maior parte da minha vida profissional, fazendo o mesmo trabalho que, sinceramente, qualquer um poderia fazer. E nem sou magra.

Ao lançar aquela última frase no ar, viu um olhar de puro pânico surgir nos olhos de Nick. Ele parecia um homem que percebera de repente que segurava uma substância volátil, instável.

— Eu gosto da sua aparência — disse ele.

— Estamos nos divorciando, Nick. Então não deve gostar tanto assim.

Ela caiu de novo nos travesseiros e desejou que não tivesse optado por um movimento tão violento. Ou uma conversa como aquela. Nunca mais ia beber.

— Esqueça — pediu ela. — Esqueça que eu disse isso.

Ele coçou a nuca.

— Não é fácil esquecer.

— Bem, tente. E, se puder sair agora, gostaria de tomar um banho.

Ele não se mexeu.

— Quer dizer que está intimidada pela mãe de Dan?

— Tchau, Nick.

— Mas você não a conhece. Ela é um ser humano e deve ter dificuldades como todos nós.

Maggie sentou-se.

— Você não entende, não é? Sou o tipo de mulher que faz alguém como Catherine Reynolds revirar os olhos.

— Por que ela reviraria os olhos?

— Porque passei a maior parte da vida construindo um lar. Eu faço cortinas e planto verduras. Conheço cem maneiras diferentes de cozinhar cenoura. Você acha mesmo que isso vai impressioná-la? Ela vai achar que traí o gênero feminino por não ter uma carreira brilhante com uma trajetória ascendente.

Ele pestanejou.

— Não acha que está sendo dura demais com você?

— Não, não acho. Hoje em dia as mulheres devem ser capazes de fazer tudo, desde que sejam ambiciosas e tenham uma boa agenda.

Ele soltou um riso abafado.

— Mags... que diabos está acontecendo?

— Nada. Talvez porque nunca fui o tipo de pessoa que tem agenda. Talvez, se tivesse uma boa agenda, teria conseguido enfiar mais coisas na vida.

— É esse o objetivo? — Ele parecia confuso. — Enfiar mais? Você está falando do trabalho? Pensei que amasse cuidar da casa. Você disse que queria que as crianças crescessem em um ambiente diferente daquele em que cresceu.

— Eu quis. Quero.

Então, por que, de repente, questionava isso tudo? Por que se sentia perdida... e irrelevante? Se Catherine tinha conseguido reinventar a vida, por que Maggie não conseguia?

— Se você ama, não pode estar errado — disse Nick.

— Você não entende.

— Não, você está certa. Não entendo mesmo. — Ele soava exasperado. — Por que precisa impressioná-la, afinal?

— Só um homem faria essa pergunta.

— Ao menos espere até conhecê-la para começar a fazer julgamentos. Pode gostar dela.

Mas Catherine gostaria *dela*?

— Pode sair do quarto? — pediu ela.

— Por quê?

— Porque quero me vestir agora.

— Já vi você sem roupas.

— Faz muito tempo.

— Bem, você não parece ter mudado tanto.

— O que mudou é que não estamos mais juntos.

Ela sabia que era ridículo sentir-se desconfortável, mas era como se sentia. Uma parte dela havia se distanciado. Como proteção. Roupas eram proteção, o que tornava ainda pior o fato de que ela no momento parecia não ter nenhuma.

Nick balançou a cabeça, murmurou algo que ela não entendeu bem, mas tinha certeza de que não era elogioso, e saiu do quarto.

Maggie esperou até ouvi-lo fazer barulho na cozinha e saiu com cautela da cama. Desceu as escadas com cuidado, apertando o corrimão de madeira curvado que parecia ter sido esculpido no galho de uma árvore. Se não achasse que as pernas cederiam, poderia ter parado para admirá-lo.

Ela entrou no banheiro, ronronando quando o aquecedor sob o chão aqueceu seus pés descalços. Muito melhor que o Bangalô Madressilva, onde uma ida noturna ao banheiro trazia o risco de congelamento.

Havia uma banheira grande e um box de vidro com chuveiro a vapor.

Quando saiu de lá, dez minutos depois, estava arrependida da explosão de mau humor.

Enrolada em um roupão macio branco, ela encontrou Nick na cozinha.

— Acha que posso usar isso pelo resto de nossa estadia?

— Pode causar alguns olhares atravessados. Por outro lado, sempre acreditei na importância de expressar a própria individualidade.

Nick fritava bacon, e o chiado e o cheiro a fizeram perceber como estava com fome.

Quando comera pela última vez? No avião, talvez.

Ele passou o bacon para um prato e adicionou torradas de pão de fermentação natural e ovos mexidos.

— Coma.

Ela sentou-se no banco do balcão da cozinha e pegou um garfo.

— Desculpa.

— Pelo quê?

— Pelas coisas que eu disse. Me ignore.

— Não vou fazer isso, mas o resto da conversa vai precisar ser adiado, pois Rosie enviou uma mensagem dizendo que está vindo.

Ela já dissera mais do que pretendia. Encheu a boca de comida.

— Esse bacon é tão gostoso.

— Curado no bordo e preparado na área, de acordo com a embalagem.

Ela limpou o prato e percebeu que Nick a observava.

— O que foi?

— Estou pensando que você parece ter 20 anos com esse roupão e o cabelo molhado. — Ele bebeu o café. — Para onde foram os anos, Mags?

Era uma pergunta literal? Como deveria responder?

— Não fique sentimental, vai ser demais para a minha ressaca. Tem mais torrada?

Ela passara três semanas sem comer carboidratos e estava tão faminta que comeria qualquer coisa.

Ele fatiou o pão.

— Na próxima vez que estivermos sozinhos, sem perturbações, também quero falar do que aconteceu ontem no carro...

— Combinamos que íamos fingir que estávamos apaixonados. Não se apavore, não estava tentando seduzir você.

Era possível seduzir alguém com quem se fora casada por três décadas?

— Não estou falando do flerte. — Ele colocou a torrada na frente dela, com um pouco de manteiga cremosa e um pote de geleia caseira de ameixa. — Estava falando do fato de você não gostar do seu trabalho.

Maggie enfiou a colher na geleia. Tinha falado aquilo? Não tinha o hábito de expressar os sentimentos sobre o trabalho.

— Você não deveria acreditar na ladainha de uma mulher embriagada.

— Foi o que pensei, até você falar aquilo tudo hoje.

— Também não deveria acreditar na ladainha de uma mulher de ressaca.

Ele completou a xícara de café.

— Então não odeia seu trabalho?

Ela mordeu a torrada. Mastigou.

— É razoável.

— Isso não parece um grande elogio. Se não gosta, por que não mudou?

Ela baixou a torrada.

— Porque era adequado para nosso estilo de vida. Um de nós precisava estar disponível para as meninas. Seu trabalho envolvia muitas viagens. Não estava sempre lá para levar à escola, para as reuniões de pais e mestres e para as emergências no meio da noite.

— Mas Rosie saiu de casa há quatro anos. Se quisesse fazer algo diferente, poderia ter feito.

Ela esmagou migalhas da torrada com o indicador. Deveria contar a ele?

— Eu me candidatei a uma vaga um mês antes de ela ir embora. Achei que me faria bem me ocupar com alguma coisa.

Ele a encarou.

— Você se candidatou a um emprego? Por que não me contou?

Maggie deu de ombros.

— Porque tive medo de não ser escolhida. E não fui.

— Mas nem me contou que ia tentar. Por quê?

— Por que você acha? — Ela mexeu na casca da torrada. — Estava me protegendo da humilhação.

— Somos casados, Mags. Eu te amo. Por que seria humilhante contar para mim?

Ela decidiu não ressaltar que ele dissera "eu te amo", quando o que queria dizer era "eu te amava".

— Porque você sempre é bem-sucedido em tudo. Consegue toda promoção e todo emprego que procura.

— Mas... — Ele parecia desconcertado. — Qual era o emprego? Era outra vaga em editora?

— Não. Eu me inscrevi para uma vaga de paisagista.

Agora parecia ridículo. Como ela pudera pensar que teria chance de conseguir um emprego sem qualificação? E, no entanto, ficara tão esperançosa quando se inscrevera. Tinha juntado um portfólio de fotografias do seu jardim e de jardins dos amigos nos quais trabalhara, certa de que conseguiria provar seu valor em uma entrevista. Mas não fora chamada para uma. Em vez disso, recebera um e-mail impessoal dizendo que ela não tinha a experiência que procuravam.

Ela imprimira o e-mail e guardara no arquivo. E jamais mencionara aquilo a ninguém até aquele dia.

— Sei que ama o jardim. Você transformou o Bangalô Madressilva. Lembra quando nos mudamos? Era uma selva.

Ela lembrava. Também se lembrava da empolgação com a transformação gradual de floresta para jardim dos sonhos.

— Um hobby não me qualifica para um emprego pago.

— Poucas pessoas conseguem a primeira vaga a que se candidatam. Hoje em dia as pessoas se candidatam a várias vagas.

Ela afastou o prato.

— Eu me candidatei a várias vagas.

— Como assim? Não acredito que não me falou nada.

Ela deu de ombros.

— Não havia nada para falar. Não consegui nem uma entrevista sequer, muito menos um emprego. Talvez não pareça o tipo de pessoa que usa uma agenda.

— Não sabia que estava infeliz com sua vida.

— Não estava, mas minha vida mudou, Nick. Mudou depois que Rosie saiu de casa. Eu precisava de algo mais, só que não é tão fácil como parece nos filmes. A vida não funciona assim.

A cabeça dela latejava. Qual deles tinha começado aquela conversa?

— Não tinha pensado nos sacrifícios que fez até ontem à noite, no carro — comentou Nick.

— Ficar em casa não foi um sacrifício, foi uma escolha. E você está certo, eu amava estar presente para nossas meninas.

— Mas faz você se sentir inferior. E não entendo por que deveria.

— Pense, Nick! Já leu uma reportagem elogiando uma mulher cuja vida é cuidar de um filho com deficiência ou um pai com Alzheimer? Não, não leu. Quando alguém fala de "conquista", fala de salário e status, não de conseguir tomar banho e trocar de roupa depois de passar duas noites seguidas no hospital com a filha, embora, acredite, seja, *sim*, uma conquista. A gente lê sobre gerentes de fundos de cobertura que levantam às três da manhã para malhar, ir à academia, responder e-mails e fazer café da manhã para a família toda antes de um dia inteiro de trabalho no centro da cidade e que voltam para casa a tempo de ler histórias para as crianças dormirem, e trabalham mais algumas horas antes de fazer sexo perfeito, ter três horas de sono REM sem perturbações e começar de novo. A gente lê sobre mulheres que ficavam em casa com as crianças e de repente perceberam que, se começassem a cobrar por todos os bolinhos que fizeram para os amigos dos filhos e eventos escolares, podiam transformar suas habilidades com o forno em um negócio rentável. E, a propósito, a mulher sobre quem eu li não parece ter assado um bolinho sequer na vida, e decerto nunca comeu. O que a gente *nunca* lê é sobre os milhões de mulheres normais que se esforçam para segurar as pontas e que não têm uma agenda porque não sabem exatamente o que escreveriam lá!

— Maggie, respire!

Ela respirou, percebendo que Nick a observava como se fosse uma desconhecida.

— Desculpe. Acho que exagerei um pouco.

— Um pouco?

— Apenas me ignore. Fiquei meio magoada com todas as rejeições, só isso. Meu arquivo está cheio.

— Você mantém um arquivo? Onde?

— Não importa. Aceitei que uma nova direção não é fácil como parece. Ou pensei que tivesse aceitado, até ler sobre Catherine, que faz parecer fácil. — Ela terminou a torrada e levantou a caneca de café. — Não fique tão traumatizado. Talvez eu não tenha um emprego que amo, mas adoro minha família. A vida é sempre uma concessão.

— Mas foi você quem fez as concessões. — Ele estava rouco. — Eu voei pelo mundo e deixei você para cuidar do forte.

— E você perdeu a chance de estar com as meninas. Não estava lá quando Rosie deu os primeiros passos, ou na primeira vez que Katie leu uma página inteira do livro e percebeu que as palavras se ligavam. Foi mágico. — Ela baixou o café, recordando. — Se pudesse voltar no tempo, faria a mesma coisa.

Mas talvez ela pudesse ter se esforçado um pouco mais para encontrar um trabalho diferente. Ela buscou a segurança, ficando no lugar em que acomodavam as pressões familiares. Talvez devesse ter se esforçado mais para encontrar a única coisa que teria amado fazer. Mas ela não era como Nick, que tinha escavado o jardim dos pais aos 5 anos e escrito ao diretor do Museu Britânico aos 9. Ela não tinha uma paixão esmagadora.

Ele franziu a testa.

— O que você disse antes... Eu não sou bem-sucedido em tudo.

— Você é, e está tudo bem. Tenho orgulho de você, Nick. Sempre tive.

— Está falando do meu trabalho.

— É mais que seu trabalho. É sua paixão. É a coisa mais importante para você, nós todos sabemos disso.

— Família é importante. Não fui bem-sucedido com isso. — A voz dele estava áspera. — Não fui bem-sucedido com o nosso casamento.

Ela o encarou. Houve um longo silêncio.

Nick começou a falar, mas então fez uma pausa, o olhar vagando foi para um ponto atrás dela.

— Rosie chegou. Péssima hora. Parece que ela trouxe umas roupas para você.

Talvez fosse uma boa hora. A conversa tinha passado de desconfortável para confusa.

E então Maggie percebeu que tinha esquecido o papel que interpretavam.

— O sofá…

— Eu tirei a roupa de cama de lá, não se preocupe. — Ele deu outra olhada para a porta. — Mags, tem certeza de que não deveríamos…

— Tenho certeza, sim. — Ela não o deixou terminar a frase. — Viemos para um casamento, Nick. Não se fala de divórcio em um casamento. Até a pessoa mais insensível deveria ser capaz de perceber isso.

— Está dizendo que sou insensível?

— Não, mas, se pensa de verdade que é a hora certa de contar a ela, então talvez seja.

Maggie foi até a porta o mais rápido que sua dor de cabeça permitia. Rosie estava ali, elegante e chique em um casaco justo de esqui, a calça jeans enfiada em botas de neve.

O coração de Maggie se encheu de amor. Por que as pessoas não percebiam que nem todo mundo era movido por dinheiro e status? Algumas eram movidas pelo amor. As escolhas que ela fizera foram impelidas pelo amor.

Rosie ainda lhe parecia vulnerável. Talvez porque Maggie tivesse estado ao lado dela em todos aqueles momentos difíceis pelos quais a filha passara. Era difícil enxergar além da menina jovem que ela fora um dia. Ou talvez fosse porque Rosie era tão aberta à vida e a tudo o que ela tinha a oferecer. Ela não colocava barreiras, e isso era ao mesmo tempo bom e ruim.

Maggie abriu a porta e engoliu em seco quando um sopro de ar congelante veio em sua direção.

— Bom dia, querida. Entre, saia do frio.

Rosie entrou e lançou um olhar ansioso para ela. O cabelo comprido descia do gorro de lã, e as bochechas estavam vermelhas de frio.

— Como está se sentindo?

— Estou bem, e arrependida por fazer você passar vergonha. Na próxima vez, vou tomar uma anestesia geral para voar, não álcool. — Ela abraçou a filha. — Você me perdoa?

— Não há o que perdoar. — Rosie a beijou e então arrancou as botas, espalhando neve por toda parte. — Nevou de novo durante a noite. Mais uns cinco centímetros. Dan e Jordan saíram cedo para as primeiras pistas. — Ela viu o olhar perdido da mãe. — Primeira corrida do dia. Neve fresca. Chegarão antes que as hordas de turistas terminem o café da manhã e saiam.

Maggie não conseguia imaginar escolher as encostas geladas de uma montanha em vez de uma cama quente e confortável.

— Quem é Jordan?

— O melhor amigo do Dan. Eles se conheceram nas férias aqui quando eram mais novos, e Jordan ainda mora e trabalha no vale. Ele construiu a própria casa. Vai ser o padrinho.

— Ele construiu uma casa? Então ele é empreiteiro?

— Não. Mas é bom com as mãos. Prático. Ele é arborista. Cirurgião de árvores.

— Bem, há muitas árvores por aqui, então faz sentido. — Maggie se alegrou. Seria interessante conversar com alguém com conhecimento sobre árvores. — Será que ele saberia o que fazer com a nossa velha macieira?

— Pergunte a ele. Jordan sabe tudo. Ele é obcecado por natureza e conservação. — Rosie beijou o pai. — Oi, pai. Dormiu bem? A cama não é o lugar mais confortável em que já dormiu na vida?

A expressão de Nick não vacilou.

— Como dormir em uma nuvem.

— Como está sua cabeça, mãe?

Rosie sorriu ao deixar a sacola que carregava no sofá. O sofá em que Nick dormira poucas horas antes.

— Minha cabeça está bem — mentiu Maggie. — Dan ainda quer se casar com você ou conhecer sua família o fez desistir?

— Dan se divertiu ao ver vocês se comportando como um casal em lua de mel. Melhor que ter pais que brigam, certo? Catherine sempre diz que pais divorciados em um casamento podem ser a coisa mais constrangedora do mundo.

— Imagino. — O riso de Maggie saiu mais agudo do que ela desejara. — Eu me sinto terrível por perder o jantar com a família de Dan. Estava animada.

— Você vai passar a manhã com Catherine, então vai poder conhecê-la. — Rosie abriu a sacola. — Tenho umas coisas que podem servir em você. A tia do Dan as deixou no dia de Ação de Graças porque sabia que iria voltar para o casamento. Experimente. Não são nem um pouco seu estilo, mas vão servir até arranjarmos outra coisa.

Ela tirou um suéter rosa berrante com uma gola cravejada que refletia o sol.

Maggie sentiu uma pontada súbita de dor na cabeça.

A tia de Dan era uma dançarina em Las Vegas?

— Obrigada.

— E calça jeans. — Rosie jogou a roupa para ela. — Você calça o mesmo número que eu, então vou te emprestar minhas outras botas de neve.

Maggie não usava calça jeans fazia ao menos duas décadas.

Ela tentou não pensar nas roupas cuidadosamente escolhidas que estavam em sua mala.

— Vou vestir isso enquanto você conversa com seu pai.

Ela foi ao banheiro com a roupa de baixo limpa que por sorte lembrara de colocar na bagagem de mão e se enfiou nas roupas. A calça era apertada, mas, encolhendo bem a barriga, conseguiu fazer com que entrasse.

Quando saiu, Rosie e Nick conversavam sobre o casamento.

— Katie vai chegar no voo da tarde, mas Dan tem compromisso, e eu tenho a última prova do vestido. Acha que ela vai se importar se Jordan for buscá-la? Ele se ofereceu para dirigir até o aeroporto.

— Tenho certeza de que ela ficará agradecida. — Nos últimos tempos, Maggie não tinha muita certeza de nada a respeito de Katie. Mal podia esperar para vê-la. — É gentileza dele. Jordan é casado?

Rosie olhou para ela.

— Não comece. Sabe como Katie é. Não consigo pensar em duas pessoas que combinem menos do que Jordan e minha irmã.

— Por quê? O que há de errado com sua irmã?

— Nada. Eu a amo. Mas precisa admitir que ela é muito concentrada no trabalho.

— Ela tem um trabalho importante.

Katie também não tinha tudo, Maggie pensou, triste. Ela tinha o trabalho, mas muito pouco tempo para qualquer outra coisa.

— Ela também é uma garota urbana. Depois de duas horas na cidade, Jordan não consegue respirar. — Rosie deu um passo para trás. — Você ficou bonita com essa calça.

— Parece até um torniquete. Não tem sangue correndo pela parte inferior do meu corpo. Sou duas décadas velha demais para usar essa roupa.

— Eu achei ótima. — Rosie ofereceu luvas e um chapéu. — Está pronta para as compras? Vou deixá-la no Nevada Resort no caminho do centro.

Sabendo que não podia arrumar desculpas depois do seu desempenho nada impressionante na véspera, Maggie vestiu o casaco.

Independentemente do que acontecesse, tentaria não envergonhar a filha.

Rosie se virou para Nick.

— Dan e Jordan virão buscá-lo aqui em meia hora, e nos encontraremos todos mais tarde. Vão trazer um agasalho para mantê-lo seco e aquecido.

Consciente de que, embora tivesse exagerado na noite anterior, ela ainda fazia parte da farsa que encenavam, Maggie foi até Nick e lhe deu um beijo de despedida. Para sua surpresa, o ex-marido segurou seu rosto e retribuiu o beijo. A boca dele era quente e delicada, e Maggie sentiu algo se desdobrar dentro dela.

Talvez ainda esteja um pouco bêbada, pensou, conforme se soltava.

Perguntou-se o que ele estava a ponto de dizer quando Rosie aparecera.

Rosie revirou os olhos.

— Ah, por favor! O resto de nós precisa ir longe para alcançar vocês dois.

Maggie se dirigiu à porta sem olhar para Nick.

Estava dando a Rosie uma falsa impressão do casamento, ao não ser honesta?

Não. Estava fazendo a coisa certa. Aquela viagem era de Rosie e Dan, não dela.

Maggie saiu da casa da árvore atrás da filha. Na noite anterior, vira a floresta e o céu noturno através de uma névoa alcoólica, mas por fim sua visão estava limpa como o céu azul perfeito. Neve fresca cobria as árvores, e ela sentiu o ar frio no rosto. A primeira coisa que notou foi como era calmo e pacífico. Ficou imóvel por um momento, cercada pela floresta, ouvindo o estalido dos galhos e o baque suave da neve. Ela viu um lago, congelado e rodeado de coníferas de um lado e grandes álamos de outro.

Catherine esperava na frente do Nevada Resort, esbelta e elegante de calça jeans, casaco com gola de pele e óculos de sol grandes.

Maggie não esperava que ela fosse estar vestida de modo tão casual e logo se sentiu um pouco melhor, ainda que Catherine parecesse ter passado metade da vida na academia e fizesse a calça jeans parecer uma peça de alta-costura.

Pelo menos não estava carregando uma agenda.

Rosie fez as apresentações, e Maggie subiu no carro ao lado da sogra da filha. A calça quase cortava sua cintura ao meio. Talvez devesse perguntar se podia se deitar no assento de trás.

— Peço desculpas por não ter ido ao jantar ontem à noite.

— Não tem problema! Aquele voo é de matar. Eu devia lamentar por a companhia aérea ter perdido sua bagagem, mas, sendo bem honesta, é uma boa desculpa para fazer compras.

Catherine fervilhava de energia e deixou Maggie ainda mais consciente de sua cabeça dolorida e da sensação confusa que Nick dissera ser causada pelo fuso horário.

— Não fico muito feliz andando de avião — disse Maggie.

— Nem eu. Meu melhor amigo no avião é o álcool.

Maggie riu. Talvez ela e Catherine tivessem mais em comum do que pensara.

— Você viaja muito?

— Antes eu viajava. Quando estava montando o negócio, ia a todas as grandes feiras de casamento, mas agora temos tanta recomendação de clientes que mal damos conta, então meu trabalho é bastante local. A maioria dos meus fornecedores fica bem aqui no vale. Eu uso um fotógrafo que tem uma galeria no centro, um florista local e a loja de noivas de uma estilista que decidiu que preferia nossas montanhas ao brilho e luxo de Manhattan. Ela arranjou o vestido mais refinado para Rosie, mal posso esperar para que você veja.

— É muito generoso da sua parte dar tanto apoio a Rosie.

— Eu adoro a Rosie. Ela é tão carinhosa e genuína. Assim que Dan a apresentou, pensei: "Tomara que seja o amor da vida dele." A família inteira está empolgada com o que aconteceu. Você não está?

Ela estava empolgada?

— Dan parece maravilhoso — comentou Maggie, com diplomacia. Ainda não tinha certeza do que dissera a ele na noite anterior. — Mas tudo aconteceu muito rápido.

— Eu sei. Quando Dan fez o pedido de casamento no dia de Ação de Graças, quase chorei.

Maggie também quase tinha chorado, embora desconfiasse que tivesse sido um tipo diferente de choro.

— Então foi um choque para você? — perguntou ela a Catherine.

— Você não faz ideia. Já seria uma reunião especial, porque Rosie estava conosco, mas nunca imaginei que fosse especial a esse ponto. Tão romântico e significativo, porque meu Dan não é impulsivo. Rosie é?

É, pensou Maggie. *Muda de ideia com o vento.*

— Eles parecem muito apaixonados.

Pareciam? Não se lembrava muito disso também, mas sentiu que era a coisa certa a dizer.

Como Rosie estava naquela manhã? Um tanto normal, embora mais uma vez Maggie estivesse mais concentrada em se comportar como metade de um casal apaixonado. E quem era ela para julgar? Não fora capaz de manter o próprio casamento. Mesmo se fosse generosa consigo, tinha que assumir ao menos cinquenta por cento da responsabilidade.

Talvez Nick estivesse certo. Talvez fosse ridículo esconder a verdade.

Não era tarde para mudar de ideia. Katie chegaria à noite. Ela e Nick poderiam sentar com as garotas e explicar as coisas. Elas decerto ficariam chateadas, mas ficariam chateadas de qualquer forma algum dia, e ainda havia uma semana até o casamento. A cerimônia poderia até ser uma distração.

Catherine dirigia para a cidade.

— Nem sei dizer como é revigorante que os pais da noiva ainda sejam casados e apaixonados. Quando tivermos mais tempo, vou contar dos últimos dois casamentos que ajudei a planejar. Um pesadelo! Os pais da noiva estavam se divorciando, e vamos apenas dizer que *não* foi amigável. Sei que você disse a Dan que essa viagem é como uma segunda lua de mel para vocês.

Ela dissera aquilo?

Maggie queria sair do carro e correr rápido na direção oposta, mas aquela calça jeans tornava aquilo impossível.

Além de jurar jamais beber de novo, o que poderia fazer?

Não havia como contar a verdade para Catherine ou para as meninas.

Não era o momento. Nick tinha razão. Deveriam ter contado meses antes, em vez de esperar. Era tudo culpa dela.

— Somos casados — disse por fim. Ao menos aquilo era verdade. — Não tenho certeza de que chegaria a dizer que é uma segunda lua de mel.

— Agora está com vergonha, mas não fique. — Catherine olhou de soslaio para Maggie. — Quer saber a verdade? Sinto inveja de você.

Maggie olhou para ela, aquela supermulher esguia, confiante, bem-sucedida, cuja calça jeans não a cortava pela metade.

— *Você* sente inveja de *mim*?

— Sinto. Você ainda tem sua alma gêmea. Rosie me disse que vocês se conheceram na faculdade. Jonny e eu também.

— Me... meus sentimentos.

— Agradeço. — Catherine apertou o volante. — Mas a vida continua, certo? Você segue caminhando, mesmo quando os dedos sangram e você mal aguenta ficar de pé. Mas me deixa feliz saber que vocês dois ainda apreciam seu tempo como casal. Algumas pessoas não sabem o que têm até perder, mas vocês sabem. Gostaria que eu e Jonny tivéssemos passado mais tempo juntos, apenas desfrutando um do outro, mas estávamos sempre ocupados e concentrados no próximo passo, sabe?

Maggie era uma fraude, e aquela calça jeans era seu castigo.

— A maior parte das pessoas se esquece de aproveitar esses pequenos momentos — comentou ela.

— Mas vocês, não. — Catherine se esticou e tocou o braço de Maggie. — Nós mal nos conhecemos, mas vou dizer isso de qualquer modo, e espero que não pense que sou estranha... eu te acho inspiradora.

— Eu?

— Você, sim! Você tem uma filha maravilhosa, que é aberta, amiga, inteligente e afetuosa. Sei como o Natal é importante para vocês, Rosie me contou tudo sobre suas tradições, e o quanto ama essa época do ano. A maioria das mulheres ficaria chateada e infeliz ao ser arrastada de casa em uma época tão especial, mas em vez disso você decidiu tratar tudo como uma segunda lua de mel. Quero ajudar de todas as maneiras que puder, então não pense duas vezes em me dizer como posso tornar essa viagem mais especial. Jantares à luz de vela? Talvez muito clichê. Podem fazer isso em casa. — Catherine franziu a testa. — Caminhar pela neve pode ser romântico. Deixe-me pensar, mas eu prometo, Maggie, será um Natal do qual vai se lembrar para sempre.

Daquela parte Maggie não podia discordar.

Não tinha ideia de como desfazer a bagunça que causara.

Tempo de casal. *Ah, Maggie, Maggie...*

— Você é muito gentil.

Como não sabia para onde levar a conversa, ela se concentrou na paisagem. Montanhas se erguiam em torno delas, e a neve fresca brilhava sob um céu azul perfeito.

— Amo que Rosie venha de uma família afetuosa, estável. Como disse, em metade dos casamentos que organizo, ao menos um dos casais de pais não se fala. É um pesadelo para a organização dos assentos, vou te contar. E as fotografias ficam horríveis se as pessoas estão irritadas. Tive um casal do Texas no mês passado que se recusava a ficar ao lado um do outro... os pais, veja bem, não a noiva e o noivo. Não gostaria de passar o dia de Ação de Graças e o Natal com *aquela* família.

O que aconteceria com ela e com Nick? Começariam aos poucos a se odiar?

Talvez fosse mais fácil se eles se odiassem, *sim*. Talvez ao menos fizesse sentido.

Do modo como as coisas andavam, ela com frequência se deitava no escuro, olhando para o teto, tentando descobrir onde e por que tinha dado errado. Era um quebra-cabeça que não conseguia resolver, e isso, de algum modo, tornava mais difícil aceitar.

— Você faz os casamentos na própria hospedaria? — perguntou ela.

— Às vezes. No inverno é mágico, porque temos o salão na parte de trás, e, com as luzes e os vidros, é um local íntimo. No verão, as pessoas preferem estar ao ar livre. Podemos atender um casamento elegante, mas, se alguém deseja um tema mais rústico, às vezes uso um dos ranchos locais.

— Rústico?

— Isso, mas eles com frequência querem animais... Não que eu não ame animais, porque eu amo, mas em geral prefiro que as pessoas façam o que eu peço no dia para que tudo corra bem, e animais costumam ter vontade própria.

Maggie riu. Não tinha esperado que Catherine fosse tão divertida.

E não tinha esperado ser capaz de rir de histórias de casamentos, quando seu próprio estava nas últimas.

— As pessoas querem animais no casamento? Que tipo de animal?

— Às vezes um animal de estimação da família muito querido. No verão passado um casal quis que o cachorro deles levasse as alianças. Mas o cachorro ficou nervoso com todas as pessoas e levou as alianças para o vale. Foi preciso improvisar.

Estavam nos limites da cidade naquele momento, e Maggie jamais vira um lugar tão bonito. Luzinhas contornavam telhados e janelas, de modo que todo prédio parecia cintilar. Até os postes de iluminação, erguendo-se de montes macios de neve, estavam envoltos em piscas-piscas e adornados com grandes laços vermelhos.

— É lindo — disse ela. — Tem um clima tão festivo.

— Isso não é nada. Mal posso esperar para mostrar mais da cidade. Vamos estacionar aqui e caminhar. Você vai amar. Pode não ser seu lar, mas acho que nos saímos bem no Natal. É difícil não se sentir festivo com pilhas de neve fresca para brincar. Mas a cidade oferece muitas atividades. Você pode fazer qualquer coisa, desde decorar uma casa de biscoito de gengibre até ouvir jazz ao vivo. As pessoas acham que é um lugar glamoroso, mas há também uma energia do campo. Somos um povo da montanha.

Povo rico da montanha, pensou Maggie, ao sair do carro e notar o número de lojas de marca. Eles ao menos vendiam roupas para pessoas com orçamentos normais?

— Como se improvisa uma aliança de casamento? — perguntou ela.

— Eu tenho umas de reserva — disse Catherine. — E precisei usá-las em mais ocasiões do que imagina. Mas faz parte do negócio. Sempre há desafios. Uma noiva tinha seu próprio cavalo e queria que ele saísse nas fotografias. Deu mais certo do que poderia pensar. E o cavalo combinou muito bem com o jogo de cores. E há os casamentos com lhamas, é claro.

— Casamentos com lhamas?

— É uma moda que vem crescendo. Por um lado, as lhamas acalmam, o que pode ser útil, particularmente se há crianças pequenas envolvidas. Por outro lado, elas também têm o péssimo hábito de comer tudo à vista, incluindo o bolo de casamento em uma ocasião.

— O que acontece nas fotografias?

— Você tem uma noiva, um noivo e um casal de lhamas.

— As lhamas são casadas também?

Catherine riu e trancou o carro.

— Não, mas estão em um relacionamento. Sou a primeira a admitir que a coisa toda é mais rural do que cheia de classe, mas funciona para algumas pessoas.

Maggie pensou na asma de Rosie.

— Por favor, me diga que Rosie e Dan não terão um casamento com lhama.

— Não. Rosie quis algo simples.

Isso não parecia nada com Rosie. Ela era muito romântica. Maggie teria esperado algo exagerado. Não lhamas, é claro, mas algo fantasioso. Mas talvez o prazo impedisse isso.

— É bondade sua organizar isso em tão pouco tempo.

Ela sentiu-se estúpida por ter ciúme. Rosie tinha sorte por se casar com um noivo de uma família tão encantadora.

— É um prazer, e digo isso com sinceridade. Não há *nada* de que eu goste mais que organizar um casamento, e quando meu filho se casa com a garota dos sonhos dele, é meu sonho também. — Ela passou o braço pelo de Maggie. — Que tipo de casamento você e Nick tiveram?

A dor no peito estava de volta.

— Um casamento simples. Nós dois, em uma igreja pequena em Oxford, minha melhor amiga como madrinha e o amigo mais próximo de Nick como padrinho. Nós nos casamos no inverno e a igreja estava gelada, então fizemos nossos votos o mais rápido possível antes que um de nós congelasse.

E riram durante todo o tempo. Nick tentara descongelar as mãos dela enfiando-as debaixo do paletó, então fizera sugestões indecentes de como podiam se aquecer.

— Depois fomos para o bar com todo o departamento dele — concluiu.

— A família não compareceu?

— A mãe de Nick estava lá, embora não me lembre de vê-la sorrir muito. Ele nunca conheceu o pai. Meus pais não aprovavam, então se recusaram a ir. Na época fiquei triste por isso, mas, olhando para trás, vejo que foi a melhor coisa. Algumas pessoas a mais poderiam ter aquecido um pouco a igreja, mas não imagino que teriam acrescentado muito ao evento.

— Por que eles não aprovavam?

— Achavam que éramos muito jovens. E não entendiam a carreira de Nick. Pensavam que ele era muito arrogante e aventureiro, que precisava de um emprego de verdade. Ele é egiptólogo.

— Eu sei. Rosie disse que ele é superinteligente. Ela nos mostrou um vídeo de uma palestra dele no YouTube. Ela tem muito orgulho do pai. Seus pais não tinham orgulho?

— Eles morreram logo depois que nos casamos e só o conheceram no início, antes que ele tivesse renome, e não entendiam uma carreira acadêmica. Achavam que era uma coisa frívola. Não era um emprego de verdade. Eles temiam que ele não fosse capaz de me sustentar.

— Você não trabalhava?

Caminhavam juntas pela neve, e, mesmo com uma cabeça latejante e uma montanha de ansiedade, Maggie estava encantada.

Toda a viagem estava sendo muito melhor do que tinha esperado, se ignorasse o desconforto que sentia por não contar a verdade a Catherine.

— Trabalhava em uma editora acadêmica. Ainda trabalho.

— Que dupla inteligente. Não é de se espantar que ele tenha se casado com você.

Maggie não se sentia inteligente, particularmente quando estava com Nick. Tinha a tendência de ouvir mais do que falar, consciente de que qualquer coisa que dissesse seria chata comparada às histórias dele sobre o deserto. Nick tinha um talento natural para contar histórias, com a habilidade de embelezar cada anedota e prender a atenção da audiência. Era por isso que suas palestras ficavam sempre lotadas.

— Nós nos entendemos. Ambos queríamos criar o tipo de família que não tivemos ao crescer.

— Rosie me disse que vocês têm um chalé lindo.

— Temos.

Maggie pensou no bangalô, escuro e vazio no Natal. Sentiu algo parecido com culpa e concluiu que era ridículo. Uma casa não poderia sentir-se sozinha. O que ela sentia era nostalgia por todos aqueles Natais maravilhosos que passaram lá.

— É um lugar especial. Espero que o conheça.

Ela disse aquilo para ser educada, não porque esperava que fosse acontecer. Como poderia? Não estaria morando lá no ano que vem.

— O que vestiu?

— No casamento? Não tínhamos muito dinheiro, e meus pais se recusaram a pagar pelo que viam como um engano, então achei algo em uma loja de roupas usadas e disse a mim mesma que era vintage. Falando nisso, precisa me dizer quanto gastou com Rosie, para que eu possa pagá-la de volta.

— De jeito nenhum. O casamento é meu presente para eles. Então, me diga, perdeu a bagagem de propósito?

— Perdão?

— De propósito. Bagagem perdida é uma desculpa fabulosa para fazer compras, não é?

Como ela deveria responder àquilo? Maggie decidira que poderia mentir sobre o casamento, mas não ia mentir sobre mais nada.

— Não amo fazer compras. Nunca acho coisas de que gosto e quase sempre fico intimidada pelo processo.

— Então vai ficar muito feliz por me conhecer. Fazer compras é meu superpoder, e chegamos à minha loja favorita.

Maggie deu uma olhada para a vitrine e soube que não poderia pagar por mais do que um par de luvas.

— Acho que deve estar fora de meu orçamento.

— Não se preocupe. Mando tanta gente para cá que me deixam comprar as roupas pelo preço de custo.

Ela empurrou Maggie para o calor receptivo do estabelecimento e cumprimentou a mulher que estava ali.

— Essa é minha querida amiga Maggie. É a mãe da Rosie... Viu a semelhança? Mesmos olhos e a mesma pele linda. Ela precisa de um guarda-roupa inteiro novo porque a companhia aérea perdeu sua bagagem.

O rosto da mulher se iluminou conforme o coração de Maggie afundou. Ela teria que vender o Bangalô Madressilva para pagar aquilo.

— Minha mala pode chegar. Só preciso de algumas poucas coisas.

— Vamos ver o que nos chama a atenção, que tal?

Catherine vasculhava as roupas como se estivesse em uma missão, pegando um vestido aqui, um suéter ali. Calças pretas, umas camisas, um poncho de caxemira, um casaco com pele falsa no capuz. Ela era uma força inabalável. *Acredite em mim, vai ficar linda.*

Com uma dificuldade considerável, Maggie removeu os jeans e vestiu as calças pretas e um suéter justo de gola alta em um tom de creme nada prático. Ela não teria escolhido nenhuma daquelas peças. Tendia a usar túnicas que cobriam as partes de seu corpo de que não gostava. Tentou rejeitar um vestido de lã macia com uma sugestão de brilho, mas Catherine insistiu que seria perfeito para o Natal. Os poderes de persuasão dela eclipsavam a relutância de Maggie.

Ela fora assim com Rosie ao escolher o vestido de casamento?

Maggie respirou fundo e se forçou a se olhar no espelho.

— Ah.

— O que foi? — Catherine abriu a porta do provador. — Nossa, olá, gata. Esse suéter é perfeito.

— Não costumo usar suéter justo. Sou muito grande.

— Grande? Você está fabulosa. Embora pudesse cortar uns centímetros do cabelo. Ou talvez levantá-lo em um coque bagunçado. — Ela passou os dedos pelos cabelos de Maggie, os torceu e prendeu com grampos extraídos da bolsa. — Eu gostei. Passe um pouco de maquiagem.

— Não tenho nenhuma.

— Ah, que pena. Está na mala extraviada?

— Não, em geral não uso. Só batom, de vez em quando.

— Você não... — Catherine parecia chocada. — Precisamos dar um jeito nisso. Sabe o que vamos fazer enquanto estiver aqui? Um dia de spa. Cabelo. Unhas. Maquiagem. Conversa de mulher. Talvez uma taça ou duas de champanhe enquanto nos conhecemos melhor.

O cérebro de Maggie ainda latejava com a última taça de champanhe.

— Nunca fiz um dia de spa.

— Sério? — Catherine foi de chocada para quase desfalecida, mas se recuperou rápido. — Como você se paparica?

— Hum... leio na banheira?

— Isso não conta. Não acredito que nunca se permitiu um dia de spa. Vamos mudar isso. — Catherine lhe deu um sorriso e lhe passou um casaco. — Experimente. Seu rosto vai ficar tão bonitinho saindo da pele.

Maggie, que tinha certeza de que jamais fora bonitinha, vestiu o casaco.

— O que achou? — perguntou ela a Catherine.

— Perfeito. E vai mantê-la aquecida enquanto estiver aqui. Quando sair de motoneve, ou para um passeio de husky, emprestaremos algo mais substancial. — Ela pegou o casaco de volta. — Não precisa de muita maquiagem, tem uma pele excelente. Com certeza usa protetor solar.

— Eu trabalho dentro de um prédio sem janelas na metade do tempo, então isso é meio que o próprio protetor solar.

— Estou começando a entender por que não ama seu emprego. Agora vamos experimentar mais umas coisas.

A cada peça que Maggie experimentava, Catherine estava ali para dar sua opinião. Para falar a verdade, ela tinha um bom olho para roupas.

Antes que pudesse pensar muito, Maggie passou o cartão de crédito.

Fazer compras nunca tinha sido divertido, mas aquilo era divertido.

Ou talvez fosse Catherine quem era divertida.

— E roupa de dormir? Se é uma segunda lua de mel, precisa se vestir de acordo.

Catherine examinou Maggie por um momento e pegou uma seleção da prateleira.

— Preto vai tirar sua cor. Tente marfim — sugeriu, e passou um pedaço de seda com alças que se cruzavam atrás.

Maggie jamais usara camisolas sensuais. O único jeito de sobreviver no Bangalô Madressilva era preferir algodão escovado grosso a seda.

— Isso não é prático.

— O que se usa no quarto nunca deve ser prático.

Maggie fechou a porta e se despiu mais uma vez.

Se comprasse aquilo, Nick iria pensar que ela tinha ficado louca.

Maggie *definitivamente* ia dizer não.

Ela vestiu a peça pela cabeça, e a camisola caiu até o meio das coxas. Olhou para si mesma.

Com o cabelo bagunçado e os lábios vermelhos, ela estava... estava...

— Ah, nossa, minha nossa, você está supersexy com isso. — Catherine abriu um sorriso lento ao espiar pela porta. — Nick não vai resistir.

Maggie estava certa de que Nick não tinha dificuldade alguma em resistir a ela. Se tivesse, não teria saído de casa. Não eram íntimos havia... quanto tempo? O fato de que não lembrava dizia muito.

E se ele visse a camisola e achasse que ela estava tentando seduzi-lo?

Seria vergonhoso demais.

Ela não precisava de uma camisola ousada, e ia devolvê-la a Catherine naquele minuto.

Ficar com ela seria bem ridículo.

Katie

Katie abriu caminho à força pela multidão do aeroporto. Cotoveladas acertavam suas costelas, e os cantos afiados de presentes de Natal feriam suas pernas. Um bebê chorava infeliz, e ela se virou por instinto antes de lembrar que o bem-estar dele não era sua responsabilidade. Estava de folga. Naquele dia, não era médica. Era apenas outra pessoa indo passar o feriado em casa. Porém, no caso dela, não ia para casa. E, em teoria, estava de licença médica, não de férias.

A multidão de pessoas a deixava desconfortável e ansiosa. Talvez devesse ter tomado aqueles antidepressivos em vez de enfiar a receita na bolsa.

Uma mulher na frente dela soltou um gritinho e correu até um homem de cabelo despenteado e expressão ávida, que a pegou no colo.

Como seria ter uma recepção daquelas?

É bem provável que jamais saberia. A não ser que arranjasse um gato.

Deveria arrumar um gato?

Não. Já era responsável pela vida de muitas criaturas. Realmente queria colocar mais uma na lista?

E o que ele faria quando ela trabalhasse muito? Com certeza nem ficaria feliz ao vê-la entrar pela porta. Seria como Vicky, condenando suas escolhas.

Ela apertou a mala e passou pelo casal, tentando não ouvir.

Eu te amo.

Eu também te amo.

Naquele momento, a vida das pessoas parecia perfeita. Katie esperava que não houvesse nada horrível esperando por eles. Aquele único pensamento sombrio a irritou.

O que havia de errado com ela? Fora de fato tão alterada pelo trabalho que esquecera que coisas boas também aconteciam? Casais se apaixonavam, bebês nasciam, amigos se conheciam. Algumas pessoas passavam a vida toda sem nem precisar dos serviços da emergência.

Ela tinha discernimento suficiente para saber que sua visão de mundo estava distorcida.

Ser médica na emergência era como espiar pela janela durante uma crise. Ela tinha um vislumbre da vida de alguém, mas nunca a imagem completa. Era raro ela ver aquela realidade: um executivo deslizando pela multidão, falando ao telefone como se as pessoas em torno dele não existissem; um casal abraçado; uma menininha mal equilibrada sobre uma mala.

E via sorrisos. Pessoas que estavam felizes em se encontrarem. Pessoas que não viviam esperando um desastre.

Ela sentiu outra pontada de inveja ao ver uma família de três gerações se abraçar. Inveja e uma sensação oca de solidão. Sentia-se como se todos no mundo estivessem conectados, menos ela.

Talvez, se Rosie estivesse ali para recebê-la, ela sentisse outra coisa. Porém, Rosie enviara o padrinho do casamento, que sem dúvidas estava tão empolgado com o plano quanto ela. Quatro horas no carro conversando com um desconhecido.

Ah, que beleza.

Por que Rosie não estava ali? Será que tinha mesmo prova do vestido ou estava furiosa com Katie por expressar dúvidas a respeito de Dan?

Mas, se ela ficasse quieta e Dan fizesse Rosie infeliz, como se sentiria?

Talvez aquela viagem fosse uma trégua. Umas poucas horas de descanso antes que precisasse tentar se recompor na frente da família. Dado que o sr. Padrinho não a conhecia, não identificaria que ela estava mais estressada que de costume. E quem melhor para responder perguntas sobre o noivo do que o padrinho? Talvez ela pudesse instigá-lo a contar todos os detalhes sujos que pensava em incluir no discurso.

Mas, antes disso, precisava encontrar o homem.

Como deveria reconhecê-lo? Rosie, distraída pelos preparativos para o casamento, não enviara uma descrição. Tudo o que dissera é que ele estaria esperando no desembarque.

Parecia haver um milhão de pessoas esperando no desembarque.

Ela procurou por alguém segurando uma placa com seu nome.

Talvez fosse passar o Natal no aeroporto de Denver. Ao menos era mais alegre que o hospital.

— Katie?

Uma voz grave surgiu de trás dela, e ela se virou e se viu diante de um peito largo e de ombros poderosos.

Feliz Natal, Katie.

Ela levantou o olhar, passando pela sombra escura da barba dele, até os olhos azuis como gelo.

— Oi. — A voz dela saiu fraca, e ela pigarreou e tentou de novo. — Quer dizer, *oi*. Garganta seca. Devo estar desidratada por causa do voo.

— Acontece. Sou o Jordan, amigo do Dan, e padrinho.

Ele estendeu a mão e ela o cumprimentou, seus dedos envoltos por força e calor.

— Katie. Irmã mais velha e, aparentemente, madrinha.

As palavras soaram ridículas. Ele devia estar tentando imaginá-la em um casamento.

— Como sabia quem eu era? — perguntou ela.

— Tinha uma descrição. Mulher sozinha, cabelos escuros, expressão estressada.

— Perdão?

— Sua irmã me avisou que você estaria cansada e estressada, então procurei alguém pálido que não parecia feliz em passar o feriado em casa.

— Não estou em casa. Estou no Colorado.

Sendo recebida por um desconhecido, que tinha olhos azuis e os ombros de um lutador. Padrinho. Provavelmente era o padrinho mais bonito que vira em um bom tempo. Ouvia a voz de Vicky na cabeça, instigando-a a não perder uma oportunidade daquelas.

Ela ignorou a Vicky imaginária, como ignorava a de verdade.

— Não parece muito feliz. Essa é toda a sua bagagem?

Ele fez menção de pegar a mala, e Katie apertou a alça com mais força.

— Obrigada, mas dou conta da minha própria mala.

Ele levantou uma sobrancelha.

— Mas é uma boa caminhada até meu carro, e...

— Ela tem alça e rodas, e eu tenho bíceps. Eu me viro.

Ele era um daqueles caras que achavam que uma mulher precisava de um homem para ajudá-la durante um dia normal? Se fosse, então seria uma semana difícil. Se aquele cara fosse subestimá-la assim, Katie talvez precisasse aplicar uma injeção nele.

Jordan a estudou e, por um momento perturbador, Katie teve a impressão de que enxergava através dela.

— Você é sempre tão espinhosa?

— Não sou espinhosa. — *Katie Cacto.* — Não preciso que leve minha mala, só isso. E se isso ameaça sua masculinidade de algum modo...

— Minha masculinidade está indo bem, mas fico feliz que tenha pensado nela.

— Não estava pensando nela. Disse que estava?

Os dois se olharam por um momento, e então ele esboçou de sorriso e apontou a saída.

— Vamos, antes que diga algo que vá tirar seu sono à noite.

— Por que algo que eu diria tiraria meu sono?

— Porque você é o tipo que ficaria deitada sofrendo em silêncio, desejando ter dito algo diferente.

— Você está tão errado. — *Ele está tão certo.* Por que ela sentia que tinha perdido uma briga, se não tinham brigado? — Melhor a gente ir.

— Posso mostrar o caminho? Ou devo dar o endereço de onde estacionei, para encontrar o carro sozinha? Posso encontrá-la lá, se preferir.

Katie estava prestes a retrucar, mas viu o brilho nos olhos dele. Ao menos Jordan tinha senso de humor.

— Pelo que Rosie me disse, temos uma viagem de pelo menos quatro horas pela frente.

— Pode levar mais tempo, porque nevou hoje.

— Que pena. Deve ser inconveniente.

Inconveniente como a notícia de que poderia passar mais de quatro horas presa com ele. Ainda assim, ao menos ele não era um fracote. Parecia capaz de cavar a neve caso fosse necessário.

— Por aqui gostamos de neve, então estamos dispostos a aguentar um pouco de inconveniência. Neve é bom para o esqui, e isso é bom para a economia.

Ela pensou no que tinha lido.

— Pensei que a economia de vocês fosse sustentada por lojas de alto padrão e gente rica de doer que gasta seus bilhões na cidade.

— Isso também, mas a maior parte das pessoas ricas de doer ama a vida ao ar livre e os esportes, o que dá a todos algo em comum. Além disso, as mesmas pessoas ricas de doer me sustentam e me dão uma vida que eu amo, então não reclamo.

Ele amava a própria vida? Naquele momento, Katie queria matar qualquer um que amasse a própria vida.

Jordan indicou uma porta no outro lado do terminal.

— Vamos para lá.

Ela andou rápido, não porque estivesse com pressa, mas porque não sabia andar de outro jeito. Tempo era uma mercadoria valiosa, e não podia se dar ao luxo de desperdiçá-lo.

Andaram pelo aeroporto até saírem em uma praça ao ar livre.

— Aquilo é — ela apertou os olhos e parou de andar — um rinque de patinação?

— É.

— Tem um rinque de patinação no aeroporto?

— Não está dentro do aeroporto oficialmente, mas tem, sim. — Ele deu de ombros. — Bem-vinda ao Colorado. Você patina?

— Não de propósito. Eu dou um jeito nas pessoas depois que elas patinaram. Tem uns dois rinques que abrem em Londres na época do Natal, o que aumenta um pouco nossa carga de trabalho. Nunca entendi por que as pessoas acham boa ideia beber e demonstrar sua destreza, ou falta dela, no gelo.

Ela observou uma menina de casaco vermelho executar um salto vistoso e pousar com perfeição. Um grupo de pessoas cantava canções de Natal.

— Nunca vi um rinque no aeroporto — continuou. — Que natalino.

— Você gosta de Natal? Que surpresa.

— Eu posso dormir até mais tarde, comer demais, beber demais, e não precisar dizer a mais uma família que o filho deles foi esfaqueado e não conseguimos salvá-lo. O que há de ruim nisso?

Droga. Ela tinha mesmo dito aquilo? Nem mesmo *conhecia* aquele cara.

Jordan ia achar que ela era pálida, estressada e muito possivelmente louca.

— Rose mencionou que você trabalha no pronto-socorro. — O tom dele era mais gentil do que um momento antes. — Deve ser estressante.

— Isso. E não é tão ruim. Você se acostuma. Depois de um tempo, vira só um emprego. Algo com que você lida.

— Certo.

— Quer dizer, em certa medida a gente é uma máquina bem treinada.

Ela ficou tensa enquanto uma menininha de cachecol vermelho e chifres peludos de rena patinava em direção ao pai. A qualquer momento ela ia cair e bater a cabeça. Katie estava de folga, mas sabia que não poderia passar batido por uma pessoa ferida.

Jordan pigarreou.

— Acho melhor irmos.

— Um minuto…

A menina de cachecol vermelho estava no meio do gelo, bem na metade da pista, com pessoas girando em torno dela. Parecia tão pequena e vulnerável.

— Katie…

— Por que ela não está de mãos dadas com o pai? Ela pode cair e bater a cabeça.

— Uma máquina, certo. — Ele cruzou os braços e desviou os olhos de Katie para a menina. — É o que vejo, mesmo. Não dá a mínima, né? Não sente emoção nenhuma.

Ela lançou a Jordan o olhar que em geral reservava para Vicky quando ela estava mais irritante do que o normal.

— Não há emoção nenhuma em defender a prevenção de acidentes.

— Nadinha. Mas aquela criança deve ter crescido patinando. Vai ficar bem. Vamos.

Jordan deu um passo à frente bem quando a menina alcançou o outro lado e foi pega no colo pelo pai orgulhoso.

Katie relaxou.

— Certo.

Respire, respire.

— Se você for uma máquina, melhor desligar o modo médica. Programe-se para desligar.

— Admito que esse botão em particular possa estar quebrado. Meu sistema pode ter travado.

— Vai melhorar depois de uns dias nas montanhas. Ar fresco, sol e neve são a melhor cura para isso.

— Espero que sim.

Ela tinha a impressão de que levaria mais do que alguns dias na montanha para se sentir melhor.

O carro dele era quente e confortável, e Katie relaxou no banco, aliviada por não precisar pensar em nada além de ser uma passageira. Fechou os olhos, mas imagens indesejadas voltaram logo, então os abriu de novo. Parte dela vinha torcendo para que tivesse deixado aquilo para trás, mas com certeza viera na bagagem.

— Você disse que ama sua vida — comentou ela. — O que faz?

— Sou arborista. — Ele entrou no fluxo do tráfego. — Um cirurgião de árvores. Você é médica de humanos e sou médico de árvores, então ao menos temos isso em comum.

Ela virou a cabeça para a janela.

— Acredite em mim, não temos nada em comum.

Katie se sentiu culpada assim que falou. O que havia de errado com ela? O cara fizera a gentileza de buscá-la no aeroporto, e ela se comportava como se ele a tivesse raptado contra sua vontade. Era como se a vida tivesse drenado quem ela era, deixando apenas uma casca. Talvez ela fosse uma máquina.

— Você conhece Dan há muito tempo?

— Nós nos conhecemos na escola de esqui. Eu tinha 10 anos, e ele, 8.

— E quantos anos você tem agora?

Ele levantou uma sobrancelha.

— Tenho permissão para perguntar sua idade também?

— Tenho 103.

Ele riu.

— Tenho 30 anos. E Dan tem 28.

Seis anos mais velho que Rosie.

— E vocês ainda são amigos. Então imagino que ele seja leal, ao menos. — Ela sentiu uma pontada de ansiedade pela irmã, que era tão gentil e sempre via o melhor nas pessoas. — Me fala mais sobre ele.

— O que quer saber? Dan sempre adorou esportes. É um grande esquiador, remava na faculdade, e agora...

— Isso, não. Diga as coisas ruins. Drogas? Bebida? Tendências narcisistas? Prisões? Conte-me todos os momentos vergonhosos da amizade de vocês.

— O termo "amizade" em geral não inclui falar mal do amigo. — Havia uma rispidez em sua voz, e ele mudou a mão no volante. — Você faz essas perguntas a todos os homens com quem sai?

— Não. Mas faço a qualquer homem com quem minha irmã saia, porque ela nunca vê o lado sombrio de ninguém.

— Isso combina com o que conheço dela. Ela é muito aberta. Confiante. Boa para o Dan.

O que Katie queria saber é se Dan era bom para Rosie.

— Então, o que vai falar no discurso? — perguntou ela.

— Discurso?

— Você é o padrinho. Você faz um discurso, no qual sem dúvidas desfia histórias sobre finais de semana loucos com prostitutas. Vício em jogo? Cocaína? O dia em que o deixou nu acorrentado ao Empire State?

Jordan deslizou o olhar para o dela.

— Se isso é um exemplo de discurso de padrinho, deve ter ido a alguns casamentos interessantes. — Ele desacelerou quando pegaram trânsito. — Quando você sai com alguém, manda primeiro um questionário?

— Eu não saio com ninguém.

— Se essas são as perguntas que faz, não me surpreende.

— Não saio com ninguém porque não tenho tempo, não porque não me convidam.

— Ah, então a máquina tem sentimentos.

Um sorriso brincou na boca dele, e Katie o olhou feio.

— Não estamos falando de mim. Estamos falando do Dan.

— Não, você estava me interrogando sobre o Dan. Por que não perguntou essas coisas à sua irmã?

— Minha irmã acha que está apaixonada. Ela é incapaz de pensar de forma objetiva.

— Não acha que ela pode tomar as próprias decisões?

Katie olhou para a frente. Quanto deveria falar?

— Ela é minha irmã. Eu a amo. Sou protetora.

— Tenho certeza.

— Como assim?

— Você tem um toque de rottweiler, só isso. Sua irmã precisa de proteção?

— Às vezes. — Katie franziu o cenho. — Um rottweiler? Você não está apenas dizendo que sou um cachorro, está dizendo que sou um cachorro bravo.

— Estou comparando traços de personalidade. É algo que faço quando conheço alguém. Isso me ajuda a perceber quem eles são. E os rottweilers não são bravos. São cães de trabalho inteligentes.

Um cão de trabalho inteligente. Talvez não fosse uma descrição tão ruim.

— Então, se eu sou um rottweiler, o que minha irmã é?

Ele pensou por um momento.

— Deve ser um cocker spaniel.

Katie digitou no celular e examinou os resultados.

— Leal, gentil e afetuoso. — Ela fez uma careta. — Não está errado. Parece que você conhece minha irmã.

— Ou ela poderia ser um labrador. Dá um bom cão de assistência.

Katie pensou nas vezes em que Rosie visitara a senhora idosa que vivia ao lado deles quando elas eram menores. Rosie sempre levava para Enid um pouco da comida que a mãe deixava esfriando na cozinha. Bolinhos. Uma fatia de torta de maçã quente. Fora Rosie quem insistira para que Enid se juntasse a eles no almoço de Natal, porque ninguém deveria ficar sozinho numa data como essa. Rosie, que não suportava ver alguém sofrendo e nunca queria causar sofrimento, uma das razões pelas quais era lenta para se livrar de maus namorados. E ela tivera alguns.

— Ela poderia ser um labrador.

— Você tem cachorro?

— Meu estilo de vida não é propício para animais de estimação.

— Nada melhor que um cachorro para aliviar o estresse. Talvez você devesse repensar seu estilo de vida.

Nos últimos tempos, não fazia outra coisa.

— Sou médica há uma década. Mais, se contar a faculdade.

— E daí?

— E você não repensa algo que está fazendo há tanto tempo.

Ela olhou pela janela, imaginando se seria capaz de cuidar de um cachorro. Um cachorro precisava de refeições regulares, e pizza não devia contar como refeição. E se sua irmã fosse visitar?

— As montanhas são lindas — comentou ela. — E as florestas. É onde você trabalha?

— Trabalho onde precisam de mim.

— Mas metade das árvores está coberta de neve. Você fica parado nessa época do ano?

Ele sorriu.

— Ocupado. As pessoas querem árvores de Natal. E querem luzes penduradas em casa.

— Você faz isso? Entendo a entrega de árvores de Natal, mas luzes?

— Estou acostumado com altura e a subir em coisas com ângulos difíceis.

— Jamais pensaria em contratar alguém para pendurar luzes de Natal.

— Você não decora? Não gosta de Natal?

— Não é que *não* goste, mas não exagero. Há algo no Natal que deixa as pessoas um pouco bobas... Usar suéteres festivos que jamais usariam no resto do ano, beijos debaixo do visco dos quais sempre se arrependem.

— Você se arrepende dos beijos que deu debaixo do visco?

Ela caíra na armadilha.

— Não acho que decisões tão importantes como com quem transar devam ser tomadas por uma planta, só isso. E uma planta venenosa, ainda por cima.

— Aposto que vai me dizer que não acredita no Papai Noel. Vou precisar pedir para que guarde isso para você. Não vou aguentar.

— Sabia que as pessoas podem pegar infecções de roupas de Papai Noel?

— Você é cheia de informações que eu nunca quis saber.

— De nada. — Katie teve a impressão de que ele estava rindo, e estava tão cansada que sorriu também. — Olha, não quero te interrogar, mas eu amo a Rosie. Eu não conheço o Dan. Quero que ela seja feliz, só isso.

— E isso é sua responsabilidade?

Ela esticou as pernas. Poderia contar a ele sobre os namorados inadequados de Rosie, e talvez ele entendesse. Mas então sentiria que fora desleal com a irmã. E Jordan era do time de Dan, não do de Rosie.

— Ela sempre foi minha responsabilidade — declarou ela.

— Irmã mais nova? Diferença grande de idade?

— Eu estava brincando quando disse que tinha 103 anos.

Ele riu.

— Estou repensando o rottweiler. Você é mais um terrier. Animado e adora uma discussão.

— Por que acha que adoro uma discussão?

— Talvez porque não pare de tentar discutir.

— Deve ser porque você é irritante. Qual seria sua raça, então?

Jordan pareceu refletir.

— Sou um tipo enérgico, que gosta do ar livre. Confiável, superprotetor quando se trata daqueles que amo, assim como você, tranquilo, a não ser que alguém ultrapasse um limite.

Katie imaginou que limite seria aquele.

Todos tinham limites, não tinham? Ela descobrira o dela havia pouco tempo.

— Então também é um labrador.

Ele fez uma careta.

— Não sou tão tranquilo assim. Talvez mais um pastor--alemão.

A estrada se curvou por um vale estreito. Paredões de granito e calcário se erguiam, prateados e nus, muito íngremes para acumular neve. Trechos de branco se prendiam às seções menos vertiginosas e cobriam as árvores.

— É um lugar impressionante — comentou Katie.

— Bem-vindo ao desfiladeiro Glenwood.

— Nem imagino como construíram esta estrada através das montanhas.

— Foi um acordo entre engenheiros e ambientalistas. É uma das principais rotas através das Montanhas Rochosas. Bem ali está o rio Colorado.

Era espetacular.

Pela janela, ela olhou as paredes altíssimas do desfiladeiro. Era tranquilizador estar em um carro aquecido, olhando as montanhas nevadas lá fora. Sua vida parecia distante, longe demais para ser mais que uma pontada de ansiedade. Enfim não tinha responsabilidade, ninguém dependia de seu julgamento. Jordan era um bom motorista, confiante, nem um pouco exibido. Não que ela tivesse alguma intenção de dizer isso a ele. Sentia que ele era um homem que já sabia seu valor.

— Esta estrada fica bloqueada no inverno?

— Pode ter seus momentos difíceis. Há uma área de descanso adiante, em Grizzly Creek. Vamos fazer uma parada curta ali. Está com fome?

Ela descobriu que estava.

Depois de um lanche rápido, Katie desceu para o rio com ele, as mãos em torno da bebida que ele lhe comprara. O ar era fresco e frio, as montanhas erguendo-se do rio. A neve se prendia a rochedos e a água passava borbulhando por trechos de gelo.

— Aposto que a água é gelada.

— Congelante. — Ele parou de andar, de pernas afastadas e mãos nos bolsos. — Eu e Dan passávamos as férias fazendo rafting neste rio. Mais abaixo no curso estão as corredeiras Shoshone: Tombstone, The Wall e Maneater.

— Lápide, Paredão e Devoradora de Homens? Engraçado, nenhum desses nomes me deixa com vontade de fazer rafting. Não sei por quê.

— Volte no verão e eu te levo. Acho que você ia gostar.

— Por que acha isso? Pareço do tipo esportivo?

— Não, parece tensa. E se agarrar na beira de um bote inflável enquanto está sendo jogada pela água agitada e cercada por um cenário estonteante é um bom jeito de se esquecer de tudo e se concentrar no momento.

— Se você diz.

— Está perdendo uma verdadeira injeção de adrenalina. É bem empolgante.

Ela deu um gole no café, sentindo o calor se espalhar do copo para os dedos. Londres, com seu céu cinza chuvoso, parecia tão longe. Pela primeira vez em um bom tempo, Katie sentia-se meio humana.

— Obrigada, mas acho que prefiro me empolgar com outras coisas.

Ele terminou o café.

— Não deveria ter medo de aventura.

— Quem disse que tenho medo?

— Você ficou me enchendo de perguntas sobre Dan, o que significa que é o tipo que pesquisa tudo em detalhes antes de se comprometer com algo. Não confia nos próprios instintos.

— Não tenho instintos a respeito de Dan. Nunca o vi.

— Exato. — Ele jogou o copo no lixo. — Mas já supôs que ele tem um passado que precisa esconder. E nem é você quem vai se casar com ele. É sempre cautelosa assim?

— Não sou cautelosa.

— Não? Quando foi a última vez que fez algo que te assustava?

Ir à consulta com a dra. Braithwaite a assustara, e ultimamente ela ficava assustada sempre que chegava ao trabalho.

— Acho melhor a gente ir. Minha família está me esperando.

Ele a observou por um instante.

— Claro. Se quiser.

Eles voltaram para o carro e seguiram pela seção seguinte da estrada em silêncio.

Chegaram a uma cidade chamada Glenwood Springs, e ele seguiu as placas para Aspen.

Katie devia ter adormecido, pois, quando se deu conta, estavam descendo uma entrada coberta de neve em direção a um prédio bem iluminado.

— É bonito — disse ela.

— Bem-vinda ao Nevada Resort.

— É aqui?

Ela olhou o telhado inclinado delineado por luzinhas. Havia um deque e o que parecia ser uma árvore de Natal em cada janela. Ela se animou pela primeira vez em semanas. Até Katie deveria poder se curar em um local como aquele.

— É charmoso — prosseguiu ela.

— É um ótimo lugar. Mas não vai ficar aqui. Vai ficar em uma das casas na árvore na floresta.

Era como ser apresentada ao paraíso e dizerem que seu ingresso não era válido para aquela parada.

Havia algum tempo suas emoções andavam descontroladas, mas mesmo assim ficou espantada com a profundidade da decepção.

Não queria ficar em uma casa da árvore na floresta. Queria ficar naquele lugar luxuoso, com suas luzes cintilantes e aura de conto de fadas. O Nevada Resort era tão distante de sua vida cotidiana que parecia o nirvana. Queria ser envolvida por seu calor receptivo e aconchegada pela lareira bruxuleante que via pelas portas de vidro. Mas pelo visto aquilo não estava no programa.

Adeus, spa. Adeus, massagem e piscina termal. Adeus, qualquer esperança de recuperação.

— Uma casa da árvore. — Foi difícil manter o tom leve. — Com as aranhas. Oba. Muito Hitchcock.

— Não é tão ruim quando você está lá em cima, embora admita que subir por uma corda pode ser um desafio. Como estão seus músculos, doutora?

Ela não tinha músculos.

— Você sobe por uma corda?

— De que modo você sobe em uma árvore? E não se preocupe com as aranhas. Elas são grandes, mas não são venenosas. A maioria das pessoas acha que a pior coisa é a tontura, mas você é médica, tenho certeza de que tem toda a medicação de que precisa para isso.

— Tontura?

— O lugar é construído em uma árvore. Quando venta, os galhos balançam e a casa balança junto. — Ele se concentrou no caminho, as luzes do carro refletidas nos montes de neve ao longo do acostamento. — Algumas pessoas se amarram na cama, assim não caem à noite. Mesmo princípio que o da turbulência em um avião.

Katie ficara enjoada no avião quando passaram por uma turbulência. Não conseguia usar o balanço do parque quando criança. Sentiu vontade de pedir a Jordan para dar meia-volta. Não queria fazer isso. Não podia fazer isso.

— Tem certeza de que não há quartos vagos no Nevada Resort?

— Eles reservaram esse lugar só para você.

Carma. Devem ter sentido que ela estava ali para tumultuar o casamento, e não celebrá-lo.

E Jordan não demonstrava um pingo de pena.

— Olhe, acho que não dá...

— Chegamos. — Ele estacionou e piscou o farol. — Aqui. Olhe para cima.

Ela levantou os olhos devagar, relutante, preparada para o pior. Graças a ele, tinha imaginado uma estrutura bamba, presa por teias de aranha e com uma bruxa velha na porta para recebê-la.

A realidade era tão distante do que imaginara que por um minuto não conseguiu falar.

A casa da árvore não era construída nos galhos, embora o projeto fizesse parecer à primeira vista que era. Era estruturada em uma encosta, cercada por árvores altas, os galhos curvados com o peso da neve. Um refúgio de dois andares aninhado nas árvores, como se tivesse crescido ali junto com a floresta.

Uma bela escadaria de madeira levava até a porta.

— Sem corda. — Ela viu o sorriso leve dele e sentiu-se estúpida. — Eu te odeio.

— Não achei que ia me levar a sério.

— Mas levei, então por que não me contou a verdade?

— Porque estava tão tensa que achei que seria bom dar uma risada.

— Você me viu rir?

Ele a olhou sem pressa.

— Não, o que é uma pena, pois aposto que fica bonitinha quando ri.

Algo dentro dela se mexeu. Algo que a fez sentir ainda mais desconforto do que antes.

— Só para avisar, eu estou mesmo pensando em te matar.

— Mas aí passaria o Natal atrás das grades, e este lugar é mais confortável — disse ele, tranquilo. — Mais hedonismo que horror, não acha? As casas na árvore estão entre os locais mais desejados aqui. A maior parte de nós, pobres mortais, jamais poderia pagar o preço da hospedagem.

— *Preciso* te matar. — Ela hesitou. — As casas da árvore balançam quando venta?

— São firmes como pedra. Posso garantir, pois ajudei a construí-las.

— Você? — Katie desviou o olhar do Nevada Resort para ele. — Pensei que fosse cirurgião de árvores.

— Também trabalho com madeira.

— Então vou dormir seis metros acima do chão em algo que você construiu. Se eu cair, vou te processar.

A sensação de alívio era enorme. O lugar era idílico. Seu cantinho particular da floresta. Luzes brilhavam na casa da árvore, dando um tom quente à madeira. Era possível ver uma grande árvore de Natal por uma das janelas, e havia neve acumulada no gradil da varanda.

Seus níveis de tensão, por meses na zona vermelha, cederam. Aquele pequeno ajuste em seu equilíbrio lhe deu esperança. Se não relaxasse e se descontraísse naquele lugar encantador, quase de outro mundo, não relaxaria em nenhum lugar. Sentia-se a um milhão de quilômetros das ruas apinhadas de Londres e de sua casinha abarrotada. Um milhão de quilômetros de sua vida real.

Jordan indicou o caminho sinuoso iluminado por luzes presas entre as árvores.

— Precisamos andar a partir daqui. Há uma ponte sobre o riacho e pode estar congelada. Precisa ter cuidado.

Uma neve profunda afogava os contornos dos arredores. Katie decidiu que o mundo parecia um lugar melhor quando estava coberto de neve. Mais suave. Com menos pontas afiadas.

— Vou ficar bem.

Ela viu a irmã aparecer na janela e acenar.

Rosie estaria brava por Katie ter pedido para passarem as primeiras noites juntas? Tinha usado o Natal como desculpa — "Natal é nosso tempo juntas" —, mas a verdade é que queria tempo com a irmã para entender o que tinha motivado aquela decisão tão impulsiva. E se Rosie e Dan realmente *fossem* se casar (que Deus os ajudasse), algumas noites separados não os mataria, não é?

Tendo domado a culpa, Katie saiu do carro e sentiu o frio se infiltrar pelas roupas. Sempre odiara o inverno, mas então percebeu que o que odiava era o inverno em Londres e aqueles longos dias feios que envolviam todos na escuridão. Chuva que ensopava os sapatos e transformava uma garota arrumada em um rato afogado. Aquilo era diferente. Ali, o ar era seco e revigorante, e um milhão de estrelas salpicavam o céu noturno. Era o inverno que sempre imaginara. Não escuro, úmido e desanimador, mas iluminado, brilhante e frio.

Ela respirou fundo, saboreando os aromas deliciosos. Um toque de fumaça de madeira. Abetos. Fez com que pensasse nos Natais da infância, quando ela e a mãe levaram Rosie para escolher uma árvore. Tinham discutido sobre o tamanho e então voltado para casa com uma, colocando em seus galhos verdejantes e espinhentos a decoração guardada de ano a ano em uma caixa especial. A mãe estimava cada enfeite. Havia uma estrela que Katie fizera na escola no ano em que Rosie nascera. Um anjo torto que Rosie tinha moldado no hospital no ano em que tivera um ataque sério de asma. E os enfeites estranhos e maravilhosos que o pai trazia das viagens. Um camelo enfeitado com pedrarias que cintilava sob as luzes, bolas de vidro soprado trazidas de um bazar no Cairo.

Não haveria estrela naquele ano. Nem árvore decorada com memórias.

Katie piscou. Não era de seu feitio ficar emotiva. A qualquer minuto estaria chorando no ombro de Jordan. Podia imaginar o que ele pensaria dela.

— Obrigada pela carona.

— Vai me perdoar por brincar com você?

— Talvez no próximo século.

— Bom saber que tem senso de humor. — Ele pegou a mala dela. — Vou carregar isso até lá em cima para você.

— Já provei que posso carregar minha própria mala, e, já que não preciso subir em uma corda — Katie lançou para ele um olhar intimidador —, eu dou conta.

Na verdade, ela não desejava carregar a mala, pois ainda sentia o ombro machucado, mas tinha outra mão livre, e preferiria deslocar os dois ombros a pedir ajuda a ele.

— A ponte pode estar congelada. Limpam todos os dias, mas às vezes...

— Não me diga. Há um duende na água que pode pular e me comer. Eu dou conta.

Uma luz iluminou o lugar onde estava, e ela olhou para cima e viu Rosie emoldurada pelo batente da porta. A irmã vestia um suéter de lã quente, calça jeans justa e meias grossas. Katie sentiu uma onda de amor tão forte que perdeu o fôlego. Sempre que via Rosie depois de um tempo, recordava-se dela quando pequena. Carinhosa. Ingênua.

— Obrigada, Jordan. Vejo você no casamento.

Ela não sofreria por deixá-lo para trás. Sentira uma gama mais variada de emoções nas cinco horas presa no carro dele do que nos cinco meses anteriores. Esperava que não passassem muito tempo juntos.

— Vou ajudá-la ali na ponte.

Katie sentiu que ia explodir.

— Porque sou mulher? Porque acha que meu DNA me faz menos capaz de andar que você? Pois deixe eu te informar que me formei com as melhores notas da turma na melhor faculdade de medicina de Londres. Dou uma média de vinte mil passos por dia, em um dia sossegado, e nunca tropecei em nenhum deles.

— Acredito, mas nem por isso está certo...

— O que não está certo? Posso assegurar que tenho tudo de que preciso.

Ela puxou a mala sobre a neve e logo percebeu que não seria tão fácil quanto pensara. Para começar, a superfície não era lisa. O caminho fora limpo antes, mas caíra outra camada de neve desde então, e estava escorregadio e cheio de gelo. Ainda assim, o riacho estava congelado, então, se caísse, não ia se afogar.

Conforme ela puxava a mala, começou a suar. E ainda tinha que levá-la por aquela escada retorcida charmosa, mas assustadora. Pior ainda, Jordan a observava, então, se ela caísse, quebraria o orgulho junto com os ossos.

Por que o homem não ia embora?

Quando chegou à ponte, sentiu os pés começarem a deslizar e buscou o corrimão, mas estava enterrado debaixo de uma pilha de neve. As pernas saíram de baixo dela, e Katie se perguntava se Jordan era do tipo que dizia "eu avisei" quando braços fortes a seguraram com firmeza.

— Estava tentando te dizer que seu sapato não é apropriado, considerando o clima. Você está brava comigo, entendo, mas aceite minha ajuda agora e fique brava depois.

A voz de Jordan estava no ouvido dela, profunda e firme. Deveria fazer com que ela se sentisse segura, mas, de algum jeito, não fazia. Ela nunca precisara de ninguém, e não queria precisar de ninguém, nem mesmo para ajudar a subir uma encosta congelada. Precisava de alguma evidência de que ainda era a mesma pessoa que sempre fora. Competente. Independente.

— Escorreguei de propósito, para te dar a chance de me resgatar e se orgulhar.

Por estar presa a seu corpo musculoso, ela sentiu Jordan rir.

— Sabia que havia senso de humor enterrado aí em algum lugar. E está certa, é claro. Não consigo pregar o olho a não ser que tenha resgatado ao menos dez árvores e cinco donzelas em apuros durante o dia.

A força sólida dele irritava e ao mesmo tempo reconfortava.

— Pareço em apuros? — perguntou Katie.

— Parece, embora duvide que tenha muito a ver com o gelo, e sei que não vai me agradecer por ter notado. — A voz dele se suavizou. — Solte a mala e me abrace pelo pescoço, Katie.

O jeito com que Jordan disse o nome dela fez um calafrio percorrer seu corpo.

— Meus braços só vão encontrar seu pescoço, agora ou em qualquer hora, para estrangular você.

— Neste caso…

Ele a soltou. Ela escorregou e segurou o casaco dele.

— Droga.

Os olhos dele brilharam.

— Sabe, não há problema em aceitar ajuda de vez em quando.

A médica da saúde ocupacional dissera a mesma coisa.

— Não preciso de ajuda — declarou ela.

— Você tem intenções românticas?

— Quê?

— Você está agarrando meu casaco por um motivo. Se não for porque precisa de ajuda, então deve ser porque está a ponto de me beijar. Ou talvez esteja esperando que eu a beije.

— Não sou de esperar, sr. Médico de Árvores. Se eu quisesse beijar você, já teria beijado.

O que ele faria se Katie o beijasse? E por que ela estava tendo pensamentos como aquele? Desespero, talvez. Fazia quase seis meses desde a última vez que beijara um homem, e a atração naquele caso não tinha chegado nem perto da que havia entre ela e Jordan.

— Eu preciso de um objeto sólido para me apoiar, só isso. — Katie perdeu o ar quando ele a puxou para cima e a colocou sobre o ombro. — O que está *fazendo*?

— Dando a ajuda que não vai pedir. Minha obrigação como padrinho é cuidar do noivo. Se a irmã da noiva quebrar as duas pernas, vai atrapalhar o casamento. Além disso, não quero meu melhor amigo ameaçado de processo.

— Eu te odeio.

— Eu sei.

Mas ele não a colocou no chão.

Enquanto ela socava as costas dele, ouvia a irmã rir.

Para aumentar a humilhação, ele levava a mala dela na outra mão, aparentemente sem qualquer dificuldade.

— Estou desconfortável — disse Katie. — Vou lesionar o baço.

Ele a ignorou e continuou a andar, as botas amassando a neve.

— Pronto. — Ele a baixou devagar até o chão. — Ossos inteiros, baço intacto, mau humor e boca abusada também indo bem.

Estavam na base de uma escadaria curva que subia até a varanda.

— Não há nada de errado com a minha boca, obrigada.

Ele a olhou por um instante e abriu um sorriso bem leve.

— Finalmente algo em que concordamos.

Ela ficou tão surpresa que não soube o que dizer.

O sorriso de Jordan aumentou, e ele pegou a mala de Katie e subiu a escada como se não pesasse nada.

Ela o ouviu rir e murmurar algumas palavras para Rosie, e então estava na frente dela de novo.

Antes que Katie pudesse se mexer, Jordan se inclinou para a frente e roçou os lábios na bochecha dela.

— Admita, doutora. Eu abalo seu mundo.

— Meu mundo não se mexeu um centímetro sequer. Nem um tremor.

Ele baixou o olhar para a boca de Katie e permaneceu ali com tanta intensidade que ela parou de respirar. Se um paciente demonstrasse alguns dos sinais que ela demonstrava, Katie teria chamado a equipe de reanimação. Estaria apertando o botão vermelho e gritando "Alguém pode me ajudar aqui?".

Ela não disse nada.

Ele não disse nada.

Quando Jordan levantou o olhar para o dela, um chiado de eletricidade quase a derrubou. O mundo dela não estava abalado, e sim chacoalhado e sacudido. Não fazia sentido. Ela era uma especialista em afastar homens. Ele deveria estar dando um passo para trás. Deveria lhe dar o mesmo olhar gelado ao decidir que ela não era seu tipo. Não deveria olhar para ela assim. Como se quisesse... como se...

Em um delicioso estado de transe, ela inclinou a cabeça. A boca foi em direção à dele, como se empurrada por uma força invisível. Katie começou a fechar os olhos.

E então, quando ela pensou que o coração saltaria do peito, Jordan falou.

— Aproveite o tempo com sua irmã. E deveria aproveitar e pedir a Dan para dar uma olhada em seu ombro. Não sei como machucou, mas ele é bom em fisioterapia esportiva.

As palavras a puxaram de volta à realidade. Ela abriu os olhos, mas ele não estava mais na sua frente.

O quê? Onde?

Zonza, ela se virou e o viu caminhar de volta para o carro. O que tinha acabado de acontecer? Ela estava doente? Apertou a palma da mão contra a testa. Queria medir a temperatura e talvez fazer alguns exames de sangue. Fazer uma tomografia. Ela *tinha* que estar doente, certo? Não havia outro motivo para aqueles sintomas estranhos.

Ele tinha notado?

Controle-se, Katie.

Ela olhou para Jordan, frustrada por cada passo confiante. E como ele sabia do ombro? *Maldito gelo escorregadio.*

— Nem uma onda na escala Richter! — gritou para ele.

— E eu poderia ter atravessado a ponte sem você. Teria me saído bem.

A última coisa que ouviu antes que ele fosse para trás do volante foi uma risada.

Que ele se danasse.

Se jamais o visse de novo, seria cedo demais.

Subiu os degraus com cuidado, não porque temia que estivessem escorregadios, mas porque suas pernas pareciam ter se esquecido de seu propósito.

Ela tinha outro problema iminente: o que fazer com a irmã. A irmã sonhadora, casamenteira e romântica. Katie tinha certeza de que, se examinasse o sangue de Rosie no microscópio, as hemácias teriam formato de coração.

— Corre, estou deixando o calor sair! — gritou Rosie para ela da porta da casa da árvore. — Por que está demorando tanto?

Katie não sabia se havia um termo clínico que desse conta de seus sintomas atuais. Ela percebeu que Rosie não vira o que aconteceu. A varanda fechada a protegera dos olhos bisbilhoteiros dela.

— Estou indo! — Ela saltou os últimos degraus. — Cadê minha irmãzinha?

Ela chegou à varanda e foi envolvida em um abraço. Rosie a apertou tanto que ela achou que ia quebrar as costelas. Katie abriu a boca para protestar e acabou engasgando no cabelo da irmã.

— Oi, bom ver você também. Ai. Isso é que são boas-vindas. — Ela tirou o cabelo da boca e tentou se soltar do abraço. — Você andou indo à academia? Quase me esmagou.

— Estou feliz por ver você, só isso. E é claro que andei indo à academia. Meu noivo é fanático por esportes. Preguiça é proibida. Entre e veja seu novo lar, e me diga o que achou do Jordan. Não acredito que deixou que ele a carregasse!

— Não tive muita escolha.

— Ele não é bonito?

Rosie abriu a porta curvada da casa da árvore e Katie puxou a mala pela soleira.

— Teria usado a palavra *irritante*.

Tentando não pensar em Jordan, ela observou o quarto. Uma árvore enorme se erguia para o teto de catedral. Luzinhas brilhavam nos galhos e a decoração cintilava. Seguindo o tema de floresta, as decorações eram folhas delicadas, passarinhos e borboletas, as cores indo de perolado iridescente a prata lustrosa na luz mutante. Katie ficou admirada.

— Bem, isso coloca a árvore artificial que comprei no chinelo.

— Comprou uma árvore artificial? Por quê?

— Para não matar uma árvore de verdade. — Ela não queria mais uma morte na consciência. — Essa aí parece ter sido montada por um decorador de interiores.

— É tudo obra de Catherine. Ela prepara uma dessas para cada casa da árvore e mais seis para as áreas comuns do Nevada Resort.

— Ela tem talento.

A árvore estava perfeita, mas Katie ainda sentia uma pontada ao pensar nos enfeites que normalmente adornavam a árvore da casa delas. Talvez não fossem perfeitos, mas todos contavam uma história.

— Foi ela que tomou as rédeas dos seus planos de casamento? — perguntou.

— É, mas está sendo bom. Eu não conseguiria fazer tudo sozinha.

Katie olhou pela janela e se perguntou se Catherine pressionava a irmã. Rosie era tão gentil, jamais diria para alguém recuar.

A neve caía sem parar, cada floco seguindo outro em sua viagem para baixo, girando em piruetas preguiçosas.

— É como morar em um globo de neve — disse Katie.

— Não é fabuloso? Moraria aqui para sempre se pudesse. Invejo Jordan.

Katie não queria pensar em Jordan. Até porque não queria pensar no momento vergonhoso em que beijara o ar.

Ela se curvou para tirar as botas.

— Como está se sentindo?

— Sobre o quê?

— O casamento. Mudou de ideia? Porque sempre pode…

— Não! — Rosie a olhou com irritação. — Para com isso. Estou feliz, Katie. Amo Dan. Espero que você também o ame.

— Tenho certeza de que vou amar, mas vamos deixar de especular por um momento. Cadê ele?

— Vai conhecê-lo quando for a hora.

Katie queria conhecê-lo agora. O casamento seria dali a menos de uma semana e o relógio corria. Quanto mais perto chegassem do grande dia, mais difícil seria arrumar aquela bagunça. Ela sabia que Rosie não desistiria no último minuto. Era do tipo que iria em frente e se casaria apenas porque não queria magoar alguém. Mas sabia que não devia pressionar muito. *Suave, suave, Katie.*

— Como está o resto? Mamãe sobreviveu ao voo?

— Ela teve uma ajudinha.

— Do papai?

— Não, do álcool. Ela estava bêbada quando saiu do avião, acredita? — Rosie se jogou no sofá confortável e esticou as pernas. — Ela me fez passar tanta vergonha que quase abri a porta do carro e a empurrei para o acostamento.

— Por que passou vergonha? Dan não aprovou? Ficou chateado?

— Dan não ficou chateado, *eu* fiquei. Ninguém quer que a mãe esteja bêbada na hora de conhecer o noivo.

— Por quê? Teve medo de que ele te desse um pé na bunda se achasse que sua mãe tem problemas com álcool?

Talvez a mãe não estivesse bêbada. Talvez fosse fingimento para testar a índole do futuro genro. Não, a mãe não pensava daquela maneira. E Rosie havia herdado a bondade dela.

— Não tive medo de levar um pé na bunda do Dan. Qual é o seu *problema*? — As bochechas de Rosie ganharam cor, e ela levantou o queixo. — Já te ocorreu que esse relacionamento pode ser a melhor coisa que já me aconteceu?

— Não, mas não penso nessas coisas. Você é a romântica da família. Eu sou a prática, lembra?

Katie caminhou em direção à lareira e aqueceu as mãos. Sentia-se congelada, por dentro e por fora.

— Quer dizer que é a pessimista. Por que sempre acha que tudo vai dar errado? Há um lado leve na vida também, Katie.

Katie sentiu uma pontada de culpa. A última coisa que queria era se desentender com a irmã.

— Desculpa. — Arrependida, ela se virou para Rosie. — Estou cansada, mal-humorada, e foram umas semanas difíceis.

— Ah, não. — Rosie girou as pernas e se levantou, preocupada. — Por minha causa?

— Não, não foi por sua causa. Acredite ou não, maninha, tenho uma vida que não envolve você.

— Então por que teve umas semanas difíceis? Conta para mim.

Percebendo que caíra em uma armadilha que ela mesma armara, Katie tentou dar uma explicação qualquer.

— Temporada cheia no trabalho. Não se preocupe.

— Tem certeza? Pode conversar comigo, sabe?

Como irmãs, sempre foram próximas, embora Katie soubesse que era um relacionamento diferente do que tinha com Vicky ou outros amigos. Havia um elemento maternal em seus sentimentos por Rosie. Em seu relacionamento com a irmã, ela era quem dava apoio, e não quem recebia. Nunca contava seus problemas, e não ia começar ali. Ela era a irmã mais forte.

— Nada para falar — disse. — Estou bem.

— Bem, agora está de férias, então pode parar de ser médica por umas semanas.

Ela parara de ser médica por quase um mês, embora a irmã não soubesse disso.

— Uma vez médica, sempre médica. Está usando suas bombinhas?

— Estou. Não sou burra. Não tenho uma crise há muito tempo, então pode parar de se preocupar comigo.

Isso, pensou Katie, *nunca vai acontecer*.

Ela olhou para o teto elevado da casa.

— Então, cadê o Dan? Quando vou conhecer o cara que conquistou minha irmãzinha?

Ela queria examiná-lo sob um microscópio metafórico. Não se importaria em examinar algumas das células dele em um microscópio literal. Talvez pudesse arrancar um fio de cabelo, ou tirar um pedacinho dele para enviar para um teste no laboratório.

— Amanhã.

— Por que não agora mesmo?

— Ele está na hospedaria resolvendo umas burocracias. Você viajou por catorze horas. E disse que queria aproveitar um tempo de irmãs.

— Eu quero, mas haverá tempo para isso mais tarde. Ligue para ele. Chame ele para cá. Quando chegar, terei tomado banho e serei humana de novo.

Rosie a olhava como se chifres tivessem surgido em sua cabeça.

— Achei que iria querer ir para a cama. Ia sugerir queijo, vinho e dormir cedo.

— Aceito o queijo e o vinho. O sono pode esperar. Quero conhecer Dan. — O relógio estava andando. — E mamãe e papai? Cadê?

— Mamãe passou a maior parte do dia fazendo compras com Catherine, o que deve ter sido interessante, já que ela estava de ressaca. Almoçaram na cidade, então ela e papai estão tendo uma noite tranquila. Pensaram que você também ia querer dormir cedo, por isso vamos todos nos encontrar amanhã no Nevada Resort para um grande café da manhã em família para discutir os planos de casamento.

O único plano de Katie era impedir o casamento.

— Compras? Não parece coisa da mamãe.

Primeiro, a irmã anunciava que ia se casar, e agora a mãe ia fazer compras? O que estava acontecendo com seu mundo?

— A companhia aérea perdeu a bagagem dela. Se tiver certeza de que quer encontrar Dan, então vou pedir para ele vir. — Rosie se animou, e então hesitou, com o celular na mão. — Não vai interrogá-lo, vai?

— Eu? — Katie fez uma expressão inocente. — Por que acharia isso?

— Experiência. Lembra de quando assustou Anton?

— Anton? — Katie tentou lembrar. — Cara magrelo, estudava geografia? Só fiz umas poucas perguntas incisivas.

— Tão incisivas que ele decidiu me dar um fora.

Katie sentiu uma onda de culpa.

— Foi minha culpa?

— Foi. E, a propósito, na época ele estava muito ansioso por causa do divórcio dos pais, que foi o motivo para nos aproximarmos em primeiro lugar. Eu o encontrei chorando na biblioteca, o levei para o meu quarto e ofereci uma xícara de chá.

— E então ele desenvolveu uma obsessão por você, e você não queria magoá-lo ao dizer que não estava interessada. Mas não estava interessada, né?

Rosie ficou vermelha.

— Não muito.

— Certo. Então na verdade estava com ele porque sentia pena.

— Não colocaria dessa maneira, mas é verdade que ele não era minha alma gêmea. Eu tinha 18 anos. Aprendi muito desde então.

Sobre os perigos de relacionamentos apressados? Provavelmente não.

— Você nem sempre toma as melhores decisões sobre homens. Eu estava ajudando.

— Já te ocorreu que talvez todas as escolhas erradas que fiz me ajudaram a fazer a certa desta vez? Amo Dan, Katie. Seja gentil com ele. Não quero que pague de rottweiler com ele.

Era a segunda vez no dia que era chamada de rottweiler. Se acontecesse de novo, poderia morder alguém.

— Sempre sou gentil. A não ser que um homem largue minha irmã em uma boate de quinta categoria no meio da noite. Isso, admito, faz aflorar meu lado cruel.

Enquanto Rosie ligava para Dan, Katie rondou pela sala e parou diante da estante de livros.

Não queria ouvir a conversa, mas era impossível não escutar. Ouviu a voz de Rosie se suavizar ao falar com Dan.

— Ela chegou, sim. Por que não traz umas pizzas? Boa ideia. Não, ela não está cansada.

Katie escolheu um livro sobre alpinismo.

— Eu te amo.

Ali estava. Aquelas palavras que Katie jamais dissera a ninguém e provavelmente jamais diria.

Ela colocou o livro de volta e se virou para a irmã, que terminava a ligação.

— Onde fica o chuveiro?

Ela seguiu Rosie até um banheiro luxuoso com uma banheira de pé de frente para a floresta.

— E se alguém passar?

— Não vai. É propriedade privada. Se tiver sorte, pode ver um alce.

— Hmm.

Katie fez sinal para que a irmã saísse do cômodo, despiu-se e entrou no chuveiro. Esperava que o banheiro de uma casa da árvore fosse no máximo rudimentar. Um fio fino de água, frio. Em vez disso, foi inundada por jatos poderosos de água quente. Ficou de pé por um momento, deixando o calor cair nela e entrar na pele. Então lavou o cabelo e, resistente, saiu do vapor que criara.

Pegou duas das toalhas felpudas aquecendo no toalheiro e envolveu os cabelos em uma e o corpo na outra.

Ela secou o vapor do espelho e se virou para ver o ombro. As cicatrizes estavam visíveis. Sair dali usando uma toalha levantaria perguntas que não desejava responder, então pegou um dos roupões pendurados atrás da porta.

Coberta de modo apropriado, saiu do cômodo.

— Rosie?

— Estou no seu quarto. — Rosie veio de um cômodo ao lado do banheiro. — Aqui. Este é o quarto que escolhi para você. Fica de frente para a floresta. O outro fica na plataforma e é maravilhoso, mas este é mais reservado.

Era suntuoso, com cobertas verde-claras caindo pelo chão de madeira. O quarto se tornava parte da floresta. Katie olhou para a cama, desejando poder cair nela.

Por que insistira em conhecer Dan naquela noite?

— Que lugar maravilhoso.

Rosie deu um passo para a frente e abraçou a irmã.

— Fico feliz que esteja aqui. Desculpe por ter bagunçado o Natal.

A vida inteira de Katie era uma bagunça, não apenas o Natal.

— A família inteira está reunida. Do que mais precisamos?

Rosie relaxou.

— Por tantos anos, nos sentamos na janela do Bangalô Madressilva e esperamos nevar para fazer um boneco de neve. E agora, por fim, temos um Natal com toda a neve que poderíamos querer ou precisar.

— Se está sugerindo o que estou pensando, então a resposta é não. Sou muito velha para fazer um boneco de neve.

— Que tal uma guerra de bolas de neve?

— Muito mais velha para isso.

— Passeio de husky? Andar de raquetes de neve?

— Talvez as raquetes. Tem secador de cabelo aqui?

Rosie apareceu com um secador e com um par de meias grossas cinza e creme.

— São um presente de Natal antecipado. São perfeitas para esquentar os pés dentro de casa. Estarei na sala quando acabar. Dan e Jordan vão chegar em uns dez minutos.

— Espere... Dan *e* Jordan? Por que Jordan está vindo?

— Porque ele e Dan estavam resolvendo umas coisas juntos quando telefonei. E ele é o padrinho. Precisa conhecê-lo.

— Passei cinco horas no carro com ele. Sei tudo o que preciso saber. Achei que fossemos só nós três. Quero conhecer o Dan.

— Pode aprender muito sobre alguém pelos amigos que a pessoa tem. Dan e Jordan são amigos desde criança. Se veste logo, ou estará nua quando chegarem.

Katie esperou que Rosie saísse do quarto e abriu a mala. Tirou uma calcinha, calça jeans limpa e um suéter branco e macio. Apesar da neve caindo pela janela, a casa da árvore era aconchegante, o calor vindo do chão aquecido.

Ela se vestiu e secou o cabelo.

Jordan.

Que inconveniente.

Calçou as meias grossas que Rosie lhe dera, voltou para a sala e olhou para a árvore de Natal elegante.

— Não conseguiria fazer uma árvore ficar perfeita assim nem em um milhão de anos — disse Katie. — Os enfeites combinam.

— Eu sei. Diferente da lá de casa. Mamãe ainda usa o anjo que fiz na escola quando tinha 6 anos. E aquela coisa esquisita de lantejoula que você fez.

— É uma estrela.

Ela tocou os galhos e sentiu o aroma. Só o cheiro era suficiente para conjurar o Natal. Fazia com que pensasse em riso e dias aconchegantes abrindo presentes na frente da lareira. Família. Ela sentiu uma pontada súbita de saudade. Tudo era mais simples no passado, ou era nostalgia?

Rosie serviu vinho em duas taças.

— Mamãe e papai andam um pouco estranhos.

Katie pegou a taça e deu um gole. Sabia que, se bebesse demais, adormeceria no sofá.

— Estranhos como? Sabe que mamãe odeia avião, deve ter sido a bebida. Jamais menospreze como o álcool pode mudar a personalidade de alguém. Vemos isso o tempo todo no trabalho.

— Como eles estavam na última vez que os viu?

Katie deu um gole no vinho.

— Faz tempo que não vou para casa.

Algo mais para adicionar à lista de fracassos.

— Mas mamãe sempre vai para Londres almoçar com você.

— Não desde a sua grande despedida no verão.

Rosie baixou a taça.

— Não vê nossos pais desde o verão?

— Estive trabalhando muito. Tínhamos marcado um encontro em outubro, mas aí...

— Aí o quê?

O coração de Katie bateu forte. Ela se lembrou das mãos dele em sua garganta, apertando. Da agonia na voz dele, e de seu ombro.

— O trabalho aumentou muito. Desmarquei.

Não tinha conseguido falar com ninguém a respeito do que acontecera. Sentia-se culpada. Deveria ter encontrado tempo para os pais. Era uma médica terrível e não era uma filha muito melhor.

— Sabia que mamãe odeia o trabalho dela?

— Quê? Quem disse isso?

— Mamãe falou para Dan. Disse com uma voz pragmática, como se fosse algo que todos nós já devíamos saber. Sempre achei que ela amava o trabalho, você não achava?

— Eu... eu nunca pensei nisso.

Quando Katie era jovem, a mãe sempre estava esperando quando ela voltava da escola, disposta oferecer o que fosse necessário. Uma refeição caseira, ajuda com a lição de casa ou apenas companhia. Suas memórias do pai eram dele indo e vindo, mas a mãe era uma constante.

— Tem certeza de que não era o álcool falando?

— Ela pode ter falado porque bebeu, mas nem por isso deixa de ser verdade.

— Eu não me preocuparia. Andar de avião deve ter feito ela se sentir insegura com a vida.

— Detesto pensar que mamãe possa ser infeliz no trabalho.

— Se ela fosse infeliz assim, se demitiria.

Seria mesmo? Katie era bastante infeliz, mas não tinha se demitido, tinha? Não era tão fácil na prática, desistir de algo que fizera durante toda a vida adulta.

Rosie foi para a janela.

— Eles chegaram. Com duas caixas grandes de pizza. Sempre um bom sinal. — Ela acenou enfática, o sorriso iluminando o rosto todo. — Faz só umas horas desde que nos separamos, mas parece uma eternidade. É grude demais?

— Acho que não está me perguntando sobre a pizza. E não, não é grude. — Era assustador. — Mal posso esperar para conhecê-lo.

Ela ouviu risos masculinos e o som de botas pesadas, e então Rosie abriu a porta. Houve um rodamoinho de ar frio, e a irmã abraçou um homem moreno e alto, cujos ombros estavam salpicados de neve.

Katie ficou sem jeito enquanto eles se beijavam.

Seus olhos encontraram os de Jordan.

Ele sustentou o olhar por um momento e então lhe passou as caixas de pizza, tirou as botas e pendurou o casaco. Um sinal de sorriso tocava sua boca.

— Olá, dra. Gelo.

— Legal. — Ela sorriu com doçura e passou por ele em direção ao homem que abraçava a irmã. — Olá. — Ela estendeu a mão que não segurava pizza. — Sou a irmã mais velha e assustadora. Katie.

Dan se soltou do abraço entusiasmado de Rosie e apertou a mão dela.

— Prazer em conhecê-la, finalmente.

Ele poderia não pensar a mesma coisa depois que Katie fizesse as perguntas que desejava fazer.

— Vamos conversar comendo? Está cheiroso e estou faminta.

— Vamos pegar os pratos.

Rosie segurou a mão de Dan e, juntos, eles foram para a cozinha. Houve barulho e risos, e Katie ficou ali de pé com Jordan, sem jeito.

Ele se inclinou na direção dela.

— Eles são bonitinhos juntos, não são?

Ela rangeu os dentes.

— Adoráveis.

— Olhem vocês, falando aos sussurros, como se já se conhecessem a vida toda. — Rosie colocou pratos e guardanapos no balcão e abriu as caixas de pizza. — Vamos comer enquanto está quente. Tem um forno à lenha na cozinha do Nevada Resort. — Ela empurrou a caixa para Katie. — Vai ser a melhor pizza que você já comeu. E, antes que implique com a minha dieta, esse é um raro agrado.

Katie se sentou em um banco.

— Então, Dan — disse ela, pegando um pedaço de pizza —, conta tudo. Quero saber tudo sobre você, e como conheceu Rosie.

Jordan lhe lançou um olhar cortante, e ela sorriu e afundou os dentes na fatia de pizza. *Rottweiler*.

Dan serviu copos de água gelada para todos.

— Quer a versão censurada ou a versão sem censura?

Rosie gemeu.

— *Não* fale coisas assim para minha irmã.

— Edições censuradas são para os pais.

Katie mastigou. O queijo estava macio, derretendo. Ela saboreou a riqueza do tomate salpicado generosamente com orégano. Rosie estava certa. A pizza era deliciosa.

— Tudo o que sei é que trabalha como personal trainer — continuou.

— Certo. Assim que acabei uma sessão com um cliente, ali estava Rosie.

Katie levantou as sobrancelhas.

— Minha irmã? Em uma academia?

Rosie corou.

— Tinha acabado de chegar a Boston e decidi que ia tentar desenvolver hábitos saudáveis.

Dan pegou um pedaço de pizza.

— Vi que ela não estava acertando a postura do exercício, então fui ajudar. Começamos a conversar. Ela queria um programa de preparo físico, mas não sabia se valia a pena gastar dinheiro quando podia só correr no parque. Então ela me contou como era manter a asma sob controle e como era importante que estivesse em forma e continuasse se exercitando. — Ele pegou um guardanapo. — E me disse que achava difícil se motivar para fazer exercícios. Eu amei como ela era aberta e confiante, desde o começo.

Um alarme soou na cabeça de Katie.

— Essa é minha irmã. Ela é assim com todo mundo, do carteiro à pessoa atrás dela na fila do caixa do supermercado.

— Não sou assim com todo mundo.

Rosie lançou um olhar para ela e estendeu o braço para pegar o vinho.

— Você acha que o mundo todo é bom e que todos merecem confiança.

— *Não* acho que o mundo todo é bom, mas também não acho que é todo ruim. E as pessoas em geral *merecem* confiança.

— Não na minha experiência.

Ela queria adicionar "nem na sua", mas decidiu que um comentário como aquele poderia fazer com que fosse expulsa. Não por Dan, que parecia muito relaxado, mas por Jordan, que a observava com atenção, a boca desenhando uma linha sombria. Tinha a sensação de que, se dissesse a coisa errada, ele a jogaria sobre o ombro de novo. Na próxima vez, ela o chutaria nos rins.

O olhar de Dan era amigável.

— Rosie me disse que você trabalha num pronto-socorro. Não deve ser fácil.

Mãos em torno do pescoço. O som de vidro quebrando. *Você se diz uma porra de uma médica? Vou matar você, vagabunda.* Sem apetite, ela baixou a fatia de pizza.

— Não é fácil.

— Rosie tem tanto orgulho de você, não tem, amor?

Dan se esticou e pegou a mão de Rosie.

Katie observou, hipnotizada, o polegar dele acariciar com delicadeza a palma da mão da irmã.

Os dois olharam um para o outro, compartilhando uma cumplicidade tão íntima que Katie sentiu que tinha que sair dali.

— Aqui. — Jordan encheu a taça dela. — Beba.

Katie se perguntou se ele se sentia tão desconfortável quanto ela.

— Eu já bebi uma taça.

— Bem, beba outra. Pode deixá-la mais relaxada.

— Estou relaxada.

Ele levantou uma sobrancelha.

— Como você é quando está tensa?

— Assustadora.

Ela pegou a pizza de novo e pigarreou. Rosie e Dan se separaram.

— Então Rosie lhe disse que era sedentária e você viu nela um bom modo de desenvolver a base de clientes — continuou Katie.

Jordan estreitou os olhos, mas Rosie riu e olhou para Dan com adoração.

— Ele não precisa de mais clientes. Já tem uma lista de espera.

— Mas aí estão seus músculos, então de algum modo furou a fila.

Defeito número um, ela pensou. Não era muito profissional colocar a irmã no topo da lista.

— Sempre dou prioridade para clientes com questões de saúde. — Dan serviu mais água. — Sabia que podia ajudá-la. Tudo se resume a encontrar o que motiva as pessoas. Essa é a melhor parte do trabalho.

— E foi tão bom me exercitar com ele — disse Rosie. — Sabe como eu odeio atividades físicas. Eu preferia deitar no sofá e comer rosquinhas vendo um filme, mas Dan fez com que fosse divertido. Ele me fez querer ficar mais em forma. Aquelas sessões se transformaram na melhor parte do meu dia. Conversávamos sobre tudo. — Ela segurou a mão dele. — Lembra daquela noite em que fizemos uma sessão noturna e conversamos tanto que a academia esvaziou e o lugar estava no escuro?

Dan sorriu.

— Lembro.

Katie lambeu os dedos. O casal não parava de se tocar. Como conseguiam fazer qualquer outra coisa?

— E como voltou para casa depois dessa sessão noturna?

— Dan me levou para casa.

— Ah. Certo. — Ao menos ele levara a irmã para casa em segurança. Não podia achar defeito naquilo. — E o que a atraiu primeiro em Rosie, Dan?

Rosie engasgou com a comida.

— Que tipo de pergunta é essa?

— Uma invasiva — disse Jordan.

Para um cara que vivia uma vida sossegada, ao ar livre, ele parecia bem tenso.

Jordan se mostrara um tanto relaxado no carro. Talvez fosse ela. Talvez Katie despertasse o pior dele. Não seria a primeira vez que teria aquele efeito em um homem.

Dan o ignorou.

— Na primeira vez que vi Rosie, ela estava travando uma batalha com uma esteira.

— Era uma máquina complicada — disse Rosie. — Tudo o que eu queria era correr.

Dan se inclinou para a frente.

— Correr é bom, é claro, mas preparo físico diz respeito a mais que exercícios cardiovasculares. Eu sabia que, se conseguisse fazer Rosie levantar peso, poderia ajudá-la. Lembra daquele primeiro dia? — Ele sorriu para Rosie. — Você estava com o cabelo preso em um rabo de cavalo, e metade tinha escapado. Eu vivia cercado por mulheres superarrumadas e superconfiantes, todas diretoras-executivas ou advogadas, aí você apareceu... e era tão diferente. Tão gentil, e tão bondosa.

Ah, sim, pensou Katie. Aquela era Rosie.

Rosie não olhava para ela. Estava olhando para Dan.

— E você tinha músculos que eu jamais tinha visto. Eu me senti intimidada.

Katie franziu o cenho.

— Intimidada?

— Intimidada pelo nível de condicionamento físico dele.

— Certo, então você se apaixonou pelo corpo voluptuoso dele e as promessas de transformá-la em uma deusa da boa forma.

— Não só isso. Era muito fácil falar com ele.

Dan se inclinou para a frente e a beijou.

— Precisei de só uns dez minutos para perceber que Rosie era tão inteligente quanto bonita.

Katie pegou outro pedaço de pizza. Alguém já a olhara do modo que Dan olhava para a irmã? Não, nunca, e, se alguém olhasse, ela o enviaria para uns exames.

— Então aparência é importante para você?

— Não, mas, se está me perguntando se acho sua irmã bonita, então sim, acho.

Katie mastigou a pizza.

— Você trabalha no mesmo lugar há muito tempo?

— Cinco anos. Antes treinava remadores, e eu também remava, quando estava na faculdade.

— Tem casa própria?

— Tenho um pequeno apartamento na mesma vizinhança sossegada em que cresci.

— Há quanto tempo mora nesse apartamento?

Jordan xingou baixinho.

— Quatro anos. Gostaria de ver referências?

Dan parecia achar graça, mas Rosie a encarava com irritação.

— Para com isso! Qual o seu *problema*, Katie?

— Ela está conferindo se estou na lista dos meninos bons ou dos meninos levados do Papai Noel.

Dan piscou para Katie, e ela se pegou sorrindo. Ao menos ele parecia tranquilo.

— Estou conhecendo Dan, só isso. Em menos de uma semana seremos parentes. Gosto de saber um pouco mais das pessoas que chamo de família.

— Bem, está parecendo um interrogatório — disparou Rosie.

Aparentemente envergonhada, Rosie deu um gole no vinho e Dan cobriu a mão dela com a dele.

— Está tudo bem. Relaxa. Nosso relacionamento andou bem rápido. É natural que sua família tenha perguntas.

— Mamãe e papai não perguntaram nada.

Katie tomou um gole da bebida. Por que não? Ainda assim, ao menos ele parecia bondoso com a irmã, isso ela tinha que admitir.

— Desculpe se pareceu um interrogatório. Não era minha intenção.

Jordan fez um barulho que parecia um rosnado, mas, quando Katie olhou para ele, sua expressão estava neutra.

Sorriu para ele com doçura.

Ela ainda não tinha formado opinião sobre Dan, mas Jordan com certeza estava na lista dos meninos levados.

Rosie

Rosie estava acordada depois de uma noite insone.

Ela rolou na cama, esperando conseguir um abraço, e se lembrou de que não estava na cama com Dan. Estava na casa na árvore com a irmã. Deveriam ter tido uma noite aconchegante, colocando o papo em dia como nos velhos tempos, mas não foi assim que aconteceu.

Em vez de chocolate quente e pijamas, houve uma atmosfera tensa, e Rosie sentira-se extremamente infeliz.

— Você não gosta do Dan — dissera ela depois de Katie arrumar a cozinha e seguir para a cama.

— Nunca disse que não gosto dele. Não o conheço, só isso.

— Por que não o conhece com o tempo, do jeito que as pessoas normais fazem?

— Porque não há tempo. Você vai se casar com ele em poucos dias.

— Isso mesmo. *Eu* vou me casar com ele. *Eu* sou a pessoa que vai passar o resto da vida com ele, então por que isso é problema seu?

— Porque eu te amo e quero que seja feliz. Tenho medo de que esteja cometendo um engano. Não pode conhecer alguém em três meses.

— É exatamente o mesmo tempo que mamãe e papai passaram juntos antes de se casarem. — Ela usava isso para sustentar sua crença de que seu relacionamento poderia dar certo e não estava condenado desde o início. — Eles estão juntos há mais de trinta anos, Katie. Sabe como são felizes. Estavam quase rasgando as roupas um do outro no carro na volta do aeroporto, o que não quero reviver, para ser sincera, mas é prova de que ainda são abençoados com felicidade depois de todos esses anos. Se eles conseguem, por que não conseguiríamos?

— Tenho certeza de que conseguem. — Katie parecia exausta.

— Desculpe. Me ignora, Ro. Eu te amo, só isso. Você é minha irmãzinha, e pensar em vê-la infeliz me apavora. É possível que eu exagere um pouco de vez em quando.

Rosie sentira uma onda de amor.

— Muito. Você exagera muito.

— Estou cansada. Viagem longa. Você me perdoa?

— Claro. — Rosie a abraçara, então, aliviada. A última coisa que desejava era se desentender com a irmã. — Durma um pouco. Amanhã vamos reunir todos para um grande café da manhã em família no Nevada Resort e depois vamos dar um passeio de motoneve na floresta.

Por fim Rosie conseguira dormir muito pouco. A pequena centelha de dúvida ainda cintilava em seu cérebro, acesa pela irmã.

Acordou sentindo-se tão cansada quanto ao dormir. Desejou que estivesse acordando com Dan. Era um bom sinal, não era? Se sentia saudade dele, o amava. Os sentimentos contra os quais lutara no aeroporto pareciam ter desaparecido.

Ela pegou o telefone para mandar uma mensagem, e viu que ele já lhe enviara uma mensagem.

Saudades, amor.

Os olhos dela ardiam enquanto escrevia de volta.

Também estou com saudades.

A resposta dele chegou logo em seguida.

Tomara que esteja se divertindo com sua irmã.

Não até o momento, mas naquele dia seria diferente.

Ansiosa para fazer as pazes, tomou banho e se vestiu, fez café e levou para a irmã.

Ela abriu a porta, e Katie, que estava no processo de remover o pijama, arfou e pegou um roupão.

— Você nunca bate na porta?

Desde quando elas batiam na porta? E por que Katie apertava o roupão em torno de si como se tivesse algo a esconder? Não era incomum elas dividirem um quarto.

— Desculpe. — Rosie sentiu o laço entre elas ferido mais uma vez e deixou o café na mesa de cabeceira. — Achei que fosse querer café. Encontro você na sala quando estiver vestida.

O que havia de errado com Katie? Era porque Rosie ia se casar com um homem que não conhecia havia muito tempo ou tinha algo mais?

Ela voltou para a sala, juntou as roupas de sair e estava calçando as luvas quando Katie apareceu.

— Não tinha a intenção de explodir. Você me surpreendeu, só isso. — Ela se juntou a Rosie perto da porta, calçou as botas e vestiu o casaco. — Lembra quando você era pequena? Subia na cama comigo na véspera de Natal e tentava abrir minhas pálpebras para ver se eu estava acordada.

Rosie ficou aliviada, porque a irmã parecia ter voltado ao normal.

— Porque mamãe dizia que eu não poderia me levantar e abrir minha meia de Natal antes que você acordasse.

— Então você decidia me ajudar. — Katie envolveu o cachecol de Rosie em torno da boca e do nariz dela. — Não quero que respire ar frio e tenha uma crise.

O amor de Rosie pela irmã era entremeado de frustração. Não a via desde o começo do verão, e ficou surpresa por Katie não perceber o quanto havia mudado naquele período. Mas talvez levasse tempo. Antes de conhecer Dan, Katie sempre fora seu primeiro telefonema de emergência. Rosie não telefonara para nada além de uma conversa desde que chegara aos Estados Unidos. Sentia-se mais forte e mais confiante, e sabia que era a influência de Dan.

Após alguns dias juntas, com sorte Katie veria o quanto ela tinha mudado.

— Vamos. Sei que mamãe e papai estão morrendo de vontade de te ver, e quero que conheça a família de Dan. Você vai amar o passeio na floresta.

Ela mal podia esperar para ficar a sós com Dan. Era verdade que estaria na traseira de uma motoneve, mas era melhor do que nada. E talvez ele parasse em algum lugar para que pudessem aproveitar uns momentos a sós na floresta nevada. O pensamento a alegrou.

— É uma caminhada de dez minutos pela trilha até o Nevada Resort, ou alguém pode nos buscar, se preferir.

— Vamos andando. — Katie ajeitou as botas, e elas trancaram a casa na árvore, desceram a escada e acharam a trilha entre as árvores. — Nunca me apaixonei, mas posso estar apaixonada por este lugar.

— Eu me apaixonei por este lugar na primeira vez que Dan me trouxe. As folhas estavam começando a mudar de cor e era espetacular. Achei que aquela era minha estação favorita, mas agora é o inverno — Rosie parou para pegar uma pinha de abeto. Ela a passou para a irmã. — Neve no chão. Abetos. Isso é o que o Natal deveria ser, não é?

— Talvez. — Katie girou a pinha na mão. — Onde você e Dan vão morar depois de casados? Conversaram sobre isso?

Rosie enfiou as mãos nos bolsos do casaco. Não tinham conversado sobre isso. Não tinham conversado sobre nada, mas admitir isso só alimentaria a ansiedade da irmã.

— Vamos morar no apartamento dele, como agora. — Ela hesitou. — Ainda vou voltar para casa para visitar. E você pode vir e ficar comigo.

— Pode ser. — Katie colocou a pinha no bolso. — Melhor vermos o que mamãe e papai estão fazendo.

Atravessaram o saguão do Nevada Resort, passando pela enorme árvore de Natal e a lareira, e subiram as escadas para o último andar.

O salão de jantar estava cheio de gente, e a mesa do buffet gemia sob o peso da comida.

Não havia sinal de seus pais.

— Ali está ela! A linda noiva. — Catherine cruzou o salão em três passadas e a abraçou forte. — Estávamos a ponto de procurar por vocês, querida. E esta deve ser sua irmã, Katie. Ou devo chamá-la de dra. White?

Ela abraçou Katie com carinho.

— Katie, por favor. — Ela retribuiu o abraço, desajeitada. — Estou de folga. Ao menos espero estar.

— Rosie nos falou tanto de você. E Maggie e eu conversamos bastante ontem, também. Sinto que já a conheço. Ela me contou daquele seu concurso de soletrar na escola em que você cometeu um erro e ficou tão furiosa que se trancou no quarto por vinte e quatro horas. Contou que, se cometia um erro na escrita, jogava fora a folha inteira. Eu sou igual. Quero tudo perfeito. Deixava o pai do Dan louco, mas sou detalhista, e cada detalhe precisa estar perfeito. Agora venha conhecer todo mundo. Esta é minha mãe, avó do Dan, vovó Sophie. E a irmã dela, tia Eunice. Do lado do pai do Dan…

Ela puxou Katie pelo salão, apresentando-a a todos. Katie parecia um pouco chocada, e Rosie não a culpava. Catherine era a pessoa mais gentil que já conhecera, mas às vezes estar com ela era um pouco como ficar diante de um limpa-neves. Se não se esquivasse rápido o suficiente, era achatada.

Ainda assim, ao menos Katie não estava bombardeando Catherine com perguntas sobre Dan. Até o momento.

Ela foi encantadora com todos e, depois de uns poucos minutos, olhou em torno do salão.

— Catherine, viu meus pais?

— Maggie telefonou e disse que estavam atrasados. Deve ter sido aquela lingerie francesa refinada que a convenci a comprar ontem. — Catherine deu uma piscada atrevida. — Jordan está a caminho, ele vai dar uma carona a eles, para evitar a caminhada.

Rosie estava tentando apagar a imagem da mãe desfilando de lingerie sexy pela casa na árvore.

— Jordan?

O sorriso amigável de Katie congelou.

— Não se preocupe, seus pais estão seguros com ele. Todo mundo está seguro com Jordan. Ele é como um filho para mim. E o que aquele menino não sabe sobre árvores não vale a pena saber. Falei para sua mãe que, com o amor dela por jardins, ela deveria arrancar informações dele. Katie, sirva-se, querida. Não se segure. As panquecas são excelentes, o bacon é curado aqui na cozinha e o xarope de bordo vem das árvores da tia Eunice, então não vai querer perder.

— Parece uma boa. Então, Catherine, como o Dan era quando criança?

Ai, meu...

— *Não* é hora de sacar as fotos de bebê. — Rosie puxou a irmã antes que Catherine respondesse e foi em direção à comida. — Coma. Encha a boca. Qualquer coisa para fazer você parar de falar.

Tinha enchido os pratos de panquecas quando os pais apareceram à porta, de mãos dadas. Estavam ambos rosados e sem fôlego, como se estivessem apressados. A mãe puxava a roupa com a mão livre, como se tivesse se vestido com pressa.

— Desculpe pelo atraso. Perdemos a noção do tempo.

Rosie sentiu uma onda de vergonha. *Já basta!* Com sorte aquela demonstração de harmonia marital seria suficiente para calar a irmã. Ela cobriu as panquecas de melado e se inclinou em direção a Katie.

— Viu? Dois pombinhos, depois de trinta e cinco anos.

Katie engoliu um bocado de panqueca.

— Normalmente não são tão exibidos. Ainda mais em público.

Rosie colocou mirtilos no prato de Katie.

— Coma um pouco de vitamina C. Está pálida. Mamãe disse a Catherine que estão tratando essa viagem como uma segunda lua de mel. Não sei se é romântico ou constrangedor. Por que está fazendo cara feia?

— Porque não é do feitio deles serem românticos. No ano passado papai deu uma lava-louças para ela no Natal.

— É romântico para quem odeia lavar pratos.

— Eu mataria um homem que me desse uma lava-louças. Segure isso por um instante.

Ela deu o prato a Rosie e cruzou o salão para cumprimentar os pais.

Rosie deixou os dois pratos na mesa e a seguiu.

Ela viu o pai dar um abraço apertado em Katie. A irmã se retraiu e relaxou.

Rosie franziu a testa. Ela tinha machucado o ombro?

Percebeu que Katie não dissera quase nada sobre si mesma desde que chegara, apenas que o trabalho estava estressante e pesado.

— Minhas meninas! Eu senti tanta saudade. — A mãe envolveu as duas em um abraço antes de se virar para beijar Katie. — Faz tanto tempo que não vejo você.

Aquilo não saía da cabeça de Rosie. Ela estivera esse tempo todo nos Estados Unidos, é claro, mas qual era a desculpa de Katie? Por que não via os pais desde o verão?

— Oi. — Dan apareceu, recém-saído do banho, de cabelo ainda úmido. Ele foi até Rosie e deu um beijinho nela. — Comeram todas as panquecas?

Ela sentiu a tensão indo embora, como acontecia com frequência quando estava com Dan.

— Tenho certeza de que deixamos algumas. — Ela pegou a mão dele, foi de volta até a mesa e encheu um prato. — Aproveitando que estamos sozinhos, quero me desculpar por ontem à noite. Sei que Katie exagerou, mas ela só fez isso porque me ama.

— Eu sei. — Ele serviu mirtilos no prato que ela segurava. — Não tem que se desculpar.

— Não está bravo com ela? Diga que não odeia minha irmã.

Dan tirou o prato dela e o deixou na mesa. Então a puxou para um abraço.

— É claro que não odeio sua irmã. Adoro que ela se preocupe com você. Tem sorte por tê-la.

E Rosie tinha sorte por tê-lo. Por que Katie não enxergava aquilo?

Não tiveram a chance de conversar mais porque a mãe dele se juntou a eles para discutir os detalhes do casamento.

Dan comeu enquanto conversavam, e depois do café da manhã foram para os fundos do hotel, onde as excursões de motoneve eram organizadas.

Catherine havia arrumado trajes e capacetes para todos.

— Podem achar que não caem bem, mas vão me agradecer quando saírem no frio e no vento.

Katie se vestiu.

— Aonde vamos?

— Às Maroon Bells. — Dan ajudou com o capacete. — Montanhas. É bom levar a câmera.

— Vou dirigir minha própria motoneve? Não preciso de carteira nem nada?

— Não precisa de carteira. Achamos que poderia preferir ir de carona desta vez. — Dan apertou a correia. — Assim pode aproveitar mais toda a diversão do passeio e a vista.

— Legal. Quem é o melhor motorista?

Catherine riu.

— Meu Dan. Jordan é bom, é claro, mas dirige rápido demais para mim. Deixo meu estômago em algum lugar da montanha toda vez que faço dupla com ele.

— Vou com o Dan — disse Katie, e Rosie abriu a boca para dizer que ela iria com Dan, mas a irmã já passava a perna sobre a motoneve, pousando as mãos na cintura dele.

Katie o escolhera porque achava que ele era o motorista mais responsável ou porque aquela seria outra das atividades "para conhecê-lo" dela?

Por outro lado, poderia ser bom para eles passar um tempo juntos. Ao menos Katie veria a ótima pessoa que Dan era e pararia o interrogatório. Eles seriam parentes. Rosie amava os dois. Queria que se dessem bem.

Ela viu os pais subindo meio sem jeito em uma motoneve, a mãe dirigindo, e se virou, com a intenção de dirigir sozinha.

Jordan fez um sinal para Rosie.

— Vem comigo, você parece cansada. Noite ruim?

— Não dormi bem. — Ela foi até ele, os pés afundando na neve. — Isso vai me despertar.

— Talvez devesse ficar com Dan esta noite. A noiva não pode ficar com olheiras.

— Não posso. Não via minha irmã desde o verão. Quero colocar a conversa em dia, mas ontem à noite ela foi...

—... como um cachorro que não larga o osso?

— Ia dizer protetora. Ela quer saber se estou fazendo a coisa certa. Precisamos conversar, só isso.

— É o seu relacionamento, Rosie, não dela — falou ele, de modo gentil. — Sua opinião é a única relevante. Se tiver certeza de que está fazendo a coisa certa, é o que importa.

Ela tinha certeza. Não tinha? Tinha? Queria que as pessoas parassem de perguntar. Quanto mais pensava, menos certa ficava.

— Tenho certeza.

Jordan tinha percebido sua hesitação? E se falasse algo para Dan? Deveria discutir aquilo tudo com Dan, mas não tinha ideia de como abordar o assunto. Os preparativos para o casamento estavam quase prontos. Em alguns dias os floristas chegariam para transformar o salão de jantar do Nevada Resort em uma paisagem de inverno mágica, digna de um casamento de contos de fada.

Naquele cenário não havia espaço para a noiva ter um ataque de pânico.

— Por que sua irmã foi com Dan?

— Imagino que ela queira passar um tempo com ele.

Ele passou a perna sobre a motoneve.

— Vou trazer sua irmã de volta comigo. Assim você e Dan podem passar um tempo juntos.

— Obrigada. Vocês se deram bem na volta do aeroporto?

A expressão de Jordan não se alterou.

— Nós nos demos bem, não se preocupe. Agora vamos indo, antes que seja tarde para alcançá-los.

Ela abraçou a cintura dele enquanto corriam pela neve, seguindo a trilha bem cuidada que atravessava o vale até as montanhas, por meio de bosques de álamo e campos de neve cintilantes que no verão seriam gramados salpicados pela cor das flores silvestres.

Naquele dia a paisagem tinha um milhão de tons diferentes de branco.

As montanhas se erguiam de florestas de abetos e pinheiros, o reflexo dos picos rochosos e cobertos de neve brilhando na superfície do lago parcialmente congelado.

O frio fazia o rosto arder e atravessava as camadas grossas de roupa.

Chegaram ao lago e encontraram Katie e Dan, que já tomavam canecas de chocolate quente.

— Foi incrível — declarou ela.

O rosto de Katie estava vermelho, as mãos curvadas em torno da caneca. Ela parecia feliz e relaxada pela primeira vez desde que chegara.

— Que lugar perfeito — continuou ela. — Dan me disse que gostava de vir aqui antes de amanhecer, para tirar fotos do nascer do sol.

— No verão esse lugar fica tão lotado que é difícil achar um lugar na beira do lago — disse Jordan. — Até no nascer do sol.

Catherine tirava fotos, alta e magra em uma jaqueta de inverno branca e calças de esqui pretas.

— Ela já tem mil — disse Dan. — Mas ainda tira mais.

— Vou fazer um casamento aqui na primavera! — gritou Catherine, olhando para trás e firmando bem as pernas para tirar uma série de fotos.

Rosie olhou ao redor e viu os pais um pouco ao longe, um de frente para o outro.

— O que eles estão fazendo?

Katie riu.

— Brigando. Pelo visto mamãe é uma motorista assustadora. Papai disse a ela que andou com camelos mais suaves no deserto. Não pegou muito bem.

Rosie não queria ouvir que estavam brigando.

Ela queria provas de que ainda eram abençoados pela felicidade.

Como se seguisse uma deixa, a mãe ficou na ponta dos pés para beijar o pai. E enfiou uma bola de neve na gola do casaco dele.

Por um momento breve, o pai ficou paralisado de choque, e então retaliou, pegando neve onde estava e correndo atrás de Maggie.

Ela correu, girando os braços enquanto lutava com a neve até o tornozelo, gritando como uma adolescente, tentando proteger a cabeça e o pescoço.

— Não sabia que ela corria tão rápido — disse Katie.

— Nem eu. Ai.

Rosie se encolheu ao ver o pai alcançar a mãe. Ele a girou e segurou uma grande bola de neve no alto.

As vozes ressoavam com a neve.

— Lembre-se, Mags, você começou.

O pai enfiou a neve na gola do casaco da mãe, e ela arfou com o frio e pegou mais neve, arremessando nele, enquanto Nick se esquivava e ria. Continuaram a luta, se abaixando e desviando, pegando neve fresca e jogando até os dois ficarem cobertos.

Rosie não se lembrava de ver os pais assim tão relaxados. Em geral a mãe a paparicava, conferindo se ela estava bem, se havia usado a bombinha, se não sentia uma gripe ou resfriado vindo por aí. Desde que chegara em Aspen, Maggie parecia diferente. Rosie não sabia identificar o que havia mudado, mas algo estava diferente. Os pais pareciam mais próximos do que quando Rosie vivia com eles. Provavelmente os relacionamentos mudavam, como as pessoas.

Rosie se aconchegou no casaco e sorriu. Era bom vê-los tão felizes, e não apenas porque fazia com que ela se sentisse melhor.

Katie se aproximou para dizer algo a Dan, e Rosie se virou para Jordan.

— Seus pais se comportam assim? — perguntou ela.

— Se eles brigavam? Sim, o tempo todo. Só que jogavam pratos e outros objetos pesados em vez de neve. Por fim se divorciaram, então acho que cansaram de jogar coisas.

Era a primeira vez que ele revelava algo pessoal. Tudo o que Rosie sabia dele era que Jordan amava o ar livre, era um carpinteiro habilidoso e fora um amigo fiel de Dan pela maior parte da vida.

Os gritos dos pais ficaram abafados no fundo.

Ela tocou o braço dele.

— Eu não sabia. Lamento.

— Não lamente. — Ele enfiou as mãos nos bolsos. — Foi um alívio para todos que os conheciam. Não precisa ser especialista em relacionamento para saber que eles jamais deveriam ter ficado juntos.

— Por quê?

— Porque eles não se gostavam. Tudo o que ela fazia o irritava, e tudo o que ele fazia a irritava. Não era uma boa base para um casamento. Se quisesse que eu encontrasse uma palavra para encapsular o relacionamento de meus pais, seria *desprezo*.

— Ai. É por isso que você nunca se casou?

Houve uma pausa.

— Eu me casei. Uma vez. Há muito tempo.

— Como é que é? Mas... Jordan! Eu não fazia ideia. — Ela se virou para olhá-lo, mas não dava para saber o que ele sentia.

— Dan nunca mencionou isso.

E por que não tinha mencionado? Quantos outros fatos importantes ele deixara de mencionar?

— Ele sabe que prefiro esquecer. E nosso relacionamento não era nada parecido com o de vocês, no caso de estar preocupada.

— Sou assim tão óbvia?

— Eu acho que ser transparente é uma qualidade, não um defeito. Não sou muito bom com conselhos, mas vou te dar um de qualquer maneira, porque Dan é um irmão para mim e não quero vê-lo magoado, não quero ver vocês magoados. — Jordan olhou para a frente. — Não compare seu relacionamento com o de ninguém. As únicas pessoas que sabem o que acontece em um casamento são as duas pessoas envolvidas.

O coração dela martelava no peito.

— Acha que eu magoaria o Dan?

— Não intencionalmente. Mas acho que talvez você escute muitas vozes que não são a sua.

Ele estava certo, é claro.

— Eu... eu vou me lembrar disso.

— E aqui vai outro conselho: se estiver preocupada com alguma coisa, seu casamento, por exemplo, converse com Dan, não com sua irmã.

Era um bom conselho. Era o que ela precisava fazer.

— Não gosta da minha irmã?

Houve uma pausa.

— Ela é a primeira mulher que eu quis matar cinco minutos depois de conhecer.

— Ah! — Rosie não sabia o que responder. — Foi muita generosidade buscá-la no aeroporto. Peço desculpas se ela foi... se pareceu... espinhosa?

— Não se desculpe. Ela ama você. Mas está tão ocupada protegendo-a que não pensa se você na verdade quer a proteção dela, ou se precisa disso.

— Ela na verdade é a pessoa mais carinhosa e bondosa que eu conheço.

— Acredito em você, mas não deixe que ela estrague o que você tem, Rosie. — Jordan se virou para ela, com os olhos cheios de afeto. — Não que você devesse se interessar pela minha opinião, porque a única opinião que importa é a sua, mas eu sei que você é a melhor coisa que já aconteceu com o Dan.

Rosie sentiu o peito doer.

— O que te faz dizer isso?

Os cantos da boca dele tremeram.

— Eu conheci as outras namoradas dele.

Maggie

—Estou encharcada e congelada, e é culpa sua. Precisava enfiar aquela bola de neve bem na frente da minha roupa?

Maggie tremia ao despir o casaco. Estava com frio, mas elétrica. Sentia-se mais viva do que se sentira em anos. Por um instante, lá no lago, com o sol sobre eles, não pensara em nada além da diversão do momento. O impulso delicioso, meio medroso, enquanto Nick a perseguia pela neve, e as gargalhadas. Suas costelas ainda doíam de tanto rir.

— Não acredito que fizemos isso.

Ela era velha demais para sentir a neve derreter por dentro da jaqueta.

— Uma guerra de bola de neve?

— Nunca fizemos nada assim.

— Nunca vimos neve assim. — Nick tirou as botas. — Céu azul e neve cintilante trazem à tona minha criança interior.

Ela sabia que era mais que aquilo.

Quando tinha sido a última vez que se divertiram assim juntos? Quando tinha sido a última vez que riram tanto?

A vida se tornara uma série de tarefas a completar, listas de afazeres a cumprir, locais em que precisavam estar.

— Envergonhamos nossas meninas?

— Acho que sim, mas não é para isso que servem os pais? — Ele pendurou o casaco. — E não foi mais vergonhoso do que você me beijando e falando da segunda lua de mel.

— Isso é diferente. Foi feito com um propósito.

Maggie passou a ele a jaqueta e tirou as botas. A neve havia penetrado todas as camadas de roupa, e o suéter e a blusa térmica estavam grudados no corpo de modo desconfortável. Ela os puxou para afastar da pele.

— Isso foi espontâneo — disse ela. — Nós nos comportamos como crianças.

— Talvez. Ou talvez tenhamos nos comportado como adultos sem responsabilidades. O que é uma boa mudança. Não ouvia você rir assim há um bom tempo. Deixe-me ajudar...

Ele se esticou e puxou o suéter úmido dela, resistindo aos esforços da roupa de grudar nos braços de Maggie.

E de repente ela estava diante dele, apenas de calças de esqui emprestadas e sutiã.

A mudança na expressão dele a lembrou de que era o sutiã que Catherine escolhera, o que ela num primeiro momento rejeitara por causa dos enfeites de renda luxuosos e da inadequação geral àquele estágio da vida. Ela o comprara porque a sensação do contato com a pele era deliciosa, e porque ela não era páreo para os poderes persuasivos de Catherine.

Não pensara que alguém além dela o veria. Ou, talvez, em algum nível, não tivesse examinado seus motivos mais de perto. Tinha sido um ato de rebeldia, um modo de provar a si mesma que, embora seu casamento estivesse morto, ela não estava. Que ela deveria olhar para os quilômetros à frente dela, e não para a quilometragem passada.

Mas não tivera a intenção de ficar na frente de Nick vestindo apenas renda.

— Perdi minha mala...

Era fundamental que Maggie o lembrasse daquele fato, no caso de Nick estar pensando que ela comprara o sutiã para seduzi-lo. Enquanto o pensamento passava por sua cabeça, descartou-o, achando ridículo. Não se podia seduzir um homem com quem estivera casada por mais de trinta anos.

— É.

A voz dele estava rouca, as mãos, ainda nos braços de Maggie. Ela sentiu Nick roçar os polegares com suavidade para aquecer sua pele gelada.

Fazia tanto tempo desde a última vez que ele a tocara, desde que ficaram assim, conectados por algo que não fosse a vida compartilhada que deixaram para trás.

Ela ficou imóvel, mal ousando respirar, esperando que ele não tirasse as mãos e ao mesmo tempo querendo que tirasse, pois o toque dele a confundia. A carícia suave dos dedos dele em sua pele despertava sentimentos que Maggie achara que estavam mortos para sempre. Conforme aqueles sentimentos cresciam, se espalhavam e se aprofundavam, ela sentiu uma palpitação de pânico. Ela não queria aquilo. Não queria saber que aqueles sentimentos ainda estavam ali, porque onde aquilo os deixaria?

A separação fora mútua. Concordaram que o que tinham havia se consumido nos fogos da vida.

Maggie acreditara, e ainda assim ali estava ela, relembrando as sensações de beijá-lo e aconchegar o corpo no dele no escuro da noite. Ela se lembrava de tudo que estava atrás deles, todas as experiências e todos os acontecimentos da vida que compartilharam. O casamento deles era uma biblioteca cheia de histórias que eles mesmos haviam escrito. E estavam a ponto de destruir aquilo.

Ficou desesperada por um momento. Estavam fazendo a coisa certa?

Ela precisava acreditar que estavam. Não podia ter dúvidas. Seria injusto com ele, e também com ela. A decisão fora tomada. Precisavam atravessar aquilo, e ela precisava aguentar o que vinha adiante da melhor maneira possível. Sentimentos significavam dor, e Maggie, de algum modo, tinha conseguido se manter anestesiada.

Era bom estar anestesiada. Era fácil.

Ele parou de mexer os dedos, mas ainda a segurava, apertando firme como se temesse soltar.

Uma mecha de cabelo caíra sobre a testa dele. Nick estava charmoso, e parecia mais jovem. Por um momento, ela viu o homem por quem se apaixonara. O estudante tão envolvido com a pesquisa que mal sabia se era noite ou dia. Naqueles primeiros anos ele morava na faculdade, e ela vez ou outra chegava ao alojamento dele e o encontrava com a barba por fazer e os olhos vermelhos por ter lido a noite toda.

Ela é quem o enfiava no chuveiro e o arrastava para comer no café favorito deles, escondido em uma das ruelas estreitas de paralelepípedos que destacavam aquela antiga cidade universitária. Nick devorava bacon e ovos enquanto contava a ela seus planos de se juntar a uma escavação no verão. Falava de pirâmides e câmaras mortuárias, de deuses e rituais de sepultamento. Desde o primeiro momento em que pousaram os olhos um no outro na biblioteca Bodleian, Maggie fora cativada. Ela buscava refúgio do calor e suor do verão. Ele estava absorto na pesquisa. Ela amou a paixão dele, e sentiu inveja.

Decidira estudar literatura inglesa porque os pais a empurraram naquela direção e não vira motivos para discutir. Gostava, mas nem em um milhão de anos descreveria aquilo como uma paixão.

Quando se casaram, a vida dela entrou em um ritmo. Cuidava das meninas, cuidava do Bangalô Madressilva, cuidava do jardim. De algum modo, pelo caminho, se esquecera de cuidar do casamento. Não era uma mártir. Não assumia toda a culpa. Nick era responsável por ao menos metade, mas aquilo não a fazia sentir-se melhor. O casamento deles não explodira, nem perecera em uma morte dramática; simplesmente murchara e morrera de descuido.

Sentiu um espasmo de arrependimento, mas, debaixo da dor, havia uma emoção muito, muito mais perigosa.

Maggie lutava contra o redemoinho rebelde de sentimentos que se erguia dentro dela.

A única solução era se distanciar, então deu um passo para trás e pegou as roupas molhadas.

— Vou tomar banho antes que fique com hipotermia.

Nick não respondeu, e, quando ela o olhou, viu uma pequena ruga entre suas sobrancelhas, como se ele tentasse entender o que acabara de acontecer.

Se ele perguntasse, ela não saberia responder.

Seu coração estava tão congelado quanto a pele, mas o toque dele o derretera, e tudo o que sentia era dor e mais que um pouco de confusão.

Ela trancou a porta do banheiro, tirou o resto das roupas e entrou debaixo da água quente.

Enquanto ela secava o cabelo e se vestia, ele preparou bebidas quentes, e o breve momento de intimidade passou.

— Recebemos uma entrega enquanto você estava no chuveiro.

A voz dele estava tão normal que ela chegou a se perguntar se tinha imaginado aquele momento estranho.

— Que tipo de entrega? Por favor, me diga que não é um engradado de champanhe.

— Um envelope. Está endereçado a você... de Catherine.

Ela pegou o envelope e abriu, alisando a folha. Ele notaria que a mão dela não estava firme?

— É um itinerário.

— Do quê?

Maggie sentou-se com força no sofá.

— Que vergonha. Catherine organizou umas atividades especiais para nós.

— Por que vergonha? É atencioso. Que tipo de atividades?

Ela remexeu o envelope.

— Atividades de casal. — Não olhou para Nick. — Atividades românticas.

Ela voltou a pensar naquele momento, o momento em que o toque e a respiração dele se alteraram.

Nick sentou-se ao lado dela.

— Por que ela faria isso?

— Porque eu disse a Dan que estávamos em uma segunda lua de mel, e ele passou a informação para a mãe. — Maggie olhou para Nick. — Desculpe.

Os olhos dele brilharam.

— É o que acontece quando se bebe muito champanhe.

— É o que acontece quando alguém me força a entrar em um avião. — Ela recostou a cabeça no sofá. — Como pode uma modificaçãozinha na verdade criar tamanho efeito em cascata? E não quero que responda. Se disser "eu avisei", vou enfiar mais neve nas suas calças.

— Jamais diria que eu avisei. Seria presunçoso. Tenho muitos defeitos, mas nunca sou presunçoso. Tenho empatia com as fragilidades humanas.

Ela levantou a cabeça.

— Está dizendo que eu tenho fragilidades?

— Não, você é perfeita, a não ser pela ocasional modificaçãozinha da verdade. Se o preço a pagar por isso são algumas atividades em conjunto, eu aguento.

Mas ela aguentaria? Fingir em público era uma coisa, mas intimidade verdadeira era diferente. Depois do que acontecera, precisava de um pouco de distância, não de proximidade.

— O que vamos fazer?

— Não podemos ofendê-la quando ela foi tão generosa e hospitaleira. Só podemos fazer uma coisa: agradecer e seguir o que ela programou.

— Mesmo se incluir um banho nu na lama?

— E inclui?

— Não sei. Vi as palavras "segunda lua de mel" e "atividades especiais" e minha cabeça pifou de pânico. — Ela olhou para o papel. — Mas que confusão. Estou percebendo que não há um modo fácil de contar às pessoas que a gente está se separando. Não há hora certa. Só temos que contar. Talvez devêssemos...

— Não. Não devemos. Tomamos uma decisão e vamos segui-la. Não pode ficar com medo agora. Estamos nisso até o fim. Para o bem e para o mal. — Nick tirou os óculos e massageou o nariz. — Desculpe. Não foi delicado. — Ele se esticou e arrancou o papel das mãos dela. — Quero ler o que é preciso para manter um casamento vivo.

— E se ela tiver programado uma troca de votos sob as estrelas?

— Pode fazer o voto de jamais ser econômica com a verdade. — Ele alisou as folhas no colo. — Seja o que for, precisamos fazer.

A mente dela era uma confusão de pensamentos e sentimentos. Precisava de espaço para pensar, não da companhia dele.

— Podemos dizer a ela que preferimos relaxar e aproveitar a companhia um do outro aqui.

Ele a ignorou, atento ao papel que lia.

— E aí? — Ela estava começando a ficar nervosa.

— Hoje à tarde vamos andar de trenó puxado por cães. Vão nos pegar aqui, receberemos as roupas adequadas e seremos levados para a floresta, a um lugar misterioso onde, aparentemente, minhas tendências românticas serão reanimadas pela proximidade com a natureza. — Ele ajustou os óculos. — Eu já tive essas tendências? Não sei se há algo para ser reanimado.

— Imagino que dependa da definição de romance.

Nick abriu um sorriso fraco.

— Quase me ofendeu. Talvez não devesse ter perguntado. — Ele olhou de novo para o papel. — Pode ser divertido.

— O que fazemos? Passeamos de carona em um trenó?

— Não, acho que somos nós que dirigimos. — Ele olhou de relance para ela. — É certo que jamais a viram dirigindo. Depois daquela motoneve, não sei se confio em você com cães.

— Você não é engraçado. Como se dirige um cachorro?

— Devem nos ensinar. Não podem ser mais difíceis de manejar que camelos.

Se fossem dirigir, ela pensou, não haveria muita oportunidade para conversas constrangedoras. Desde que não congelassem, talvez não fosse tão ruim.

— É só isso? — perguntou Maggie.

— Não, é só o começo. Aí voltamos para cá, temos uma hora para tomar banho, nos aquecer e trocar de roupa antes de sermos levados para um jantar íntimo em um restaurante.

Ela engoliu em seco.

— O que há de íntimo?

— Somos só nós dois, para começar. Também é na encosta da montanha. Sem acesso nem fuga fácil. Quando estivermos lá, você é minha refém.

— Talvez *você* seja o refém. — Ela sentiu uma palpitação de nervoso. — Quero passar mais tempo com as meninas. Eu mal as vi.

— A não ser que queira mudar sua história, parece que está presa comigo. — Ele baixou o papel. — É tão ruim assim?

— Não sei.

Não parecia ruim, e isso em si era estranho e perturbador. Casais que se divorciavam deviam discutir e conversar por meio de advogados, não desfrutar de jantares à luz de velas.

— Tudo isso é... estranho — continuou ela.

— Por quê? Nós viajávamos e desfrutávamos de jantares íntimos. Lembra?

— Não me lembro de velas, a não ser pela vez que ficamos sem energia no bangalô naquele inverno. Eu me lembro de piqueniques nos campos, e dias escalando ruínas de castelos ancestrais. Não tínhamos dinheiro para restaurantes finos.

Ele mexeu no papel.

— Você escolheu o cara errado. Deveria ter se casado com um estudante de economia. Ele teria ido trabalhar em um banco. Provavelmente acabaria dirigindo o lugar. Hoje em dia você teria uma casa em Mayfair e uma propriedade em Surrey.

— Parece muito trabalho.

— Ao menos cinco carros.

— Sou uma só. O que eu faria com cinco carros?

— Teria empregados.

— Empregados seriam bem-vindos.

Seriam? Maggie renderia feliz as atividades de limpar o pó, mas cuidar de casa era muito mais que uma compilação de tarefas domésticas. E não teria gostado da presença de outras pessoas na casa.

— Seus pais teriam aprovado sua escolha — disse Nick.

— Se meus pais aprovassem, então sei que eu teria odiado ele.

— Eu também odeio ele, e nem o conheci. — Nick pegou a mão dela. — Me desculpe, Mags.

— Pelo quê? Por não dirigir um banco e ter duas casas e cinco carros? Não são coisas que fazem as pessoas felizes, embora talvez preencham um buraco se alguém não está feliz.

— Você é sábia. Algum dia eu já te disse que você é sábia?

— O professor é você.

— Você é professora de vida. — Ele olhou de volta para o papel. — Quer saber o resto?

— Tem mais? Por favor, me diga que não há rafting nas corredeiras. O chuveiro pressurizado já foi suficiente.

— Amanhã você vai acordar ao amanhecer e encontrar Catherine para uma manhã de spa. Cabelo, unhas, massagem e tratamentos de beleza.

— Amanhecer? Não sei se gostei. O que você vai fazer enquanto me dedico a relaxar?

— Posso escolher entre uma massagem e umas horas livres. Acho que vou escolher o tempo livre. Há um livro na prateleira que gostaria de ler.

— Eu odeio você.

— Depois disso vamos de bondinho até o topo da montanha para almoçar.

— Bondinho? É o Rio de Janeiro?

— É um teleférico de esqui.

— O que acontece depois do almoço? Ou é o fim de nossa segunda lua de mel? — Ela viu a expressão de Nick mudar. — Nick?

— A sugestão é tempo de descanso na casa da árvore.

— Descanso? — questionou Maggie. — Quer dizer sexo?

— Acho que é o que ela tinha em mente.

— Há alguma câmera escondida em algum lugar? Alguém vai nos observar? Riscar da lista? — Ela fechou os olhos. — Nunca mais vou contar uma mentira. De agora em diante é só a verdade, não importa quem ficará magoado.

— Podemos falar disso depois, mas agora precisamos nos aprontar para o passeio de trenó. De acordo com o folheto, vai ser inesquecível.

Maggie não tinha nenhuma dúvida.

Passar tanto tempo íntimo com Nick não estava em seus planos.

Não era verdade, ela lembrou. Tudo aquilo ainda era parte da farsa.

Katie

Katie estava de pé, inibida, enquanto a mulher examinava com afinco o vestido que ela experimentava.

— Está um pouco largo. Suas medidas mudaram desde que as enviou para Rosie.

Katie alisou o tecido sobre os quadris.

— Posso ter emagrecido. Às vezes me esqueço de comer quando estou no trabalho.

Rosie balançou a cabeça, incrédula.

— Ouço as pessoas dizerem isso e não entendo. Nunca me esqueci de comer na vida. Como isso acontece?

— Às vezes estou muito ocupada, e às vezes as coisas que vejo me deixam sem apetite.

— Katie é traumatologista — explicou Catherine à costureira. — Esta mulher é uma heroína.

— Não sou uma heroína. — Katie se contorceu, desconfortável tanto com a conversa quanto com o vestido. — É um trabalho.

— É muito mais que isso. Sua mãe me contou que você quis ser médica desde o momento em que Rosie teve a primeira crise de asma. Ela tem orgulho de você. Graças aos céus há pessoas como você no mundo. — Catherine se inclinou para beliscar um pouco de pano sobre o quadril dela. — Acho que podemos entrar aqui.

Katie jamais se sentira menos heroína.

Sou uma farsa, pensou. *Uma farsa total.*

— O vestido está bom. Ficou ótimo. Melhor do que qualquer coisa que eu tenha, juro. — Era um sofrimento ficar imóvel. —

Não há tempo para arrumá-lo. O casamento é em quatro dias. A não ser que Rosie queira adiar.

Os olhos da irmã se arregalaram.

— Está brincando?

— Haha! Claro que estou brincando. — Ela não estava brincando. — Fico surpresa por conseguirem arrumar tudo em tão pouco tempo, só isso. É muita pressão em cima de Catherine.

— Foi ideia de Catherine — disse Rosie, e Katie parou de se agitar.

Era por isso que a irmã estava fazendo aquilo? Por que o pensamento não lhe ocorrera antes? Talvez tivesse sido pressionada por Catherine. A pressão podia bem-intencionada, mas ainda...

— Adoro um casamento de inverno — disse Catherine — e nunca vi duas pessoas mais apaixonadas que Rosie e Dan, então pareceu certo.

Não parecia certo para Katie. Por que ela era a única questionando a rapidez daquilo?

Ela queria levantar a mão e gritar "Pare, pare!".

Era realmente o que Rosie queria?

Katie admitia que ainda não descobrira nada sobre Dan que lhe desse uma desculpa para interferir e suspender o processo, mas isso não significava que não havia nada.

Talvez alguns acontecimentos na infância pudessem dar pistas sobre seu caráter.

— Os pais sempre falam do que se orgulham nos filhos — disse. — É raro falarem das coisas que os envergonham. Minha mãe contou da vez que foi chamada na escola porque Rosie tinha libertado o coelho deles da vida encarcerada?

Catherine riu.

— É a cara de Rosie.

— Não fui só eu. — Rosie puxou o cabelo para cima e se observou no espelho. — Houve aquela vez em que a mamãe precisou ir à escola porque você tinha sido acusada de colar em uma prova. Você negou, e houve uma grande discussão. Você gritou com a professora por ela ter te chamado de mentirosa. Disseram que precisava aprender a respeitar, além de a não colar.

— Eu me lembro disso. Nunca lidei bem com injustiça.

— Mamãe foi chamada — disse Rosie a Catherine. — Queriam papai também, mas ele estava em uma escavação no Egito. Katie deu de ombros.

— Papai nunca lidou com esse tipo de coisa, de qualquer modo. Ele deixava sempre para nossa mãe.

— Pois é, e ela pediu para ver a prova, e então disse: "Não ocorreu à senhora que minha filha poderia saber as respostas?" A professora disse que não era possível tirar uma nota máxima, então mamãe pediu a ela para te dar outra prova e você tirou outra nota máxima. — Rosie sorriu para a irmã. — Ela sempre soube que você era superinteligente e fez questão de que todos soubessem também. Você disse a ela que queria ser médica, e ela queria fazer tudo o que podia para apoiar isso e ter certeza de que você alcançasse o seu potencial.

E Katie considerava jogar aquilo tudo fora. Todo o trabalho. Todo o estudo. A coisa que ela passara um terço da vida fazendo.

Ela seria uma decepção para toda a família, especialmente para a mãe.

Precisava conversar com eles, mas não tinha ideia de como começar. *Oi, mãe, sabe o orgulho que sente quando diz às pessoas que a filha é médica? Bem, vai precisar começar a dizer que sua filha desistiu de ser médica. Desculpe.*

Não, não iria funcionar. E, se aquele casamento fosse adiante, não queria ser a pessoa a estragar o clima ao falar dos próprios problemas.

— E o Dan? — Katie se virou devagar, conforme a costureira checava a bainha. Seus nervos estavam tão à flor da pele que ela quase esperava que atravessassem o vestido. — Ele já a envergonhou?

— Não, mas me deu alguns cabelos brancos. Acho que é o que menininhos fazem com as mães. — Catherine recuou e apertou os olhos. — Estou pensando... que tal uma flor no cabelo?

— Ele era levado?

— Mais aventureiro que levado. Quando era bebê, subia em qualquer coisa, quanto mais alto, melhor, e, quando era adolescente, esquiava em todas as pistas, quanto mais íngreme, melhor. E ele era teimoso. Se queria alguma coisa, nada o impediria. Aquele menino era capaz de desgastar até uma rocha.

Seria aquilo? A determinação de Dan para conseguir o que queria colocara pressão sobre Rosie? Ela odiava confronto. Poderia achar difícil falar naquela situação.

Rosie estava concentrada no vestido de Katie.

— A cor está boa? É o que havia imaginado? Fiquei com medo de que pudesse não gostar.

— Eu amei.

O vestido era cinza-claro, meio prateado, que brilhava na luz. Era discreto e elegante, e Katie teria escolhido a mesma peça se algum dia tivesse precisado de algo assim. Não era o vestido que a preocupava. O que a preocupava era o fato de que o casamento seria dali a apenas quatro dias, e ela ainda não se convencera de que Rosie não estava cometendo um grande engano.

Seu julgamento estava falhando? Não seria a primeira vez, mas ficava preocupada com a insistência da irmã em usar os pais como prova de que um relacionamento de pouco tempo podia se sustentar a longo prazo. Só precisava de evidências quem tentava provar algo. Só tentava provar algo quem tinha dúvidas.

Ela não deveria precisar de provas, deveria? Ela deveria *saber*. E, se Rosie estava tão empolgada para se casar, por que parecia tão tensa? Não poderia ser por estar sobrecarregada, porque Catherine parecia estar fazendo todo o trabalho. E aquilo era outra coisa que perturbava Katie. Rosie era romântica. Ela brincava de casamento com as bonecas. Fazia buquês com margaridas do jardim. Decerto ia querer ter mais voz nos detalhes de seu dia especial.

— Acho que o brilho dá um toque especial a ele. — Catherine estava de novo concentrada no vestido, tomando notas no telefone e adicionando algumas recomendações. — Em vez de um xale de seda, experimente pele falsa. Será mais quente.

Sem pensar, Katie se desvencilhou da seda e ouviu Rosie exclamar:

— O que aconteceu com seu ombro?

Ela estava tão preocupada com o casamento que se esquecera do ombro.

— Nada.

— Nada? Katie, tem uma cicatriz enorme. Você se machucou.

— Eu caí, só isso, e está cicatrizando bem. — Katie pegou a estola de pele de Catherine com um sorriso rápido de agradecimento. — Não há necessidade de drama.

Mas era claro que Rosie não deixaria aquilo de lado tão facilmente.

— Caiu como? Onde?

— Atravessei uma porta de vidro. Tonta. Vergonhoso, né? Amei essa pele. — Ela se virou de lado e olhou o reflexo nas paredes espelhadas da loja. — Esquenta e tem certo glamour, não acha?

Rosie não estava olhando para a estola.

— Por que você cairia em uma porta de vidro?

— Perdi o equilíbrio. Estava de salto alto. Sabe como eu fico de salto. Mortal.

— Não sei, não. — Rosie franziu a testa. — Nunca vi você ter dificuldades com saltos. E nunca vi você perder o equilíbrio. Não parece do seu feitio.

— Estava cansada depois de um longo turno.

— Então por que estava de salto? Foi um encontro?

Katie conteve um riso histérico.

— Não exatamente. Podemos parar de falar disso? Não foi meu melhor momento. — Era a primeira declaração verdadeira que fizera sobre aquela noite. — Achei essa estola ótima, e você, Catherine?

— Eu gosto. — Catherine lançou um olhar longo e firme para ela, então sorriu. — Precisamos decidir o que fazer com seu cabelo. Seu corte é... diferente.

Katie mexeu nas pontas, grata por Catherine apoiar a mudança de assunto.

— É porque usei a tesoura da cozinha. — Ela viu a mãe de Dan se retesar. — Eu sei. É um crime, mas é isso. Estava me irritando e não tinha tempo para ir ao salão. A tesoura estava limpa, juro.

Para seu crédito, Catherine se recuperou rápido.

— Imagino que devemos agradecer por não ter sido um bisturi, e não é nada que a cabeleireira da hospedagem não possa resolver. Vou telefonar para ela agora e ver se consegue te encaixar hoje à tarde. Pensei em um penteado alto e meio solto para o casamento. — Ela pegou o cabelo cortado com tesoura de cozinha de Katie e o torceu de leve. — Sutil e bonito. Rosie, mostre seu vestido para sua irmã.

Katie se perguntou se Rosie achava estranho experimentar vestidos sem a mãe delas ali. E como a mãe se sentia a respeito daquilo?

Pelo visto seus pais tinham outro compromisso, uma atividade romântica.

Rosie desapareceu e reapareceu com um floreio, usando seu vestido de casamento.

Katie sentiu a garganta apertar, uma onda de emoção que bloqueou a fala. Amor. Foi o que enchera seu coração desde o primeiro momento em que a mãe pusera a irmã recém-nascida em seu colo. *Tome cuidado. Apoie a cabeça. Não deixe ela cair.* Ela crescera entendendo que amor trazia ansiedade. Ela a vira no rosto da mãe durante a primeira crise de asma da irmã, e de novo a cada vez que ela começava a perder o ar. Vira muitas coisas em seu tempo de trabalho na medicina de emergência, mas poucas eram mais assustadoras do que não conseguir levar ar para os pulmões. Ela observara a mãe com atenção, notando que permanecia calma mesmo quando não se sentia calma. Katie copiara aquilo, sem saber que era uma habilidade que usaria muitas vezes no futuro, com pacientes assustados e parentes apavorados. Havia se sentado em silêncio ao lado da cama de Rosie, esquecida e ignorada, sem entender os termos técnicos, mas sem problemas para compreender a expressão séria da equipe de médicos. Houve vezes em que sentira que o corpo não era grande o bastante para conter o amor que sentia pela irmã. Não apenas sentira o peso daquele embrulho frágil nas mãos, sentira no coração.

Era por isso que achava tão difícil ter um relacionamento duradouro com alguém?

Teria evitado de modo subconsciente experimentar aquele nível intenso e aterrorizante de sentimento?

Teria, de algum modo, ao longo do caminho, rejeitado o amor?

Talvez não amor, mas vulnerabilidade. Tinha rejeitado a vulnerabilidade. Ela a testemunhava todos os dias no trabalho. O medo no rosto de um parente, o pânico no rosto de um paciente que sentia a vida saindo de controle.

Seu dia a dia no trabalho tinha reforçado aquele mesmo sentimento de impotência que experimentara quando criança, e Katie, de modo inconsciente, envolvera seu coração em camadas de proteção, para sentir menos os golpes.

Não gostava de se sentir vulnerável, mas sentia-se assim ao olhar para a irmã.

— Uau, você está... — Ela engoliu em seco. — Está maravilhosa. O vestido é maravilhoso.

— Eu também amei.

Rosie girou, a seda cor de marfim refletindo a luz, o cabelo descendo pelos ombros em ondas brilhantes.

Catherine apertou os olhos.

— Quando vejo você com o cabelo solto assim, Rosie, fico pensando se deveria usá-lo dessa maneira. É mais a sua cara que um penteado estruturado, não é? O que acha, Katie?

— Ela prefere o cabelo solto.

Pensou em todas as vezes em que arrumara o cabelo da irmã antes da escola. Tranças. Rabo de cavalo. Aprendera todos.

Catherine enrolou uma mecha do cabelo de Rosie nos dedos, visualizando opções.

— Estamos mantendo as flores simples. Folhagem colhida na região, orquídeas brancas. Talvez *fique* bom com flores no cabelo.

— Gosto da ideia. Eu me esqueci de dizer, Katie. — Rosie se virou para a irmã. — Teremos um bar de chocolate quente para os convidados que precisam se aquecer.

Ela precisava se recompor.

— É onde vai me encontrar. Ali, ou perto do champanhe. Catherine, poderia tirar uma foto de nós duas? Depois vou mandar para nossa mãe.

Catherine tirou a foto, e Katie ficou imóvel enquanto a atendente fazia um ajuste final na bainha do vestido.

Quando terminaram, ela e Rosie abriram caminho pela neve fresca até o carro enquanto Catherine ficou para trás, para discutir os últimos detalhes. Rosie passou o braço pelo de Katie.

— Dói?

— O que dói?

Rosie soltou um grunhido de frustração e destrancou o carro.

— Tem momentos em que quero esganar você.

Katie a olhou.

— O quê?

Rosie entrou no carro, e Katie a seguiu.

O carro era um refúgio da neve, mas não da irmã.

Rosie tirou as luvas e soprou nas mãos.

— Fico magoada, Katie. Eu conto tudo para você, e dói que você não consiga se abrir para mim. Não — disse ela, antes de Katie abrir a boca para contestar. — Nem me diga que não há nada a contar, senão realmente vou precisar esganar você. A verdade é que não me vê como igual, não é?

Katie ficou em silêncio, chocada. Rosie odiava confronto. Faria qualquer coisa para evitar um.

— Não tenho ideia do que quer dizer.

— Você não me trata como irmã ou amiga, me trata como se fosse minha mãe. Sempre tratou.

Tome cuidado. Apoie a cabeça. Não deixe ela cair.

— Sou protetora, é verdade.

— Eu também sou protetora com você, mas há uma grande diferença em ser protetora e ser maternal. É natural esconder coisas de nossos pais, todo mundo faz isso, é parte do crescimento e é óbvio que não queremos apavorá-los com nossas histórias, mas *não* é natural esconder de uma irmã. Deveríamos compartilhar coisas, mas você não me dá abertura. Por que não? Não confia em mim?

Katie jamais precisara se justificar para a irmã.

— É claro que confio em você.

— De verdade? Porque a base de quase todas as nossas conversas é você preocupada comigo: se estou usando a bombinha, se fui ao hospital, se tenho certeza de que quero me casar com esse homem. Quando vai confiar em mim?

— Eu... — Ela engoliu em seco. — Não confio em ninguém, na verdade.

— Exatamente. E por que não? Somos parentes, Katie. Não sou uma desconhecida aleatória.

— Nós conversamos o tempo todo.

Rosie deu de ombros.

— Quando nos falamos, é mais para você resolver meus problemas, e na maior parte do tempo não quero que os resolva. Não preciso da sua interferência.

Katie estava sendo cuidadosa, não interferindo. Não estava?

Ela se forçou a examinar se aquilo poderia ser verdade. Era uma experiência muito desconfortável. Via como era possível interpretar sua intervenção como interferência, em vez de preocupação amorosa.

— Imagino que não conto meus problemas pela mesma razão que me preocupo com os seus. Estou protegendo você.

Rosie não sorriu.

— Você não precisa me proteger da vida, Katie. Estou vivendo, bem ao seu lado. Quando foi a última vez que fizemos algo divertido juntas?

Catherine chegou antes que Katie tivesse a oportunidade de formular uma resposta. Ela não sabia se estava frustrada com a trégua ou aliviada. Mais que tudo, estava preocupada. Não era do feitio de Rosie confrontá-la assim.

E não havia sinal de que a irmã fosse se desculpar ou ceder de qualquer modo. Ela não pegou a mão de Katie, nem murmurou "desculpe", nem nada que Katie teria esperado que ela faria.

E *quando* foi a última vez que tinham feito algo divertido juntas?

Na volta para a hospedaria, Rosie ficou em silêncio ao lado dela.

— Espero que seus pais estejam se divertindo — disse Catherine. — Andar de trenó com cães é um destaque entre nossos hóspedes.

Katie nem conseguia imaginar os pais andando de trenó, mas o que ela sabia? Naquele momento, não pensava nos pais, pensava na irmã. De acordo com Rosie, ela não era divertida.

Respondeu de modo educado a Catherine e olhou as montanhas pela janela, sentindo que tinha decepcionado a irmã.

Apesar do desconforto, se forçou a analisar o relacionamento das duas. Não era bem que ela não visse a irmã como igual, estava mais para um desequilíbrio no relacionamento delas. Katie tinha 10 anos quando Rosie nasceu. Quando Katie tinha 16 anos, Rosie tinha 6. Elas passaram por todas as fases da vida em períodos diferentes.

— Vou deixar vocês no Nevada Resort porque o florista chega às três — disse Catherine. — Katie, Becca só pode cortar seu cabelo às cinco, mas achei que você e Rosie pudessem gostar de um mergulho, ou de uma massagem, enquanto isso. Um pouco de tempo para irmãs.

Tempo para irmãs.

Como deveria ser?

Katie se mexeu no assento. Cabia a ela mudar, e precisava ser imediatamente.

— Gostaria de um mergulho, mas não trouxe roupa de banho.

Nadar contava como diversão? Ela não tinha a menor ideia.

— Nós vendemos roupas de banho. O Nevada Resort valoriza muito a recreação aquática. — Catherine se voltou para a hospedaria. — Seus pais vão para um jantar romântico na cidade hoje, e eu tenho compromisso com meu clube de leitura, que não posso perder porque é nosso último encontro do ano e sou responsável pela comida. Vocês duas ficarão bem sozinhas?

Rosie assentiu.

— Vou ter um jantar sossegado com Dan. Tudo bem por você, Katie? Pode pedir serviço de quarto na casa da árvore e relaxar com um filme.

Não, não estava tudo bem. De repente parecia urgente que ela e Rosie se divertissem juntas.

— Já que vamos arrumar o cabelo e nos enfeitar, talvez devêssemos dar um último passeio como irmãs solteiras e sair para dançar. Deve haver algum lugar para dançar em Aspen.

— Dançar?

Rosie a olhava como se ela tivesse sugerido roubar uma galeria de arte.

— Estou com vontade de comemorar. E seria bom nos divertirmos juntas.

A irmã a encarou.

— Está bom.

— Acho uma ideia maravilhosa — comentou Catherine. — Nos últimos dias tem sido só casamento, casamento e casamento, e isso lhe dará a chance de relaxar com sua irmã, Rosie. Dan não vai se importar. Vocês dois têm o resto da vida para ficarem juntos.

Katie se concentrou na respiração. Aquela onda de pânico que a envolvia ao pensar em Rosie passando o resto da vida com um homem que mal conhecia? Ela ia ignorar. Atenção plena. Meditação. Medicação. O que fosse necessário. Não ia dizer mais nada sobre aquilo. Rosie era adulta e capaz de tomar as próprias decisões.

Talvez a irmã estivesse certa. Talvez fosse protetora demais. E o que Katie sabia sobre o amor, afinal? Nada. Nem sabia muito sobre diversão, mas estava determinada a enfrentar aquilo.

Elas passaram a tarde nadando na piscina aquecida na cobertura, que era a cereja do bolo do Nevada Resort. Protegida por uma cúpula de vidro, era como estar ao ar livre nas montanhas.

Ela e Rosie tinham o lugar só para elas. Quando Katie deslizou para dentro da piscina, a água aqueceu sua pele e aliviou um pouco da tensão nos músculos.

Mantendo o corpo e os ombros sob a superfície, admirou as montanhas pontiagudas e os cumes das árvores nevadas. Era como se o mundo tivesse sido pintado de branco.

Se não fossem as circunstâncias, ela quase relaxaria.

Rosie flutuava ao lado dela.

— Está brava comigo? — perguntou Katie.

Rosie abriu os olhos.

— Não. Mas às vezes é um pouco frustrante que você ainda me trate como uma criança.

— Não é verdade. — Katie secou os olhos. — Talvez seja verdade, mas acho que é porque você é minha irmãzinha.

— Tenho 22 anos.

— Você sempre será minha irmãzinha, com qualquer idade, do mesmo modo que sempre seremos as filhinhas da mamãe, mesmo aos 50 anos.

Como Rosie reagiria se Katie contasse tudo a ela? Não só do ataque, mas das dúvidas sobre a escolha da carreira?

Ela notou Rosie olhando seu ombro de novo e saiu nadando pela piscina, dando voltas até que o sol mergulhou no céu e alguém veio avisar que o salão de beleza estava pronto para recebê-las.

Katie tomou banho e trocou de roupa bem rápido, então se sentou com a postura plácida, permitindo que a cabeleireira fizesse o que desejasse.

— Posso clarear umas mechas na frente?

— Qualquer coisa — respondeu Katie. — O que você achar que vai ficar melhor.

— Vou fazer seu penteado para o casamento — disse Becca —, então é bom ter uma chance de trabalhar com ele antes disso. Há alguma coisa que adore? Algo que odeie?

— Ela é conservadora. — Rosie abriu a tampa da garrafa de água. — Não faça nada radical.

— Talvez radical seja bom.

Katie se olhou no espelho. Estava mesmo pálida daquele jeito? Precisava usar mais maquiagem. Ou encontrar um jeito de dormir mais.

Rosie deu um gole na água.

— Você tem alguma coisa para vestir para ir dançar?

— Não. Vou fuçar no seu guarda-roupas e fingir que sou adolescente de novo.

Três horas depois, todas as evidências do uso da tesoura da cozinha haviam sido apagadas, e o cabelo de Katie caía em camadas suaves em torno do rosto.

— Você está incrível. — Rosie afastou o cabelo de Katie do rosto. — Agora é só parar de franzir a testa.

— Estou franzindo a testa?

— Sempre. Está sempre séria. — Rosie a abraçou. — É meu casamento. Não pode ficar de cara fechada no meu casamento.

— Aonde vamos hoje? Não quero trombar com nossos pais e invadir a segunda lua de mel deles.

— Isso não vai acontecer. Vamos a um lugar que tem o melhor DJ das redondezas. É muito legal. E eu tenho o vestido perfeito para você. Comprei para usar em uma festa no verão.

— Um vestido fresco. Eba. Preciso ressaltar que há vários metros de neve no chão?

— Mandei uma mensagem para o Dan. Ele vai nos levar até lá, e nos pegar depois, então não vamos ficar muito tempo ao ar livre. E pode usar seu casaco.

De volta à casa da árvore, Rosie fuçou a mala que fizera na hospedaria.

— Aqui. — Ela puxou um vestido. — Experimente. Eu me apaixonei por ele no segundo em que o vi.

— Como fez com Dan?

A irmã riu.

— Imagino que sim. Só que ele é muito mais quente que esse vestido.

Katie puxou o vestido pela cabeça.

— Sou velha demais para usar isso.

— Não, você acha que é muito velha e age como se fosse, mas hoje à noite vai deixar seu senso de responsabilidade exagerado para trás e jogar seu corpinho jovem e sexy naquela pista de dança.

— Não vão me deixar entrar.

— É um lugar bem exclusivo, é verdade, mas todos conhecem a família Reynolds por aqui.

— Não somos da família Reynolds.

— Logo seremos. — Rosie se contorceu para vestir um macacão vermelho. — Rosie Reynolds soa bem, não acha?

— Está se casando com ele pelo nome? Brincadeira! — Katie interceptou o olhar de aviso de Rosie. — Você está incrível. Parece que caiu da árvore de Natal.

— Vou fingir que é um elogio.

— É um elogio. Você tem muito estilo. Sempre disse isso.

— Espere até o casamento. Vai ser perfeito.

— Catherine parece ter feito a maior parte, e ela nem é sua mãe.

Katie estava se perguntando sobre aquilo. A mãe delas estaria magoada por não estar tão envolvida nos detalhes do casamento da filha? Estava vendo os planos passarem por ela, além de seu alcance, sentindo-se triste por ser uma observadora, e não uma participante? Enquanto Catherine escolhia seda e flores, e pensava nos cardápios, a mãe delas sentia-se agradecida ou descartada? Ela era uma mãe tão presente, com a mão na massa, afetuosa, tinha que estar chateada, não? Pensando nisso, Katie sentiu um respeito renovado pela mãe, que nunca fazia pressão sobre nenhuma das filhas. Sempre apoiara Rosie incondicionalmente.

— Falando em nossa mãe, preciso mandar aquela foto. Ela vai amar.

E na manhã seguinte a primeira coisa que Katie faria seria falar com ela. Dar à mãe uma chance de dizer o que sentia pelo casamento.

— Catherine é maravilhosa. Que mulher não iria querer tudo feito por uma profissional?

Rosie não parecia ter pensado que a mãe poderia ter sentimentos sobre o assunto.

— Você. Você sonhava acordada com casamentos. — Katie fuçou na bolsa atrás do rímel. — Normalmente estaria dizendo "Eu quero muito eucalipto… Ah, espere, mudei de ideia… talvez hera", mas, quando se trata desse casamento, você não diz muita coisa. Está feliz com tudo? Tenho medo de que ela esteja passando por cima de você.

Mesmo sem olhar para o rosto da irmã, sabia que tinha errado de novo.

— Esquece o que eu disse — emendou. — Ela ama você. Dá para ver.

— Não consegue se conter, né? — Rosie estava irritada. — Por que está tão convencida de que este casamento é um engano? Você é tão ruim quanto a vovó.

— Nunca conhecemos nossa avó.

— Eu sei, mas mamãe nos disse que ela não aprovou um casamento tão rápido. E veja no que deu.

Katie pensou nos pais rolando na neve como crianças e saindo para um encontro romântico.

— Você está certa. Estou sendo ridícula.

Ela precisava parar com aquilo. Precisava parar de olhar sempre para a evidência que amparava o que era ruim, em vez do que era bom. Por que era tão confusa? Fosse qual fosse a razão, cabia a ela resolver isso.

Tinha que parar de proteger a irmã e começar a apoiá-la.

Ela abraçou Rosie.

— Me diz que está feliz. É tudo o que quero ouvir.

— Estou feliz.

— Isso é a única coisa que importa para mim. A não ser dançar, é claro. Eu me importo com dançar. Dan está lá fora? — Katie pegou o casaco e a bolsa. — Vamos lá. Vamos nos divertir.

Dali em diante, se forçaria a se concentrar no lado positivo, não no negativo.

A cada vez que um pensamento sombrio sobre o risco de relacionamentos rápidos entrasse em sua mente, ia pensar nos pais rolando na neve. Nos pais se beijando como adolescentes.

Tinha dado certo com eles. Não havia razão para dar errado com Rosie.

Maggie

— Quando Catherine disse que o restaurante ficava nas montanhas, não percebi que era mesmo nas montanhas, e que teríamos que pegar um limpa-neves para chegar aqui. — Maggie andou os poucos passos que levavam ao chalé e ao calor bem-vindo. Ela inspirou o ar. — Ervas e alho. Cheiroso.

— E vamos voltar em um trenó puxado por cavalos. Não sei se será melhor ou pior. — Nick deu o casaco e o cachecol ao funcionário do restaurante, espalhando neve pelo chão. — Está com frio?

— Não. Aqueles cobertores que nos deram eram quentes.

E ela tivera que deslizar para perto dele no banco para dar espaço a outros. A perna colada à dele, braço no braço, duas metades apertadas como se fossem um todo. Precisara lembrar que não eram um todo. Que seus dois pedaços bem ajustados tinham sido separados. Porém, sua mente se recusava a cooperar e a puxava de volta para aquele momento anterior, na casa da árvore. Aquecida por dentro, mal notara o frio.

Mesmo naquele momento, enquanto Nick a ajudava com o casaco, ela notava o toque leve dos dedos dele em seu pescoço. Era como se o corpo de Maggie de repente estivesse supersensível ao dele.

Nick passou o casaco dela para o atendente.

— Parece que é possível vir de raquetes de neve, também.

— Fico feliz por termos optado pelo limpa-neves. Há limites para minha necessidade de aventura, e não quero ter tanto trabalho para jantar. Vamos mesmo voltar em um trenó puxado por cavalo? O cavalo é manso?

— Desde que nos leve em segurança montanha abaixo, não me importo com a personalidade dele.

— Imagino que vá me dizer que camelos são piores.

— Camelos com certeza são piores.

Foram levados à mesa, e Maggie pegou a cadeira ao lado da janela. Ainda que se sentisse inquieta e um tanto confusa com seus sentimentos, era impossível não ficar encantada pela atmosfera. Enquanto subiam a encosta no limpa-neves, ela se perguntara se a viagem valeria a pena, mas o primeiro vislumbre do lugar a convencera de que sim. O restaurante de estilo alpino se aninhava entre as árvores, na metade do caminho até o topo da montanha. Era um refúgio aconchegante do mundo congelado lá fora, com paredes de madeira iluminadas por luzinhas e o ar perfumado pela fumaça de lareira e comida gostosa.

Estava escuro lá fora, então a visão era limitada, mas as luzes do chalé iluminavam a floresta e as trilhas.

— É bonito — disse ela. A neve flutuava e girava diante da janela, suave, mas persistente. — Acha que vamos ficar presos na neve?

Nick colocou os óculos e abriu o cardápio.

— Não sei, mas ficar preso em um restaurante não seria a pior coisa do mundo. A lista de vinhos parece boa, e ao menos não vamos passar fome.

Ela olhou ao redor. Todas as mesas estavam ocupadas.

— Este é com certeza *o* lugar para passar uma noite romântica.

— Foi por isso que Catherine o escolheu — comentou Nick.

Maggie sentiu-se uma fraude. Estavam cercados de casais desfrutando de seus relacionamentos. Ela e Nick fingiam o deles.

— Champanhe, cortesia da sra. Reynolds.

Duas taças foram colocadas diante deles, junto com um pratinho de canapés, e Maggie esperou até que estivessem sozinhos antes de encarar Nick.

— Sem comentários.

— O quê? — perguntou Nick.

— Você ia fazer uma referência ao que aconteceu na última vez que bebi champanhe.

— Não ia. Isso é uma taça, Mags. Você esvaziou o armário de bebidas do voo. Na verdade, a França pode estar com falta de champanhe agora.

— Obrigada pelo tato e pela delicadeza, e por respeitar meu desejo de esquecer aquilo.

— Por que quer esquecer?

— Porque fiz a família inteira passar vergonha. Bem, não Katie, porque ela não testemunhou aquilo, mas sem dúvidas Rosie contou a ela os horrores.

Ela sempre ficara contente ao ver que suas meninas tinham uma à outra. Teria amado um irmão.

Maggie estudou o cardápio e então o baixou, deparando com Nick sorrindo para ela.

— O que foi?

— Acontece que eu achei você adorável.

— Adorável?

— Quando bebeu o champanhe. Perdeu as inibições.

— Quer dizer que eu só faltei assediar você na frente da minha filha e do futuro marido dela. E disse a eles que era uma segunda lua de mel. Se não fosse pelo champanhe, não estaríamos aqui agora.

— Eu não preferiria estar em nenhum outro lugar. — Ele levantou a taça. — A nós.

O coração dela deu um salto.

— Não há "nós", Nick. Estamos nos divorciando, lembra?

— Hoje, não. Hoje estamos em nossa segunda lua de mel, embora me sinta impelido a dizer que não tínhamos dinheiro na nossa primeira lua de mel, então a comida e a bebida não eram tão esplêndidas. Essa versão é muito superior.

Tudo nele era leve, enquanto ela se sentia pesada, ancorada. Fingir na frente de pessoas que ela amava era uma coisa. Mas aquilo era diferente. Parecia verdade.

— Ninguém está olhando.

— Não sabemos. Quer que Catherine fique sabendo que retribuímos a hospitalidade dela com uma briga?

— Nós nunca brigamos.

Ela estava exausta. Podia ser resultado da atividade física, mas achava que era outra coisa. Algo em que não queria pensar.

— Você está certa. Nunca brigamos. — Ele a observou. — Por quê?

— Imagino que, depois de tantos anos juntos, aprendemos o que funciona e o que não funciona.

Casamento era como uma dança, tentar se mexer no ritmo da vida, procurar um ritmo e um caminho adequado a ambos. Alguns tinham dificuldade, mas não eles. Simplesmente se afastaram um do outro.

Ela levantou a taça. Não queria fazer um brinde a "nós". Não queria fazer um brinde ao futuro, pois no momento não tinha certeza de que gostava do que via. Brindar ao passado a deixaria triste. A única coisa que restava era brindar ao presente.

— Ao agora. Esta noite. Que o cavalo não corra conosco montanha abaixo.

— Isso soa como uma metáfora para a vida. — Ele bateu a taça na dela. — A uma noite de diversão.

— Diversão falsa.

— A diversão não precisa ser falsa. — Ele fechou o cardápio. — Não houve nada de falso em nossa guerra de bolas de neve. Eu me diverti. Provavelmente porque ganhei.

Maggie engasgou com o champanhe.

— *Eu* ganhei!

— Não que eu me lembre.

— Então tem uma memória seletiva.

— Aquela última bola bem por dentro da sua roupa? Foi uma vitória.

— Na próxima vez, não vou poupá-lo. Prepare-se para ser derrotado, professor.

— Sua mira não é boa o suficiente para me derrotar.

Ele empurrou os óculos no nariz, e a familiaridade do gesto fez o coração dela doer.

Sentia saudade daquilo. Sentia saudade das rápidas conversas deles na mesa de jantar. Sentia saudade daqueles pequenos gestos que eram parte dele, e que conhecia tão bem.

Ele empurrou o prato de canapés na direção dela.

— Por que está me olhando assim? — perguntou Nick.

— Estou planejando minha estratégia para a próxima disputa de bolas de neve.

Ela baixou o cardápio e escolheu uma pequena criação de salmão defumado e cebolinha fresca.

— Não importa sua estratégia. Estou pronto. Você vai perder. Escolheu?

— Vou pedir o queijo de cabra.

— Não pode. Eu vou pedir o queijo de cabra.

— Podemos comer a mesma coisa.

Ele franziu a testa.

— Nunca comemos a mesma coisa em um restaurante. Sempre dividimos. Assim experimentamos mais de um prato.

Dividir o prato era algo que faziam desde que eram jovens e não tinham dinheiro para comer fora com frequência. Era uma maneira de experimentar o máximo possível de coisas diferentes do cardápio. *Prove isso. Experimente isso.*

— Nem sempre. Você se lembra da lagosta?

— Claro. Aquele jantar ficou marcado em minha alma. Você se recusou a compartilhar. Foi a primeira e única vez.

— Era uma boa lagosta.

— Vai me dizer isso agora? Você não tem coração?

Ela tinha coração. Estava machucado e dolorido, como se alguém o tivesse socado dentro do peito. Longe de ser uma trégua, aquela viagem estava tornando as coisas piores.

— Se quiser dividir, que tal pedir o peixe defumado?

— Bom plano.

Pediram a comida, e ela deu um gole no champanhe.

— Tem gosto de comemoração, o que é um tanto irônico, dadas as circunstâncias — disse Maggie. — O que estamos comemorando?

— Nossas habilidades teatrais, talvez. Com certeza não é sua mira com uma bola de neve.

Ela estava grata pelo humor dele.

— Não há nada de errado com minha mira. Estava pegando leve com você. Não queria que ficasse encharcado na volta.

— Eu acredito. Não tem uma gota de crueldade em você. A mulher que toma conta do lugar me disse que você foi a primeira cliente a perguntar se era pesada demais para os cães do trenó.

— Pareceu uma pergunta bem razoável. Cães não são tão grandes. Eu me preocupei com eles, só isso. — Ela mexeu na haste da taça. — Eu me diverti.

— Eu também. Nunca vou me esquecer da sua cara quando os cães dispararam. Eles não pareciam ter muita dificuldade de puxar você.

Ele ria, e de repente ela riu também.

— Eles não dispararam. Eu estava no controle o tempo todo. — Ela viu uma mulher sentada à mesa ao lado olhar para eles. — Estamos falando alto demais.

— Não ligo. É bom ouvir sua risada. — Ele fez uma pausa. — Nós nos divertimos hoje.

— Sim. Foi relaxante. Estar na floresta, sem nada além do som dos cães e o ar frio no rosto…

E estar com Nick. O homem que um dia amara e ainda amava como sempre. Apesar dos pedaços quebrados, ela ainda o amava.

A percepção veio como um choque.

O olhar dele se fixou no dela.

— Quando paramos de nos divertir, Mags? Quando paramos de fazer coisas juntos?

As entradas deles chegaram antes que ela pudesse responder, e ela pegou o garfo.

Ele se inclinou para a frente.

— Vou fazer uma pergunta diferente: *por que* paramos de fazer coisas juntos?

— Não sei. A vida, imagino. Você estava ocupado. Trabalhando. Viajando. Eu estava concentrada nas meninas. Acontece.

— A diversão deveria ter acontecido mesmo assim. Deveríamos ter achado tempo. Sido criativos. Vamos ser honestos, teríamos pensado em fazer qualquer uma dessas coisas se Catherine não as tivesse organizado para nós?

— Não. Porque são atividades de casal, e não somos um casal. Não somos há algum tempo. Estamos juntos porque nossa filha vai se casar.

— A questão é essa: não teríamos feito nada disso mesmo se fôssemos um casal.

O celular de Maggie vibrou, e ela se esticou para pegar a bolsa, grata pela distração. Ele realmente queria dissecar o passado? Como aquilo iria ajudar?

Nick suspirou.

— Precisa olhar isso? A rigor estamos em um jantar romântico.

— Jantar romântico falso. E Catherine não deve estar espreitando, não é? As meninas podem precisar de mim.

Ela olhou o celular.

— Elas são adultas, Mags — disse Nick. — Podem lidar com a vida por cinco minutos sem a sua intervenção. Se fosse uma crise de asma, estariam telefonando, não enviando mensagens.

Maggie o ignorou. Katie havia lhe enviado uma foto das duas usando seus vestidos, abraçadas e sorrindo. *Suas meninas.*

— Elas fizeram a prova dos vestidos à tarde.

Enquanto isso ela tinha feito um passeio de trenó com Nick. Maggie sentiu uma pontada, como se tivesse perdido algo que nunca mais recuperaria.

— Catherine deve ter tirado a foto — continuou. — Olhe.

Ela virou o celular para mostrar a tela, e Nick deu um breve sorriso.

— Elas estão lindas. Felizes.

— Estão. E vão sair para dançar hoje à noite. Isso é bom. Estive preocupada com Katie. Algo não está certo.

— Ela deve estar cansada. Do fuso horário. E tem um trabalho exaustivo.

— É, mas ela tem um trabalho exaustivo há uma década e...

— Ela parou de falar, incapaz de explicar um instinto materno.

— Sinto que tem algo errado.

— Você se preocupa demais. Não deve ser nada.

Maggie esperava que Nick estivesse certo e que não houvesse nada errado com a filha mais velha.

Sua mente foi para a filha mais nova.

— Gosto muito de Dan. Ele é bondoso e atencioso. Tem um bom senso de humor e parece conhecer Rosie. Mas acha que é um erro da parte deles se casarem tão jovens?

— Eu fui casado uma vez na vida e fiz toda uma trapalhada, então não acho que seja qualificado para responder.

Ela guardou o celular na bolsa.

— Você não fez trapalhada nenhuma, Nick. Casamentos acabam. É um fato da vida.

— É também um fato da vida que precisa haver um motivo para que eles acabem. — Ele terminou o champanhe. — Venho me perguntando se as coisas teriam sido diferentes se eu tivesse outro emprego.

— Nick, que loucura. O que mais você faria?

Ele deu de ombros.

— Talvez trabalhasse em um museu, com horários melhores.

— Os museus geralmente têm horários horríveis e um salário pior ainda. E você ama o que faz.

— Mas fiquei tanto tempo longe que acabei vivendo à margem da família.

Ela franziu a testa.

— Do que está falando?

— Agora mesmo, estamos jantando, mas você atende aos telefonemas das meninas. Vocês são um trio inseparável e eu de vez em quando me junto a vocês.

O prato principal chegou, mas nenhum deles tocou na comida.

Ele a olhava, e ela o olhava.

— Está dizendo que se sentia excluído? — Ela sentiu uma onda de frustração e algo parecido com culpa. — Nunca reclamei do seu trabalho, Nick. Nunca reclamei quando viajava por semanas, quando voltava com metade da areia do deserto na mala. Entendia que era o que precisava fazer. Era a vida que você queria. Mas não pode me culpar por construir uma vida que funcionava para mim. Uma vida que eu queria. Sabe como foi minha infância. Estéril. Solitária. Meus pais eram desinteressados. Eu achava que eles me amavam, mas não sabiam demonstrar. Agora não tenho nem certeza disso. Acho que talvez precise pensar que sim, porque é mais fácil do que lidar com a alternativa. Não havia nada de acolhedor em nossa casa. Nada caloroso, nem receptivo. Eu queria construir algo diferente para nossa família. E tenho orgulho do que criamos, e do que tivemos por tanto tempo.

— Do que *você* criou. — Ele pegou o garfo. — Você que construiu a família que erámos.

O uso do passado foi como um ataque físico.

— Não é verdade. Você também era parte daquela família.

— Tudo o que fiz foi aparecer de vez em quando.

— Não sinto rancor do seu emprego, Nick, nunca senti. Você estava seguindo sua paixão, e eu, a minha.

— Mas a sua era fazer nossa família funcionar.

— Você faz parecer que foi uma abnegação, mas não era assim. Quis criar o ambiente familiar que sonhava em ter quando estava crescendo. Queria afeto e amor, boa comida, riso. Fiz isso por mim.

— Fui egoísta. Agora eu vejo. — Ele baixou o garfo. — Fico pensando naquela vez em que estava empacotando as coisas para viajar e Rosie teve uma crise de asma. Lembra?

Ela lembrava. Conseguia fazer piada agora, mas quando aconteceu ela não teve vontade de rir.

— Você me perguntou onde estavam suas botas.

— E você me disse onde ia meter as botas se soubesse onde eu as deixara.

Ela piscou com inocência.

— Tenho certeza de que jamais seria tão vulgar.

— Eu mereci. Mereci muito mais que isso. Nossa filha não conseguia respirar e eu estava fazendo as malas para viajar. — Ele passou a mão pelo rosto. — Isso não quer dizer que eu não me importava, que não estava preocupado.

— Eu sei disso...

Sabia mesmo? Tinha vez ou outra se sentido exasperada e brava porque as prioridades dele pareciam erradas?

— Você lidou com aquilo com mais habilidade, graça e calma do que eu jamais conseguiria. Você não só acalmou Rosie quando ela não conseguia respirar, você acalmou todos nós. Jamais entrou em pânico.

— Eu vivia em pânico. Por dentro, estava em pedaços.

— Nunca vi isso.

— Eu não ousava deixar ninguém ver.

— Fazia com que eu me sentisse inadequado.

— Eu também me sentia inadequada.

— Quando? — insistiu Nick. — Quando você foi inadequada? Me dê um exemplo, pois não me lembro de nenhuma vez.

— Na maior parte da vida, imagino. — Ela terminou o champanhe. — Nunca fui exatamente o que meus pais queriam que eu fosse, e, por um tempo, quando nos casamos, me sentia tão bem que nada mais importava. Mas você subiu na carreira, as coisas mudaram. As pessoas nos julgam pelo que fazemos. Todos aqueles jantares em que eu era apresentada como "esposa do professor White". Como se eu não existisse como pessoa sem você. Embora eu soubesse que criar as meninas era a coisa mais importante que eu faria na vida, ainda me sentia... — Ela lutou para achar a palavra certa. — Menos. Eu me sentia menos.

Ele franziu a testa.

— Nunca senti que você era menos. Jamais fiz que se sentisse assim.

— Seus colegas fizeram. Assim que descobriam que eu não era um deles, não era digna de atenção, a não ser como um meio de chegar até você.

— Os acadêmicos podem ser estranhos.

— As pessoas podem ser estranhas. — Os dedos dos pés dela estavam aquecidos, o corpo todo, relaxado. — Quando me perguntavam o que eu fazia, eu falava de editoras acadêmicas como se isso me desse as credenciais necessárias para ser aceita no grupo, mas meu trabalho era só para trazer uma renda extra. O sucesso era você.

— Como eu disse outro dia, posso ter tido sucesso em algumas coisas, mas não tive sucesso em nosso casamento.

— Não há culpa, Nick. E não há aprovação ou reprovação no casamento. — Ela baixou o tom de voz. — Talvez tenhamos errado o equilíbrio. Não sei. Não queria que as meninas sentissem sua ausência, então me esforçava ao máximo para me certificar de que nos divertíamos quando você estava fora. Não queria passar o tempo contando os dias até você voltar para casa.

Foi por isso que tinham se afastado? Era culpa dela?

No começo, as ausências dele não pesavam tanto. No máximo davam um sabor excitante ao relacionamento deles, e as voltas para casa eram acompanhadas de paixão e um apreço maior.

Ela pegou o garfo.

— Acho que a vida ficou mais difícil. As demandas, maiores. Meu objetivo sempre foi manter a família estável e feliz. Éramos três, às vezes quatro, mas quase nunca dois. A verdade é que ser dois exigia esforço, e não me restava muita energia.

— Fiz a mesma coisa. Trabalho e família vinham primeiro, e isso não deixava muita coisa para nós dois. Talvez, se tivéssemos feito mais coisas como as que fizemos hoje, ainda fôssemos um casal.

Ela não queria pensar naquilo. Não *podia* pensar naquilo. Se fosse verdade, então era de partir o coração.

— Não é fácil brincar na neve em Oxford. E nos olhariam feio se andássemos de trenó pela biblioteca Bodleian.

O olhar dele se suavizou.

— Nós nos divertimos hoje, Mags.

— Eu sei.

— Nós nos divertimos *juntos*. Fomos um casal.

— Estávamos fingindo.

— Podíamos estar fingindo ser um casal, mas a parte da diversão foi real. — O tom dele era áspero. — Rosie saiu de casa há quatro anos. Os últimos quatro anos eram nossa chance de nos reconectarmos. Tirar um tempo para nós. Deveríamos ter nos aproximado, não nos afastado mais.

Ela comeu metade do queijo de cabra sem sentir o gosto, e então trocaram de prato.

— Tenho certeza de que não somos o primeiro casal a se afastar.

Ele baixou o garfo.

— Você me odeia, Mags?

— Quê? Eu? — Ela ficou pasma. — Não! Como pode perguntar isso?

— Todos os casais divorciados que conheço se odeiam. John e Pamela não se falam. Ryan e Tracy não estão nem no mesmo país.

— Ela se mudou?

— Ele se mudou. Aceitou um emprego em Frankfurt.

— Ah. — Ela absorveu aquela nova informação. — Imagino que algumas pessoas possam achar isso mais fácil.

Maggie, não. Gostava da vida que construíra, e do ninho confortável de memórias que a envolvia em tempos difíceis. Era um bom momento para mencionar que ela não queria vender o Bangalô Madressilva? Não. Seria melhor ter aquela conversa outra hora. Quando tivesse encontrado um meio de pagar pela casa sozinha. Talvez pudesse alugar um quarto a um universitário. Havia demanda.

— Eu me sinto responsável — disse Nick.

— Por Ryan aceitar um emprego em Frankfurt?

Havia um brilho nos olhos dele.

— Pelo fim do nosso casamento.

Ela beliscou sua metade do peixe.

— É uma culpa dividida, Nick. Se um não quer, dois não...

— É mesmo? Porque eu vejo várias coisas que fiz errado, coisas das quais me arrependo, mas não vejo nada que você tenha feito.

— Você deu a entender que eu o excluí.

— Não. Estava dizendo que me sentia à margem. Não é a mesma coisa. Há coisas que mudaria se tivéssemos nosso tempo de volta.

— Hmm?

Ela tentou parecer casual. Queria ouvir a alternativa? Aquela que poderia não terminar em divórcio? Não, na verdade, não. A hora para aquela conversa tinha passado havia muito tempo.

— Para começar, teria notado que você não amava seu trabalho — respondeu Nick. — Pensando nisso agora, é bem óbvio. Você adora ficar ao ar livre. Sempre adorou. Ama a natureza. Eu deveria ter visto que qualquer emprego que a mantivesse dentro de um prédio seria o emprego errado.

— Fiz minhas próprias escolhas. E não sou como você. Não tinha uma paixão ardente. Eu me candidatei a vários empregos diferentes e peguei o que me fez uma oferta. Tenho certeza de que milhões de pessoas fazem a mesma coisa. Chegamos a um lugar tanto por acidente quanto por planejamento.

Acabaram de comer, embora Maggie mal sentisse o gosto da refeição.

— Em vez de pedir sobremesa e café aqui, por que não voltamos para a casa da árvore? Podemos nos sentar na frente da lareira e terminar a conversa sem meio mundo ouvindo — sugeriu Nick.

Ela pensou naquilo.

— Imagino que o cavalo que puxa o trenó possa cansar menos se formos mais cedo.

Eles se agasalharam e saíram no frio.

Tinham o trenó só para eles durante a curta viagem até o vilarejo. Dali, pegariam um carro de volta ao Nevada Resort.

Maggie se aconchegou debaixo do cobertor grosso, e Nick passou o braço em torno dela e a puxou para mais perto. Talvez ela devesse ter se desvencilhado, mas não quis.

Era para se esquentar, disse a si mesma. Para se esquentar, e só.

Ela percebeu como era raro viajar assim, sem fumaça de carro, motoristas impacientes ou engarrafamento. O cavalo e o trenó não deixavam nenhum rastro humano, e havia algo mágico nisso.

Poderiam estar sozinhos no mundo, e os únicos sons eram o baque abafado dos cascos do cavalo na neve e o farfalhar suave ocasional da cauda enquanto voltavam pela trilha que ia até a cidade. Eles se aconchegaram juntos debaixo do cobertor, observando o rodopio constante da neve que caía em silêncio em torno deles.

Maggie estava feliz por ter vestido tantas camadas de roupa, e também pela força e pelo calor de Nick.

Ela pousou a cabeça no ombro dele, desfrutando do ar limpo e frio e da presença constante de árvores que margeavam a trilha.

O fim chegou cedo demais e, quando subiram no carro que os esperava, ela sentiu uma pontada de decepção.

De volta à casa da árvore, Nick foi à cozinha, e ela tirou os agasalhos e parou diante do fogo bruxuleante.

— Aqui. — Nick passou a ela uma caneca de café bem quente. — Isso vai aquecê-la. Está nevando de novo... acredita? E há previsão de nevasca amanhã.

— Todos aqueles anos sonhei com um Natal nevado, e agora há tanta neve que tem chances de ficarmos presos.

— Você odiou? Sente saudade do Bangalô Madressilva e dos nossos costumes de Natal?

Maggie foi até a janela e olhou para as árvores. Árvores sempre a acalmavam.

— Não. Eu amei. É o lugar mais perfeito em que já fiquei.

— Está se divertindo?

— Estou. A vida real parece muito longe.

— Mas em uma semana vamos voltar para aquela vida. E você vai voltar para um trabalho de que não gosta. Peça as contas, Mags. Faça disso sua prioridade quando voltar para casa.

— Sem outro emprego alinhado? — Ele sempre fora mais impulsivo e aventureiro que ela. — Ainda bem que um de nós é sensato.

— Não sei se concordo, se a sensatez a prende a uma vida da qual não gosta. Dê a si mesma o presente de um recomeço.

Ela soprou o café para esfriá-lo.

— Já recebi umas cinquenta rejeições. É bem óbvio que não tenho as qualificações ou o treinamento profissional para fazer o trabalho de que gostaria. Se eu me demitir, tudo o que me darei serão preocupações financeiras. Qual é a vantagem disso?

— O trabalho dos seus sonhos é paisagismo?

— Alguns dos meus momentos mais felizes foram gastos em nosso jardim, e tenho orgulho do que criei. Acho que perdê-lo será uma das piores coisas de vender a casa. Um jardim não acontece de uma hora para outra. Ele amadurece e muda com o tempo. — Ela olhou para ele. — Como um casamento, imagino.

Nick sustentou o olhar dela.

— Faça o treinamento. Consiga a qualificação.

— Sou muito velha.

Ele levantou uma sobrancelha.

— Se pode aprender a dirigir um trenó puxado por huskies, tenho certeza de que pode aprender a projetar jardins. Aquele cão da dianteira era uma figura.

— Ele era um fofo.

Nick sentou-se no sofá e deixou a caneca na mesinha baixa.

— Você não tem mais que incluir as crianças no cálculo, Maggie. Elas têm as próprias vidas. A carreira de Katie vai bem e Rosie acabou de começar o doutorado e vai se casar. É hora de pensar em si mesma.

— E quanto aos custos? Eu não só perderia minha renda, ficaria de bolsos vazios. Esse tipo de curso custaria uma fortuna.

— Nós temos o dinheiro, Mags. Podemos pagar.

Ela deveria ressaltar que não eram mais "nós"?

— Divórcio custa caro. Advogados. Duas propriedades. O dobro de contas.

Os olhos dele escureceram.

— Vamos encontrar dinheiro para isso. É questão de prioridade.

O coração dela ficou mais leve. Outro homem poderia ter brigado muito para manter o máximo possível de seus bens. Nick queria que ela fizesse um curso que não traria nenhum benefício para ele.

— E se eu fizer o curso, conseguir a qualificação e nem assim arrumar um emprego? Que desperdício de dinheiro...

— Talvez você goste do processo, e nesse caso não seria desperdício. E talvez você consiga um emprego. Não há garantias, a não ser que não faça, porque nesse caso é garantido que não será paisagista. Prometa que vai pensar no assunto.

— Vou pensar no assunto. — Ela terminou o café. — Imagino que deveríamos dormir se quisermos acordar a tempo do desafio romântico de amanhã.

Ele terminou o café e se levantou.

— Gostei da noite de hoje, Mags.

— Eu também.

— Vou arrumar o sofá. A não ser que ache que as meninas possam fazer uma visita surpresa antes de irmos dormir. Acha que deveríamos dividir a cama, por segurança?

Houve uma pausa tensa, desajeitada, e por um instante o olhar dele encontrou o dela. A pele de Maggie formigava, e ela pensou no momento depois da briga de bolas de neve.

Apenas uns dias antes, o futuro e seus sentimentos eram claros, mas de repente tudo estava complicado e obscuro. Se dividissem uma cama, ficaria ainda mais complexo. Ela não se sentia segura.

Fora ela quem começara com aquilo. Insistira para que mantivessem o fingimento, e no começo não parecia uma dificuldade. Mas estivera pensando apenas nas meninas, e, agora, só conseguia pensar em si.

Algo tinha mudado dentro dela. Algo tinha se movido.

— Não acho necessário — disse Maggie. — Já combinamos de nos encontrarmos na hospedaria para o café amanhã às dez. Elas não têm motivo para vir para cá. Vou pegar a roupa de cama. — Eu escondi das meninas, no cesto no outro andar.

Ela se ocupou arrumando o sofá, afofando travesseiros e prendendo os lençóis. Naquela parte ela era boa. As coisas práticas eram fáceis. Elas a confortavam e tranquilizavam.

— Boa noite, Nick.

Ela sorriu e foi para o banheiro, esperando parecer mais calma do que se sentia.

Quando terminou de se arrumar, ele já tinha desligado as luzes da sala.

De onde estava, ela via o contorno dele enrodilhado no sofá.

Sentiu um vislumbre de uma emoção que não entendia de todo. Tinham tido mais conversas honestas naqueles dois dias do que nos últimos dois anos. Se tivessem conversado antes, teria feito diferença?

Ela disse a si mesma que não importava, foi para a cama e colocou um travesseiro extra debaixo da cabeça, para ver a neve caindo. Havia algo de relaxante e hipnótico no giro silencioso dos flocos de neve, borrando as bordas do mundo lá fora.

Em algum momento, seus olhos se fecharam, e ela sonhou que caminhava na neve de mãos dadas com Nick.

Quando acordou, a lareira havia se apagado, e a neve, cessado. A luz do sol abria caminho entre as árvores. O aroma delicioso de café lhe dizia que Nick já estava de pé.

Vestindo um roupão, Maggie desceu para a cozinha e serviu duas canecas de café.

Quando Nick saiu do banheiro, Maggie passou uma caneca para ele.

— Você dormiu?

— Não tão bem quanto esperava depois de todo aquele exercício. Obrigada. — Ele pegou o café da mão dela. — E você?

— Nada mal. O que o manteve acordado?

— Nossa conversa. Essa situação. — Ele foi até o sofá, deixou o café de lado e acendeu a lareira. — De algum jeito parece errado.

Ele estava falando da separação deles?

O coração dela saltou. Ele iria sugerir que tentassem de novo?

A química ainda estava ali. Os últimos dias a deixaram consciente daquilo. O amor deles também ainda estava ali. Mas poderiam mesmo recomeçar?

Ele escolheu o sofá de frente para as estantes, em vez do que ficava perto da janela. Como a conversa parecia muito importante para acontecer à distância, ela se sentou perto, de costas para a porta.

Se Nick sugerisse que tentassem de novo, qual seria a resposta dela?

Maggie tomou o café devagar, dando tempo a si mesma.

— O que você está sugerindo, exatamente?

— Não sei. — Ele parecia tão confuso quanto ela. — Mas acho que devemos falar do divórcio, não acha?

Maggie ouviu um som leve atrás dela segundos antes de ouvir a voz da filha.

— Divórcio? Vocês vão se divorciar?

Cheia de horror, Maggie se virou e viu Katie a poucos metros. Trazia uma caixa de doces e olhava para eles como se fossem desconhecidos.

Não era preciso perguntar quanto tempo ela estivera ali ou o que ouvira. A resposta estava visível na agonia em seu rosto. Por certo ouvira tudo, e nem Maggie nem Nick tinham escutado a porta se abrir.

Maggie se forçou a ficar de pé. As pernas tremiam. As mãos tremiam. O café derramou na perna, mas ela ignorou a queimadura. Tinha preocupações maiores. Passara meses planejando a melhor maneira de contar para as meninas. Sofrera para decidir como e quando. Aquela cena jamais havia passado por sua cabeça.

Ela queria culpar Nick, mas sabia que não era culpa dele. Se o tivesse escutado, teriam feito aquilo muito tempo antes, e juntos.

Uma pequena parte dela se perguntava o que, exatamente, Nick queria dizer antes que Katie os interrompesse, mas ela ignorou aquilo também. Naquele momento, a prioridade era a filha.

Katie parecia em choque. Como se tivesse testemunhado algo que ainda não tivesse conseguido processar.

Maggie sabia que jamais se esqueceria do olhar no rosto da filha.

— Você devia ter avisado que estava vindo.

— Por quê? — Katie olhou para o rolo de roupas de cama no sofá. — Para que pudessem subir na cama e fingir que estão juntos?

— Precisamos conversar. Sente-se, Katie.

— Não quero me sentar. — Sua filha firme, confiável, calma e inabalável parecia aflita. — Quero saber o que está acontecendo. Vocês disseram a todos que isso era uma segunda lua de mel. Vocês estão grudados desde que chegaram e, para falar a verdade, é um pouco constrangedor. Mas de repente vocês estão divorciando? Não entendi.

Ela parecia tão magoada e confusa que Maggie correu até ela e tentou abraçá-la.

— Katie…

— Não! — Katie a empurrou. — Não quero abraços, quero respostas. Era tudo fingimento, não era? Essa pose de "estamos tão apaixonados" de vocês. Era fingimento.

Maggie sabia que seu rosto devia estar da cor de uma fantasia de Papai Noel.

— Deveríamos ter contado antes, mas não foi fácil, e estávamos tentando descobrir a hora certa, e essa hora não era logo antes do casamento de sua irmã.

— Como pude ser tão burra? Achei estranho que vocês dois estivessem tão carinhosos de repente, mas imaginei que era porque estavam aproveitando o feriado juntos.

— Nós... — Maggie olhou para Nick. — Achamos que seria melhor esperar e contar depois do casamento.

— Rosie sabe? Não, claro que não. — Katie andou pela cozinha e deixou a caixa de doces no balcão. — Ela não para de usar vocês como inspiração. O exemplo de um casamento perfeito. Então qual é o plano? Papai vai sair de casa? Dividiram o Bangalô Madressilva pela metade?

Maggie engoliu em seco.

— Seu pai já saiu de casa. Ele tem um quarto na faculdade. Estamos vivendo separados há um tempo.

— Quanto tempo é um tempo?

— Desde o verão.

Katie a encarou.

— O verão? Ah, meu... — Ela engasgou com as palavras. — Não consigo...

— Katie...

Maggie deu um passo para a frente, mas Katie foi em direção à porta.

— Não me toque. Preciso de um pouco de ar. Espaço. Tempo para pensar.

Ela estava gaguejando. Tropeçando.

Maggie sentiu o coração se partir em dois.

— Por favor, Katie...

Mas a filha já tinha descido as escadas e seguia pela trilha nevada como se estivesse sendo caçada.

Maggie se virou para Nick, que estava em silêncio no sofá, observando a filha se afastar.

— Por que não disse nada? Por que não *fez* nada?

— Você ouviu o que ela disse. Ela quer espaço. Melhor dar esse espaço e conversar direito mais tarde.

Ela queria culpá-lo, mas sabia que fora ela quem causara toda essa confusão. Insistira em esperar.

— É tudo minha culpa. Você quis contar a elas meses atrás.

— E você quis esperar.

— E foi a decisão errada.

— Não creio que tenha sido a errada. — Ele balançou a cabeça. — Os últimos dias foram os mais divertidos que tivemos em anos. Conversamos mais do que em anos. Eu sinto que a conheço melhor do que em anos. Lamento muito que Katie tenha entrado como fez, mas não lamento por mais nada.

Tudo o que ele dissera era verdade. Mas o que aquilo significava? O que havia mudado?

— O que está dizendo? — perguntou Maggie.

— Não sei. — Ele passou a mão pelo cabelo. — Não sei o que estou dizendo.

Maggie entendia a confusão dele, pois sentia a mesma coisa.

— Não importa. Tudo o que importa é a Katie.

A frustração passou pelo rosto dele.

— Você acha mesmo que é Katie o que importa aqui? E nós dois? Precisamos falar de *nós*, Mags…

— E vamos, mas primeiros precisamos checar como está nossa filha. Estou preocupada com ela. — Ela pegou o celular e ligou para o número de Katie, mas, como era de se esperar, caiu na caixa postal. — Não consigo me concentrar em mais nada até saber que ela está bem, entende isso?

Ele ficou em silêncio por um momento.

— Sim — disse. — Entendo.

O tom dele era de que compreendia a atitude de Maggie, mas não concordava, e sua linguagem corporal revelou a mesma coisa quando ele saiu batendo os pés e se esticou para pegar o casaco. Os ombros dele estavam caídos. Nick parecia derrotado, e Maggie se sentiu puxada em duas direções.

Ela sentiu um momento de perda, seguido de pânico.

— Aonde você vai?

— Encontrar nossa filha. É o que você quer, não é?

Ele vestiu o casaco e pegou o cachecol. Enquanto se debatia com camadas e lá, ela se debatia com a culpa e questionava suas prioridades.

— Ela deve ter voltado para a casa da árvore para contar a Rosie.

Todos protegiam Rosie. E Katie, sua Katie forte, determinada e confiável, estava magoada e sozinha. Era claro que deveriam colocar as necessidades dela em primeiro lugar.

— Katie não é do tipo que chora as pitangas no ombro de outra pessoa — disse Nick. — Nunca foi. E ela iria querer proteger Rosie. É o que ela faz. É o que sempre fez. Aposto que ela foi caminhar para desanuviar a mente.

Estavam falando das meninas, mas Maggie pensava nele. *Neles.* Na noite deles juntos. A proximidade se fora, e Maggie a matara. Ela a queria muito de volta, mas era como tentar pegar as nuvens mentais que ele mencionara.

Ela sentia-se dormente. Se Katie não tivesse entrado naquela hora, sobre o que ela e Nick estariam falando? A proximidade, a intimidade, teria continuado?

Houve algum dia um exemplo pior de timing?

E o que ele diria a Katie quando a encontrasse?

Eles estavam se divorciando. Era um fato incontestável, independentemente de quem fosse o portador da má notícia.

— Nick...

— Eu sei, está preocupada e quer que eu me apresse.

Ele abriu a porta com um puxão, e Maggie sentiu uma onda de desespero. Poderia pará-lo. Poderia chamá-lo de volta e talvez, de algum jeito, pudessem encontrar um caminho de volta para o ponto em que estavam quando Katie entrara.

Mas e quanto a Katie?

Ela abriu a boca, mas, antes que pudesse decidir o que dizer, a porta bateu e Nick saiu pisando duro para a floresta nevada, em busca da filha deles.

Katie

E la estava perdida.

Katie se virou para olhar para trás, e então para os lados. Ela tinha seguido a trilha, mas vira algumas pessoas andando com raquetes de neve adiante e, como tinha chorado e estava com o rosto molhado e os olhos vermelhos, a última coisa que desejava era conversar com outro ser humano, então tomara outra trilha sem marcações que entrava na floresta. Sua intenção não era ir longe, mas tinha andado e seguido em direções diversas, de modo que estava de fato perdida.

A trilha subia uma encosta íngreme, cercada por árvores altas, a floresta cerrada em partes e coberta de neve fresca.

Era fácil andar na trilha principal com raquetes de neve, mas era mais difícil ali, onde a neve era mais profunda, e a superfície, intocada. O sol atravessava as árvores, fazendo a superfície da neve brilhar.

Katie fechou os olhos e inspirou o ar e a paz. Estava perdida, mas e daí? Estar perdida funcionava para ela. Era como uma metáfora para a vida. Estava perdida física e emocionalmente. Seus pais, duas pessoas que achava que ficariam juntas para sempre, estavam se divorciando.

O mundo já não fazia sentido. Se eles não conseguiam, que chance havia para os outros?

Ela queria fingir que não estava acontecendo, mas sabia que negação não era uma boa coisa, então se forçou a pensar na palavra.

Divórcio.

De todas as coisas que esperava que fossem acontecer no Natal, aquilo não estava na lista.

Tinha a sensação de que sua vida toda estava aos pedaços. Primeiro o trabalho, e depois aquilo.

A ironia era que fora ao alojamento dos pais sem avisar porque queria ver como estava a mãe. Estava com medo de que ela estivesse chateada por Catherine estar organizando o casamento de Rosie. Pelas janelas da casa da árvore, Katie os vira sentados juntos no sofá, em uma conversa profunda, e pensara em como eram bonitinhos juntos. Tinha sentido inveja da proximidade deles, e um pouco de culpa por perturbá-los na segunda lua de mel.

Eles não a ouviram bater na porta.

Só ao entrar percebera que a conversa que absorvia os dois tratava dos detalhes do divórcio.

Ela sabia que as coisas nem sempre tinham sido idílicas em casa e vira o peso que a doença de Rosie colocara no relacionamento deles, mas isso fazia anos, e ela imaginara que de algum jeito eles tinham aguentado o tranco. O fato de que não tinham marcava mais um ponto negativo na opinião de Katie sobre relacionamentos.

Pensara que sua família era impossível de ruir, e no entanto ali estavam, aparentemente despedaçados.

Por que naquele momento? Não fazia sentido.

E por que estava tão chateada com aquilo? Tampouco fazia sentido.

Ela era adulta, não uma menininha. As escolhas da vida dos pais não deveriam ter impacto sobre ela, mas só conseguia pensar nos momentos divertidos que os quatro tinham passado juntos. Todos os anos maravilhosos no Bangalô Madressilva. Os pais se revezando para ler histórias, deitados ao lado dela na cama, deixando que virasse as páginas. O pai levando todas elas para ver as múmias egípcias no museu.

Natal.

Natal sempre fora sua época predileta do ano. No momento em que chegava ao Bangalô Madressilva e via as velas bruxuleando na janela e as árvores decoradas com piscas-piscas, os estresses do ano de algum modo a deixavam.

Porém, ela sabia que o que tornava o Natal tão especial não eram os piscas-piscas ou as velas, nem mesmo a comida fabulosa da mãe. Era estar em casa com a família.

Ela ofegou, se esforçando para subir a ladeira íngreme. Os pais davam um nível de segurança à vida de Katie, mesmo que ela não os visse com tanta frequência.

Sua vida era tão maluca que ela corria de um momento para outro com pouco controle do próprio tempo. Na maioria dos dias, sentia-se como uma folha sendo soprada pelo vento. Dividia a casa com Vicky havia uma década, mas ainda sentia que era apenas um lugar onde comia e dormia. Não sentia que era um lar. O Bangalô Madressilva era seu lar. Eles iriam vendê-lo?

Katie parou de caminhar porque não conseguia mais respirar direito, nem ver aonde ia.

Secou as lágrimas, com raiva de si mesma.

Seus pais estavam vivos e saudáveis. Ela, dentre todas as pessoas, deveria saber que isso era o mais importante. E era óbvio que iriam vender o bangalô. Não poderiam se prender a uma casa grande demais para uma pessoa só, apenas para acomodar a família uma ou duas vezes ao ano. Por que isso a deixava triste?

Talvez fosse porque o resto da vida dela parecia instável. Tivera relacionamentos ao longo da última década, mas nenhum deles durara mais que uns poucos meses, e ela mal derramara uma lágrima quando acabaram. Tinha amigas que com frequência estava cansada demais para ver, porque estava sempre trabalhando, e um emprego que nem estava certa de que ainda gostava.

Sua vida inteira havia mudado de modo precário. Sempre tivera tanta certeza de que queria ser médica, mas estava questionando tudo.

Ela enfiou a mão no bolso e tirou o celular.

Não devia estar pensando em si. Devia estar pensando nos pais. A mãe devia estar extremamente infeliz nos últimos tempos, provavelmente até agora. Por que não dissera nada?

Katie abanou o celular, frustrada, procurando sinal.

A culpa subia por sua pele ao lembrar todas as vezes em que evitara ligar para casa. Se tivesse mantido contato, talvez a mãe achasse mais fácil lhe fazer confidências.

E quanto a Rosie? Rosie, que seguia usando o casamento sólido dos pais como prova de que um romance rápido podia dar certo. Rosie, impetuosa e impulsiva, que ainda acreditava em finais felizes. Katie tinha usado aquela prova, também, para se tranquilizar de que o relacionamento da irmã iria se manter.

Katie precisava contar a verdade à irmã. Mas não naquele momento, pois o celular não funcionava.

Ela o guardou no bolso e ficou imóvel, olhando para as árvores. Só ali, ao parar de caminhar pela neve, percebeu como estava frio. Sua respiração soltava vapor no ar.

Ela voltou a andar, enfiando os pés com firmeza na neve profunda. A superfície estava salpicada de pinhas e traços de abeto, e os únicos sons eram o baque suave quando a neve caía de uma árvore, o canto de um pássaro, o estalar de um galho conforme o peso de seu fardo aumentava.

Ela chegou a uma bifurcação na trilha e parou. Uma decisão precisava ser tomada. Direita, esquerda ou dar meia-volta. Melhor seguir adiante na esperança de ver uma placa.

Estava cercada por uma floresta tranquila, perfumada. Picos nevados se levantavam além do topo das árvores e ela ouvia o rumor de água do rio bem abaixo. Era lindo. Tão lindo que era quase uma lição de humildade.

Pensou em Londres, nas ruas afogadas por carros. Quando se mudara para lá, achava a cidade empolgante e vibrante. Nos últimos tempos, achava que sugava sua energia. Todos viviam apressados, amontoados, aborrecidos.

Ali na neve, era como se ela fosse a única criatura do planeta.

Não tinha certeza do que a fez olhar para cima, mas olhou, e logo avistou um par de olhos amarelo-ouro.

Pela segunda vez naquele mês, ela sentiu medo real e visceral. Ela não era a única criatura no planeta.

O que *era* aquela coisa? Era *enorme*. E olhava diretamente para ela, não de um modo amigável.

Conseguiria correr com aqueles calçados estúpidos e pesados?

Dado que andar tinha sido um desafio, a resposta só podia ser não.

Um instante antes estivera congelando, mas agora tremia por um motivo bem diferente.

Talvez pudesse andar de lado até as árvores e torcer para que ele não achasse que valia a pena segui-la.

Ela deu um só passo, e o animal desceu da árvore em uma série de saltos atléticos e fluidos e pousou na trilha, diante dela.

É isso, pensou Katie. *É assim que eu morro.*

Nunca encontrariam seu corpo, pois ninguém sabia onde ela estava.

Uma voz masculina familiar veio de trás dela.

— Não se mexa.

O alívio enfraqueceu os joelhos dela. Nunca imaginaria que fosse ficar feliz em ver Jordan, mas, quando ele parou ao seu lado, felicidade definia o que Katie sentiu. Precisou de toda a força de vontade para não se jogar nele.

— O que é isso aí? — perguntou ela.

— Um leão-baio.

Leão?

Katie desejou estar de volta a Londres. Nunca, nunca mais reclamaria da cidade.

— É melhor a gente correr — sugeriu ela.

— Não corra. — Ele colocou a mão no ombro dela. — Vai me acusar de bancar o machão se eu me meter aqui?

— Por favor. — A boca de Katie estava tão seca que ela mal conseguia falar. — Se meta onde quiser, de preferência na minha frente.

Katie poderia jurar que o ouviu rir, e então ele se colocou na frente dela.

O corpo de Jordan tapava a vista, mas ela o viu abrir os braços e gritar com o leão. Por um instante o animal ficou ali, todo músculo e força, e então desapareceu na floresta.

Katie achou que as pernas iam ceder.

Jordan se virou e fechou as mãos sobre os braços dela, como se percebesse que ela precisava ser amparada.

— Nós demos sorte.

— É. — Ela tentou sorrir, mas não aconteceu. — Estou aliviada por você aparecido.

— Quero dizer que demos sorte de ver o leão. Eles costumam evitar humanos.

— Por que esse decidiu abrir uma exceção?

— Você é uma caminhante solitária, o que a torna mais interessante. Ele devia estar fascinado pela sua dificuldade para caminhar na neve.

— Quer dizer que ele estava esperando que eu caísse para me comer?

— Duvido que ele fosse comer você. — Ele a soltou, mas apenas para fechar o zíper da jaqueta dela até o pescoço. — Mantenha isso fechado. Não é de espantar que esteja tremendo. O que está fazendo aqui tão longe?

— Dando uma caminhada.

— Essa trilha não é sinalizada. Você estava perdida.

— Não exatamente *perdida*. Estava andando para onde o impulso me levava.

— O impulso a levou para o caminho de um leão-baio. E, se continuasse andando para a esquerda, teria caído da montanha. É íngreme, e a trilha termina em um penhasco abrupto.

— Bom saber. — Ela umedeceu os lábios. — Deveríamos sair daqui, para o caso de o leão ter amigos? E ele não deveria estar hibernando, sei lá?

— Leões-baios não hibernam, mas é raro ver um no meio do dia. Eles tendem a ser mais ativos ao anoitecer e ao amanhecer. A queda de neve pesada que tivemos nas últimas semanas deve ter feito com que saísse das montanhas. Ou talvez ele tenha seguido uma presa, um veado ou um alce, e encontrado você.

— Ótimo.

Katie estremeceu. Já tinha sido uma presa, e não era uma experiência que estava ansiosa para repetir.

— Em geral não se interessam por humanos — explicou Jordan. — Estão atrás de comida, mas é bom ficar alerta. Você não respondeu minha pergunta. O que está fazendo tão longe?

Ela nem percebera que tinha se afastado tanto. Estava tão chateada que caminhara sem pensar.

— Precisava de um tempo sozinha. Não percebi que era perigoso.

— Há coisas mais perigosas que um leão-baio. — Ele trocou a mochila de ombro. — Poderia acabar com neve até o pescoço, ou escorregar no gelo e bater a cabeça. Leve alguém junto quando for caminhar. E, se encontrar um leão-baio, procure parecer grande. Olhe-o nos olhos, para que ele saiba que não está com medo.

— Eu não estava com medo. Por que acha que estava com medo?

Katie viu um brilho nos olhos dele.

— Ótimo. Nesse caso, tchau.

Ele se virou e começou a descer a trilha, e Katie o olhou, incrédula.

Ele ia mesmo deixá-la ali? Não, estava tentando irritá-la. Provar um argumento. A qualquer momento ele daria meia-volta.

Jordan seguiu caminhando, as pernas longas e poderosas fazendo parecer que era fácil.

— Jordan!

Ela não se orgulhou do tremor na voz.

Ele se virou.

— O que foi?

Falar aquilo quase a fez engasgar.

— Não me deixe aqui.

Houve uma pausa, e então ele foi até Katie, em um ritmo bem mais lento do que quando se afastara.

— Vamos deixar tudo às claras, assim não há engano. Está pedindo minha ajuda?

Ela rangeu os dentes.

— Sim, estou pedindo sua ajuda.

— Admite que está perdida e que não consegue fazer isso sozinha?

Aquele homem ia enlouquecê-la.

— Sim, admito.

— Uau. — Ele cruzou os braços. — Deve ser sua primeira vez.

Havia humor na voz dele, e normalmente Katie teria dado uma resposta inteligente, mas não tinha uma disponível. Sentia-se perdida, triste e bem diferente do que costumava ser. Não queria voltar para o Nevada Resort, mas não podia continuar vagando pela floresta.

— Me mostra a direção certa, e eu caminho de volta sozinha.

— E se encontrar outro leão-baio?

— Dou um jeito.

Ele esticou o braço e removeu os óculos escuros dela com delicadeza.

— Você andou chorando.

— Não andei. O frio faz meus olhos lacrimejarem.

Todos os traços de humor dele desapareceram. Jordan colocou os óculos dela no bolso, tirou a luva e acariciou o rosto de Katie com os dedos.

— Você prefere morrer a demonstrar vulnerabilidade, então deve ser grave. Aconteceu alguma coisa? O que houve? — Ele fitou o rosto dela e então a trilha. — O que está fazendo aqui tão longe?

— Eu já disse. Estava caminhando.

— Porque está chateada. Queria se afastar, e nem se importou para onde estava indo.

Começou a nevar de novo, e grandes flocos caíram no capuz e na jaqueta dela.

O mundo decerto a odiava.

Ele franziu a testa.

— Sabia que há previsão de nevasca?

— Não estava pensando no tempo. O céu estava limpo quando saí.

— Não está limpo agora. Está nevando e vai ficar mais forte. É melhor nos mexermos.

Em vez de andar de volta para a trilha, ele continuou subindo.

— Esse não é o caminho para o Nevada Resort.

— Não estamos indo para lá.

— Aonde vamos?

Katie tropeçou na neve funda, e ele parou e estendeu a mão.

— Eu moro mais perto.

Ela hesitou, e então pegou a mão de Jordan. Era aquilo ou cair de cara na neve.

— Você mora aqui? Na trilha? Há casas aqui?

— Casas, não. Meu chalé fica a dez minutos de caminhada daqui. Podemos nos abrigar lá e esperar a nevasca passar.

O chalé dele.

Ela parou de andar.

Estava no meio do nada, com um homem que não conhecia de verdade. Era uma decisão sábia? Os acontecimentos dos últimos dois meses a deixaram nervosa. Um dia, ela andara pela vida com segurança, mas não confiava mais no próprio julgamento. A incerteza vinha do nada, fazendo com que duvidasse de cada decisão. Aquilo era seguro? Estava cometendo um erro? Olharia para trás e sentiria vontade de chutar a si mesma por fazer uma estupidez?

Katie respirou fundo. Às vezes a vida exigia que se escolhesse entre duas opções imperfeitas. Uma nevasca se aproximava, então tentar encontrar o caminho de volta sozinha não terminaria bem. Aquele homem sabia onde estavam e sabia encontrar abrigo. E ele não era um desconhecido. Ela o conhecia. Ele e Dan eram amigos desde sempre.

Ele esperou, paciente.

— Você está ansiosa, mas não precisa ficar.

Que vergonha.

— Acha que sou estúpida.

— Não acho.

Ainda assim, ela se sentiu impelida a explicar.

— Eu nem sempre… — Ela tirou neve do rosto. — Tomei uma decisão errada há pouco tempo, e não terminou bem.

— E agora não confia em si mesma porque tem medo de julgar mal uma situação. — Ele soltou a mão de Katie e puxou o capuz da jaqueta dela mais para a frente, para barrar o frio e a neve. — Essa não é uma dessas situações, Katie. Vai terminar tudo bem. Desde que continuemos agora, antes que congelemos.

Ela tinha esperado sarcasmo, ou uma das respostas afiadas de costume. Não tinha esperado gentileza. Jordan tinha olhos bondosos. Por que não vira isso antes?

— Vamos.

Ela segurou a mão de Jordan e apertou com força, conforme a neve ficava mais profunda e a trilha estreitava. Mal via as árvores, e o mundo se tornou apenas neve rodopiando. A visibilidade se reduzia a cada minuto, e Katie estremeceu, em parte por causa do vento gelado, em parte ao pensar no que poderia ter acontecido com ela se não tivesse o encontrado na trilha. Teria sido surpreendida, sozinha e desprotegida.

Ela agradecia o apoio forte e a presença sólida dele, mas não entendia como Jordan sabia onde estava. O mundo era um borrão.

— Estamos perdidos?

— Não. Cuidado aqui...

Ele afastou um galho e Katie passou, consciente do peso da neve pressionando os galhos acima dela.

— Parece Nárnia. O livro, sabe?

Ele fez uma careta.

— Não é porque vivo nas montanhas que não tive educação.

— Não quis ser grossa. Nem todo mundo lê as mesmas coisas, só isso.

— Cuidado. Isso foi quase um pedido de desculpas.

— É um pedido de desculpas.

Ela andou ao lado dele com dificuldade, a neve funda puxando suas botas. Andar era um trabalho exaustivo, mesmo com as raquetes, e Katie ficou aliviada quando Jordan parou na beira da trilha e ela viu o bruxulear de luzes entre as árvores.

— Chegamos.

A neve sufocava todo o som, mas as luzes continuavam a brilhar entre as árvores, e num piscar de olhos a floresta se abriu e ela viu o chalé.

— Ah...

Katie parou e olhou por entre os flocos de neve.

— O que foi? Não é refinado como o Nevada Resort, mas é a minha casa.

Ele puxou a mão dela, e os dois deram os últimos passos até o chalé.

— É incrível. Tem cara de conto de fadas.

Ele abriu a porta.

— São aquelas histórias em que alguém sempre morre, certo? Acha que há uma bruxa malvada lá dentro, que vai te dar biscoitos?

— Espero que sim. No momento eu lutaria com uma bruxa por um biscoito.

Katie ficou surpresa com o calor no sorriso dele. Era impossível não sorrir de volta. Ela o seguiu para dentro, agradecida por escapar da neve.

— Não é solitário morar aqui no meio do nada?

— Acontece que acho que este lugar é algo, e não o nada. E fico feliz com a minha própria companhia. — Ele a ajudou a baixar o zíper do casaco. — Você está tremendo. Sente-se diante da lareira. Vou preparar uma bebida quente.

Katie tirou as botas, esfregou as mãos nos braços e passou por uma arcada até a sala do chalé. Ela se apaixonou à primeira vista. Ela se apaixonou pelo tapete grosso e macio que cobria o chão de madeira. Pelas estantes de livros abarrotadas que revestiam três paredes. Um par de esquis antigos pendia na parede, acima da lareira de pedra. O lugar não era todo planejado; era vivido. Os livros eram manuseados, os esquis, riscados e usados.

— Eram do meu bisavô. — Jordan olhou para ela ao passar até a pequena cozinha. — Ele riria se visse o que usamos hoje. Suas roupas estão molhadas. Quer tomar um banho e se trocar?

Trocar para qual roupa?

— Estou bem, mas obrigada.

Ela não planejava ficar muito tempo.

— Está com fome?

Katie levara doces para os pais com a intenção de tomar café da manhã com eles, mas isso se mostrou um desastre.

— Estou, mas me sinto culpada por cair aqui assim de repente.

— Um dia atrás você ficaria feliz em me causar qualquer inconveniência, então me declaro oficialmente preocupado. Vou trocar de roupa e preparar algo para comer.

Ele saiu do cômodo e voltou um instante depois com uma toalha.

— Aqui... ao menos enxugue o cabelo.

Ela pegou a toalha e o viu sair da sala. Estar com Jordan a deixava um pouco desconfortável. Se não estivesse se sentindo fraca, poderia ter sido mais reativa.

Ela ouviu o som de uma porta se abrindo e fechando, e então o barulho do chuveiro ligado. Tentou não pensar em como seria agradável estar debaixo de um jato de água quente.

Secando as pontas do cabelo, distraída, se acomodou no sofá.

Quando Jordan voltou, trazia uma bandeja cheia de comida. O cabelo dele caía em cachos úmidos sobre a gola do suéter grosso de tricô.

— Sirva-se.

— Obrigada.

Katie tentou não reparar no modo como a calça jeans dele ficava justa nas coxas. A calça dela também estava grudada, mas porque estava úmida e desconfortável. Mas qual seria a vantagem de tirá-las, se teria que vesti-las de novo para voltar à hospedaria? E não queria andar pelo chalé só de calcinha.

Jordan baixou a travessa e pegou a toalha dela.

— Tem certeza de que não quer um banho quente?

— Estou bem, obrigada. Isso parece delicioso.

Havia pão fresco e um pouco de manteiga cremosa. Tomates carnudos, presunto serrano e lascas de queijo.

Tentando ignorar as roupas úmidas, ela pegou um prato.

— O pão parece delicioso. Comprou hoje?

— Eu mesmo assei. — Jordan sorriu com o olhar surpreso dela. — O que foi? Acha que só sirvo para resgatar mulheres do gelo e da neve?

— Eu não precisava de resgate.

— Aí, sim. Estava sentindo falta do seu lado do contra.

Ele cortou duas fatias grossas de pão e serviu uma no prato dela.

Katie sabia que estava sendo indelicada. Baixou os ombros.

— Você está certo. Eu precisava de ajuda. E estou agradecida. Obrigada. Não apenas pela comida, mas por me resgatar.

Ele empilhou presunto e queijo no prato de Katie.

— Vai me contar qual é o problema?

Ela passou manteiga no pão, deu uma mordida e gemeu de prazer.

— Que *gostoso*. Não como pão fresco desde a última vez que fui para casa, faz meses.

Ela serviu-se de queijo, viu o olhar dele e baixou o prato. Estava sendo injusta, não estava?

— Acho que te devo uma explicação — falou.

Ele esticou as pernas.

— Pensando bem, pode esperar. Coma. Pare de se preocupar por cinco minutos.

Era mais fácil falar do que fazer, mas ela comeu com avidez, sabendo que precisaria de combustível para caminhar de volta ao Nevada Resort.

— A que horas escurece?

— Daqui a umas duas horas.

Ela olhou o relógio e percebeu que cinco horas haviam se passado desde que deixara a hospedagem dos pais.

— Não tinha ideia de que era tão tarde. — Ela se levantou. — Preciso ir embora.

Jordan cortou outro pedaço de queijo e o colocou no prato.

— Aonde planeja ir?

— De volta ao Nevada Resort. Onde mais? Minha família deve estar se perguntando onde estou. Meus pais vão se preocupar, minha mãe mais ainda.

E daquela vez era por causa dela, não de Rosie. Katie, que tentava com afinco jamais preocupar os pais, saíra correndo da casa da árvore sem nem deixar que eles se explicassem. Não dissera a ninguém aonde ia porque não sabia aonde ia.

No que deveriam estar pensando? Talvez já tivessem chamado a equipe de buscas e salvamento.

— Eles não vão ficar preocupados. Sabem que está comigo.

— Como poderiam saber disso?

Jordan cortou mais pão.

— Mandei uma mensagem para o Dan mais cedo, quando a vi na trilha. Mais queijo?

— Não, obrigada. Você mandou uma mensagem para ele? — Ela franziu a testa. — Não consegui sinal.

— Vai e vem. Pode relaxar. Ninguém vai se preocupar.

— Mas gostaria de falar com eles mesmo assim.

O que tinha dito mesmo aos pais? A conversa toda era um borrão. Ela tinha magoado a mãe? Era a última coisa que queria, mas ficara tão *chocada*.

— Posso usar seu celular? — perguntou.

— Não há sinal no chalé. Vai precisar andar um pouco pela trilha, e não pode fazer isso neste tempo. Acomode-se, Katie. Vamos ficar aqui por um tempo, então pode sossegar.

— Você sabe que dizer para uma pessoa "sossegar" é um jeito seguro de deixá-la superestressada e furiosa, não sabe?

— Sei. — Ele passou manteiga no pão. — Gosto mais de você quando está furiosa. Toda essa vulnerabilidade receptiva está começando a me irritar.

Ela não tinha ideia do que responder.

— Preciso voltar. Mesmo se meus pais não estiverem preocupados, ainda preciso falar com a minha irmã. É urgente. Tenho meus motivos.

— Esses motivos estão conectados ao porquê de estar caminhando sem rumo na floresta quando a encontrei?

Ela se aproximou da lareira.

— Hoje de manhã descobri que meus pais vão se divorciar.

Se ele ficou minimamente surpreso, não demonstrou.

— E isso foi um choque?

— Foi! Você viu o jeito como eles são juntos. Eles se comportam como adolescentes. Todos achamos que estavam em uma segunda lua de mel. — Katie viu uma leve mudança na expressão de Jordan. — Não achou?

Ele cortou outra fatia de queijo.

— Achei que pareciam um casal que se esforçava demais. Fazendo uma demonstração para o público.

Ela o encarou e então se sentou de novo.

— Droga, você está certo. Por que não vi isso? — Ela apoiou o rosto nas mãos, e então as baixou. — Mais uma vez julguei mal uma situação.

— Mais uma vez?

— Deixa pra lá. — Ela mordeu o lábio e olhou para o fogo. — Eles *estavam* se esforçando demais, você está certo. Foi tão diferente de como eles são.

Por que ela não fizera mais perguntas aos pais? Era treinada para ser observadora, e no entanto não percebera que tinha algo errado.

— Estou tão furiosa com eles. E triste. E... — Ela olhou para ela. — Desculpe. Não precisa ouvir isso.

— Fala, Katie. — Ele afastou o prato. — Parece que você precisa falar.

Falar ajudaria? Ela não tinha certeza. Tudo o que sabia era que se sentia muito infeliz.

— Não acredito que eles não nos contaram. E é uma confusão. Muda tudo. Eu estava perdida na floresta porque ouvi os dois conversando e fiquei chateada. Fui para lá tomar café da manhã porque queria ver como estava minha mãe, e foi quando ouvi os dois discutindo o divórcio. Eu fui embora. Não foi meu momento mais adulto, mas eu não estava pensando direito.

— Você não foi encontrar sua irmã?

— Eu precisava de tempo para processar a informação e decidir a melhor maneira de apoiá-la.

— E quanto a alguém para apoiar você? Algum dia contou com alguém?

Ela franziu o cenho.

— Não. Não preciso.

Jordan a observou por um momento.

— Então saiu andando, sem saber aonde ia?

— Eu estava na trilha principal, mas tentei evitar as pessoas e tomei um dos caminhos menores. Antes de perceber, tinha me perdido. E encontrei um leão-baio... — Ela dobrou as pernas debaixo do corpo, tentando não pensar em como sua caminhada de angústia poderia ter terminado mal. — Você acha que sou estúpida e irresponsável.

— Acho que estava chateada. Descobrir que os pais estão se separando é sempre um choque.

— Não é como se eu fosse criança ou adolescente. Não deveria importar.

— Eles ainda são seus pais. É natural ficar chateada. Eu fiquei chateado quando meus pais se divorciaram, o que não fazia sentido, levando em conta o jeito como eles eram juntos.

Os pais dele eram divorciados. Ela não era a única pessoa no planeta a precisar passar por aquilo.

Sentiu lágrimas nos olhos mais uma vez. Chorar na frente de Jordan? Sério? Ela piscou.

— Fico brava comigo mesma por permitir que minhas emoções atrapalhem minhas decisões.

Da última vez as consequências foram sérias.

— Se sentir vontade de chorar, chore. Não se segure por minha causa.

— Eu nunca choro.

— Você é um robô?

— Quê?

— Desde que te encontrei no aeroporto, você age como se alguém tivesse te programado. Está brava porque emoções afetaram suas decisões, mas isso torna você humana. Estou aliviado por ver que suas emoções ainda estão vivas. Tive medo de que as tivesse estrangulado, de tanta força com que as segura.

— Meu trabalho exige que eu controle minhas emoções. Não posso desmoronar sempre que vejo algo triste ou estressante.

— Não precisa se defender de mim. Não estou atacando você.

— Parece que está.

— Só porque não gosta de admitir que é humana como o resto de nós. Fica brava quando não alcança o que vê como perfeito. Aposto que dá notas para si mesma no fim do dia.

Ela fazia aquilo mesmo.

— Você é o homem mais irritante que já existiu.

— Minha ex-esposa concordaria com você.

Ela ficou boquiaberta.

— Você foi casado?

— Difícil imaginar, eu sei. — Ele parecia cansado. — Vamos começar de novo. Estava tentando ser compreensivo, mas acho que sou melhor com árvores do que com palavras. Tenho certeza de que é uma médica excelente, mas tem o direito de tirar folga de vez em quando. Dê um descanso a si mesma, Katie.

Ela encostou a cabeça no sofá e olhou para o teto do chalé.

— Não sou uma médica excelente. Depois de hoje, tenho certeza de que também não sou uma ótima filha. Então só resta ser uma boa irmã. Disso, não tenho certeza. Eu me esforço, mas não acho que sou o que Rosie quer nem do que ela precisa. Sabia que fui a uma boate ontem à noite? Rosie me disse para me divertir, então fui me divertir. Dancei.

— Isso é raro?

— Tão raro quanto ver um leão-baio no meio de Oxford. Deveria ter me visto. Eu fui a alma do lugar. Não vou dizer que não tive ajuda de umas margaritas. — Ela se levantou de novo. Todos os músculos doíam. — Preciso voltar. Preciso apoiar Rosie. Nossos pais devem ter contado para ela a essa altura, e ela vai ficar arrasada.

— Por causa do divórcio?

— Não é só isso. Rosie vem usando o namoro rápido e o longo casamento de nossos pais para se convencer de que o casamento dela com o Dan vai dar certo. Quando descobrir que eles estão se separando, as coisas vão mudar. — Ela o encarou. — Acha que estou me metendo, mas não conhece Rosie tão bem. Ela é impulsiva. Espontânea. Não tenho certeza se ela não foi levada por uma paixão do momento, mesmo que no fundo não seja o que ela quer.

Por outro lado, será que seu julgamento sobre aquilo era falho como fora a respeito de outras coisas?

— Não acha que é ela quem deve decidir isso? — perguntou Jordan.

— Acho. Mas a notícia dos nossos pais pode influenciar a decisão dela.

— Um casamento é tão único quanto as duas pessoas envolvidas nele. O relacionamento de seus pais não tem relevância para sua irmã. Se ela tiver dúvidas, deveria estar falando delas com Dan, não com você.

— Eu a conheço desde que nasceu. Ele a conhece há uns meses. Deixa pra lá... — Ela levantou a mão. — Podemos concordar em discordar. Ela é minha irmã. Não quero que ela se magoe.

— De qualquer modo, a conversa com sua irmã vai precisar esperar.

Aquela, claro, era a grande área de desentendimento deles.

— Sei que acha que está protegendo seu amigo, mas Dan não vai querer se casar com uma mulher em dúvida. Estou dizendo que preciso conversar com ela.

— E estou dizendo que a conversa vai precisar esperar até amanhã. Não pode ir embora.

— É claro que vou embora. O que está sugerindo? Que eu passe a noite aqui?

— Não estou sugerindo. Estou te dizendo o que vai acontecer.

— Está tentando me provocar? Bancando o machão de novo?

Ela cruzou os braços. Bateu o pé. Tentou ignorar aqueles olhos bem azuis observando cada movimento dela.

— Estou em sua caverna masculina e é onde vou ficar, é isso? — continuou. — Por que não me carrega no ombro, como já fez antes, e me leva para o quarto? Ou talvez esteja planejando trancar a porta e me amarrar no sofá.

Eles se encararam por um longo momento. Cada segundo se mesclava ao seguinte até ela perder a noção do tempo. O coração dela começou a bater forte.

Eles estavam envoltos pela madeira quente do chalé, a neve que caía, a força da química.

Foi Jordan quem por fim quebrou o silêncio tenso.

— Quando foi a última vez que olhou pela janela? — A voz dele era gentil. — O nome disso é nevasca.

— Está nevando, eu sei, mas, se me mostrar o caminho, eu me viro.

Ela andou até a janela, certa de que ele estava exagerando. Só precisou de um segundo para perceber que não era o caso. Em algum momento durante a conversa, a tempestade ficara mais forte. As árvores que cercavam o chalé não eram mais visíveis. O mundo em torno deles perdera toda a definição. Tudo o que ela via era uma massa branca rodopiante. Katie sentiu uma pontada de pânico. Estava presa.

— Você deve ter uma motoneve ou outra coisa que eu possa pegar emprestado. Alguma coisa com faróis. Um jeito de descer aquela trilha.

— Você morreria antes de encontrar a trilha e colocaria em risco as vidas do time de busca e salvamento. Não posso deixar você fazer isso.

Não, claro que não podia, pois, além de ter os olhos mais azuis que ela já vira, ele também era um ser humano decente.

Ela sentiu uma onda de desespero.

— Quanto tempo a tempestade vai durar?

— Tanto quanto a natureza quiser.

Katie estava furiosa com a tranquilidade dele.

— Você está gostando disso, não está?

— Você não é tudo isso. Até agora não foi uma boa companhia, embora eu tenha certeza de que isso poderia mudar se você se aquietasse um pouco.

Ela sentiu uma pontada de culpa. Sem Jordan, ela teria sido atacada por um leão-baio, ou se perderia naquela tempestade de neve.

— Estou um pouco estressada.

— Estou vendo.

— Preciso saber da Rosie. Você precisa ter algum jeito de contatar alguém. É uma emergência.

— Temos opiniões diferentes sobre o que constitui uma emergência.

— Temos opiniões diferentes sobre a maioria das coisas. É tudo questão de perspectiva. Na minha cartilha, estar presa na neve sem nenhuma forma de comunicação é uma emergência.

— Hoje vai ler a minha cartilha, não a sua. Eu mantenho um bom estoque de comida no chalé. Tenho um gerador para o caso de ficar sem energia. Tenho tudo para sobreviver a uma situação como esta. Você não vai passar fome nem congelar.

— Com que frequência isso acontece?

— Umas duas vezes todo inverno. Às vezes mais. Estamos nas montanhas.

Ela esfregou os braços e voltou para perto da lareira. Toda aquela situação era irreal. O que a possuíra para caminhar floresta adentro? Por que não tinha ido ao bar no Nevada Resort, pedido um copo grande de vodca e processado suas questões no calor?

— Deve haver sinal em algum lugar.

Ele enfiou a mão no bolso e puxou o celular.

— Pode olhar. E, enquanto faz isso, veja a mensagem de Dan.

Ela pegou o celular, viu que não havia sinal, e leu a última mensagem para Dan.

Encontrei Katie. Vou mantê-la aqui comigo durante a noite.

Dan tinha respondido:

Obrigado. Vou avisar a família.

Katie ficou consternada, mas também aliviada. Ao menos a mãe não imaginaria que ela estava morta em algum lugar na floresta. Devolveu o celular.

— E agora?

— Bem, não tenho a intenção de carregá-la no ombro até o quarto, então imagino que precisemos dar outro jeito de passar o tempo.

Ela ficou sem jeito.

— Então... quer trocar histórias de vida?

— Vou jogar mais um pouco de lenha na lareira. Você deveria sentar e relaxar.

— A essa altura você deveria saber que não sei relaxar.

— Tente.

Ele saiu do cômodo e fechou a porta.

Ela fez uma careta para a porta e sentiu-se infantil. Se ele não a tivesse encontrado, ela ainda estaria naquela trilha e a nevasca teria acabado com qualquer chance de encontrar o caminho de volta.

Aflita por causa da irmã, andou até as estantes dele. Era evidente que Jordan era um grande leitor. Havia mais não ficção que ficção, uma concentração de livros sobre explorações árticas e alpinismo. Várias prateleiras eram dedicadas a biografias.

Quando ele voltou ao cômodo, poucos minutos depois, ela estava enrodilhada no sofá, de nariz afundado em um livro sobre a malfadada expedição de Ernest Shackleton à Antártida.

Ele despejou a lenha que carregava na cesta ao lado da lareira.

— Esse livro não vai aquecê-la.

Ela fechou o livro.

— A julgar pelas estantes, você ama a vida ao ar livre.

— Amo. — Ele colocou um pedaço de lenha no fogo com cuidado. — Imagino que você seja um tipo caseiro e urbano.

— Eu trabalho na cidade, dentro de um prédio, então não tenho muita escolha. A maioria das pessoas não escolhe a carreira com base no ambiente. Mas aposto que você escolheu.

— Eu não viveria em outro lugar que não fosse a montanha.

— Você não me aprova. Acha que sou controladora e intrometida.

Ele ficou de pé.

— Acho que ama sua irmã.

— Você é filho único?

— Sou.

— E seus pais?

— Minha mãe mora no outro vale. O paradeiro de meu pai é desconhecido desde o divórcio.

— Ele não manteve contato com você? — Ela não podia imaginar perder o contato com o pai. — Sinto muito.

— É a vida. Acontece. Está aquecida?

— Estou. Obrigada. Desculpa por ser uma hóspede inesperada.

Talvez um dia Katie conseguisse conversar sobre o divórcio dos pais com o mesmo tom calmo que ele usara. Para se acalmar, ela se levantou e andou pelo cômodo, observando os pequenos detalhes. As prateleiras feitas sob medida. A escadaria de madeira lindamente esculpida que levava ao sótão.

— Esse lugar é incrível. Como construíram algo assim bem no meio da floresta?

Ele se sentou no sofá.

— Houve desafios, com certeza.

Ela passou o dedo pelo corrimão.

— É lindo.

— Obrigado. Na época o trabalho quase me matou.

— *Você* construiu isso?

— Por que está tão surpresa?

— Bem, porque… — Ela observou a escada de novo. — Porque é incrível. Você tem muito talento e habilidade. Para ser honesta, nunca nem pensei em pessoas construindo escadarias.

Ele sorriu.

— Você é do tipo de pessoa que mora em uma casa sem se perguntar quem a fez.

— Não tenho qualquer admiração pela pessoa que construiu minha casa atual. Na verdade, se a encontrasse, talvez a matasse. O aquecedor pifa todo inverno, e há infiltração no meu quarto. A única vantagem do meu trabalho é que ele me impede de ver muito do interior da minha casa.

— Você não gosta do trabalho?

— Gosto, mas às vezes é pesado.

Ela se esquivou da conversa, como sempre fazia quando não queria falar de algo. Ela sempre cuidava sozinha de seus problemas. Ela era a dra. Kathryn Elizabeth White, com a vida resolvida.

Ao menos no passado. No momento, era dra. Kathryn White, uma confusão total. Ela antes era a pessoa mais calma, a que estava no controle. Outros esperavam que ela os liderasse.

Naquele momento, queria se esconder, mas Jordan a olhava como se enxergasse tudo.

— Você não me parece uma mulher que tem dificuldade com o que é "pesado".

— Acho que todo mundo tem seu limite.

Ela se abraçou e andou até a janela, de costas para ele. Manteria a compostura. Era o que fazia.

Ela respirou devagar, a expiração condensando o vidro. Resistiu à tentação de desenhar um coração. Seria frívolo, e ela não era frívola.

Lá fora, a neve caía sem parar. Algo naquele branco imaculado tornava o mundo lá fora distante e irreal. Ela vivera a maior parte da vida em um ambiente asséptico. Corredores compridos. Máquinas apitando. O ritmo era sempre urgente. Se havia uma palavra que jamais aparecia em seu vocabulário, era "lento".

— Amo esse lugar. E isso me surpreende? Um pouco. — Ela apoiou a cabeça na janela. O vidro estava frio. — Talvez eu esteja aprendendo algo sobre mim.

Vinha acontecendo muito nos últimos tempos. Era como habitar o corpo de uma desconhecida.

— Onde você costuma passar férias? Você me parece o tipo que escolheria um passeio urbano. Cultura. Galerias.

— Não tiro férias.

Jordan franziu a testa.

— Nunca?

— Muito difícil. Se tenho energia para juntar uma frase, visito amigos ou a família. Se tenho um dia de folga, passo dormindo para descansar dos sete dias anteriores que passei no trabalho. Quer saber? Para ser honesta, não sei se amo meu trabalho. — As palavras saíram sem permissão, como se estivessem presas dentro dela por tempo demais. — Não acredito que disse isso em voz alta.

— Por quê?

Ela se virou.

— Porque dizer é uma confirmação, e a ideia de que eu possa não gostar do meu trabalho me aterroriza. Quis ser médica desde pequena. Eu vi minha irmã doente, e foi isso. Desde aquele primeiro momento no hospital, soube que era o que eu iria fazer. Queria desenvolver as habilidades para consertá-la. Tirar aquele pavor do rosto da minha mãe. E então trabalhei. Trabalhei muito. Cada prova que fiz quando criança, cada livro que li. Era uma escada, e eu subi cada degrau, e, quando entrei na faculdade de medicina, meus pais ficaram muito orgulhosos, e eu também. Fui a primeira médica da família.

— O que dificulta você confessar que não tem certeza de que quer continuar no trabalho. Não é fácil se afastar de algo ao qual se dedicou tanto. Já falou com eles?

— Não. Não quero preocupá-los.

— Parece que você passa muito tempo protegendo sua família, dra. White. — Ele se levantou, foi à cozinha e voltou com uma garrafa de vinho e duas taças. — Quer?

— Não bebo durante o dia.

— Abra uma exceção. Pode te fazer bem deixar de lado essas regras rígidas que faz para si mesma. E, de qualquer jeito, está quase escuro. — Ele serviu vinho nas duas taças e estendeu uma para ela. — Venha, sente-se.

Ela pegou a taça e se acomodou no sofá. Couro. Confortável demais. Afundou nele e se perguntou se um sofá daqueles a incentivaria a relaxar mais.

— É loucura simplesmente *pensar* em desistir de algo para o qual treinei durante a vida inteira, não é?

— É? Ainda gosta?

— Não é simples assim.

Ele sentou-se ao lado dela.

— A vida raramente é.

— Quando você começa em um caminho como a medicina, não é fácil trocar para outra coisa. E, quanto mais tempo segue no caminho, mais difícil fica. Eu sempre quis ser médica. Achava que era isso. É quem eu sou.

— As pessoas mudam. É permitido. Não há manual que diga que precisa fazer a mesma coisa a vida inteira.

— Não posso desistir.

Ele olhou para ela.

— Por quê? Tem dependentes? Filhos que não mencionou?

— Não.

— Empréstimos, então. Hipoteca grande?

— Ainda alugo uma casa, com uma amiga. Estou economizando para dar uma entrada em uma casa própria, mas estou sempre cansada demais para procurar. E gosto de reclamar do aquecedor quebrado. É parte da rotina.

— Então você tem uma reserva financeira.

— Imagino que sim. — Ela jamais vira aquilo dessa maneira. — Mas o que eu faria? — Deu um gole no vinho, e depois outro. — Isso é bom. Deveria ter bebido uma taça disso para me acalmar hoje cedo, em vez de sair para caminhar e me perder.

— Então teria dito, e feito, coisas das quais depois se arrependeria. Vinho no café da manhã tende a ter esse efeito nas pessoas. — Havia um sorriso nos olhos dele enquanto brincava com a haste da taça. — O motivo para desistir... tem a ver com o seu erro de julgamento?

A não ser pela consulta com a médica de saúde ocupacional, Katie não havia falado daquilo. Ficou surpresa ao perceber que queria falar. Talvez porque Jordan fosse quase um desconhecido. Não era Vicky, que tinha boas intenções, mas era atrapalhada. Ou seus pais, que precisava proteger. Ela não precisava pensar nos sentimentos dele. Era o mais próximo de um observador imparcial que conseguiria.

Ela deu outro gole no vinho.

— Tem a ver, sim, embora, para ser honesta, tenha começado a duvidar há muito tempo, mas antes era fácil me convencer a deixar para lá. Medicina é um caminho para a vida toda. Nunca considerei que eu pudesse mudar de direção. Mas quando algo grande assim acontece... — Ela fez uma pausa. — A gente começa a se perguntar se é boa nisso. Se, talvez, fosse fazer um favor ao mundo ao mudar de emprego.

— É outro daqueles momentos em que é dura demais consigo mesma? Não que eu entenda muito de medicina, mas imagino que a resposta nem sempre seja clara.

— Mas toda decisão que você toma tem consequências. — Ela olhou o fogo. — Uma menina morreu. O nome dela era Emma. Ela tinha 14 anos, e saiu com as amigas para celebrar seu aniversário. Eram quatro delas, andando de braços dados, rindo. Deviam estar falando de roupas e *crushes*. O carro veio do nada. Ele subiu no passeio... na calçada...

— Eu sei o que é um passeio.

— Sim. Claro que sabe. — A respiração dela estava acelerada. — Ele atingiu Emma, jogou-a pelo ar como uma boneca de pano, e não parou para socorrê-la. Acredita nisso? Ele acertou uma menina, um ser humano, e não parou.

Mesmo depois de tudo o que já vira, não conseguia aceitar o que uma pessoa faria a outra. Olhou para Jordan e viu o choque no rosto dele. Era reconfortante ver que aquilo também o impactava, que ele não a julgava por não tratar o fato como rotina.

— Trouxeram ela para nós... A equipe do trauma estava pronta, cirurgiões, todo mundo, mas foi... — Por que ela achava tão difícil falar daquilo? — O pai dela chegou ao hospital. Pai solo. Cuidou de Emma depois que a mulher morreu. Ela era a vida dele. Seu bebê. Ele nos implorou para salvá-la. Implorou. "Não deixe ela morrer, não deixe ela morrer."

Jordan se esticou e tirou a taça de vinho dela. Então cobriu a mão dela com a dele. Ela nem sentiu. Estava de volta lá, com o sangue de Emma nas luvas cirúrgicas e a esperança desesperada de um pai em suas mãos.

— Nós não conseguimos. Os ferimentos dela eram... catastróficos.

— Sinto muito.

O aperto se intensificou, e dessa vez ela sentiu a pressão firme e protetora dos dedos dele sobre os dela.

— O pai dela ficou desesperado. Precisei contar para ele. Era meu trabalho. E ele estava sozinho. Ela era tudo o que ele tinha no mundo. Sua menininha.

O amor dele e a dor tinham sido tão palpáveis que Katie vivera a agonia com o homem. Naquele momento odiou seu emprego. Odiou as limitações dele. As limitações *dela*.

— Nem imagino como deve ter sido essa conversa.

— É parte do trabalho. A pior parte. — Ela segurou a mão dele. — Ele não entendia, e não havia nada que eu pudesse dizer, pois como se entende uma coisa que não faz sentido?

— Imagino que tenha sido uma conversa muito difícil.

— Estávamos conversando, e ele me pediu detalhes. Uma das meninas deu uma descrição e... — Ela fechou os olhos. — Tinha... Identificaram o carro por causa... DNA... Rastros de sangue... Não importa. Você não quer saber. — Abriu os olhos e se virou para Jordan. — Você deve estar pensando que um bom médico é capaz de se distanciar disso.

— Não estou pensando isso.

— Ele estava bêbado. O homem que a matou. Eles o pegaram e o prenderam. Acho que aquilo foi a gota d'água para o pai. Seu bebê, morto por um cara que jamais deveria estar atrás do volante. Sem sentido. Evitável. — Ela sentiu as ondas de empatia que Jordan emanava. — A polícia foi falar com as outras meninas, e eu fiquei sozinha com o pai. Não sei o que aconteceu. Tudo mudou em um instante. Ele estava... louco de dor. Ele me pegou pelo pescoço e me jogou contra a porta de vidro da sala da família. Não parava de dizer: "Por que não conseguiu salvá-la? Por quê?" — Ela vira estrelas, então a escuridão, e então a voz dele: "Você se acha a porra de uma médica?"

— Uma enfermeira entrou na sala — continuou. — Tentou impedi-lo, mas ele era muito forte, então ela foi pedir ajuda.

— Ele soltou você?

— O vidro atrás de mim se espatifou. Acho que isso o chocou. Ele me soltou, pessoas chegaram para ajudar... foi isso.

Jordan soltou um palavrão e passou a mão pelo rosto. Se antes parecia chocado, no momento parecia abalado.

— Você se machucou muito?

— Cortei o ombro. Não foi nada. Ele perdeu uma filha. Ele perdeu seu bebê. Eu queria que mostrassem àquele bêbado inútil o corpo quebrado dela. Queria que ele visse o que fez, mas é claro que não é assim que as coisas funcionam.

Ela pegou o vinho de novo e tomou um gole. A mão dela tremia. Tinha contado a Jordan. Tinha contado a alguém.

— Quando se é médico, você tenta deixar essas coisas passarem. Se eu me permitir sentimentos, não consigo fazer meu trabalho. Isso não me torna insensível, me torna eficiente.

— Mas você é humana.

Era uma declaração factual e simples, que a fez se sentir melhor. Pela primeira vez em semanas, ela se perguntou se talvez não fosse um fracasso total. Talvez fosse humana.

Ela terminou o vinho na taça.

— Esse incidente, a morte, não passou. Se enterrou em mim como um caco de vidro. Por fora, eu me curei. — Tinham retirado pedaços de vidro, costurado sua pele, dito que ficaria com uma cicatriz. Ela nem se importava. Parte dela até pensou que talvez merecesse. — Eu queria salvar a filhinha dele. Foi por isso que me tornei médica. Eu fiquei pensando se havia algo mais que pudéssemos ter feito para salvar aquela criança, embora soubesse que não havia. Meu cérebro fica pensando em possibilidades nas quais ela é trazida mais cedo, a ambulância leva cinco minutos em vez de dez... eu nem sei se teria feito diferença, mas não consigo me livrar disso.

— Flashbacks?

— O tempo inteiro. Se apenas... E se... Fizemos tudo? Tentamos tudo?

— É claro que a questão é por que o cara bebeu e pegou o volante.

— Eu sei que você está certo. Mas a lógica não faz com que eu me sinta melhor.

Katie sentia como se as palavras dele, atenciosas, escolhidas com cuidado, estivessem costurando as partes dela que foram destroçadas.

— Tecnicamente, ele a agrediu. — Ele soltou a mão de Katie e pegou a garrafa de vinho. — Conhecendo você, imagino que não tenha dado queixa.

— Não. O homem estava fora de si. Ele... — Os olhos dela se encheram de água. — Não é o primeiro caso triste, difícil, que enfrentei. Não sei por que esse me pegou, mas pegou. Eu senti... Perdi a confiança.

— Porque não conseguiu salvar a filha dele?

— Não só por isso. Eu deveria ter visto como ele estava transtornado. Deveria ter percebido o risco. Eu avaliei tudo errado. Ele poderia ter atacado alguém da equipe, e não a mim. Poderia ter sido pior. E então ele estaria enfrentando acusações de agressão, além da dor.

Ele ficou em silêncio por um minuto.

— Você pede muito de si mesma, não? Você é humana, Katie. Sente. Tem compaixão.

— Estava tão ocupada sentindo que abandonei o julgamento. Ele estava angustiado, o que era compreensível. Bravo, também. Eu deveria ter antecipado a possibilidade de violência.

— Você lê mentes? Precisa ser capaz de prever o comportamento humano?

— Até certo ponto, sim. Talvez estivesse cansada, não estivesse envolvida o bastante com o trabalho. Ou talvez não seja boa o suficiente. E agora não consigo decifrar nada disso.

Ele encheu a taça dela.

— Você espera a perfeição. Aposto que sempre foi uma estudante nota dez.

Ela conseguiu sorrir.

— Você é psicólogo?

— Não, mas até eu vejo que você não pode usar esse tipo de sistema de notas em uma situação de verdade. Está com dificuldades para se distanciar e trabalhar. E acha, por alguma razão que não entendo, que isso faz de você uma médica ruim.

— Acho que estava duvidando de mim mesma de qualquer jeito e isso me fez duvidar ainda mais. Passei semanas no limite. Estou de licença médica, sabia? Minha família não sabe. Eles não sabem de nada disso. Tento não preocupá-los. É um inferno para um pai se preocupar com um filho. Eu via a ansiedade no rosto da minha mãe toda vez que Rosie era levada ao hospital. Via no rosto do meu pai.

— Então você se força a lidar com seus sentimentos sozinha. Pode confiar nas pessoas, Katie. Todo mundo precisa de apoio.

Ela se perguntou quem dava apoio a ele. Dan, talvez. E outros amigos. A mãe dele.

— Vou ficar bem. A não ser pela dor de cabeça que terei amanhã, depois de todo esse vinho. — Ela respirou fundo e baixou a taça. — Quem teria pensado que seria você que faria com que eu me sentisse melhor?

Uma sombra de sorriso tocou a boca dele.

— Achei que eu fosse o homem mais irritante que já existiu.

— Até que você não é tão ruim.

O sorriso desapareceu, e Jordan pegou a mão dela de novo.

— Não é sua culpa, Katie. Nada disso é.

Ela sabia que deveria tirar a mão, mas gostou da sensação do toque de Jordan.

— Você não sabe disso. Não tem como saber.

— Sei, com certeza, que, se algum dia me machucasse, teria sorte de ter alguém como você encarregada dos meus cuidados. Você está tremendo. — Ele deu um apertão na mão dela, se levantou e colocou outro pedaço de lenha no fogo. — Tenho certeza de que é uma ótima médica, mas isso não significa que deve seguir fazendo um trabalho que já não dá certo para você.

— Desistir de algo pelo qual trabalhei tanto por tanto tempo... — Ela mordeu o lábio. — Seria burrice, não acha?

Ele esperou até que as chamas começassem a lamber a lenha e sentou-se de novo ao lado dela.

— Eu diria coragem.

— Coragem?

— O caminho fácil é seguir fazendo o que faz, sem questionar.

— Sim, essa é a opção de baixo risco.

— Para mim, o risco é que você olhe para trás daqui a vinte ou trinta anos e se arrependa de ter passado a vida fazendo algo que não ama. Mas você sempre pode dar um tempo. Em vez de tomar uma decisão imediata, tire um tempo para pensar.

Era uma opção que ela não tinha considerado. Seu cérebro vinha lidando com cenários tudo-ou-nada. Por que não pensara em um meio-termo? Por que não pensara em tirar um tempo?

— Não acredito que estou dizendo isso, mas você de vez em quando fala coisas sensatas, Jordan.

Eles estavam sentados bem próximos. Os únicos sons eram o crepitar do fogo e o uivo do vento batendo nas paredes do chalé. O que antes era aconchegante se tornara íntimo. Ela encostou a perna na dele e sentiu uma onda de desejo que quase a derrubou.

Olhou para Jordan e desviou o rosto, não antes de ver a resposta nos olhos dele.

— E você? Ama o que faz?

— Na maior parte do tempo. E às vezes estou com os dedos congelados em uma nevasca...

— E pensa que gostaria de um emprego bom e quente num escritório?

Houve uma mudança na atmosfera. Ela sentiu que Jordan havia percebido também.

Ele soltou um riso suave.

— Esse nunca foi meu sonho. Eu queria viver e trabalhar nas montanhas. Isso era a coisa mais importante para mim.

Katie invejou a certeza que ele tinha do que queria.

— Nem acredito que você construiu este lugar.

Ela se levantou, exausta da efusão emocional e mais que um pouco envergonhada.

— Eu mesmo trabalhei em cada tora e cada tábua. Perdi a maior parte da pele dos meus dedos no processo.

Ela inclinou a cabeça para trás e olhou o teto.

— Você não tem televisão nem internet.

— Não tenho.

— Então como você se ocupa?

Katie se virou e encontrou o olhar dele. O humor brilhava ali.

— Está me fazendo uma proposta, dra. White?

Ela sentiu a boca seca.

— Posso estar. É claro que pode ser o vinho. — Ela deve ter entendido errado, e sua vergonha estava a ponto de triplicar. — Como não parece que vou a lugar algum hoje, posso mudar de ideia e usar seu chuveiro?

Ele se levantou também.

— Vou pegar toalhas e deixar roupas secas na cama.

A cama. Uma cama. Ela se deu conta da realidade daquilo. Estava presa na neve com Jordan.

— Tem cobertores para o sofá?

— Tenho, mas eu fico no sofá. — Ele desapareceu e reapareceu momentos depois com toalhas. — O chuveiro é simples.

Ela se despiu, colocou a calcinha e o sutiã para secar no suporte aquecido de toalhas e entrou sob os jatos de água. Era um chuveiro de teto, e ela lavou o cabelo, ensaboou o corpo e percebeu, em algum momento, que não se sentia bem assim havia muito tempo. Talvez fosse o vinho. Ou talvez fosse porque falara daquilo. Jordan mostrara-se um grande ouvinte.

Enrolada em uma toalha, ela resgatou a roupa de baixo e atravessou o corredor até o quarto. Ele deixara para ela uma calça de moletom com forro de lã, camisetas e um suéter.

Ela amarrou a cintura da calça e enrolou as pernas, para não tropeçar. Seu próprio suéter por milagre tinha permanecido seco, então ela o vestiu de volta.

Não ia ganhar nenhum concurso de moda, mas ao menos estava seca e aquecida.

O quarto era dominado pela cama grande e pela lareira. Como o restante do chalé, o foco estava na qualidade da madeira e do acabamento. O piso era aquecido, e a cama, coberta por camadas macias para afastar o frio nas noites geladas. Havia livros empilhados nas duas mesas de cabeceira, e o brilho suave de uma luminária enviava um raio de luz por cima da cama. Era mais rústico que elegante, mas algo a fazia querer subir na cama, afundar na pilha de travesseiros e ler até os olhos fecharem.

Em vez disso, ela secou o cabelo e se juntou a Jordan na sala. Ele estava sentado no sofá, de pernas esticadas, observando o fogo.

Ela sentou-se ao lado dele e pegou a taça.

— Agora entendo por que é tão protetor com Dan. Ele é como um irmão para você. Pensa nele como eu penso em Rosie.

— Não é a mesma coisa, mas sim — ele deu de ombros —, é parecido.

— Acha que o casamento vai dar certo? Eles estão se apressando demais?

— Diferente de você, dra. White, eu não faço uma avaliação de risco a cada situação nem tento prever cada resultado. Tendo a deixar a vida acontecer.

— Invejo você. Mas qual é o seu palpite?

— Meu casamento durou seis meses, então não me considero qualificado para comentar ou aconselhar o relacionamento de qualquer outra pessoa, mas sei reconhecer pressa, e não acho que é o que vejo aqui.

— Mas sua experiência não o deixou cético a respeito de relacionamentos. Senão, alertaria Dan contra o casamento.

— Foi há muito tempo. Tínhamos 18 anos. Dan não se parece nada comigo. E, como eu disse, não acredito que a experiência com relacionamentos de uma pessoa tenha relevância para os de outra pessoa. Somos todos diferentes. E você? Noiva? Namorando?

— Nenhum dos dois. Nunca vou a fundo com as pessoas. Aquela vez que você me jogou sobre o ombro? É o máximo de ação que vivi em muuuuito tempo.

— Algum motivo particular para isso?

Ela se endireitou e deixou a taça na mesa.

— Sim. Sou covarde. Pronto. Falei. Sou covarde. Sempre que você ama alguém, corre o risco de acabar com o coração esmigalhado.

— Que ideia alegre.

— Sou avessa a riscos. Não sou corajosa. Você estava errado a respeito disso. Não suporto a ansiedade profunda que vem quando amamos alguém. Entendi isso faz pouco tempo. Então, parece que agora sou também psiquiatra, além de especialista em medicina de emergência. A única coisa em que não sou boa são relacionamentos, mas, bem, não podemos ser bons em tudo.

— Mas você deve sair com alguém.

— Em geral só saio para um único encontro. Nenhum homem me liga uma segunda vez.

Jordan levantou uma sobrancelha.

— Por quê?

— Pode ser que eu sempre dê um número errado de telefone.

Ele estreitou os olhos com humor.

— Dra. White, estou chocado.

— Eu também dou um nome falso. E não sei por que acabei de te contar isso.

Ele começou a rir.

— Me conte o nome. Não, deixa eu adivinhar: você usa o nome Tiara. Ou talvez Aurora. Gerânio?

— Karen.

— Não. Não acredito em você. De jeito nenhum você é uma Karen.

— Karen. Tem mais vinho? Se for hora da confissão, vou precisar.

— Claro, Karen. — Jordan encheu a taça dela. — Desculpe, mas você não é uma Karen. Os caras de Londres devem ser burros.

— E você?

— Não tenho um nome falso. Nunca vi a necessidade.

— Quero dizer, você namora? Deve ter se envolvido com alguém depois da sua esposa.

— Eu também sou um tanto desconfiado.

Estavam lado a lado no sofá, de cotovelos e pernas encostados. Katie estava bem consciente dele.

— Jordan?

— Pois não?

— No outro dia, eu menti.

— Sobre o quê?

— Quando falei que a terra nem se mexeu.

Ela virou a cabeça e viu que ele já a fitava. Sentiu o estômago revirar.

— Mexeu?

— Pode ter se mexido. Um pouquinho.

Ele desceu o olhar para a boca de Katie.

— Não tem certeza?

— O vinho torna as coisas um pouco confusas. — Ela se aproximou um pouco dele. — Se eu o beijasse agora, você ficaria chocado?

— Tente e eu te digo.

O restante do sol estava acabando, e a única luz vinha do fogo bruxuleante. Era como se nada existisse além das paredes de madeira. O chalé tinha se tornado um casulo.

Ela se endireitou e deixou a taça na mesa. Então fez a mesma coisa com a taça dele.

— Vejo que está concentrada — murmurou ele. — Uma mulher com uma missão, buscando uma resposta à pergunta: a Terra vai se mexer?

— É um ensaio clínico controlado. Nada mais. — Katie baixou a boca na direção da dele e então parou, a respiração misturando-se à de Jordan. — Para ficar claro, se a Terra se mexer, não vai pedir meu número, vai?

Jordan passou a mão pelo cabelo dela, segurando a cabeça de Katie perto da sua.

— Não há por quê, já que sei que será falso. Karen.

As bocas deles não se tocaram, mas ela estava dolorosamente consciente dele. Aqueles olhos azuis, velados, observando-a. Os dedos dele, fortes como ferro, mas leves em torno de seu rosto.

A atmosfera de provocação havia desaparecido, deixando apenas uma tensão deliciosa.

Aquilo era um engano? Ela não sabia. Tudo o que sabia era que estava cansada de se sentir mal, e estar com Jordan era bom. Rosie dissera que ela tinha se esquecido de se divertir. Ela precisava saber que aquela parte ainda estava viva e bem.

Ela aproximou a boca ainda mais.

— Você ainda pode me impedir.

— Por que eu impediria?

Eles se mexeram ao mesmo tempo, as bocas colidindo, mãos buscando. Ela tinha a intenção de que fosse um beijo, só isso. Um beijo. Mas, no momento em que a mão dele a tocou nas costas, ela soube que um beijo jamais seria suficiente.

Sem quebrar o contato, ele se mexeu, de modo a ficar totalmente deitado no sofá, e ela se posicionou em cima dele.

Ela se atrapalhou para desabotoar a camisa dele, até que desistiu e puxou, fazendo voarem uns botões. Mais tarde ela se perguntaria o que havia em Jordan que trazia à tona o desvario nela, mas no momento não estava pensando. Quando sentiu que ele puxava seu suéter, levantou os braços e ele o tirou, de modo que a única barreira que restara era de seda e renda. Ele fechou a boca sobre o seio dela e decidiu se livrar da seda e da renda, e o sutiã dela foi para o mesmo caminho que os botões dele.

Ele pegou o rosto dela nas mãos e interrompeu o beijo por tempo suficiente para encará-la. A incandescência no olhar a excitava.

— O que foi? — Ela roçou os lábios na testa, nas bochechas e no queixo áspero dele. — Tem alguma coisa errada?

— Tem.

Ela parou e se afastou um pouco, um questionamento nos olhos.

Ele sorriu devagar.

— Você ainda está vestindo muita coisa.

Ela sorriu de volta e estremeceu quando ele passou as mãos em seus braços nus.

— Vou resolver isso.

Ela se endireitou, montada nele, e sentiu as mãos dele passando para sua cintura. Seu coração bateu mais forte conforme ele deslizava os dedos pela cintura da calça e a baixava até as coxas. Sua calcinha foi em seguida, e ela mudou de posição e deixou a roupa cair no chão. Sentiu o olhar dele, mas não fez nada para se cobrir. Em vez disso, esticou a mão para a braguilha dos jeans dele e baixou o zíper.

— Agora estou intimidada. — Ela o viu franzir a testa e deu um riso suave. — Seu tanquinho. Você parece ter passado a vida treinando.

— É um treino chamado "levantar troncos imensos de árvore". — Ele deslizou a mão para trás da cabeça dela e puxou sua boca para perto. — Não fique intimidada. Estou admirando seu corpo sexy desde que saiu daquele avião parecendo pronta para matar alguém.

— O único exercício que faço é a rotina do médico que trabalha demais.

Ela provocou os lábios dele com a boca, sentiu-o tocar a ponta de sua língua com a dele, e então ele a beijou com força, e ela sentiu que estava caindo, *caindo*...

Ela sentiu as mãos dele deslizarem por suas costas, apalparem sua bunda e descerem para as coxas. O tempo todo ele a beijava, e ela o beijou de volta até que o corpo todo doesse, consumido pela onda deliciosa do desejo. Roçou os lábios no queixo dele, desceu pelo pescoço e então pelo peito. Conforme seduzia com a boca, descia os dedos, provocando e explorando, até ele arfar, fechar as mãos sobre seus quadris e mudar de posição, de modo que ela ficou embaixo, e ele, em cima. Não era um movimento fácil em um sofá, e ela apertou os ombros dele, entre um gemido e um riso.

— Que manobra, hein? — Os dedos dele estavam em seu cabelo, a boca na dela, os beijos pontuados pelo riso abafado dele também. — Talvez eu esteja um pouco impaciente.

— Impaciência me cai bem... — Ela se contorceu debaixo dele e curvou uma das pernas sobre a dele. — Faça o que quiser, mas não pare.

Era óbvio que ele não tinha intenção de parar, e se mexera apenas para ter um melhor acesso ao corpo trêmulo dela. Ele a beijou como se já soubesse tudo o que havia para saber sobre ela, como se já conhecesse seus segredos, e o tremor se transformou em um prazer cheio de anseio enquanto ele a provocava intimamente, os dedos lentos e resolutos. Ela se regozijou no calor dele, no peso dele, pressionando-a, e então ele desceu pelo corpo de Katie, e ela deixou os olhos vagarem fechados, perdida na habilidade incansável da boca e da língua dele.

O conceito de tempo a deixou, e havia apenas aquele momento. Aquele homem. Até que ele se mexeu de novo, e dessa vez buscou algo no bolso da calça jeans abandonada no chão.

A interrupção a frustrou, e ela deslizou as mãos pelo declive de seus ombros, sentindo músculos rígidos ondulando sob os dedos. Jordan murmurou o nome de Katie no cabelo dela, sussurrou o que queria fazer com ela, e então ela sentiu o deslizar quente dele, a pressão aumentada conforme ele se avolumava dentro dela, tomando seus arquejos com a boca. Ele passou a mão por baixo da bunda dela, levantando-a para aproximá-la, cada empurrão lento e deliberado levando-o mais fundo. Ela foi tomada por uma excitação tão intensa que achou difícil encontrar fôlego. Tentou dizer algo, dizer a ele como se sentia, mas as palavras não vinham, então ela parou de pensar e afundou em um mundo de calor pulsante e sensações.

Ela se desfez em uma onda de espasmos deliciosos e sentiu-o empurrar fundo ao alcançar o mesmo ápice. Seguiram juntos, de bocas coladas e corpos entrelaçados, cada espasmo rápido aprofundando a intimidade.

Quando o corpo dela finalmente se acalmou, Katie abriu os olhos e encarou o teto em choque e incredulidade.

Jordan caiu em cima dela, buscando fôlego.

— Isso foi…

— Foi.

Houve uma pausa enquanto ele tentava se recuperar. Então levantou a cabeça.

— Pode não saber seu próprio número, Karen, mas certamente sabe abalar o mundo de um cara. Só para constar, eu te daria nota dez.

Sorrindo, Katie se virou de lado, para admirá-lo. Como podia sentir-se assim confortável com Jordan? Não fazia sentido, mas ela não estava disposta a analisar isso.

— Só dez?

Ele fechou os olhos devagar.

— É a nota mais alta, querida.

— Que tal dez com uma estrela? Ou dez com ponto extra?

Katie deslizou a mão pelo corpo dele e o ouviu gemer.

— Sério? — Ele abriu os olhos e virou a cabeça para ela. — Você espera muito. Estou começando a entender por que os homens nunca ligam para você depois daquela única noite. Você acha que é o número falso que os mantém longe, mas deve ser porque eles estão esgotados em alguma sarjeta em algum lugar, tentando recuperar energia suficiente para se mexer.

— O que posso dizer? Eu sempre supero as expectativas. Quer que eu prove?

Ele a puxou para perto.

— Se é o necessário para aumentar sua confiança, estou dentro, Karen.

Rosie deitou-se com a cabeça no peito de Dan.
— Isso foi — ela encostou a boca na pele quente dele — incrível.
— Você é incrível.

Dan a puxou para mais perto. Estavam no quarto dele no Nevada Resort. Catherine havia saído para um concerto beneficente de canções de Natal e eles ficaram a sós no apartamento a noite toda. Dan tinha grelhado frango e Rosie fizera uma salada. Tinham dividido uma garrafa de vinho e decidido ir para a cama cedo. Deitar na grande cama *king-size* dele, vendo a neve caindo fora da janela, a deixara relaxada de um modo que não se sentia havia dias. Aquilo era tudo de que precisava. Um tempo juntos, longe de todos.

Ela sorriu.
— Senti saudade.
— Também. — Ele se virou de lado e desceu a mão devagar pelo corpo dela. — Estava chegando ao ponto em que iria agarrá-la e atacá-la atrás da casa da árvore mais próxima. Uma rapidinha.
— Parece um caminho rápido para congelamento. — Ela se esticou e o beijou. — Estou me sentindo um pouco culpada por estar secretamente feliz de Katie ter ficado presa na neve com Jordan.
— Por que se sentiria culpada?
— Porque eles não se dão bem. Ela vai odiar cada minuto. Imagino que ele também. Eles irritam um ao outro.

— Não é problema seu, amor.

Dan a puxou para mais perto, e ela aninhou o corpo ao do noivo.

— É problema meu, sim. Ela é minha irmã. Eu a amo. E me sinto mal. Eu sou a razão para ela estar aqui, e agora ela está presa na neve com um homem de que não gosta. Aposto que eles estão enlouquecendo. O que acha que estão fazendo?

— Pelo que já conheci de sua irmã, ela deve estar interrogando Jordan para arrancar informações sobre mim.

— É possível. Ela não relaxou desde que chegou. Eu te garanto que ela não é tão ruim assim. Ela chateou você?

— Não. — Dan acariciou o cabelo dela de leve. — Mas não foi fácil conseguir um tempo juntos, foi? Ela está fazendo seu melhor para nos manter separados.

— Não é de propósito. — Ou foi de propósito? — Katie e eu não nos víamos há um tempo. O Natal sempre foi a época de botar os assuntos em dia. Nós temos quartos separados em casa, mas no Natal sempre dividimos o mesmo quarto para conversar até três da manhã.

— Eu entendo.

— É importante para mim que você não pense mal dela. Nunca havia me tocado disso antes, mas é claro que um casamento é mais do que unir duas pessoas. É uma mistura de amigos e família. Quero que a ame também.

— Relaxe. Gosto muito de sua irmã.

Ela tinha consciência de que ele passara apenas poucos dias com Katie e que ela estivera no modo protetor total durante todo o tempo. Era Rosie quem se sentia protetora no momento. Tinha sido dura demais com Katie? Ela sabia o quanto a irmã a amava. Tinha sido injusta?

— Alguma coisa aconteceu com ela, Dan. Ela está com uma cicatriz no ombro.

— Perguntou a ela?

— Perguntei, e ela desconversou. Disse que não era nada, mas não me pareceu ser verdade. Queria que ela falasse comigo. É irritante. Ou talvez *frustrante* seja uma palavra melhor.

— Nem todo mundo gosta de falar de seus problemas.

— Mas ela é minha irmã. Falo com ela o tempo todo. Sempre falei. Ele me acompanhou nos tempos bons e ruins. Nosso relacionamento parece... não sei. — Ela franziu a testa. — Desequilibrado. Gostaria de ajudá-la de vez em quando.

— Imagino que, em uma família, nós escolhemos papéis, e não é fácil mudar. Ela é a irmã mais velha. A que é forte. Ela apoia você. Não é a pessoa que busca apoio. Se abrir para você mudaria o relacionamento.

Rosie se levantou, apoiada em um cotovelo, e olhou para ele.

— Você está certo. É isso.

— E vocês têm uma boa diferença de idade. Parece que ela se vê quase como uma mãe.

— É isso, sim. E eu piorei as coisas indo atrás dela em vez de nossos pais sempre que tive algum problema. — Ela pensou por um momento. — Então é fixa, essa coisa de "papel"? Ou posso fazer ela mudar?

— Acho que só sua irmã pode decidir isso.

— Preciso convencê-la a me deixar ser a irmã mais velha por um tempo?

Ele fez uma careta.

— Não vejo isso dando certo. O melhor que pode esperar é serem iguais.

— Como gêmeas?

— Isso daria certo.

Ele a puxou para baixo e a beijou. Ela se derreteu nele e depois se soltou.

— E se ela e Jordan se matarem naquele chalé?

— Vai ficar tudo bem.

— Se Katie o interrogar, ele vai entregar algo que ela possa usar contra você?

— Acho que vamos descobrir. Se ela entrar rugindo, dizendo a você para correr e salvar sua vida, saberemos que Jordan divulgou meu maior e mais sombrio segredo. — Ele afastou uma mecha de cabelo do rosto dela. — Eu te amo, Rosie White. Eu amo essa sua caretinha ansiosa. Amo o seu cabelo balançando quando você saltita, amo que você se importe tanto.

— Eu faço uma careta ansiosa?

— Faz, e é bonitinha.

— Eu também te amo. — Realmente amava. Como poderia ter duvidado disso? — É bom ficar junto assim. É bom conversar.

As dúvidas dela haviam desaparecido, expulsas por uma noite tranquila com o homem que ela amava.

Ficaria tudo bem.

Ele curvou a mão atrás da cabeça de Rosie e levou sua boca à dele. O beijo dele era gentil e habilidoso, e derreteu o cérebro e o corpo dela. Quando ele levantou a cabeça, Rosie soltou um murmúrio de protesto e se contorceu para mais perto.

— Dan...

— Você esteve um pouco quieta esta semana. Diferente do que costuma ser.

O coração dela bateu um pouco mais forte. Se fosse falar com ele sobre as dúvidas, a hora era aquela. Mas para quê? Agora tinha certeza de que aquilo era o que ela queria. *Ele* era o que ela queria.

— Não é nada... Uma combinação de meus pais estarem aqui, minha irmã exagerada e os preparativos do casamento.

— É uma loucura, não é? O vestido, os convidados, "essas são as flores certas?". — Dan acariciou o rosto dela e a olhou nos olhos. — Eu entendo, meu bem, entendo mesmo. Minha mãe é um pouco sufocante, e você tem sido muito paciente e gentil ao deixar que ela tome conta do planejamento todo.

— Dá tanto trabalho para ela. Eu me sinto culpada por isso.

— Não se sinta culpada. Ela ama ficar ocupada. Desde que perdemos meu pai, ela é assim. É como se tivesse medo de desacelerar. Fazer isso por nós a deixa feliz, e você é gentil por permitir que ela faça. Sua gentileza é outra das muitas coisas que amo em você.

E quanto à indecisão dela? Sua tendência de ir de uma coisa para outra? Ele amava essas coisas também?

Amava, ela disse a si mesma. Amava completamente. Ele *vira* aquele lado dela. Ele a vira dar um milhão de desculpas para não sair da cama para se exercitar, indecisa sobre a escolha de um vestido e aflita quanto ao tema certo da pesquisa acadêmica.

— Acho sua mãe inspiradora. Ela continua. Vai em frente, mesmo de coração partido e pés doloridos.

— Essa é minha mãe. Mas, ainda assim, pode ser exaustivo estar ao lado dela. E vou te fazer uma promessa, sra. Reynolds.

— Não sou a sra. Reynolds.

— Daqui a alguns dias, será. — Ele se deitou de costas, levando-a com ele. — Vamos seguir sorrindo e passar pelo casamento, e, no próximo verão, vou levá-la ao Havaí. Praias de areia branca, palmeiras, noites preguiçosas bebendo coquetéis. Vai ser incrível.

Uma sensação quente de contentamento se espalhou por ela.

Isso, ela pensou, era felicidade verdadeira. Era um daqueles momentos que ela queria engarrafar, para poder pegar quando as coisas estivessem difíceis.

— Ainda me preocupa que existam coisas que não sabemos um sobre o outro. Por exemplo, já te contei que, quando tinha 8 anos, queria ser jornalista?

Ele a puxou para perto.

— Achei que queria ser uma fada.

— Queria, mas descobri que ser fada tinha péssimas perspectivas de carreira.

— Isso foi no dia anterior ao que você decidiu que queria ser bailarina?

Ela sentiu uma onda de calor. Ele a *conhecia*.

— Está sugerindo que eu vou de uma coisa para outra?

— Vai, sim, e é outra coisa que amo em você. Seu cérebro explode de possibilidades e opções.

— Isso não irrita você?

— É divertido. E estar com você vem com a garantia de que nunca, jamais ficaremos entediados.

— Não liga que eu mude de ideia?

— Desde que não mude de ideia sobre mim, não.

Ela sentiu uma pontada de culpa e ficou aliviada por não ter dito nada. Ela tivera dúvidas, sim, mas eram dúvidas normais. Casamento era um grande passo. Ela podia ponderar e se preocupar um pouco. Não era algo que ele precisasse saber.

— Estou feliz por estarmos sozinhos hoje.

— Eu também.

Ele beijou o queixo dela, descendo pelo pescoço.

Ela fechou os olhos.

Tivera relacionamentos antes, mas nada que a fizesse sentir-se assim. Nada para ancorá-la ou questionar suas escolhas ou seu plano para o futuro. Mas, no momento em que conheceu Dan, foi diferente, e não apenas porque ele conseguiu fazer com que ela de fato gostasse de exercícios. Eles tinham se conectado de um modo novo e especial. Seus outros relacionamentos tinham todos parecido certos na época, mas só depois de encontrar Dan percebera que jamais conhecera a intimidade. Estar com ele a tornava mais confiante e forte em todos os sentidos.

Sentindo-se quente, amada e contente com a vida, Rosie pegou no sono e só acordou quando Dan entrou no quarto com café da manhã em uma bandeja.

— Que horas são?

Ela bocejou e sentou-se na cama.

— Nove. Você estava cansada.

— E de quem é a culpa?

Ele piscou para Rosie e colocou a bandeja no colo dela. Havia um cesto de croissants quentes e amanteigados, suco recém-feito e café.

— Você está me mimando. — Ela deu batidinhas na cama ao lado dela. — Isso não parece a comida saudável que você gosta de me forçar a engolir.

— Acho que gastamos calorias suficientes ontem para não fazer diferença. — Ele a beijou e roubou a metade de um croissant. — A boa notícia é que parou de nevar e o sol está brilhando. Recebi uma mensagem de Jordan. Ele está trazendo Katie agora e vão vir para cá. Parece que ela quer falar com você.

Rosie fez uma pausa com o copo a meio caminho da boca.

— Sobre o quê?

— Não faço ideia. Talvez ela tenha decidido que não pode ser madrinha, já que Jordan é o padrinho.

— Ela rangeria os dentes e aguentaria. Talvez queira explicar por que saiu correndo sozinha para a floresta, já que essa atitude não é do feitio dela. — Ela o observou mastigando. — Vai me deixar comer um pouco ou preparou isso tudo só para me torturar?

— Dividir é cuidar. — Dan pegou outro pedaço de croissant, mas dessa vez colocou na boca dela. — Sei que há muita coisa para fazer hoje, mas vamos tentar roubar uma hora juntos à tarde.

— Boa ideia. — Ela comeu o resto do croissant, terminou o suco e saiu da cama. — Se Katie está a caminho, é melhor eu tomar um banho. Vou beber o café daqui a um minuto.

Dan a seguiu até o banheiro.

— Precisa de ajuda?

— Não! — Ela empurrou o peito dele. — Não quero estar nua quando minha irmã chegar.

Dez minutos depois, após o banho mais rápido já registrado, ela estava vestida e na cozinha.

No momento em que viu o rosto de Katie, soube que a questão não era o casamento.

— Que cara séria. As estradas estavam horríveis? Você está aqui, então imagino que conseguiram abrir caminho.

— Sim. Jordan cuidou disso. — Katie pegou a mão dela. — Estava preocupada com você.

— Comigo? Não era eu quem estava perdida em uma nevasca. Graças a Deus Jordan te encontrou. Tudo parecia muito assustador. Por que saiu daquele jeito sem falar para ninguém aonde ia?

— Eu... — Katie apertou a mão dela. — Achei que você ficaria chateada. Imaginei que tivesse passado a noite em claro.

Rosie encontrou o olhar de Dan e corou.

— Bem, não dormi muito, mas... Para ser sincera, não tivemos nenhum tempo sozinhos nos últimos dias...

— Estou falando da mamãe e do papai.

— O que tem eles?

Katie a encarou.

— Você não conversou com nossos pais ontem?

— Tomamos café da manhã juntos. Eles estavam preocupados com você, até a mensagem de Jordan chegar. — Ela sorriu para ele. — Foi muito atencioso de sua parte.

— Sem problemas.

Jordan estava tenso. Vigilante. De olho em Katie enquanto ela ia até a janela.

— Então... como se sentiu quando eles contaram para você?

Rosie olhou para Dan, imaginando o que havia perdido.

— Quando me contaram? Hmm... Eles me disseram que se divertiram no passeio de trenó. Parece que mamãe se apaixonou pelo cão líder. E amaram o restaurante. — Ela sorriu para Dan.

— Pareceu romântico. Precisamos ir lá...

— Espere — Katie a interrompeu. — É só isso? Não falaram de mais nada?

— Do que mais deveríamos falar?

Katie soltou a mão dela e respirou fundo.

— Você não sabe, né?

— Hmm... se você me disser o que eu deveria saber, posso dizer se sei. — Ela observou a irmã ir até a janela e olhar para fora. — Katie? O que houve?

A irmã não respondeu.

O silêncio se estendeu de segundos a um minuto inteiro. Rosie olhou para Dan, mas ele deu de ombros, tão confuso quanto ela.

Aquilo tinha a ver com o ombro de Katie? O segredo que ela estava escondendo?

Rosie foi até a irmã e colocou a mão no braço dela. Lá fora o céu era de um azul limpo, e a neve brilhava, fresca e intocada.

— Eu te amo. Você pode me contar qualquer coisa, sabe disso, não sabe?

A irmã engoliu em seco.

— Eu... eu achei que eles teriam contado. Não percebi que teria que fazer isso.

— Fazer o quê? Contar o quê?

— Eles estão se divorciando, Rosie.

A voz de Katie era tão baixa que mal dava para ouvir as palavras.

— O quê?

— Se divorciando. — Katie massageou a testa, e apenas naquele momento Rosie viu como ela estava cansada. — Achei que tivessem te contado ontem.

Rosie pensou nas interações que tivera com os pais. Eles estavam preocupados com Katie. Ela vira o pai pegar a mão da mãe e apertar. Ele fora tranquilizador e amoroso.

— Você está errada. Eles se amam. São casados e felizes. Nos últimos dias vêm se comportando como um casal em lua de mel.

— É tudo mentira. Fingimento. Estão morando separados há meses. — Katie soava exausta. — Não são casados e felizes.

— Não sei por que você pensa isso. É loucura. — Rosie sentiu Dan passar o braço em torno de seus ombros, oferecendo conforto. Por que ele achava que ela precisava de conforto? — É algum mal-entendido.

— Eu sei que isso é difícil e o momento é péssimo. Talvez por isso tenham escondido de você ontem. Estão planejando seguir com essa farsa até o fim.

— Eles te *disseram* que estão se separando?

— Eu os ouvi falando disso ontem. Aprendi uma lição: jamais dê uma passadinha para ver alguém sem avisar. Estavam tão envolvidos na conversa que nem escutaram quando cheguei.

— Talvez estivessem falando do divórcio de outras pessoas.

— Pense, Rosie. — Havia um tom de exasperação na voz de Katie. — Até você tem que admitir que eles estão se comportando de um modo estranho desde que chegaram.

— Estão efusivos, mas é bom.

— É falso. É um fingimento para nós.

Rosie sentiu-se zonza.

— Não acredito em você.

— Eu queria que não fosse verdade, mas é, e, como você não acredita em mim, só há um jeito de resolver.

Katie pegou a mão dela e a puxou em direção à porta.

— Aonde vamos?

— Ver nossos pais. Se aparecermos sem avisar, não terão tempo de se preparar. Está na hora de contarem a verdade para você.

Katie

Movida pela frustração, Katie andou pela trilha nevada que seguia para a casa da árvore. Se estivesse andando de salto alto em um chão de mármore, seus passos teriam ressoado, cheios de propósito. Cabeças virariam, e as pessoas especulariam. Mas a neve abafava a emoção que fluía a cada passo. Os poucos pássaros procurando em vão por comida não deram atenção.

— Katie! — veio a voz de Rosie atrás dela. — Vá mais devagar. Melhor ainda, pare.

O sol brilhava, e a única recordação da tempestade era a camada fresca de neve cobrindo as árvores e refletindo a luz com uma beleza ofuscante.

Pela primeira vez, Katie não notou a beleza. Como seus pais podiam não ter contado a verdade a Rosie? Por que ela precisara dar a notícia e magoar a irmã? Tiveram o dia todo para contar e, no entanto, mantiveram o fingimento da "segunda lua de mel", e até saíram para jantar de novo na noite anterior. Parecia que estavam determinados a continuar a farsa. Não apenas isso, mas esperavam que Katie se unisse a eles e participasse. E isso não aconteceria. De jeito nenhum. Estava errado. Por que eles não podiam ser abertos e honestos?

Ela ignorou a vozinha em sua cabeça que a lembrava de que ela também não tinha sido aberta e honesta com a família. Mas era diferente. Bem diferente.

Evitando aquele pensamento, ela subiu a passos pesados os degraus da casa da árvore, apertando o corrimão de madeira para não escorregar. O corrimão a fez pensar em Jordan, e na noite que tinham passado juntos.

Ele ficara em silêncio no caminho até a hospedaria. Ela também. Não tinha ideia do que dizer depois de uma noite como a que tiveram. Eram desconhecidos íntimos.

Ignorando a própria confusão, ela abriu a porta da casa da árvore dos pais.

Eram dez da manhã, mas não havia sinais de vida.

Eles já tinham saído? Para outra atividade romântica?

Ela entrou e tirou as botas. Momentos depois, Rosie apareceu, sem fôlego e com as bochechas vermelhas. Dan e Jordan estavam com ela.

Katie não esperava que eles também viessem, mas talvez fosse melhor que todos descobrissem a verdade ao mesmo tempo. Iria poupar explicações repetidas.

A sala parecia abandonada. Uma almofada solta estava esquecida no chão. Não havia cobertores no sofá. Nenhum sinal de que ele tinha sido usado como cama pelo pai.

As luzes da árvore de Natal piscavam, e ela se perguntava como ainda podia parecer tão festiva e alegre. Um pouco da melancolia e da tristeza deveriam ter diminuído o brilho daquelas luzes, não?

Sobre a mesa havia uma garrafa vazia de vinho e duas taças.

Ela se virou e algo no chão chamou sua atenção. Um pouco de tecido. Um sutiã. Uma peça de seda e renda que parecia ter sido rasgada e abandonada no calor do momento. Katie a olhou, e então foi observando a trilha de roupas que marcava o caminho até o quarto. A porta estava entreaberta, como se a última pessoa a passar por ela estivesse distraída demais para fechá-la.

E então ela ouviu os sons. Um gemido baixo.

O cérebro dela congelou, e todas as palavras que ela tinha preparado congelaram também.

Rosie colocou a mão no braço dela.

— Precisamos sair daqui — sussurrou, olhando para a porta do quarto.

Katie balançou a cabeça. Os pais teriam ouvido quando chegaram? Aquilo era outra das cenas de união falsa deles?

— Vamos falar com eles agora.

— Quê? Não! — O rosto de Rosie ardeu. — Eu não quero de jeito nenhum interromper nossos pais transando.

— Eles não estão transando. Estão fingindo transar.

Katie atravessou o cômodo, abriu a porta e ouviu o arquejo horrorizado da mãe.

— Nick! Ah, meu Deus...

A mãe pegou as cobertas, puxando-as até em cima. Katie ouviu o pai xingar pela primeira vez na vida dela.

— Mil desculpas — soltou Rosie, puxando a manga de Katie. — Voltamos mais tarde.

— Não. — Katie jamais estivera tão confusa. — Eu não entendo. Vocês estão se divorciando.

— Katie... — Ainda segurando os lençóis, a mãe estendeu a outra mão para ela. — Sei como você estava chateada ontem. Tentamos telefonar.

— Não havia sinal.

E ela estava com Jordan, e...

Ela não ia pensar naquilo.

O pai sentou-se, mantendo os lençóis sobre o peito.

— Estávamos preocupados.

— Mil desculpas. — Rosie puxou Katie de novo. — *Por favor...*

Katie não se mexeu. Ela estava tão frustrada com a situação que sentia que poderia explodir.

— Vocês não podem fazer isso! Precisam ser honestos. Somos adultos.

— Katie... — A mãe alisava o cabelo freneticamente. — Seu pai e eu precisamos conversar com você. Talvez seja melhor quando estivermos sozinhos.

— É claro.

Rosie se virou, aliviada, mas Katie a segurou.

— Não. — Ela se concentrou nos pais. — Vocês precisam ser honestos. Rosie segue usando vocês dois como confirmação de que o relacionamento dela vai dar certo.

Rosie soltou um guincho desesperado, mas Katie seguiu em frente.

— Ela tem dúvidas e lida com isso dizendo que, porque vocês se conheceram e se casaram logo em seguida, como ela planeja fazer, e ainda estão casados e felizes depois de trinta e cinco anos, o relacionamento dela vai ser bom também. Então precisam contar a verdade para ela. Precisam dizer que vão se divorciar, assim ela pode perceber o que isso significa para os sentimentos e o relacionamento dela.

Houve um silêncio tenso, agonizante. Ela percebeu que os pais não olhavam para Katie, olhavam para Rosie.

Dan também.

Ele encarava Rosie como se nunca a tivesse visto.

— Você tem dúvidas?

— Não! — Rosie parecia horrorizada. — Quer dizer, talvez algumas, mas é natural e... não foi nada.

— Ah, querida. — O rosto da mãe era o retrato da preocupação. — Deveria ter dito algo. Por que não disse?

— Boa pergunta. — A voz de Dan estava carregada de emoção. — Por que não disse?

Rosie se virou para a irmã.

— O que você *fez*?

O que ela fizera?

Katie começou a tremer.

— Eu não... Eu achei que você deveria saber a verdade sobre nossos pais, só isso.

A mãe estava com o lençol apertado em torno dos seios.

— Não vamos nos divorciar, Katie.

— Mas...

— Katie... — Dessa vez foi o pai quem falou. — Sua mãe está contando a verdade. Não vamos nos divorciar.

— Mas ontem... eu ouvi...

— Sua mãe e eu estávamos enfrentando algumas questões, é verdade, mas, depois que você foi embora, passamos o dia conversando e percebendo coisas que deveríamos ter percebido há muito tempo.

Katie balançou a cabeça em confusão.

— Vocês estão vivendo separados desde o verão.

— E isso nos deu o espaço necessário para ver nosso relacionamento com novos olhos.

— Desde o verão?! — exclamou Rosie. — E não nos disseram nada?

Katie não tinha ideia do que dizer. Era por isso que não era boa com relacionamentos. Era tudo muito confuso.

— Quando chegaram aqui, estavam fingindo. Essa coisa toda de segunda lua de mel era fingimento.

Os pais se entreolharam.

— É verdade — disse Maggie —, mas, no meio de todo o fingimento, nos encontramos de novo. Redescobrimos todas as coisas que amamos um no outro. Nós nos divertimos. Gostamos de passar tempo juntos. Não vamos nos separar. Queríamos falar com vocês duas hoje.

— Mas invadimos o espaço de vocês porque Katie estava certa de que tinha a prova necessária para impedir meu casamento.

— O rosto de Rosie estava vermelho quando ela se virou para a irmã. — Desde o momento em que chegou aqui, é isso que está tentando fazer.

— Não. Quer dizer, talvez, um pouco... — Katie afundou em uma poltrona. — Queria ter certeza de que você sabia o que estava fazendo, só isso.

— Só? — Lágrimas escorriam pelas bochechas de Rosie. — Você interrogou Dan e me interrogou, e, não só isso, nos manteve separados de propósito. Vem sendo difícil encontrarmos tempo juntos. É por isso que Jordan a manteve no chalé dele ontem!

Jordan franziu a testa.

— Rosie...

— Houve uma nevasca — disse Katie. — Estávamos presos.

— Houve uma nevasca, sim, mas Jordan tem todo o equipamento lá. Ele trabalha na floresta. É o emprego dele. A vida dele. Acha mesmo que ele não poderia ter tirado você de lá se quisesse?

Aquilo era verdade? Não, não poderia ser verdade. Ele não teria feito aquilo. A noite deles fora a única coisa autêntica que acontecera com ela nos últimos tempos. Ela olhou para Jordan, esperando que ele negasse, e logo viu que não havia nada para negar.

— É verdade? Você poderia ter nos tirado de lá?

Ele hesitou.

— Tecnicamente, sim, mas não foi o que...

— Não importa.

Aquele com certeza era um dos momentos mais humilhantes de sua vida. Felizmente ela tinha muita experiência em sufocar emoções desconfortáveis. Ela se virou de novo para Rosie.

— Eu estava preocupada. Você usando o casamento de nossos pais como inspiração. Precisava saber do divórcio deles.

— Então eles passaram por um momento difícil — disse Rosie. — Acontece. Eles resolveram. Estou mais inspirada que nunca. — Ela se virou para Dan. — Peço desculpas por minha irmã, mas precisa acreditar que eu te amo. Eu realmente te amo.

— Não estou preocupado com sua irmã. Estou preocupado por você ter dúvidas e não me contar. Por que não contou?

— Tentei mencionar isso algumas vezes, mas não encontrei as palavras certas. E, para ser sincera, não tinha nem certeza de que fossem dúvidas de verdade. Vivo cheia de dúvidas, e você *sabe* disso. Eu mudo de ideia sobre o que quero comer no café da manhã, o que quero vestir...

— E com quem quer se casar.

Dan estava pálido e, quando Rosie deu um passo na direção dele, ele recuou.

— Acho que deveríamos deixar Maggie e Nick se vestirem e nos encontrarmos no Nevada Resort na hora do almoço — disse Jordan. — Dan e Rosie, vão caminhar e resolver isso sozinhos. Vocês não precisam de plateia.

Os olhos de Rosie brilhavam.

— Dan, por favor...

— Olá? Tem alguém aí? — A voz de Catherine soou da sala. — O sol está brilhando, as montanhas parecem um cartão de Natal e tenho tortas fresquinhas e um plano para um dia bem romântico para vocês dois. Ah. — Ela parou ao ver o grupo reunido na porta do quarto. — Me desculpem. Não sabia que tinham companhia.

— Entre — disse Nick, seco. — A entrada é livre.

Catherine parecia confusa.

— O que está acontecendo? — Ela viu as lágrimas no rosto de Rosie e foi até ela. — Ah, querida, qual é o problema?

Ela era gentil, pensou Katie, o corpo e a mente dormentes. E parecia se importar mesmo com Rosie.

— É o casamento? Tudo o que precisa fazer é me dizer, e eu resolvo.

— Não há nada para resolver. — Dan passou pela mãe, pegando o casaco no caminho. — Não vai ter casamento.

M aggie estava deitada na cama, atordoada, as cobertas puxadas até o queixo.
— Não acredito que isso aconteceu.
— Nem eu. — Nick afofou os travesseiros e se acomodou.
— Que ironia. As meninas moraram com a gente por décadas e nunca nos flagraram transando, e aqui estamos, a milhares de quilômetros de casa, e subitamente temos a família inteira, mais um monte de desconhecidos, em nosso quarto. Foi a única vez que fiquei feliz por você insistir em transar debaixo das cobertas.
— É isso que te preocupa? O fato de que as meninas nos flagraram transando? — Ela sentou-se, ainda agarrando as cobertas. — Nick, é sério. Rosie parecia arrasada.
— Katie parecia pior.
Maggie tinha ficado tão horrorizada ao ser flagrada na cama pelas filhas que não prestara muita atenção às nuances mais sutis da linguagem corporal.
— Depois do que ela ouviu ontem, deve estar muito confusa. Entendo a relutância em acreditar em nós, mas ela acha mesmo que chegaríamos a fingir sexo?
— Bem, para ser justo, estávamos fingindo todo o resto, Mags, então não posso culpá-la por não confiar em nós.
— Eu sei. — Ela cobriu o rosto com as mãos e então as deixou cair. — Eu fiz uma confusão. Estava tão ocupada pensando em nós, e em manter um fingimento convincente, que não me concentrei nas meninas. Rosie estava tendo dúvidas. Nosso bebê

teve dúvidas e eu nem notei? E estou preocupada com Katie faz um tempo. Deveria ter insistido mais. Passado mais tempo com ela. Cuidar dos filhos é *tão difícil*, e nunca fica mais fácil. Queria tanto ser uma mãe melhor que a minha.

— Ah, acredite em mim, querida, você tirou isso de letra. — Ele se inclinou para mais perto dela e a beijou. — Não pode forçar alguém a conversar com você, Mags. E, como você diz, estávamos concentrados em nosso relacionamento. O que fez diferença, para ser honesto.

Ela sentiu uma pontada de culpa.

— Você está certo, e precisamos nos concentrar em nós mesmos, mas como fazemos isso quando nossas meninas estão passando por algo tão ruim? — Ela caiu de novo na cama, tentando relaxar o nó apertado no estômago. — Como vamos consertar isso? O casamento é em dois dias.

— Pelo que Dan disse, não haverá casamento.

— Acha que ele falou sério?

Poucas semanas antes, aquilo seria um alívio para Maggie, mas não naquele momento. Sentia-se responsável. Fora uma sequência de eventos um tanto tortuosa, mas ela ainda assim sabia que tinha culpa.

— Por que Katie nos diria que Rosie tinha dúvidas sobre Dan quando ele estava ali? — Maggie tentou se livrar da própria vergonha e examinar os fatos. — O que ela estava pensando? A não ser que Dan e Rosie já tivessem falado disso.

— Ele parecia tão chocado quanto a gente. E não sei se Katie estava pensando. O que não é do feitio dela. Katie sempre pensa em tudo.

— Ela puxou isso de mim. Você e Rosie são os impulsivos. — Maggie o encarou. — Desculpe. Isso pareceu uma crítica, e não era minha intenção. Eu... estou em pânico, acho. Essa situação toda se transformou em um pesadelo.

— Não a situação toda. — Nick pegou a mão dela e a puxou para perto. — A noite passada foi...

— *Foi*. — Ela se inclinou e o beijou, o coração cheio, mas a cabeça em outro lugar. — E sei que ainda temos muito para conversar e para resolver, mas nossa prioridade agora precisa ser nossas meninas. E nem sei com qual delas falar primeiro.

— Talvez elas não precisem da nossa intromissão. Elas precisam de espaço. Você ouviu Katie. Elas são adultas. Querem ser tratadas como adultas, e isso significa deixar que elas resolvam os próprios problemas.

— Deixá-las? Não ir falar com elas, você quer dizer?

— Nosso papel é dar apoio, Mags, não consertar.

— Mas ambas estão sofrendo.

Maggie jamais se acostumara com o fato de que, quando suas filhas sofriam, ela também sofria. Era como se houvesse uma conexão física. Como poderia deixar de falar com elas em uma hora daquelas?

— E o que Rosie quis dizer sobre Jordan manter Katie longe, para que ela e Dan ficassem juntos? — continuou.

— Não sei. É evidente que há coisas que não sabemos sobre as meninas.

— Pensando nisso agora, você está certo. Katie parecia chateada. Acha que aconteceu algo entre ela e Jordan?

— Jordan? O que aconteceria entre ela e Jordan?

— Ah, Nick. — Maggie balançou a cabeça. — Você deve ter percebido a tensão entre eles.

— Exatamente. Tensão. Então nada deve ter acontecido, não é? Exceto que, se ele a manteve lá de propósito, vai se arrepender.

— Como pode alguém ser tão inteligente e tão avoada?

— Jordan?

— Você! A tensão entre eles não é de raiva, e sim sexual. Sério que não percebeu a química entre eles?

— Química?

— Vamos apenas dizer que eles não são indiferentes um ao outro. Não acredito que não percebeu isso.

— O que posso dizer? Meu cérebro anda cheio das minhas próprias questões românticas, e intriga não é minha especialidade. Preciso de café. Então talvez seja capaz de processar isso. Vá encontrar as meninas. — Ele parecia cansado. — Sei que você quer ir, e está tudo bem.

Ele andou para a cozinha, e ela o observou, dividida. Quantas vezes tinha colocado as meninas em primeiro lugar? A resposta era todas. Ela não tinha cultivado o casamento, imaginando, com um descuido flagrante, que ele não precisava de cuidados e ficaria bem. Negligenciado, havia murchado, mas não morrido. Novos brotos eram visíveis, e havia vida no relacionamento deles. Mas não se continuassem a agir como antes.

Ela queria encontrar as meninas. Queria fazer curativos nas feridas delas, abraçá-las forte e ajudá-las a se curarem. Poderia dizer a si mesma que aquele era um momento de crise, que elas precisavam dela e que na próxima vez se distanciaria. Mas sempre haveria uma crise, não haveria? Assim era a vida. Sempre havia explosões, qualquer que fosse o caminho tomado.

Nick estava certo. Elas eram adultas. Precisavam encontrar um jeito de lidar com seus próprios problemas. Se quisessem procurá-la, procurariam.

Ela saiu da cama, ignorando o impulso quase físico de ir atrás das filhas.

E não eram apenas as meninas, é claro. E Catherine? Ela tinha se esforçado tanto para tornar aquele casamento perfeito, e no momento não parecia que ele iria acontecer.

Ela pegou o celular e o largou de novo. Catherine também precisava de tempo para processar o que acontecera. Estaria tudo bem ligar mais tarde.

Ela vestiu um roupão e foi para a sala.

— Você está certo, desta vez vou colocar a gente em primeiro lugar. Se as meninas quiserem falar conosco, podem telefonar.

Nick fez uma pausa, com uma caneca e uma jarra de café na mão.

— Eu entendo se quiser encontrá-las, Mags.

— Não quero. — Ela tinha certeza. — Elas são importantes, mas nós somos igualmente importantes. Não quero perder isso, Nick. Não tenho nem certeza do que é "isso", mas quero dar a atenção que merece.

Maggie precisava saber que fizera tudo o que podia para salvar aquele casamento que era tão precioso para ela. Como podia ter deixado algo tão especial acabar sem uma luta? *Como?*

Nick a encarou, e Maggie viu algo nos olhos dele que não via fazia muito tempo. Algo que era apenas dela. Algo que ninguém poderia partilhar. Depois de tantos meses sem conseguir se conectar com o homem com quem havia se casado, ela finalmente o encontrara. E não o deixaria escapar.

— Vou tomar um banho enquanto você faz café.

Ela se virou e entrou no banheiro, imaginando como era possível sentir-se tão leve e pesada ao mesmo tempo. Estava preocupada com as meninas, mas isso não tirava a lembrança da noite anterior e a esperança no futuro que se enrolavam nela como um abraço.

Descalça, ela pressionou os pés no chão aquecido. Talvez precisassem reformar o banheiro do Bangalô Madressilva.

Maggie percebeu que ela e Nick nem haviam mencionado a casa em suas conversas. Havia tanta coisa de que não tinham falado. Mas iriam chegar lá, ela sabia que iria. Aquilo não era o fim, era um novo começo.

A chegada de Katie enquanto falavam de divórcio havia abalado os dois.

Houvera um momento de pânico. Um momento em que ambos se concentraram na filha mais velha e seus sentimentos.

Depois de perceberem que ela não atenderia o telefone e falaria com eles, foram forçados a falar um com o outro. Não uma conversa falsa, como as que vinham tendo desde que saíram do avião em Denver, mas uma discussão honesta. Tinham falado do dia em que ele tomara a decisão de se mudar, uma decisão que ela não confrontara, e puxado a ponta solta do relacionamento deles até identificarem quando os primeiros buracos apareceram no tecido do casamento. Viram que uma série de escolhas erradas os levara até ali, escolhas que na época pareceram tão triviais que não tinham nem registrado. O chá tarde da noite que ela tinha recusado quando ele voltara de uma viagem, porque estava cansada. A decisão dele de dormir no quarto de hóspedes quando ela estava para lá e para cá com Rosie durante a noite. Os jantares que ela tinha recusado por temer deixar Rosie com uma babá. A vez em que tinham sincronizado os calendários para terem certeza de que todas as obrigações da casa e da família estavam cobertas, mas não tinham reservado tempo para eles mesmos. Cada escolha que parecia insignificante havia erodido o tempo deles juntos. Em algum ponto Nick pegara a mão dela, e eles ainda conversaram. Ela revelara que sua vida tinha sido consumida pelas meninas, que as idas frequentes de Rosie ao hospital lhe causaram mais ansiedade do que tinha admitido. Ele confessara a culpa por ela ter lidado sozinha com aquela ansiedade e reconhecera que havia deixado o trabalho tomar prioridade sobre a vida em família. O toque, o contato físico, fora gradual. Dedos entre-laçados, mão na coxa, braço em torno do ombro, até que final-mente a conexão se tornara mais íntima. Bocas, mãos, corpos. O passado recuara enquanto se concentravam no momento e aos poucos juntavam todos os fios que foram desembaraçados. Sob o brilho das luzes da árvore de Natal, ele a levara para o quarto, despindo-a pelo caminho. O modo como ele a tocara era familiar e ainda assim novo.

Aquilo teria acontecido se Katie não tivesse aparecido ali e ouvido a conversa dos dois?

Maggie ligou o chuveiro e entrou debaixo dos jatos de água.

Ela estava ansiosa e um pouco triste, então como poderia estar feliz também?

Pensava nas mãos de Nick sobre seu corpo quando ouviu um som e sentiu as mãos dele de verdade sobre seu corpo.

Ela arquejou, abriu os olhos e quase se afogou.

— Quê? Você deveria estar fazendo café.

Ele sorriu e secou a água do rosto dela.

— O café está coando. Não faz sentido tomar dois banhos. Essa é a versão ecológica.

— É luz do dia.

— Por que acha que estou aqui? Você fica uma gracinha quando está molhada, já te disse isso?

— "Gracinha" é para quem tem 20 anos.

Ela sentia-se insegura.

— Posso te garantir que não é.

Nick baixou a cabeça e beijou o pescoço dela, e então os ombros.

O coração dela acelerou, mas a realidade manteve seus pés no chão sólido.

— Nick, não podemos... as meninas... sério... depois do que acabou de acontecer?

— Não havia trinco na porta do quarto, mas, para minha sorte, e a sua, há um trinco ótimo na porta do banheiro. E eu o tranquei. Relaxe.

Ele deslizou a boca para o ombro dela, e ela sentiu as pernas fraquejarem.

— Se eu relaxar, me afogo. Sou muito velha para transar no chuveiro.

— De onde vem esse "sou muito velha"?

— Talvez do fato de que eu *sou* velha? E você também.

— Agora você machucou meu ego. — Ele a beijou devagar, deliberadamente, levando seu tempo. — Vou precisar provar que está errada.

— Nós nunca transamos no banheiro.

— Porque o banheiro do Bangalô Madressilva tem um teto inclinado e transar no chuveiro resultaria em um ferimento sério na cabeça, mas *este* chuveiro...

Ele a levantou com facilidade, e ela arquejou e o envolveu com as pernas.

— O que está fazendo?

— Arrebatando você. Aproveitando minha segunda lua de mel. E preciso dizer, sra. White, que até agora vem sendo tão divertida quanto a primeira.

— Não pode fazer isso! — Ela se contorceu, insegura. — Sou muito pesada.

— Está dizendo que sou um fracote? Está minando minha masculinidade?

— Não, estou dizendo que peso muito para você me levantar! E eu não quero ter que chamar ajuda porque você deslocou uma vértebra e está deitado nu em um chuveiro. Nossas filhas nunca mais vão falar conosco, isso se ainda estiverem falando, e quanto a Catherine... Deus sabe o que Catherine pensa de nós. Que loucura, Nick. Me coloca no chão.

— Não ficou sabendo? — Ele beijou o canto de sua boca. — O casal que quase se mata junto no chuveiro permanece junto. É uma atividade de conexão recomendada por terapeutas em todo o mundo.

— Essa não é a versão que conheço, Nick. Estou falando sério. Não podemos...

Ele a beijou.

A boca dele era delicada, abrindo os lábios dela. Maggie sentiu o deslizar erótico da língua dele e a carícia astuta dos dedos dele sobre sua pele nua.

324

Ela derreteu nele, chocada pela intensidade da própria reação. Pessoas casadas não se sentiam assim, sentiam? Aquele tipo de excitação frenética, de coração disparado e frio na barriga vinha com a juventude e a estranheza. Não vinha depois de duas filhas e mais de trinta anos de história compartilhada.

Ou talvez viesse. Ele a *conhecia*. Sabia como tocá-la, *onde* tocá-la. Não havia confusão ou exploração desajeitada. Apenas uma urgência que ela não reconhecia, um desespero que nenhum deles sentia havia muito tempo. Estiveram separados por meses, e, antes, dormiam em quartos separados. De certo modo, aquilo *era* novo.

Ela correspondeu aos beijos e deslizou as mãos pelos ombros dele. Sempre tinha amado os ombros dele. Tinha amado dormir com o rosto aninhado no peito dele, tinha amado vê-lo pegar as meninas no colo e galopar pelo jardim com elas nos ombros. Anos haviam se passado, mas seus ombros ainda eram largos, ainda eram fortes. Havia um aspecto físico no trabalho dele, e ele se mantinha em forma.

Ela sentiu os músculos dele se flexionarem conforme ele a baixava, não porque não conseguia segurá-la, mas porque queria total acesso ao corpo dela. Quando ele fechou a boca sobre o peito dela, ela arquejou e quase aspirou a água que ainda caía sobre eles.

Ele a virou com delicadeza, para que a água não caísse em seu rosto, e desceu devagar pelo corpo dela.

Aquelas mãos não haviam perdido nada de sua habilidade. Nem a boca dele. Ela sabia, no fundo do coração, que ele não estava apenas mostrando a ela que sabia lhe dar prazer, mas sim mostrando que a amava. Cada carícia, cada toque íntimo, fazia o prazer se espalhar pelo corpo dela, e, quando ele finalmente a penetrou, ela gritou o nome de Nick e se abraçou a ele. Ele ditou o ritmo, mas ela o seguiu, correspondendo, recebendo-o até que a sensação chegou a níveis quase insuportáveis e ambos ultrapassaram juntos o limite.

Depois, nenhum dos dois se mexeu. Permaneceram encaixados no calor cheio de vapor do chuveiro.

O coração e a respiração dela estavam disparados. Ela inclinou a cabeça sobre o peito dele e sentiu as batidas do coração em resposta. Sentiu a mão dele se curvando na parte de trás de sua cabeça, aninhando-a ali.

— Não acredito que quase te perdi. — O tom dele era vulnerável. — Não acredito que quase deixei você ir embora. Eu te amo, Maggie. Meu Deus, como eu te amo.

Ela apertou os olhos com força, com medo de abri-los e o momento desaparecer.

Queria falar, mas não conseguia, e os braços dele permaneciam em torno dela.

— Sei que ainda temos coisas para conversar. — Ele a soltou e tirou o cabelo molhado do rosto dela. — Muitas coisas. Mas preciso saber se vamos dar um jeito. Preciso saber que você *quer* dar um jeito. Vai procurar um jeito comigo?

— Vou. — Ela apoiou a palma da mão no queixo dele, sentindo a barba áspera por fazer. — Vamos dar um jeito. Eu também quero isso.

Ela não deixaria os dois se afastarem de novo.

Ela não deixaria isso acontecer.

— Acho que deveríamos nos vestir. — Ele deu um beijo no cabelo dela. — Para o caso de termos mais visitas. Parece acontecer bastante.

— Bom plano. Me passa uma toalha.

— Primeiro, me deixe olhar para você. Sabe quanto tempo faz desde que a vi nua?

Ela estava consciente dos raios de sol.

— Nick...

— Chega de tirar a roupa no banheiro e de transar no escuro. Prometa.

— Não fico confortável andando por aí nua. Tenho estrias. Esse corpo deu à luz duas crianças.

— Nossas crianças — murmurou ele, as palavras contra a boca de Maggie, e então o pescoço, enquanto inspirava o cheiro dela. — Fizemos aquelas crianças juntos. E eu amo seu corpo. Acho que já provei isso, já que durei tanto quanto um adolescente.

Ela encostou a testa no peito dele.

— Isso é estranho. Diferente. Como pode ser diferente? Como posso estar me sentindo tímida com você quando nos conhecemos há tanto tempo?

— Não sei. — Ele a aninhou. — Talvez seja porque estamos começando de novo. Talvez *deva* ser diferente. Queremos que seja diferente.

— Me senti culpada por termos mentido para as meninas, mas parte de mim está se perguntando se isso teria acontecido se não tivéssemos vindo para cá e passado esse tempo juntos.

— Gosto de pensar que sim, mas você está certa ao dizer que isso nos aproximou. Isso e seu momento alcoólico.

— Você jamais vai me deixar esquecer aquilo, vai?

— Nunca. Na verdade, se fôssemos renovar nossos votos, faria você prometer que iria consumir uma garrafa de champanhe por noite pelo resto da vida.

— Não seria uma vida muito longa se bebêssemos uma garrafa de champanhe por noite.

Pensar que não teriam chegado àquele ponto sem o casamento de Rosie a assustava. E parecia que o casamento seria cancelado. Por que a vida era sempre tão complicada?

— Precisamos nos vestir.

— Sim. — Ele a beijou e saiu do chuveiro. Enrolou uma toalha nos quadris e passou outra para ela. — Vou servir o café.

— Eu mataria por café, mas vista-se antes. Sujeitamos nossas filhas a trauma suficiente.

Ele flexionou o bíceps.

— Não acha que faria bem a elas ver o pai com essa boa forma física?

— Vista-se, professor.

Maggie lançou um olhar para ele, e Nick lhe deu o mesmo sorriso torto pelo qual ela se apaixonara tantos anos antes.

Ele saiu do banheiro. Maggie enrolou uma toalha em torno de si e olhou pela janela para a floresta nevada.

Ela não ia se divorciar. Ela e Nick permaneceriam casados. *Obrigada, obrigada, obrigada.*

Ela nem havia percebido que era o resultado que desejava, mas via que tinha desejado aquilo o tempo todo. Sentira saudade dele. Não do relacionamento seco, frio e educado que tiveram nos últimos anos, mas do carinho, da amizade e da paixão que tiveram antes disso.

Ela secou as lágrimas com impaciência. Por que estava chorando? Nem sabia. Alívio, talvez. Ou talvez fosse a liberação de tanta tensão emocional e física. Ou talvez fosse ansiedade pelas filhas.

Fraca de gratidão, ela enxugou o cabelo, vestiu-se e se juntou a Nick na cozinha.

— Então, o que fazemos?

Ela pegou o café que ele oferecia e curvou as mãos em torno da caneca.

— Vamos começar falando sobre seu trabalho, e o que você quer fazer quando chegarmos em casa.

— Já disse, sou velha demais. E não tenho o treinamento certo.

— Podemos dar um jeito no treinamento. E não acho que idade tenha importância.

328

— Acho que tem. Não posso desistir de um emprego seguro, gastar tanto dinheiro e tempo com treinamento e descobrir que ninguém me dará um emprego.

— Podem te dar um quando estiver treinada.

— Mas não sabemos.

— Não há certezas na vida, mas a única coisa que sei é que precisamos fazer algumas mudanças. E você deveria fazer algo de que gosta, para variar, sem meios-termos. Não precisa fazer uma escolha que se ajusta à família.

— Está me dizendo para ser egoísta.

— Fazer algo para você não a torna egoísta. Meus alunos me dizem que é *autocuidado*. Está com fome? Posso fritar bacon.

— Não vai manter esse corpo bonito se continuar a comer bacon, professor.

— Preciso manter minhas forças, para te manter satisfeita. — Ele encheu a caneca de café dela. — Falando nisso, você provavelmente deveria pegar sua lingerie do chão.

— Minha... — Ela virou a cabeça e arquejou. — Devem ter visto isso quando entraram.

— Seria de se imaginar que isso daria uma pista a eles. Ainda bem que Katie é médica, e não detetive. Os criminosos agiriam sem medo de represálias.

— Isso não tem graça. — Ela correu pelo cômodo e pegou as roupas jogadas deles. — É um pouco estranho que ela não tenha percebido o que estava acontecendo.

— Ela achou que estávamos fingindo. Deve ter pensado que aqueles sons de total êxtase que saíam de sua boca foram uma interpretação exagerada, quando, na verdade, eram uma resposta à minha destreza sexual.

Ela jogou o sutiã nele, que o pegou com uma mão só.

Ela sentia-se estranha, uma combinação de adolescente boba e mãe. Sabia que a vida fazia isso, servia o bom e o mau no mesmo prato e esperava que você comesse tudo. Sabia por experiência que era possível sorrir e chorar ao mesmo tempo. Sofrer e ficar feliz no mesmo fôlego.

O celular dela tocou, e ela girou, procurando-o.

— Deve ser uma das meninas. Onde eu o deixei?

— Tente olhar atrás do sofá.

Ela procurou e o encontrou.

— Não são as meninas. É Catherine. Está me convidando para um café da manhã na cidade. Você está convidado.

— Não sei. Posso escavar restos mortais ancestrais, mas cavar meu caminho para sair de situações emocionais é diferente. Isso é seu território.

— Decerto é uma reunião de crise… Ela quer falar do casamento. Talvez seja mais fácil se eu for sozinha. Mas queria falar com as meninas.

— Rosie estará conversando com Dan. Ao menos, espero que sim.

— Mas Katie… e Katie?

— Vou encontrá-la. Conversar com ela.

— Você? Mas você nunca… — Ela mordeu o lábio. — Desculpe. Isso com certeza está na lista de coisas que não se deve dizer ao companheiro, não é? "Você nunca", junto a "você sempre". Não disse com essa intenção, é só que em geral sou eu quem conversa com as meninas quando há um problema.

— Eu sei, e acho que está na hora de mudar, não acha? Posso não ter tanta prática quanto você, e sem dúvida direi a coisa errada. Mas ao menos elas saberão que me importo. Quero que saibam disso.

— Ah, Nick, elas sabem que você se importa…

— Sempre fiquei com as partes fáceis de criar filhos e deixei você com as difíceis. Terei essa conversa com Katie. E, se ela gritar, ao menos estará gritando comigo.

Talvez Maggie fosse em parte responsável pelo fato de que as meninas se voltassem para ela. Sempre achara que seria melhor

330

nisso. Tinha tomado aquele papel sem considerar se ele deveria ser compartilhado.

— Você está certo, deveria fazer isso. Deixe-a falar, Nick. Não tente consertar.

— Devo bater em Jordan?

— Você nunca bateu em ninguém na vida. Por que diabo deveria bater no pobre Jordan?

— Por magoar minha filha.

Havia um olhar feroz no rosto dele que Maggie não se lembrava de ter visto antes.

— Não sabemos se ele a magoou. — Ela suavizou o tom. — Você está em boa forma, Nick, mas acho que ele pode se sair melhor. E acho que Katie gosta dele. Se tivermos estragado o relacionamento de Rosie, preferiria que não estragássemos também o de Katie. Não, uma conversa com sua filha é tudo o que é necessário. Uma em que ela fala e você escuta.

— Posso fazer isso. Boa sorte com Catherine.

— Não sei de qual parte tenho mais medo. Admitir que nosso relacionamento era falso ou explicar por que Dan saiu de lá e cancelou o casamento.

— Nosso relacionamento não é mais falso. Talvez não precise mencionar isso.

— Se não contar a ela que estávamos fingindo, nada do resto fará sentido. — Maggie massageou a testa. — Não, preciso contar a verdade. É o único jeito de termos uma chance de resolvermos isso. — Ela suspirou. — Estava com medo de conhecê-la, me senti tão intimidada, mas a verdade é que gosto de Catherine. Bastante.

— Eu gosto dela também. Vá e converse com ela. Vou arrumar aqui e encontrar Katie.

Maggie se agasalhou e atravessou a neve até a trilha que levava ao Nevada Resort.

Quando ela viu Catherine esperando no carro, sentiu uma pontada de nervosismo.

Sabia quanto trabalho a anfitriã tivera com o planejamento do casamento e o quanto queria que ele acontecesse. Devia estar furiosa com Maggie.

Ai...

Preparando-se para uma conversa difícil, ela abriu a porta do carro e entrou.

Catherine estava impecável como sempre, os olhos protegidos por grandes óculos de sol.

— Estou tão feliz que tenha vindo. — Ela esperou Maggie prender o cinto de segurança e seguiu em direção à cidade. — Precisamos conversar.

— Eu sei. — Maggie encostou a cabeça no banco. — Catherine...

— Vamos esperar até chegarmos ao café. Não queria arriscar sermos perturbadas na hospedaria. Dan foi para algum lugar de motoneve, mas imagino que vá voltar em algum momento, e não quero que sejamos interrompidas.

— Ele saiu de motoneve? — Maggie se encolheu no banco. — Eu esperava que ele e Rosie estivessem conversando sobre suas questões.

— Ele vai voltar. Quando Dan está magoado ou tem algo para resolver, ele sai. O pai era igual. Há tantas coisas que quero dizer, mas preciso me concentrar, e as estradas estão terríveis depois da nevasca de ontem. E eu estou morrendo de vontade de um *latte* com leite de soja.

Maggie teve a impressão de que precisariam de algo bem mais forte do que *latte* com leite de soja para se sentirem melhor, mas quem era ela para discutir? E, como Nick tinha comentado, o álcool era ao menos em parte responsável pela situação em que se encontravam.

Maggie estava desconfortável. Queria contar a verdade. Queria pedir desculpas, mas Catherine deixara claro que desejava adiar a conversa. Debaixo daquilo tudo havia uma ansiedade fervilhante pelas duas filhas. Com sorte, Nick falaria com Katie e não estragaria tudo dizendo algo sem tato, mas e quanto a Rosie? Ela estava sozinha e magoada em algum lugar?

— Como foi seu dia ontem com Nick? — Catherine dirigia com confiança. — O passeio de trenó foi divertido? O jantar foi romântico?

Cada palavra de Catherine recordava Maggie do quanto aquela mulher fizera por ela. E do tanto que precisava explicar.

— Foi tudo ótimo, obrigada.

— É bom saber disso.

— O passeio de trenó para voltar do restaurante foi mágico.

— É uma coisa maravilhosa. Uma vez um homem pediu o amor da vida dele em casamento naquele passeio de trenó.

Catherine olhou para ela, e Maggie notou como estava pálida. Como se tivesse chorado.

Sentiu uma pontada de culpa.

— Catherine...

— Olha só... tem vaga bem na frente do meu café favorito. Era para ser.

Catherine estacionou, e as duas abriram caminho através da neve até o calor.

Catherine escolheu uma mesa pequena ao lado da janela, perto da lareira.

— O que peço para você?

— Um cappuccino, por favor.

Maggie pegou a bolsa para pagar, mas Catherine abanou a mão para que ela parasse.

Enquanto Catherine ia ao balcão para fazer o pedido, Maggie tentou ensaiar o que dizer, e então concluiu que não havia um bom jeito de confessar que estava mentindo. Precisava dizer de uma vez.

Quando Catherine se acomodou no assento diante dela, Maggie respirou fundo.

— Fico feliz por termos essa chance de conversar sozinhas. Há algumas coisas importantes que preciso dizer.

— Eu também, mas posso começar agradecendo por você ao menos concordar em escutar. Achei que estaria furiosa. Você provavelmente *está* furiosa, e não tiro sua razão. Eu estou furiosa comigo mesma. Obrigada por ao menos me escutar.

Maggie estava confusa.

— Escutar? Não entendo.

— Sei que não. Há tantas coisas que preciso explicar, mas achei que era melhor se fizéssemos isso em um local particular, assim não seremos interrompidas. Passei a manhã toda apreensiva com isso. E, falando da manhã, peço desculpas por entrar daquele jeito. Eu ia colocar o envelope com minhas sugestões para seu dia romântico debaixo da porta e deixar as tortas lá fora, mas a porta estava aberta e eu vi todo mundo lá dentro e achei que vocês já estivessem acordados.

— Essa é a menor de nossas preocupações.

Maggie queria esquecer o fato de que metade do Colorado a vira na cama com Nick.

Catherine pegou a colher e mexeu o café.

— Isso é culpa minha. Nem sei por onde começar.

— Comece me dizendo como você pode achar que qualquer parte disso é sua culpa. Se alguém deve ser culpado, sou eu e Nick.

Catherine franziu o cenho.

— Por quê?

Maggie não entendia por que Catherine não estava brava, então percebeu que era porque não tinha todas as informações.

— Você começa. Depois vou eu.

— Tudo bem. — Catherine se recostou na cadeira. — Quando meu marido morreu, eu... bem, vamos dizer que foi uma época difícil. Havia manhãs em que eu não saía da cama. Não conseguia. Ficava lá deitada, chafurdando na infelicidade e na autocomiseração. Por que ele? Por que eu? Todos os pensamentos costumeiros que não queremos admitir porque não temos orgulho deles. Dan estava fora, na faculdade, e eu sabia que ele estava preocupado comigo. Eu fingia que estava bem. Falava com ele em uma voz clara, alegre, dizia que estava me ocupando.

— Mas não estava.

— Não, e acho que ele sentiu isso. Insistiu em voltar para casa, então eu sabia que precisaria me recompor. Eu tinha dito a ele todas aquelas mentiras sobre como eu estava me ocupando, então precisei encontrar algo com que me ocupar. Estava falando disso com uma amiga, e ela sugeriu que eu ajudasse a organizar o casamento dela. Era seu segundo, e ela estava trabalhando em tempo integral e odiando cada minuto da organização dos detalhes. Eu tirei tudo das mãos dela. Fiz isso para que Dan não se preocupasse comigo, mas em algumas semanas eu me sentia melhor. Eu tinha um motivo para me levantar de manhã. Algo para trabalhar. Disse a mim mesma que fazia isso para que minha amiga pudesse continuar trabalhando e não tivesse um ataque de estresse, mas na verdade estava fazendo aquilo por mim mesma. Nunca imaginei que trabalho pudesse ser terapia, mas foi o que aconteceu. Também aconteceu que eu era boa naquilo. Era um casamento grande. A história se espalhou. Fui convidada para fazer mais. O que começou como um hobby se transformou em um negócio. Logo precisei de um assistente. E eu amava o que estava fazendo. Nunca tive uma carreira. Conheci Jonny na faculdade, e Dan chegou quase imediatamente. Jonny estava tão ocupado construindo seu negócio, e eu quis apoiá-lo. Muitos pensariam que essa é uma abordagem antiquada, eu sei.

— Foi sua escolha — disse Maggie, pensando na própria vida até aquele ponto. — Era o que você queria.

— Sim. Não havia nada que eu quisesse mais do que ser mãe de Dan, mas, quando Jonny morreu, não havia nada que eu quisesse mais do que mostrar ao meu filho que estava bem. Ele é muito protetor. Não queria que se preocupasse comigo e fizesse algo estúpido como desistir de tudo e voltar para casa. Você cria um filho para ser independente. Eu entendia isso. Você os cria para irem embora, ainda que ir embora parta seu coração em pedaços. — Catherine fuçou a bolsa, procurando um lenço de papel, e assoou o nariz. — Desculpe.

— Não peça desculpas. Chorei por semanas quando Rosie saiu de casa, mas não conte a ela. — Maggie esticou o braço por cima da mesa e pegou a mão dela. — Eu te acho inspiradora. E corajosa.

— Quanto a isso, não sei. De qualquer modo, quando Dan trouxe Rosie para casa pela primeira vez, eu vi logo o quanto ele a amava. Ele ficou devastado quando perdeu o pai, e vê-lo tão feliz foi um grande alívio para mim. Eu fiquei empolgada, como se estivéssemos entrando em uma fase nova da vida. — Ela soltou a mão de Maggie e pegou o café. — Estou contando isso a você porque pode ter contribuído para o modo como eu me comportei.

— Não estou entendendo.

Catherine baixou a xícara.

— A partir do momento em que Dan fez o pedido de casamento, eu tomei conta. Fui eu quem sugeriu que se casassem no Natal. E fiz isso em um grande jantar barulhento de família, sem pensar que isso significaria que a doce Rosie não seria capaz de expressar suas opiniões sobre o assunto.

— Se ela tinha dúvidas, deveria ter dito.

— Nós duas sabemos que ela não diria. Ela é uma menina gentil, generosa. E eu acredito que ela ama Dan, de outro modo não teria pressionado tanto. Não sei de fato por que fiz isso, a não ser porque se casar no Natal parecia romântico e eu queria que os dois começassem logo a nova vida feliz deles. — Os olhos dela se encheram de lágrimas de novo. — Eu praticamente a arrastei para aquela loja de vestidos. Olhando para trás, eu via que ela estava um pouco assustada, mas eu me contive? Não, disse a mim mesma que nervosismo de noiva era normal. Eu não quis pensar que talvez tudo estivesse indo rápido demais. E não quis pensar em você. Ela é sua menina. Seu bebê. E eu estava fazendo todas as coisas que uma mãe deveria fazer.

— Catherine, *por favor*! — Maggie inclinou-se para a frente. — Pare de se torturar. Eu não estava aqui para fazer essas coisas, então fiquei grata por você fazê-las. E grata por sua bondade com nossa filha.

— Eu a amo. Essa parte não está em questão. Mas meu afeto com certeza contribuiu para o fato de que eu a atropelei.

Não era fácil ter filhos, pensou Maggie. Não era fácil acertar o equilíbrio. Ela via isso com muito mais clareza no momento. Amor e cuidado poderiam se transformar tão facilmente em sufocamento, e não era simples saber onde traçar o limite.

Ela se endireitou na cadeira.

— Acho que está sendo dura demais com você mesma. Se ela tinha dúvidas, sobre o relacionamento ou a velocidade do casamento, deveria ter falado com Dan.

Catherine fungou.

— Acha mesmo?

— Acho — confirmou Maggie, com firmeza, para convencer ambas. — Se eles são adultos o suficiente para se casarem, são adultos o suficiente para resolver qualquer problema que encontrem.

— Você é tão racional e madura.

Maggie explodiu em uma risada.

— Bem que eu queria. Vamos apenas dizer que tive uma epifania recente.

— Dan é tão focado e teimoso quanto eu. Quando quer algo, corre atrás. É um ponto forte, mas também um defeito. Talvez Rosie tenha tentado falar e ele não ouviu. E agora está em choque.

Maggie terminou o café.

— Eu gosto de Dan, muito. Tenho certeza de que ele e Rosie vão resolver isso.

— E se eles não resolverem?

Maggie tentou ignorar a náusea. Algum dia perderia aquele impulso de pegar o telefone e conferir como a filha estava?

— Então ambos terão aprendido algo. E nós vamos catar os pedaços e dar apoio.

— Não entendo por que todos estavam em seu quarto esta manhã. E por que tanta tensão? Ninguém me disse nada.

Maggie mexeu na xícara de café.

— Esta é a parte da conversa em que você vai ficar furiosa comigo.

— Não posso imaginar isso acontecendo.

Estavam a ponto de descobrir.

— Sobre nossa segunda lua de mel...

— Acho tão romântico.

— Não é romântico. É falso. Ou era falso. Nick e eu estávamos vivendo separados havia meses.

Ela contou tudo a Catherine, do fim lento do casamento até a decisão de fingirem o relacionamento por um pouco mais de tempo para não estragarem a comemoração.

Catherine ouviu sem dizer nada e, quando Maggie terminou de contar, ela se mexeu.

— Então eu fiz vocês voltarem?

— Fez. Fazia anos que Nick e eu não passávamos tempo sendo um casal, nos divertindo. Nosso relacionamento tinha se transformado em algo próximo a um arranjo administrativo. Porque estávamos fingindo essa segunda lua de mel, fomos forçados a fazer todas as coisas que você programou com tanta generosidade. O passeio de trenó. O jantar romântico. Não fazíamos nada assim havia muito tempo.

— E se transformou em algo real. Vocês se apaixonaram de novo. — Catherine colocou a mão sobre o coração. — Você não tem ideia de como isso me deixa feliz. Mas o que isso tem a ver com essa manhã?

— Ontem, Katie nos escutou conversando sobre divórcio. Naturalmente, ela ficou chateada. Saiu andando, e foi assim que acabou passando a noite no chalé de Jordan. Mas ela imaginou que teríamos contado a Rosie. Quando descobriu que não tínhamos... bem, ela é muito protetora com a irmã.

— Claro que é — murmurou Catherine. — Para que servem as irmãs?

— Aparentemente, Katie achava que Rosie estava em dúvida e usava nosso casamento como prova de que um relacionamento que começou rápido podia funcionar. Katie sentiu que era responsabilidade dela contar a verdade. Imagino que Rosie não tenha acreditado nela, então Katie a arrastou até nossa casa da árvore para uma conversa honesta.

— Mas vocês estavam na cama, aproveitando o novo relacionamento.

Catherine começou a rir, e Maggie sentiu que corava.

— Posso assegurar que suas filhas crescidas aparecerem enquanto você está transando não é engraçado.

— Eu sei, eu sei. — Catherine secou os olhos. — Mas não dava para inventar uma coisa dessas. Katie deve estar empolgada por saber que vocês estão voltando.

— Não sei. Não falamos com ela. Dan a ouviu tentando convencer Rosie a não usar nosso casamento para se tranquilizar e ficou magoado. Foi quando você chegou.

— Então as meninas sabem que você e Nick estão juntos?

— Deveriam. Tentamos dizer a elas. Mas foi um tanto caótico, e há o fato de que Katie não confia muito em nós no momento. Ela jamais vai acreditar em nada que eu disser. Você acha que é sua culpa, mas eu acho que é minha. Se eu tivesse contado a verdade às meninas desde o começo, Katie não teria vindo cobrar, e Rosie não a teria seguido, e Dan não teria descoberto que ela vinha tendo dúvidas.

— Mas aí você e Nick poderiam não estar juntos. Acho que é bom que Dan tenha descoberto. Eles precisam descobrir um jeito de se comunicar. Se você não pode ser honesto com a pessoa com quem vai passar o resto da vida, como isso daria certo? Dan pode ser bem teimoso, e muito certo de si mesmo, mas talvez precise aprender a ouvir mais. — Catherine terminou o café. — Preciso pedir desculpas a Rosie por ter tomado conta das coisas. Por pressionar. Eu tornei mais difícil para ela falar. Esse episódio todo me fez perceber umas coisas sobre mim mesma, também. Preciso dar às pessoas espaço para respirar, se mexer e tomar as próprias decisões. — Ela se endireitou e olhou as horas. — Deveríamos voltar. Podemos ter um casamento para cancelar. A não ser que você e Nick queiram renovar os votos.

Maggie abriu um sorriso frágil.

— Não acho que seria muito adequado nessas circunstâncias.

— Ou talvez seja o que todos precisam. E certamente convenceria Katie que desta vez você está dizendo a verdade. — Ela ficou de pé. — Vamos realmente desistir desse casamento?

— Depende deles. Não vou interferir, ainda que isso quase me mate.

— Estou tentando não pegar o telefone e ligar para Dan.

— Precisamos encontrar outra coisa para fazer com as mãos. — Ela viu Catherine sorrir e sentiu o rosto arder. — Catherine Reynolds, você não tem vergonha alguma.

— Você está certa, não tenho. Na verdade, estou um tanto orgulhosa. Eu me sinto responsável por você e Nick voltarem.

O destino é uma coisa engraçada, não é? Talvez eu tenha pressionado muito para que o casamento acontecesse agora, mas, se fizéssemos no ano que vem, você e Nick estariam divorciados.

Maggie sentiu o coração palpitar. Gostava de pensar que teriam de algum modo encontrado o caminho de volta, mas talvez não tivessem. Ela se esticou e abraçou Catherine.

— Não importa o que aconteça com nossos filhos, espero que possamos manter contato.

— É claro! — Catherine se afastou. — Estava tão nervosa por conhecer você.

— *Você* estava nervosa por *me* conhecer? — Maggie começou a rir. — Eu estava apavorada em te conhecer. Você é tão bem-sucedida, dirige seu próprio negócio.

— Dirijo meu próprio negócio porque sou enjoada demais para algum dia trabalhar para outra pessoa. Ninguém me contrataria. Por que está me olhando?

— Porque... nunca havia pensado nessa opção. Trabalhar para mim mesma.

Por que jamais pensara naquilo? Por que deixar os outros decidirem se Maggie seria ou não bem-sucedida em algo?

— Deveria pensar nisso. Não há nada melhor que ser o chefe. Você pode se dar um aumento e tirar folga sempre que quiser. — Catherine pegou a bolsa e o casaco. — Deveríamos voltar.

Andaram até a porta, e Maggie hesitou.

— Só para você saber, tenho certeza de que Rosie e Dan estão apaixonados.

— Também tenho certeza.

— Ela mudou. Está mais confiante. Estar com ele a deixou mais confiante. — Maggie segurou a porta aberta. — Eles ficam bem juntos. Precisamos esperar que percebam isso sozinhos.

— E se não perceberem?

— Então não será um Natal muito feliz.

— Rosie, espere! *Espere*.
Rosie ouviu a irmã e continuou andando. Era com Dan que precisava conversar, não com Katie. Ela já dissera mais que o suficiente.

— Por favor... — Sem fôlego, Katie alcançou Rosie e colocou a mão em seu ombro. — Precisamos conversar.

Rosie se desvencilhou.

— Você já falou o que queria dizer, e eu te ouvi.

Estava desesperada para conversar com Dan. Aonde ele fora? O fato de que ele desaparecera tão rápido a preocupava mais do que qualquer coisa. Ele não queria ser encontrado. Ela não teria nem mesmo a chance de consertar aquilo.

— Rosie... eu preciso explicar...

— Não, não precisa. — Rosie se virou para a irmã. — Qual é o seu *problema*? Não acredito nem por um segundo que queira me magoar de propósito, então o que é? Inveja? É isso? Está com inveja porque encontrei alguém que amo e também me ama?

Katie recuou.

— Claro que não. Não é nada disso.

— Então o que é? Não acredito que isso tudo se trate de me proteger. Você não me protegeu da mágoa, você me magoou. Me tirou a coisa que queria mais que qualquer outra no mundo. Eu o amo, Katie.

— Mas estava tendo dúvidas...

— Nunca disse a você que tinha dúvidas. Você disse isso.

A irmã ficou pasma.

— Mas você estava usando o casamento dos nossos pais como um sinal. Achei...

— Achou que sabia mais que eu, embora na verdade se trate do meu relacionamento, meus sentimentos. — Ela deu um passo para mais perto da irmã. — E quer saber? Se eu tivesse dúvidas, seriam da minha conta, e seria da minha conta lidar com elas também. É a minha vida, e posso sentir o que quiser. E, se cometer um engano e estragar tudo, também é da minha conta. O que a qualifica para achar que sabe mais do que eu? Quando foi a última vez que se apaixonou?

Ela sentiu uma pontada de culpa ao ver a agonia nos olhos da irmã.

— Você está certa. — Quase não dava para ouvir a voz de Katie. — Não sei nada de amor, mas conheço você.

— Conhece um lado meu, o lado que acha que é vulnerável e precisa de proteção. Você fez mil perguntas, tentando encontrar um motivo que justificasse que Dan é o maior erro de todos, mas nem uma vez me perguntou por que eu o amo. Eu sou adulta, Katie, e, sim, tenho tendência a mudar de ideia, mas isso é parte de quem eu sou. E, a propósito, mudo de ideia bem menos desde que estou com Dan, porque ele não me faz duvidar de mim mesma o tempo todo. Estar com ele é a melhor coisa que me aconteceu. Eu o amo e não vou mudar de ideia sobre isso, mas, mesmo se mudar, não tem nada a ver com você. Não preciso que tome decisões no meu lugar. E não quero que questione as que eu tomo.

— Você está certa. Me desculpa. Mas nossos pais...

— Não me importa o que está acontecendo com nossos pais. O relacionamento deles é problema deles. E eu vou amá-los e respeitá-los não importa o que decidirem. E meu relacionamento é problema meu, e espero que vocês todos me amem e me respeitem não importa o que eu decidir. Quer saber por que deixei que Catherine cuidasse do casamento? Porque cuidar do casamento a deixava feliz, e gosto de vê-la feliz. Os detalhes não me importam. Tudo o que me importa é me casar com Dan. Não me importa como ou onde. Você temeu que Dan e Catherine tivessem me atropelado, mas você é quem mais atropela. E, antes que diga que está cuidando de mim com amor, lembre-se de que só três letras separam *amar* de *amarrar*. De agora em diante, se quiser interferir em um relacionamento, arrume um para você.

Ela se virou e saiu andando, as pernas tremendo tanto que era difícil colocar um pé diante do outro.

Estava quase chorando. Jamais havia confrontado Katie. Era sua irmã, sua *irmã*, a quem amava de todo coração. E ela a magoara, mas também estava magoada. Em geral evitava confronto, mas estar com Dan lhe dera a confiança para acreditar em suas opiniões e defender seu ponto de vista. E, embora parte dela quisesse correr de volta para Katie e pedir perdão, não faria aquilo. Katie precisava respeitar suas decisões, e naquele momento sua prioridade era Dan. Seu relacionamento com Dan. Estava disposta a brigar para proteger isso, mesmo que a sensação fosse horrível.

Rosie começou a chorar, mas chorar dificultava andar rápido e respirar, então ela se forçou a se acalmar. Não sofreria uma crise de asma naquele minuto, naquele momento crucial de sua vida.

Precisava falar com Dan, ou até a briga com Katie teria sido em vão.

Ela chegou à hospedagem e soube que ele saíra de motoneve por uma das trilhas.

Tinha esperado uma conversa a sós em um local aconchegante e íntimo, como a cozinha do Nevada Resort, mas aparentemente não teria essa chance.

Ele poderia ter deixado mais óbvio que o relacionamento deles havia acabado?

As lágrimas faziam seus olhos arderem. Como ele podia não querer conversar com ela?

Deveriam se casar dali a quarenta e oito horas. Dan devia a ela ao menos uma conversa.

Rosie ignorou a vozinha na cabeça relembrando que fora por sua inabilidade de conversar com ele que estavam naquela confusão.

Ela precisava falar com ele. Precisava explicar, e aquilo não podia esperar. Não queria que ele pensasse naquilo sem ao menos ouvir seu lado da história. Mas, se quisesse falar com Dan, precisava chegar até ele.

Ela passou uma conversa em Rob, que tomava conta das motoneves para a hospedaria e às vezes saía com hóspedes.

— Quer pegar uma motoneve? — Ele coçou a cabeça. — Não deveria andar sozinha.

— Não vou andar sozinha. Vou estar com Dan. Deveríamos ter ido juntos, mas fiquei presa.

Ela deu seu sorriso mais charmoso, pegou uma motoneve e subiu nela com toda a confiança que pôde reunir.

Tentou se lembrar do que Dan lhe ensinara. Apontava para a direção certa, a chave estava ligada e o botão de emergência estava acionado.

Tentando parecer confiante, foi sacolejando pela trilha que saía do hotel.

Era provável que Dan tivesse tomado a mesma rota que haviam seguido no outro dia. Rosie sabia que ele amava a área em torno das Maroon Bells. Sua aposta se confirmou quando viu o que deveria ser o rastro dele.

Ela acelerou. A neve fresca soltava poeira quando Rosie passava, reduzindo a visibilidade. Sentia pontadas de tensão pelo corpo. Ia enfiar aquela motoneve desgraçada em uma vala, ou talvez quebrar o gelo e se afogar. Aquela trilha cruzava a água? Ela tentava não pensar no fato de que fora reprovada cinco vezes na prova de habilitação para dirigir.

Não havia sinal de Dan, mas isso não a surpreendia. Ele sempre dirigia rápido demais. Se quisesse alcançá-lo, precisaria fazer o mesmo. E precisava fazer isso. Ela tinha que falar com ele.

Ela acelerou, atravessando a neve. O céu estava azul, a trilha, vazia. Se fosse um dia diferente, poderia ter pensando que era uma maravilha.

Por fim chegou ao lago congelado, e ali, de pé na margem, estava Dan.

Devia ter ouvido a aproximação dela, mas não se virou até que Rosie estivesse bem perto.

— Dan?

— Vim aqui atrás de espaço. Precisava pensar.

— Eu sei, me desculpe. Mas... — Rosie tocou o braço dele e sentiu uma dor quase física quando Dan se desvencilhou. — Precisamos conversar. Por favor. Você me deve isso.

Ela sentia frio. Tanto frio que sabia que não tinha nada a ver com a temperatura ao ar livre.

— Você está me pedindo para falar? Vê a ironia nisso?

Ele se virou para olhá-la, e havia uma dureza em seu rosto que Rosie jamais vira.

— É claro que sim.

Ela sentiu um apertão no peito. Era infelicidade e sofrimento ou o começo de uma crise de asma? Um às vezes levava ao outro. Gostaria de ter lembrado de colocar a bombinha no bolso. Ela puxou o cachecol para cobrir a boca.

— Entendo por que está bravo, mas preciso que saiba que eu te amo. Eu realmente te amo, Dan.

O olhar dele não se suavizou.

— Você não me diria se não amasse.

Ela pensou em todas as coisas que dissera à irmã.

— Eu diria, sim.

— Então por que não me contou que estava tendo dúvidas?

— Tentei algumas vezes, mas você... você me entendeu errado, e...

— Então a culpa é minha?

Ele não se rendeu. Não cedeu um centímetro, mas Rosie também não.

Embora detestasse confronto, estava preparada para fazer o que fosse necessário para ele ao menos entender seus sentimentos.

— Não estou dizendo que é culpa de alguém. Apenas que não achei fácil falar, e que, toda vez que tentei, você pensou que eu estava dizendo outra coisa, e por fim eu não disse nada, e para falar a verdade nem tinha certeza de que minhas dúvidas eram reais. Estava duvidando das minhas dúvidas.

Ela tentou rir, mas seu corpo se recusou a cooperar. Tinha a impressão de que lutava por sua vida. Com certeza estava lutando pelo amor dele. Pelo amor *deles*.

Ele se virou de novo, como se olhar para ela doesse demais.

— Isso não tem importância agora.

— E... então? — Ela sentiu a garganta coçar. — É isso? Você não me ama mais.

Ele soltou um riso sem vontade.

— Acha que posso ligar e desligar isso? Gostaria de poder. Ainda te amo.

— Então... — Ela abriu as mãos. — Eu não entendo. Por que não podemos conversar sobre isso e seguir adiante?

— Porque o que acontecerá na próxima vez, Rosie? — A voz dele estava áspera. — Na próxima vez que tiver uma questão sobre a qual quer conversar, algo que a preocupa, algo que talvez ameace nosso casamento, vai falar sobre isso? Ou vai segurar até que aos poucos infecte o que temos? Não posso me casar com alguém que sente que não pode falar comigo. Confiança é fundamental para um relacionamento funcionar.

Ela não conseguia respirar.

As lágrimas faziam com que fosse difícil enxergá-lo. Sentia-se estranha. Se ele tivesse dito que não a amava mais, talvez ela pudesse ter aceitado, mas dizer que ele a amava, mas ainda assim estava terminando tudo… era como ser chutada com força no peito. Sentia-se destruída.

— Não acredito que esteja sendo tão teimoso.

— Estou fazendo o que sinto que é o melhor.

Ela fez uma última tentativa desesperada de compreender.

— Isso tem a ver com o seu pai? Está assustado?

— Isso tem a ver com a gente, não com o meu pai.

Rosie não acreditava nele. Precisava ter algo mais acontecendo, certo? Mas, se Dan não quisesse falar com ela, o que poderia fazer?

Debaixo da manta pesada de infelicidade, ela sentia o início da raiva. Raiva porque ele não estava preparado para discutir com a mente aberta. Raiva por ele estar jogando fora com tanta facilidade o que tinham.

— Não faça isso, Dan. Sério, não faça isso. Você disse que me conhecia. Se realmente me conhece, então saberá que eu tenho dificuldades com confrontos e conversas difíceis. Estou trabalhando nisso. Devo ter feito mais progresso ontem do que nos últimos dez anos, mas precisa ser paciente. — Ela engoliu em seco. — Eu estou te pedindo para ser paciente.

Ele se virou.

— Acabou, Rosie.

Naquele exato momento, a raiva eclipsou a infelicidade.

— É? Bem, é bom saber que o que tínhamos era algo pelo qual valia a pena lutar. Você diz que não pode se casar com alguém que não conversa com você, bem, não posso me casar com alguém que não escuta, que é tão inflexível.

Ela saiu batendo os pés e de algum jeito chegou até a motoneve. Secando as lágrimas, enfiou o capacete e acelerou de volta para a trilha. Queria encontrar um lugar quente para chorar com conforto. Lágrimas congeladas não eram a ideia de diversão de ninguém. E sentia a respiração apertada. Se fosse à hospedaria, corria o risco de trombar com Catherine. Também não aguentaria lidar com os pais naquele momento. O que a deixava com a casa da árvore que dividia com a irmã.

Com sorte, Katie não estaria lá.

Ela devolveu a motoneve em segurança e foi até a casa.

A primeira coisa que viu foi a árvore de Natal brilhando, e a segunda foi a irmã. Ela estava de casaco e cachecol e andava pela sala.

Então a sorte não estava ao seu lado.

Com um suspiro, Rosie abriu a porta e foi logo envolvida pela irmã.

— Estava tão preocupada. Você não atendeu o celular.

Ela não tinha nem ouvido tocar.

— Estava ocupada. Por que está de casaco dentro de casa?

— Então notou a mala. — Está indo embora?

— Eu… eu estraguei tudo. — Katie parou de abraçá-la e deu um passo para trás. — Você está furiosa comigo, e com razão. E mamãe e papai também devem estar, por causa do que fiz mais cedo. E não vou nem pensar no que Dan e Catherine estão achando de mim. Vai ser melhor se eu for embora, mas não poderia sair sem saber como você estava. Como você está?

— Seu desejo se realizou. O casamento não vai acontecer.

A cor da pele de Katie combinava com a neve fora das janelas.

— Não era o meu desejo. Não queria isso. Queria que tivesse certeza, só isso. Não queria que isso acontecesse. Eu sinto muito. Não o encontrou?

— Eu o encontrei, mas a conversa não correu como eu queria. — Rosie tirou o casaco e o pendurou. — Talvez eu devesse voltar para casa com você. Poderíamos todos voltar para casa e passar o Natal no Bangalô Madressilva.

Um dia, aquilo teria soado muito atraente, mas, por alguma razão, não era mais assim. Ela sentia-se enjoada e um pouco afobada. Perdera algo que sabia que jamais recuperaria. Estava frustrada, infeliz e um pouco brava, mas, acima de tudo, estava triste.

— Não vamos voltar para casa. — Katie parecia horrorizada. — Vamos consertar isso. Você vai se casar. Quer se casar?

— Claro! Mas é tarde demais.

— Não pode ser tarde demais. Ele vai mudar de ideia.

Rosie pensou em Dan.

— Ele não vai mudar de ideia. E você não acha que eu deveria me casar com ele, de qualquer jeito.

— Acho, sim. Tudo o que queria era me certificar de que era o que você queria. Aquela noite no telefone, quando eu estava trabalhando, e você me disse que ele era perfeito… me assustou um pouco. Eu estava lidando com uma mulher em um relacionamento abusivo. No começo ela pensou que o cara era perfeito. Ele fez de tudo para que ela pensasse isso até enganá-la. Acho que não acredito em pessoas perfeitas, então você usou aquela palavra e me preocupou.

— Nunca disse que Dan era perfeito. Ninguém é perfeito. Eu disse… — Rosie franziu a testa. O que ela dissera? — Acho que disse que ele era perfeito para *mim*. Não é a mesma coisa.

Katie parecia abalada.

— Você está certa. Não é a mesma coisa. O que prova que jamais deveria atender telefonemas particulares quando estou no trabalho, porque mais uma vez meu julgamento foi errado.

— Já está feito, então agora vamos deixar o assunto de lado. Estou com frio e preciso me aquecer.

— Você está brava e magoada e — Katie colocou a mão na bochecha de Rosie — está fria. Gelada. Onde estava?

— Fui falar com Dan. Em uma motoneve.

— Uma motoneve? — Katie tirou o próprio cachecol e o colocou no pescoço da irmã. — Quem consegue conversar em uma motoneve?

— Não nós. — Ela arrancou as botas. — Mas começo a achar que não conseguimos conversar em lugar nenhum.

— Isso é tudo culpa minha.

— Não é culpa sua. — Rosie caiu de cara para baixo no sofá. — É minha culpa, por não confiar em minhas próprias decisões. Desculpe por ter gritado com você.

— Eu mereci cada decibel. E me sinto horrível. O que posso fazer?

— Nada. — A voz de Rosie estava abafada pelas almofadas do sofá. — Tentei falar com ele, mas Dan já se decidiu.

— Bem, isso é ridículo.

Katie acariciou as costas dela com delicadeza.

Isso fez com que Rosie se lembrasse de ser criança, de estar doente, quando se aninhava no colo da irmã e a ouvia ler uma história.

— Se eu pedir para você pegar minha bombinha na bolsa, vai se apavorar?

— Sua… é claro… — Katie ficou de pé e enfiou a mão no bolso traseiro da calça jeans. — Aqui. Sente-se. Respire. Boa técnica, lembra? Por que não levou uma bombinha? Deixa pra lá, use, é a única coisa que importa. Não vou me apavorar, prometo.

— Você carrega uma bombinha no bolso? — Rosie sentou-se e pegou a bombinha dela. — Desde quando você sofre de asma?

— Não sofro, mas você sofre, então gosto de estar preparada. Pare de falar. Não acredito que saiu em um frio desses. Mas não vou me preocupar com você e ser superprotetora. Você é adulta.

— Eu levei um cachecol, mas estava mais frio do que pensei.

E não estava pensando na respiração, estava pensando em Dan.

Ela fechou os olhos e usou a bombinha duas vezes.

Katie pegou a bombinha dela e se ajoelhou diante da irmã.

— Sente-se por um minuto, não tente falar. Eu falo. Eu realmente sinto muito por tudo. Não estive em um bom estado de espírito nas últimas semanas.

— Para. — O peito dela estava tão apertado. Ela deveria ter usado a bombinha antes. — Tudo o que disse era verdade. Eu mudo de opinião sobre as coisas. Sou como um grilo, pulando de uma coisa para outra. E Dan está certo. Eu deveria ter sido capaz de conversar com ele. Mas às vezes ele me atropela e nem percebe que está fazendo isso.

— Quando ele se acalmar, diga isso a ele. — Katie fez cafuné na irmã. — Uma conversa exige duas coisas, alguém para falar e alguém para ouvir. Talvez ele esteja magoado porque você não falou, mas você está magoada por ele não ter escutado. Meio a meio, Rosie. Não, não fale. Se a sua respiração não melhorar em alguns minutos, vamos para o hospital. Você deve estar tão furiosa comigo.

— Não estou furiosa.

— Pare de falar. Eu fui uma péssima irmã. Eu fui superprotetora, eu sei, mas, desde o momento em que você nasceu, quis me certificar de que nada a ferisse. Eu me apaixonei por sua carinha engraçada no momento em que a vi.

— Eu não tenho uma cara engraçada.

— Olhe suas fotos de bebê. — Ela pegou a mão de Rosie. — Vou parar de ser superprotetora. Não posso prometer que vou acertar de cara, mas prometo me esforçar. Daqui para a frente, se algum dia quiser conversar comigo como amiga, estarei lá, mas chega de conselhos meus. Não sou boa nisso, de qualquer forma. Tirando a parte da bombinha. Sou ótima nessa parte, então ainda não fale nada.

— Você é uma ótima irmã. E uma ótima médica.

— Não sou nenhuma das duas coisas.

Rosie levou a mão ao peito. Sentiu um turbilhão de medo. Não havia nada, nada, mais apavorante do que não conseguir respirar.

— Isso é... há um bom hospital aqui, certo?

— Você não vai precisar de um hospital. — A irmã estava calma. Sólida como pedra. — Estou aqui, e você está bem.

— Me distraia.

— Distrair você? Certo... bem, você queria que eu me abrisse com você, então essa sou eu me abrindo. Eu sempre quis ser médica, você sabe disso. Por toda a época da escola. Por toda a faculdade de medicina, achei que estava fazendo a única coisa que poderia fazer. Essa era eu. A minha vocação. — Katie olhava fixamente o peito de Rosie, observando-o subir e descer. — Até que não era mais. Nem sei o que aconteceu. Aos poucos, sem que eu percebesse, meu amor pelo trabalho começou a se esvair. Nada dramático. Uma gota de cada vez. Uma pequena hemorragia de entusiasmo. Eu nem mesmo notei. Disse a mim mesma que estava cansada. Estressada. E daí? Mostre-me um médico que não está cansado e estressado. Não pensei mais nisso. — Ela fez uma pausa. — Como está seu peito? Está indo bem?

Rosie assentiu. Não se lembrava de ouvir Katie falar com ela assim antes. Acenou com a mão para incentivá-la a continuar.

— Dois meses atrás houve um incidente no trabalho. Foi... perturbador. Em geral tentamos nos desconectar, é uma exigência do trabalho, mas nenhum de nós se saiu bem naquela noite. Não preciso te dar os detalhes...

— Dê os detalhes.

Se a irmã lidara com aquilo, o mínimo que Rosie poderia fazer era continuar ouvindo. Ela precisava entender. E não queria pensar na respiração.

Katie hesitou, e então começou a falar, e cada palavra que dizia aumentava o respeito de Rosie pela irmã. Como lidar com aquilo sem ser afetado? Katie achava mesmo que era possível permanecer imune?

— Ele atacou você — disse Rosie.

— Foi compreensível.

— E apavorante.

Katie massageou a testa.

— E apavorante, sim.

— Você recebeu ajuda?

— Não até semana passada, quando por fim fui a uma médica. Que me afastou do trabalho por motivos de saúde. Sim — disse, e deu um sorriso irônico —, na verdade estou de licença médica. Estou oficialmente doente, o que seria uma explicação útil para o jeito como andei me comportando. E agora você vai me perguntar por que não contei antes. Não tenho certeza do motivo, a não ser o de que você tem orgulho de mim por eu ser médica. Achei que poderia desaprovar.

— Sou sua irmã. Eu te amo. Como poderia desaprovar?

Rosie se inclinou para a frente e deu um abraço na irmã.

— Ah… que bom. Isso significa que estou perdoada? Não tenha pena de mim. Ficarei melhor se apenas…

— Está tudo bem, Katie. Tudo bem se sentir uma merda depois de algo assim.

— Eu realmente não…

— Eu entendo.

Rosie apertou mais forte e sentiu a irmã cair contra ela.

— Não estou bem. Não estou bem.

Por fim Katie se rendeu. Lágrimas jorraram da irmã, e ela chorou, em grandes espasmos, soluços interrompidos que atravessaram Rosie como uma lâmina. A irmã jamais, nunca, tinha chorado com ela antes. Rosie percebeu que o próprio rosto estava molhado e que também chorava. Não sabia o que dizer — o que poderia dizer? —, então apenas abraçou a irmã e murmurou palavras de conforto sem sentido.

Por fim o choro acabou, e Katie desabou.

— E agora estou com dor de cabeça. E nem foi de bebida.

Rosie soltou um riso abafado.

— Isso a gente pode consertar.

Katie fungou e se afastou.

— Aposto que preferia meu papel de amar e amarrar.

Amar e amarrar.

Apesar de tudo, Rosie riu.

— Não é verdade. Eu sinto que agora conheço você um pouco. E explica muito o modo como andou se comportando nas últimas semanas.

Katie assoou o nariz e afundou ao lado de Rosie no sofá.

— Tenho algumas grandes decisões a tomar. E não tenho ideia do que fazer. Aqui está o ponto de aprendizado dessa história triste. Você acha que há alguma fada da decisão mágica que torna cada decisão mais clara, mas não há. Estamos todos nos virando, fazendo o melhor que podemos. Tomamos decisões com base em vários fatores, e às vezes isso pode dar em uma bela confusão. Minha vida é um exemplo. — Ela olhou para Rosie. — A sua pode ser, também, mas isso é minha culpa. Dei um jeito de acabar com a sua vida além da minha.

Era um pouco chocante descobrir que sua irmã confiante, cheia de certezas, também tinha dúvidas. Um choque e um conforto.

— Você é uma médica incrível.

— Não sei. Tento ser… mas isso não significa que não deseje ter escolhido outra profissão.

— Realmente sente isso?

— Acho que sim. E precisei de um tempo para admitir, porque o pensamento me deixa em pânico. Eu dediquei toda a minha vida adulta a isso. É difícil se afastar sem se perguntar se foi tudo em vão.

— Não importa o que faça no futuro, o passado nunca é em vão.

Rosie encostou a cabeça no ombro da irmã.

— Jordan disse algo parecido.

— Você falou disso com Jordan?

— Ele é um bom ouvinte. E ajudou que ele não estivesse emocionalmente envolvido. Às vezes, quando uma decisão parece enorme, você quer que alguém te diga que está fazendo a coisa certa.

— Eu sei. Uma das coisas que amo em Dan é que ele é muito confiante a respeito de tudo. E a confiança dele passou um pouco para mim. Ele não tem medo da vida. Estar com ele me deixou mais corajosa. Ele não se convence a desistir de coisas difíceis. Olha para o obstáculo e o contorna ou passa por cima. Ele me faz pensar nas coisas que consigo fazer, e não nas que não consigo.

Katie a puxou para mais perto.

— Me conta o que mais ama nele.

— Não sei. São mil coisinhas, sabe? Ele me faz chá porque sabe que eu adoro, embora jamais beba, e assiste a comédias românticas porque sabe que é o que eu quero fazer.

— Ele assiste a comédias românticas? Faz careta?

— Nenhuma careta.

— Olha para o celular nas partes bregas?

— Nunca.

— Uau, isso… é amor mesmo. E ele se sai melhor que eu, aliás. Quando Vicky escolhe um filme romântico, eu resmungo até o fim. O que mais?

— Ele é tão calmo e paciente. Quando o conheci, na academia, naquele dia, tive uma crise de asma.

Ela sentiu a irmã ficar tensa.

— Você nunca me contou isso.

— Porque sabia que você ia exagerar. Eu estava usando a esteira e… — ela abanou a mão — … não importa. Mas Dan notou, e em um instante estava ao meu lado, e então foi comigo ao hospital e cuidou de tudo, porque não fazia muito tempo que eu estava nos Estados Unidos. E ele estava tão calmo. Tão calmo. Você já viu quando o interroguei.

Ela sentiu a irmã se encolher.

— Você está certa, ele poderia me dar um soco e não deu — disse Katie.

— Ele jamais faria isso. Ele acharia que, se havia algo que você precisava dizer, então deveria dizer. — Ela suspirou. — E eu não disse.

— Isso foi culpa minha. Desculpa por fazer você duvidar de si mesma. E, se isso importa, não acho que aquelas dúvidas vieram de você. Eu as coloquei lá. Eu criei esse problema e preciso consertá-lo.

— É problema meu. Eu poderia ter ignorado você. Poderia ter dito a Dan como me sentia. — Rosie não queria pensar naquilo. — Falou disso com Jordan também?

— Ficamos presos na neve por umas quinze horas. Falar sobre o tempo perdeu a graça em quinze minutos.

Ela estava fazendo pouco-caso daquilo, mas para Rosie parecia muito importante que ela tivesse conversado com Jordan.

— Sobre o que mais vocês conversaram?

— Várias coisas. Incluindo meus instintos protetores exagerados.

— Ele é muito gato.

— Rosie White, você está prestes a se casar.

— Parece que não, mas, mesmo se estivesse, isso não me impede de notar que um homem é gato. Apenas me impede de fazer algo a respeito. Jordan é um gostoso.

— É mesmo.

Algo no jeito com que a irmã disse aquilo atiçou a curiosidade de Rosie.

— Teve problemas para se manter aquecida quando ficou presa naquele chalé?

— Não. Estava quente. A lareira era ótima.

— Então nada de calor corporal.

— Eu não disse isso.

— Katie! — Rose sentou-se e olhou a irmã. — Vocês...?

— Nós, sim. Várias vezes, na verdade. Podia ter sido mais, mas acabaram as camisinhas. Pronto. É a primeira vez que fico com alguém e saio contando. Eu gravaria o nome dele na cabeceira da minha cama, exceto que minha cama não tem cabeceira.

Rosie não pensara que fosse capaz de se animar, mas por alguma razão aquilo a alegrou.

— Faz quanto tempo que não se envolve com um homem?

— Quem falou de se envolver? Não me envolvi. Passamos uma noite fisicamente agradável juntos, só isso.

— Tirando o fato de que disse a ele coisas que jamais dissera a ninguém.

— Isso também.

— E de que ele sabe seu nome de verdade.

— Agora está me assustando. Para minha sorte, como você mesma falou, ele me manteve lá para que você e Dan passassem um tempo juntos, então não acho que qualquer um de nós acredite que esse relacionamento vai ser duradouro.

— E não está brava com ele por isso?

— A única pessoa com quem estou brava sou eu mesma. Vou ligar para a companhia aérea e depois para um táxi. E vou tirar vantagem do voo longo para repensar minha vida. — Katie se levantou. — Mas primeiro preciso de café, e, agora que sua respiração parece ter se acalmado, precisa tomar um banho quente para se aquecer.

— Por favor, não vá embora. Se formos embora, vamos juntas. Ainda preciso conversar com Catherine. Promete que não vai embora?

Katie ficou imóvel.

— Achei que já não me aguentasse mais.

Rosie também se levantou e abraçou a irmã.

— Não aguento mais você me protegendo, mas você ainda aguento.

— Tá, certo... — Katie correspondeu ao abraço. — Não vou embora até você decidir. É uma promessa.

— E quanto a mamãe e papai? Eles vão se separar? Estou confusa.

— Somos duas. Parece que estavam mesmo pensando nisso, mas, assim que me acalmei, percebi que eles não poderiam saber que eu ia aparecer hoje de manhã, então a coisa toda da cama não podia ser fingimento.

— Podemos não falar da cama?

— Boa ideia.

Katie deu mais um abraço na irmã e foi até a cozinha.

— Acha que os problemas deles eram minha culpa? — perguntou Rosie.

— Por que seria culpa sua?

— Minha asma colocou pressão na família toda.

— Não foi culpa sua. — Katie passou uma caneca para ela. — Relacionamentos são complicados.

— Não precisa nem dizer.

Rosie deu um gole no café. Sentia-se exausta. Sem energia. E à beira das lágrimas. Sabendo que chorar na frente da irmã faria Katie sentir-se pior, ela deixou o café na mesa.

— Você está certa — falou. — Preciso tomar um banho. O que vai fazer?

— Tenho algumas missões. Primeiro vou pedir desculpas a mamãe e papai por fazer acusações e invadir a privacidade deles. Depois — disse, dando de ombros —, não sei. Talvez você esteja certa. Talvez devêssemos voltar para casa. O que quer que a gente faça, vai ser bom.

Rosie conseguiu sorrir.

— O Natal da família White é imbatível.

Katie

Katie se vestiu para sair e parou na porta. Ouvia o chuveiro ligado, e sabia que a irmã estava chorando debaixo d'água.

Ela fechou as mãos, lutando contra o impulso de derrubar a porta do banheiro e abraçá-la.

Mas de que valia o conforto?

Rosie não precisava de conforto. Ela precisava do homem que amava. E, dado que Katie era a responsável pelo que acontecera, era ela quem deveria consertar as coisas. Não era interferência, de maneira alguma. Como consertar um erro poderia ser classificado como interferência?

Era a ordem natural das coisas.

Ela fizera besteira. Não era bom jogar o jogo de "e se" e imaginar se ela teria reagido de modo diferente se Rosie não tivesse ligado no meio de um turno difícil, se não estivesse pensando em Sally, se não estivesse ocupada com os próprios problemas, ou se as palavras "perfeito" e "apressado" não tivessem despertado seus instintos protetores. Estava no passado. Tudo o que podia fazer era lidar com aquilo.

Fechou a porta atrás de si e andou na direção do Nevada Resort. Estava congelante. Será que Dan ainda estaria andando de motoneve? Se estivesse, ela estava frita.

A caminhada até a hospedaria lhe deu tempo para pensar, e, quando pisou no saguão elegante, sabia exatamente o que queria falar.

Tirando vantagem do fato de que os funcionários da recepção estavam absortos em uma conversa com hóspedes, ela subiu para o apartamento pela escadaria particular.

Não tinha intenção de alertar Dan de sua chegada e, quando bateu na porta e ele abriu, viu que fora a decisão correta.

— Sei que quer fechar a porta na minha cara e sei que tem motivos para isso — disse ela. — Me dê dez minutos. É tudo o que peço.

— Rosie mandou você.

— Rosie me mataria se soubesse que estou aqui.

— Mas está disposta a correr o risco.

— Estou, sim, porque é tudo culpa minha.

Dan abriu a porta, e ela entrou.

Via, pela linguagem corporal, que ele estava desesperado. Interpretou isso como um bom sinal.

— Então é o seguinte. — Ela foi até a janela e olhou para a beleza agora familiar das montanhas. — Eu vim para cá para impedir seu casamento.

— Bem, ao menos você é honesta.

Ela se virou.

— Parecia rápido demais para mim. Um impulso louco, absurdo. Havia algumas coisas acontecendo na minha vida... não vou incomodar você com os detalhes, mas, junto com o que já conhecia de Rosie, senti que sabia melhor que ela o que ela queria. Fiquei assustada por ela.

Ela enfiou as mãos nos bolsos. Tivera que reavaliar tantas coisas naquele dia que se sentia zonza.

— Eu sempre a achei vulnerável. Todas as vezes em que Rosie era pequena e eu a abraçava quando ela não conseguia respirar... Bem, é difícil esquecer.

Katie viu que a expressão dele havia mudado. Porque sentiu que Dan a escutava, ela continuou falando.

— Estava determinada a descobrir mais sobre você, porque estava certa de que Rosie não podia conhecê-lo de verdade depois de tão pouco tempo. Então fiz perguntas.

— Eu notei.

— Fiz muitas perguntas, e você foi gracioso, paciente e — ela tomou fôlego — mais educado do que eu merecia. Você respondeu a tudo que perguntei. Imaginei que talvez estivesse na hora de falar um pouco de mim.

Ele franziu a testa.

— Katie...

— Escute. Preciso que entenda por que me comportei desse jeito. Preciso que entenda que não foi pessoal. Faço julgamentos rápidos. Rápidos demais. Com frequência começo com o pior caso possível e vou recuando. Sou muito protetora em relação às pessoas que amo. Sou perfeccionista, o que não é bom, e estou tentando mudar.

Ela se sentou no sofá e olhou as mãos. Ela não tinha planejado um discurso, mas sabia que precisava continuar falando.

— Na primeira vez que Rosie teve um ataque de asma, eu pensei que ia perder minha irmãzinha. Senti uma responsabilidade enorme. Quando Rosie foi para a faculdade, ela não queria preocupar nossa mãe, então me ligava quando tinha problemas. E estava tudo bem, ficava feliz por ela me procurar...

— Mas isso a colocou no papel de mãe, e você carregou o fardo sozinha.

Katie assentiu.

— Não sei nem se teria feito medicina se não fosse por ela.

— Ela diz que você é uma ótima médica.

Katie não ia discutir. Suas questões não tinham importância ali. Aquilo dizia respeito a Rosie.

— Eu segui nisso, pois é o que se faz quando teve um treinamento longo e caro, e fez uma escolha de carreira que a sociedade presume que será para sempre. Você não tem certeza de que está gostando, mas, opa, a maior parte dos colegas também está esgotado e exausto, então no fim se torna normal. Você justifica a maneira como se sente. E por que não? Ninguém larga a medicina depois de uma década de trabalho, larga?

Dan sentou-se diante dela. A expressão defensiva em seus olhos havia desaparecido.

— Larga, se não quiser mais fazer isso.

— Acha que está tudo bem mudar de ideia sobre as coisas? Vê isso como um ponto forte, e não uma fraqueza?

— Sim, vejo.

— Ótimo. — Ela se levantou. — Então vá encontrar minha irmã e diga a ela que cometeu um engano. Diga que ainda a ama e finalmente tenham a conversa que pelo visto só precisam ter porque eu interferi. E, se depois dessa conversa ainda acreditar que não é a coisa certa ficarem juntos, então vamos dar um jeito. — Os olhos dela se encheram de lágrimas. — Não posso ser a razão pela qual vocês se separaram.

— Porque ela jamais a perdoaria?

— Não. Porque agora percebo que vocês dois são perfeitos juntos. Acho que ambos precisam encontrar um jeito de melhorar a comunicação, mas com sorte terão muitos anos adiante para praticar. Quero que ela seja feliz. Quero que você seja feliz. Apesar das aparências, eu gosto muito de você, Dan, e espero que um dia você possa chegar a gostar de mim. Ou ao menos me perdoar.

— Eu gosto de você, Katie, e respeito o quanto ama sua irmã.

Mas ele não tinha mudado de ideia.

— Você precisa entendê-la. — Ela sabia que parecia desesperada. *Estava* desesperada. — Rosie é tão gentil. Nunca quer magoar ninguém.

— Eu sei disso. Eu a conheço. Por que acha que estou apaixonado por ela?

— Eu... você ainda está falando no presente.

Katie sentiu uma onda de esperança que foi logo quebrada pela expressão no rosto dele.

— Dá para cancelar um casamento, mas não para desligar o amor.

— Mas, se estão apaixonados, por que não se casam?

— Exatamente pela razão que mencionou. Rosie detesta magoar qualquer pessoa, então, se ela não conseguir falar de forma honesta comigo, como vou saber se ela me ama de verdade? Como vamos resolver os problemas quando eles surgirem?

— Tem certeza de que ela não estava falando? Ou poderia ser você que não estava escutando?

— Não sei o que quer dizer.

— Rosie disse que tentou falar. Você a ouviu tentando falar com você?

— Eu... não. Mas...

— Talvez sua capacidade de ouvir precise ser trabalhada. Talvez ela precise falar mais alto. Ou te enviar um e-mail. Usar uma lousa na cozinha, ou notas adesivas. Não sei... — Ela abriu as mãos, frustrada. — Não sei nada sobre relacionamentos, mas sei que isso me parece possível de consertar. Você a ama. Ela ama você. Os dois precisam encontrar uma maneira melhor de se comunicarem, só isso. Acho que vocês não têm noção de como são sortudos. Neste mundo sempre tão horrível, onde todos os dias tanta coisa dá errado para tanta gente, vocês encontraram amor, amizade e afeto, todas as coisas que importam de verdade, todas as coisas que farão suas vidas boas e os sustentarão nas épocas em que a vida não é boa... e vão virar as costas para isso? E, a propósito, se sua resposta para isso é "sim", descobri o que há de errado com você. Encerro meu caso.

— Achei que fosse médica, não advogada.

— Pareceu a coisa certa a dizer. — Ela fungou e foi até a porta. — E agora vou embora. Antes que minha irmã descubra que estou aqui e nosso relacionamento seja abalado para sempre.

Ela estava saindo pela porta quando a voz dele a fez parar.

— Você queria saber de mim, então vou falar de mim. Se não diz respeito ao trabalho, ou à boa forma física, tenho tendência de deixar as coisas de lado. Sou um procrastinador terrível. Até o pagamento dos impostos atraso. Sinto saudades do meu pai todo santo dia, e a morte dele me fez apreciar como é importante segurar o amor quando você o encontra.

Katie se virou.

— Foi por isso que quis me casar rápido com Rosie — continuou Dan. — Não era um impulso. Não era porque minha mãe aproveitou a ocasião e sugeriu o Natal. Era porque eu sabia. Eu sabia que ela era a pessoa certa para mim e queria aproveitar ao máximo cada momento.

— Para. — Ela piscou e fungou. — Você está me fazendo chorar, e sou a pessoa menos sentimental que vai conhecer.

— É? Sei que ficou chateada por Jordan mantê-la longe.

Graças a seu treinamento médico, ela conseguiu manter a expressão neutra. Ainda bem.

— Não estou chateada. Jordan fez a coisa certa. — Ela endireitou os ombros. — Vocês dois precisavam de um tempo juntos e eu estava no caminho. Eu diria que ele executou suas funções de padrinho com perfeição. É um bom amigo. Você e Rosie têm sorte de tê-lo por perto.

E por que ela ficaria chateada ou triste? Tinham passado a noite juntos, e daí? Eram dois adultos que consentiram. Ambos fizeram uma escolha. Sim, ela sentia-se confusa e emocionada, mas não era culpa de Jordan. Era porque estava confusa e emocionada no geral. Tinha um atestado médico para provar.

— No momento, não sei se vou precisar de um padrinho.

Ela pensou por um momento.

— Me diz uma coisa, Dan. Se você sabe como é importante se agarrar ao amor, por que está deixando ele escapar? Acha que não houve dias em que seus pais precisaram encontrar o caminho durante uma parte difícil do relacionamento deles? Veja meus pais. Pensando bem, melhor não olhar para os meus pais, pois, toda vez que nos viramos para eles, parecem estar fazendo algo bem constrangedor, mas meu argumento é que jogar o amor fora porque vocês dois precisam aprender a acomodar o modo como são é um desperdício horrível.

Ele não respondeu, então ela tentou mais uma vez.

— Você disse que tinham muito tempo para conhecerem um ao outro, mas conhecer um ao outro não é apenas descobrir que um de vocês teve um coelho de estimação, ou foi reprovado em uma prova de física. É entender como a outra pessoa reage. Vejo isso no hospital. Pessoas que se tornam agressivas quando estão assustadas. Pessoas que estão tão entorpecidas de dor que não conseguem nem falar, muito menos chorar. Não porque não se importam, mas porque é assim que lidam com o fato de que se importam quase demais. Essas são as coisas que precisa saber sobre alguém. Você descobriu algo muito importante sobre Rosie: ela não vai gritar na sua cara quando algo estiver errado. Você vai precisar criar um ambiente em que ela possa dizer a você o que está pensando. — Ela havia estragado tudo naquela parte também. Katie sabia que não tinha dado a Rosie espaço para falar. — Isso não é um motivo para terminar. É algo para arquivar e usar quando precisar de compreensão mais profunda. É o que conhecer alguém realmente significa. E acho que é chamado de intimidade, embora eu não saiba muito sobre isso.

Ela se virou e saiu do apartamento sem olhar para trás.

As palavras dela tinham causado algum impacto?

Não tinha ideia.

Katie voltou à casa da árvore e encontrou o pai esperando por ela.

— Oi, Katkin.

O uso do apelido de infância quase acabou com ela.

— Pai. Cadê a Rosie?

— Está falando com sua mãe.

— Dividir e conquistar. E você ficou comigo. Azar o seu.

— Não acho.

Ele parecia desajeitado e perdido, o que não era uma surpresa. Katie não se lembrava de já ter tido uma conversa pessoal com o pai na vida. O relacionamento deles sempre fora baseado em atividades compartilhadas e aventuras. Nunca em emoções.

— Desculpe por hoje de manhã.

— Nós é que deveríamos pedir desculpas. Por não contarmos a verdade a vocês. — Ele enfiou as mãos nos bolsos. — Mas, para ser honesto, não me arrependo. Sua mãe e eu tínhamos… bem, tínhamos nos afastado. Não conseguíamos enxergar um caminho juntos. E então fingimos ainda estar apaixonados. Passamos tempo juntos. Nos divertimos pela primeira vez em um bom tempo.

— Parece o enredo de um livro romântico.

Ele abriu um sorriso cansado.

— Talvez esse tenha sido meu erro. Nunca li um livro romântico. Talvez, se tivesse lido, teria aprendido uma coisa ou outra. Talvez meu casamento não tivesse desabado.

Ela sentiu uma dor no peito.

— Fico feliz que as coisas tenham dado certo para vocês.

— Não é por isso que estou aqui. Não vim aqui falar de nós, embora queira dizer que nosso casamento ainda está muito vivo. Vim aqui para falar de você.

— Não precisa falar nada, eu me comportei mal, eu sei.

— Você estava chateada. Preocupada com sua irmã. — Ele passou a mão no queixo. — Você não tem visto sua mãe.

— Eu sei, e peço desculpas. Tem sido uma loucura no trabalho, vou tentar me sair melhor.

— Ver sua família não é uma prova na qual precisa passar, Katkin. Nós te amamos. Se estiver ocupada, não é um problema. Você está falando com a pessoa que passou metade de sua infância longe escavando relíquias. Eu entendo o que é estar ocupado, e sua mãe também. Mas se há algo mais... — Ele foi até ela e colocou a mão no ombro da filha. — Se houver algo mais fazendo você ficar longe, algo incomodando você, espero que fale. Nós temos orgulho de você, espero que saiba.

Katie sabia que os pais tinham orgulho. Era metade do problema. Ela se afastou.

— Estou bem, pai.

— Nunca disse que era especialista em linguagem corporal, mas estou melhorando. Sei que não está bem. O que não sei é por que o que eu disse a chateou.

— Sério, pai... não posso... Precisamos conversar?

— Não estou falando as coisas certas, estou? — Os ombros dele caíram. — Sua mãe vai me matar. Vocês sempre falam com ela quando há algo errado, e não tiro a razão de vocês, mas isso significa que não tenho muita prática. Devo ir embora, Katie? Não quero deixar as coisas piores.

Ele era um homem tão gentil. Um homem tão inteligente. *Seu pai.*

Talvez Jordan estivesse certo. Talvez estivesse na hora de ela se apoiar nas pessoas, em vez de protegê-las.

— Você disse que tinham orgulho de mim — disse Katie. — Do fato de que sou médica.

— Temos orgulho de você.

— Mas eu não tenho mais certeza de que quero ser médica. Pronto. Ela dissera.

— E sinto muito se acham que estou decepcionando vocês dois — continuou. — Se sentem...

— Pode parar por aí. Por que acharíamos que você está nos decepcionando? Isso diz respeito a você, não a nós. Sua vida. Sua decisão.

— Eu sempre quis ser médica. Passei a vida toda trabalhando para chegar aonde estou agora.

— E daí? Você acha que isso significa que precisa continuar fazendo algo que não se encaixa mais com o que quer?

Ela engoliu em seco.

— Não acha que estou louca?

— Louca por contemplar uma mudança de carreira quando já não ama mais o que está fazendo? Claro que não. Loucura seria passar o resto da vida fazendo algo porque sempre fez isso.

— Parece um desperdício.

— Nada que você faz na vida é desperdiçado. Nada. — Ele indicou o sofá. — Vamos nos sentar por um minuto.

— Você disse que tinham orgulho de mim.

— Temos orgulho de você. Mas não porque é médica. Porque é *você*. Uma jovem mulher inteligente, determinada e dedicada. Não importa o que decida fazer, sempre vai dar tudo de si, pois é quem você é.

Katie decidiu não contar a ele sobre a agressão. Não por querer proteger os pais, mas porque queria deixar aquilo para trás. Era hora de olhar para o futuro, não para o passado. Ainda assim, era bom saber que podia falar com ele se algum dia sentisse a necessidade.

— Eu nem sei o que quero fazer.

— Isso é porque não se deu tempo de pensar sobre isso. Peça demissão. Tire um tempo de folga. Pense nisso. Dê espaço a si mesma. Se decidir voltar para a medicina, bom. Se não, bom também.

Jordan não havia sugerido a mesma coisa?

— Eu poderia, acho — disse ela. — Tenho uma poupança.

— E nós temos poupança também.

— Obrigada, mas jamais aceitaria a poupança de vocês. Sou uma mulher adulta e, se decidir sair, preciso resolver isso sozinha.

— Só você pode decidir, mas todos podemos ajudar com o lado prático. Se quiser voltar para casa por um tempo, poderia.

— E ficar por lá enquanto vocês dois se beijam e se abraçam? — Ela sorriu e o cutucou. — Obrigada, mas não. E essa não era a reação que estava esperando. Achei que ficaria decepcionado e desaprovaria. Achei que me daria um sermão sobre jogar fora minha vida e minha formação. Mas você quase parece querer que eu saia.

— O que eu quero — disse o pai — é que seja feliz. Descobri muitas coisas nesta semana, mas uma delas é que sua mãe não ama o trabalho que faz há tantos anos.

— Rosie me falou.

— Ela está pensando em alternativas.

— Está? Como o quê?

— Ainda não tenho certeza, mas talvez algo relacionado a paisagismo. Projetos de jardinagem.

— Faz sentido. Bom para ela.

— O que quero dizer é que você não tem dependentes, só tem que se preocupar com você. Não há melhor época que essa para fazer uma mudança. Tentar outra coisa. E, se quiser voltar para a medicina daqui a um ano ou dois, pode fazer isso.

— Você faz parecer tão simples.

Mas Jordan não tinha dito a mesma coisa?

— Acho que a complexidade é de percepção. Você trabalhou duro por algo. Está tendo dificuldades com a ideia de se afastar disso. Mas se imagine daqui a vinte anos, ainda médica. Como isso lhe parece?

— Não é bonito.

— Aí está. Você é jovem, Katie. Corra o risco. E arrume um hobby. Faça ioga. Entre em um coral. Você era ótima no piano. O que aconteceu com isso? Viaje. Faça uma loucura. Compre um cavalo. Encontre um amor.

Amor.

Ela pensou naquelas horas preciosas com Jordan e soube que jamais as esqueceria.

— Acho que Vicky reclamaria se eu colocasse um cavalo no nosso quintal.

Katie não queria falar de amor. Mas e as outras coisas? Chegara a hora de pensar nelas. Se havia algo que aquela semana lhe ensinara, era que ela não tinha equilíbrio na vida. Não havia montanhas nem abetos. Não havia céu azul ou ar fresco o suficiente. Ela pousou a cabeça no ombro do pai.

— Obrigada por escutar. É a primeira vez que conversamos assim.

— É. — O pai deu tapinhas desajeitados na perna dela. — Deu tudo certo, acho. Fomos muito bem.

Ela sorriu e o abraçou.

— Você foi ótimo. Obrigada por não julgar e por me apoiar. Obrigada, paizinho.

— Você não me chama de paizinho desde que tinha 6 anos.

— No momento eu me sinto com 6 anos.

Ele ficou em silêncio por um momento.

— Posso estar passando do limite aqui, e, se estiver, me diga, mas aconteceu algo entre você e Jordan? Sua irmã disse…

— Tudo bem.

— Eu vi seu rosto. Não parecia bem, Katkin. Ele a magoou? — Ele se virou para a filha. — Porque, se magoou, vou falar com ele.

— Ah, meu Deus, pai, *não*! Não consigo pensar em nada mais constrangedor. Exceto talvez flagrar você e mamãe transando. Foi bem ruim.

— Sexo é uma coisa normal e saudável…

— Pare! Eu imploro, pare.

— Tudo bem, mas estou aqui se precisar. Posso conversar com ele. Ou socá-lo. Ninguém magoa minhas meninas.

Aquilo deveria ter feito com que ela risse, mas a imagem de seu pai socando Jordan a fez querer chorar.

— Posso cuidar de mim mesma.

— Talvez não seja tão durona quanto pensa.

Ela estava começando a achar que não era nem um pouco durona. A qualquer momento começaria a chorar.

— Estou bem.

— Eu sei, mas às vezes é bom não precisar lutar sozinha a vida toda.

As palavras dele a tocaram. Naquele momento ela se sentia mais sozinha do que nunca.

Katie quase contou a ele sobre Jordan. Quase. Ela acharia a conversa desconfortável, e sabia com certeza que o pai também.

— Acho que vou me deitar por algumas horas — disse ela.

— Bom plano. Você deve ter passado a noite acordada preocupada com sua irmã enquanto estava presa naquele chalé.

Ela não compartilhou o fato de que sua exaustão foi causada por algo diferente. Aquele novo espírito de abertura era muito bom, mas havia limites.

— Obrigada mais uma vez por me escutar. E por dizer as coisas certas.

— É coisa de pai. — Ele beijou o topo da cabeça dela e ficou de pé. — Nada mais. Agora vá e se deite, feche os olhos e sonhe com um futuro que a empolgue. E, se sua mãe perguntar como foi, não se esqueça de dizer que eu tirei de letra.

Rindo, ela deu um empurrão nele e o viu sair.

Por que tinha temido aquela conversa? Deveria ter feito aquilo antes.

Katie ainda não sabia como ia agir, mas dera a si mesma permissão de ao menos pensar sobre isso.

E estava feliz por os pais ainda estarem juntos. Contente por eles estarem felizes.

Uma imagem de Jordan passou por sua mente. Ela nunca se sentira tão confortável com alguém. Nunca conversara e falara de si de forma tão aberta. A proximidade adicionara uma camada de intimidade que ainda não conhecera.

Era assim que os pais dela se sentiam juntos? E Rosie e Dan?

Sentiu uma dor bem lá no fundo. Por um momento, imaginou uma vida diferente. Uma vida equilibrada e variada. Em vez de voltar para casa morta de exaustão, sem nada a oferecer, voltar para casa para alguém que se importava com ela.

Ela se via fazendo aquilo com Jordan?

Aquela coisa toda com Jordan não fora real.

Fora apenas uma noite, não uma vida toda.

O celular dela soou, e ela viu uma mensagem da irmã.

Adivinha? VOU ME CASAR

Katie fechou os olhos. O alívio a deixou fraca. Graças aos céus. Ela não sabia dos detalhes, e não se importava. Tudo o que importava era que daria certo. Ela não tinha estragado a vida da irmã. Sentiu uma onda de emoções tão forte que quase a derrubou.

Piscou para segurar as lágrimas enquanto respondia à mensagem.

Estou muito feliz por vocês.

O casamento seguiria adiante. O que significava que ela precisava se recompor.

Precisava sorrir e se concentrar em ficar feliz pela irmã. Poderia resolver o resto depois.

Era Natal. Era sua época favorita do ano.

Então por que se sentia tão desanimada?

Iria fechar os olhos por cinco minutos para ver se ajudava.

Estava a meio caminho do quarto quando soou uma batida na porta.

— Ah, pelo…

Ela se virou e viu Jordan ali parado.

O coração de Katie pulou. Não tinha certeza de que aguentaria lidar com ele naquele momento.

Queria mandá-lo embora, mas, se fizesse isso, ele pensaria que estava magoada ou algo tão constrangedor quanto, e Katie já sofrera toda a vergonha que suportaria no dia.

Fez um sinal para que ele entrasse.

— Oi, Jordan. O que houve?

— Dan e Rosie parecem ter resolvido o que estava incomodando os dois.

— Ela me mandou uma mensagem.

— Acho que você tem algo a ver com o fato de que o casamento está de pé de novo.

— Se está perguntando se conversei com Dan, sim, conversei, embora fosse mais um pedido de desculpas, na verdade, já que foi minha interferência que quase os separou. Mas no fim eles se resolveram. Há algo mais ou você só veio falar de Rosie e Dan?

— Não vim falar de Rosie e Dan. — Ele fechou a porta ao entrar. — Há algumas coisas que preciso dizer.

Ela estava cansada demais para aquilo.

— Vou poupar seu esforço. Eu interfiro, eu sei disso. Se me arrependo? Um pouco, talvez, pelo jeito que a coisa aconteceu, mas nunca vou parar de cuidar da minha irmã, então seria hipócrita da minha parte fingir que vou mudar. Sei que não sou sua pessoa predileta, mas temos um casamento pela frente, então voto para suspender as hostilidades até o fim da comemoração. Depois disso volto para casa e você jamais vai me ver de novo.

Jordan ficou ali.

— Acabou? — perguntou ele.

— Acabei.

— Ótimo, porque agora é minha vez. Sobre ontem à noite...

— Vou poupar seu tempo. — Ela levantou a mão. — Você me venceu no meu próprio jogo.

— Não diria isso.

— Não diria?

— Não. — Ele andou pela casa. — Para começar, meu nome é mesmo Jordan. E, quando me pedir meu telefone, vou passá-lo para você. O de verdade. Cada dígito correto.

Ela abriu um meio sorriso. Foi o melhor que conseguiu.

— Por que eu pediria seu número?

— Porque seria difícil entrar em contato comigo sem ele.

— Por que eu precisaria entrar em contato com você? Ah, entendi... — Ela assentiu. — Está com medo de eu engravidar. Relaxa. Não vai acontecer.

— Não é esse o motivo.

Então qual era o motivo?

— Está tudo bem, Jordan. Passamos uma noite juntos e não vamos nos ver de novo depois do Natal, não é grave. Na verdade, é como meus relacionamentos sempre terminam. Não precisa se preocupar. Não está lidando com uma princesa sonhadora que acha que a vida é uma série de "felizes para sempre".

— Bom saber, porque princesas sonhadoras não são meu tipo.

— Não?

Ela pegou algumas roupas de Rosie que estavam jogadas pela sala. Se ficasse ocupada e não olhasse para ele, aguentaria aquilo, sabia que sim.

— Essa é a parte em que você me pergunta qual é meu tipo.

Ele não tinha nenhum tato?

— Desculpe, não decorei o roteiro. — Ela tentou usar o tom mais casual que conseguia. Também ficou de costas para ele. — Qual é seu tipo?

— Isso é que é estranho. Se você me perguntasse há algumas semanas, eu teria dito que não tenho um tipo, mas parece que gosto de uma certa médica mal-humorada com um cérebro afiado como a lâmina de um bisturi e um conhecimento impressionante de anatomia.

Ela não se mexeu.

— Katie? — A voz dele era rouca. — Olha para mim.

Ela se virou.

— Eu disse que...

— Não está interessada em relacionamentos, eu sei, mas me escuta. — Jordan manteve o olhar fixo no dela. — Eu não te mantive naquele chalé porque queria dar tempo a Dan e Rosie, embora achasse que eles precisavam de um tempo juntos. Eu a mantive no chalé porque não era seguro sair.

— Rosie disse...

— Estou te dizendo que Rosie estava errada. Pense bem, Katie. Quando eu e você nos seguramos em vez de dizer um ao outro o que pensamos? Nenhuma vez. Você diz o que pensa desde que eu fui buscá-la no aeroporto, e eu falo o que penso. Então por que eu prepararia um plano elaborado para manter você longe de sua irmã? Se essa fosse a razão para te manter no chalé, eu diria. Teria dito com clareza que não deixaria você ir para casa e interferir. Teria trancado a porta e colocado a chave no bolso. Teríamos brigado. Com sorte, você teria lutado comigo pela chave.

Havia um brilho no olhar dele que Katie nunca tinha visto.

— Estávamos mesmo presos na neve?

Ele deu de ombros.

— Eu poderia ter nos tirado de lá? Talvez, mas não sem risco à vida. Não tenho mais 16 anos. Correr riscos como esses não tem muito encanto.

— Achei que fosse aventureiro.

— Há aventura, e há estupidez. Mesmo se estivesse disposto a arriscar minha vida, e a dos membros do grupo de resgate que sem dúvida sairia para nos procurar, eu não teria arriscado a sua. — Ele fez uma pausa. — No espírito da honestidade, também preciso admitir que queria você ali. Se a neve não tivesse cooperado, teria encontrado outro jeito.

Ela sentiu-se aquecida pela primeira vez no dia.

— Você... teria?

— Teria. Foi seu pai que vi sair daqui?

— Foi.

O que ele estava dizendo mesmo? Katie não tinha certeza. Não tinha experiência suficiente naquilo para interpretar as palavras dele.

Ele andou até ela.

— Você conversou com ele? Seus pais estão bem?

— Estão. Parece que não vão se divorciar, e esse fingimento todo é parte do motivo. O que significa que o sexo era, na verdade, real. E isso é algo em que estou tentando não pensar.

Ela massageou a testa e se tensionou quando ele pegou a mão dela.

— Dor de cabeça? Isso é falta de sono. E estresse, claro. Tomou alguma coisa?

— Não.

— Você é médica. Não deve saber tratar de si mesma?

— Estou bem no fim da fila.

— Estou vendo que autocuidado não está no topo da sua lista. Pode querer pensar nisso, dra. White.

— Tenho essa intenção. Tenho a intenção de pensar em muitas coisas, incluindo minha carreira. — Ela olhou para o peito dele. — A propósito, obrigada por escutar. Conversar ajudou.

— Fico feliz por ter se sentido capaz de conversar com seu pai. — Ele passou os dedos por baixo do queixo dela e levantou seu rosto. — Então você decidiu o que mais quer fazer?

— Não. Devo pedir demissão e tirar um tempo para pensar. Dormir até tarde. Ir à ioga. Comprar um cavalo.

— Um cavalo?

— Deixa pra lá. — Ela sorriu. — Não tenho ideia do que vem a seguir, e de certo modo isso é assustador, mas também é muito libertador. Até que gosto da ideia de um novo começo.

— Vai voltar para Londres?

— Para onde mais eu iria? Poderia ficar com meus pais em Oxford, mas, como eles estão reavivando o relacionamento deles, acho que seria desconfortável para todos os envolvidos.

Ele tem olhos tão azuis, ela pensou. *Tão azuis.*

— Nunca estive em Londres, mas não me parece sossegado. Não é um lugar fácil para pensar. Além disso, você é um rottweiler, e rottweilers precisam de exercício e estímulo, ou se metem em confusão.

— Ah, é?

— Uhum. Você pode ficar melhor em algum lugar com mais espaço ao ar livre. Como um chalé nas montanhas, por exemplo. Um lugar aconchegante. Paredes de madeira, linda vista, lareira acesa. Quando a neve derrete, fica cercada por flores de primavera. Pode caminhar o dia todo sem encontrar ninguém. E o ar é fresco e limpo, sem poluição.

O coração dela bateu um pouco mais forte.

— Parece bom. Conhece um lugar assim?

— Conheço, sim. — Ele segurou o rosto dela. — Fique, Katie. Se precisa pensar, pense aqui. Posso garantir que não vai encontrar um lugar melhor.

Ela sentiu a boca seca. Não tinha certeza do que ele estava oferecendo e não queria perguntar porque temia que tivesse entendido tudo errado.

— Está me oferecendo o seu chalé? Para onde você vai?

O canto dos olhos dele se enrugaram com seu sorriso.

— Engraçado — disse Jordan.

— Sua casa não parecia grande o suficiente para hóspedes. Você só tem um quarto.

— De quantos quartos nós precisamos?

O coração dela martelava no peito.

— Nós?

— Estou pedindo para você ficar. Comigo. E eu sei que está em uma encruzilhada da vida, o que pode significar que está vulnerável e não deveria tomar decisões apressadas, ou pode significar que está na hora de tomar decisões apressadas.

Ela sentiu o coração dele batendo sob a palma da mão.

— Você é uma decisão apressada, Jordan?

— Talvez. — Ele baixou a cabeça até que a boca quase tocasse a dela. — Tudo o que sei é que não quero levá-la para o aeroporto.

— Porque vai sentir saudade quando eu for?

— Um pouco. Principalmente porque você é uma passageira bem irritante e outras cinco horas em um carro com você bem podem me matar.

Ela riu, e teria continuado rindo, mas então ele a beijou, esmagando a boca de Katie e lembrando-a de todos os motivos pelos quais aquela noite no chalé fora especial.

Quando ele por fim levantou a cabeça, ela o abraçou.

— Achei que me odiasse.

— Você de fato não tem experiência com homens, tem, Karen?

Ela sorriu.

— Vai precisar adivinhar meu número de telefone. Dez dígitos.

— Não preciso de seu número de telefone. Tenho você em pessoa.

Ela pousou a cabeça no peito dele. Jamais dissera "eu te amo" para um homem, mas, se algum dia dissesse aquelas palavras, imaginava que seria para alguém como Jordan.

— Tinha muitas opções passando pela cabeça, mas ficar não era uma delas.

— E?

— Posso pensar? Não porque não quero, mas porque preciso pensar em tudo. Sou assim.

— Eu sei.

— Um chalé na floresta parece maravilhoso. Em especial porque vem com serviço de quarto.

Ele a beijou de novo.

— É o melhor serviço de quarto que vai conseguir em qualquer lugar.

— Acredito em você.

Ela o abraçou.

— Podemos falar disso depois? Preciso fazer algumas coisas agora.

— Como desmanchar um casamento?

Ela sorriu.

— Estava pensando mais em algo como tornar esse casamento o melhor possível.

Rosie estava na bela antessala com sua família. Sentia que tinha uma nevasca inteira na barriga.

Ouviam o som do quarteto de cordas vindo do salão, com o murmúrio baixo de conversa.

Todos esperavam por ela.

— Estou bem? — Ela tocou o cabelo, que fora arrumado de modo que algumas mechas encaracoladas caíssem sobre a alça do vestido. — Minhas mãos estão tremendo. Se eu confessar que estou nervosa, vão achar que estou mudando de ideia?

— Nós? — Katie levou a mão ao peito. — O que faria você pensar isso? Somos todos racionais.

Era tão bom poder rir daquilo. Rosie tivera medo de uma ruptura, mas sabia que ela e a irmã sempre consertariam qualquer ruptura. O relacionamento delas era importante demais para não fazerem isso.

— Não acredito que isso está acontecendo, depois de tudo — disse Rosie.

— Nem eu. Quer dizer, apavorei o homem e ele ainda está se casando com você? Isso que é amor. Mas lembre-se, não é tarde para mudar de ideia.

Rosie desferiu um golpe contra ela com o buquê, mas Katie se esquivou.

E então as duas caíram na gargalhada, e Rosie puxou Katie para um abraço.

— Vou sentir saudade quando você voltar para Londres.

— Hmm, falando nisso...

— O que foi? — Rosie deu um passo para trás. — Está pensando em ficar aqui para me confortar se meu casamento desabar na sexta-feira?

— Estou pensando em ficar, sim, mas não por sua causa. Acontece que gosto daqui. Bastante. É bonito, o ar é fresco, o ritmo da vida é mais lento e...

— E Jordan mora aqui. — Quando a resposta lhe ocorreu, Rosie sorriu. — Você finalmente concordou com um segundo encontro?

— Não tenho certeza de que *encontro* é a palavra que eu usaria, mas, sim, estou planejando ficar por um tempo. Ainda tenho algumas semanas antes de precisar voltar. Pensei em passá-las aqui, pensando um pouco. Principalmente na minha carreira.

Katie passou o braço pelo de Rosie e buscou a mãe, que deu um passo para a frente e abraçou as duas.

— Me parece uma boa decisão — disse Maggie. — E, se precisar falar comigo ou com seu pai, ou precisar de espaço... seja o que for, estamos aqui.

Rosie fechou os olhos, aproveitando o momento de proximidade com a mãe e a irmã.

Tinha sorte por ter aquilo. Sabia que tinha sorte.

Katie fungou e se afastou.

— Vamos estragar a maquiagem da Rosie. Além disso, o noivo pode ter um ataque de pânico. — Ela alisou o vestido e se virou para o pai. — Como estamos?

Nick as observou, e Rosie podia jurar que os olhos dele brilhavam.

— Nada mal para um par de perversas.

Maggie o censurou.

— Ignorem ele.

Nick pigarreou.

— Tenho orgulho de minhas meninas. Vocês duas estão lindas. Bem, vocês têm os genes da mãe, então era esperado. —

Ele piscou para Maggie. — Como estou me saindo? Admita, foi charmoso.

Maggie revirou os olhos.

— Se você não esperasse aplausos depois de cada elogio, seria mais charmoso.

— Você está linda, mãe — disse Katie, e Maggie se virou para se olhar no espelho.

— Catherine me ajudou a escolher. Perder a bagagem pode mesmo ter suas vantagens. E, falando de Catherine, se vocês três estiverem prontos, gostaria de me juntar a ela na frente. Ela deve estar pensando no pai de Dan, e no quanto ele teria desejado ver este dia. Quero dar apoio moral a ela e me certificar de que ela saiba que estamos aqui para ajudá-la. Agora somos todos uma família.

Ela beijou as duas meninas e Nick, e então saiu do cômodo.

Rosie respirou fundo para se acalmar.

Sentiu o pai pegar a mão dela e a colocar em seu braço.

— Pronta?

Ela assentiu, e apertou mais o braço do pai. Juntos atravessaram a porta para o salão, com suas janelas panorâmicas e a bela vista das montanhas. As cadeiras ficavam de frente para as janelas, a floresta e as montanhas nevadas providenciando o pano de fundo perfeito. O florista trabalhara com Catherine para realizar um casamento de inverno perfeito. As flores no cômodo espelhavam as do seu buquê delicado: eucalipto argentino, cinerária e lisianto branco.

Era tudo o que Rosie poderia desejar, e estava feliz por ela e Dan terem decidido manter a cerimônia pequena e íntima, só para amigos próximos e família.

Conforme a música mudou, as cabeças se viraram para olhá-la, e ela sentiu um turbilhão de nervoso.

E então ela viu Dan, de pé lá na frente com Jordan.

Ele sorriu, e ela caminhou na direção daquele sorriso, alheia a todos menos ele.

Não parecia assustador. Era como o começo de uma aventura empolgante.

Ela disse suas palavras e o ouviu falar as dele. Mais tarde, pensaria naquelas palavras, mas naquele momento tudo o que precisava saber estava bem ali nos olhos do futuro marido.

Ouviu Catherine fungar atrás dela, ou talvez fosse a mãe dela, e então Dan a beijou, e ela retribuiu o beijo.

— Bem, Rosie Reynolds — disse ele, os olhos rindo diante dos dela —, agora é tarde para mudar de ideia.

Ela passou os braços pelo pescoço dele.

— Nunca vou mudar de ideia.

— Tem alguma coisa que queira me dizer? Estou verificando, como combinamos. Estou ouvindo.

Ela sorriu.

— Eu te amo.

— Eu também te amo. E por acaso também estou morrendo de fome, então devemos começar a festa?

Ela já havia espiado o espaço em que aconteceria a festa. As mesas estavam decoradas com pinhas prateadas e buquês de anêmonas brancas, e delicados fios de piscas-piscas estavam enroscados na hera. Havia uma pista de dança e muito champanhe, e o chef do Nevada Resort preparara um menu com tema de inverno.

Seria uma noite a ser lembrada, mas ela sabia que aquela era a parte que ficaria em sua cabeça para sempre.

Ela viu a mãe e Catherine, de braços dados, ligadas pelos eventos da última semana. O pai, sorrindo e orgulhoso, e Katie, de mão dadas com Jordan.

Virando-se para olhar os rostos sorridentes, ela deu um passo para a frente, ansiosa para começar sua nova vida com Dan.

Maggie

—F eliz Natal.

Maggie abriu os olhos devagar e viu que Nick já estava sentado.

— Por que acordou tão cedo?

— É Natal. Não consegui esperar para ver se o Papai Noel havia passado.

Até quando estava quase adormecida ele ainda conseguia fazê-la sorrir.

— Você é uma criança.

— Diz a mulher que era a última pessoa na pista de dança ontem à noite. Catherine me fez prometer que vou levar você para dançar com mais frequência.

— Ela sabe como você é desajeitado?

— Bem, eu dancei com ela, então imagino que sim. Pisei nos pés dela pelo menos três vezes.

— Você nunca me leva para dançar.

— Foi por isso que ela me disse para fazer isso com mais frequência. Está pronta para seus presentes?

Ele parecia ridiculamente ansioso, e ela riu.

— A última vez que esteve empolgado assim foi no ano em que me comprou um cortador de grama.

— Era um cortador de grama dos melhores. Mas isso é um milhão de vezes melhor que um cortador de grama. Catherine me disse que um presente deve ser um luxo, não uma necessidade.

— Você conversou com Catherine sobre presentes?

— Agora ela é da família. Isso significa que posso fazer todas as minhas perguntas estúpidas a ela. Além disso, suspeito que ela esteja se sentindo ao menos em parte responsável pelo nosso relacionamento renovado e acha que vou estragar tudo se for deixado sem supervisão.

— Ela fez um trabalho incrível ontem. Foi um casamento lindo. Nunca vou me esquecer.

— Nunca vou entender por que as mulheres se emocionam tanto com casamentos.

— Perdão? Eu vi uma lágrima em seu olho quando Dan e Rosie se beijaram.

— Deve ter sido poeira. Então... está pronta para os presentes?

Ela se levantou, apoiando-se em um cotovelo.

— Como você pode estar tão acordado e animado?

— É Natal. Está nevando, e estou na cama com a minha esposa.

Ela se sentiu quente e feliz.

— Posso precisar de café.

— Já fiz café para você. Sente-se, e eu trarei aqui.

Nick apalpou a cama, e Maggie sentou-se e ajustou os travesseiros.

— Temos tempo para isso? Todo mundo vem para cá para tomar café e abrir os presentes, então, se não quisermos outro momento vergonhoso, é melhor nos vestirmos.

— Temos tempo. E tranquei a porta, então desta vez ninguém vai entrar sem avisar. Vou destrancar a porta quando tiver aberto seus presentes.

Ele buscou debaixo da cama uma pilha de presentes embrulhados de modo desajeitado e a colocou no colo dela.

Os embrulhos a fizeram sorrir. Ela sempre fora encarregada dos embrulhos de Natal por um motivo. Nick de algum modo conseguia fazer com que tudo parecesse lutar para sair do papel.

Se tivessem um cachorro, teria imaginado que ele mordiscara os pacotes no café da manhã.

Sentindo-se feliz, ela abriu o primeiro presente e caiu na gargalhada.

— Uma agenda?

— Você aspira ser o tipo de pessoa que tem agenda. Quero que a coloque debaixo do braço e ande por aí como a mulher poderosa que está prestes a se tornar. — Ele se esticou e abriu a agenda. — Além disso, posso ter já escrito algumas tarefas ali para começar.

Ela olhou para baixo e perdeu o fôlego.

— "Sexo com Nick." Sério? Agora preciso esconder das meninas!

— Você tem direito a uma vida privada, Mags. E não falo apenas de uma vida sexual. — Ele a beijou de novo. — Você vai precisar disso para marcar todas as aventuras que teremos juntos.

— Ah, Nick. — Ela baixou a agenda. — Estava com medo deste Natal, mas foi o melhor de todos.

— É só o começo. Abra o próximo.

Ela obedeceu e encontrou um folheto de uma empresa de banheiros de luxo.

— Hmm… não entendi.

— Está na hora de colocarmos um pouco de luxo no bangalô. Vamos nos dar de presente um banheiro completo, com piso aquecido, para que você possa andar por aí nua sem pegar friagem.

Ela apertou o folheto contra o peito.

— Sabe a melhor coisa disso tudo?

— Passar o resto da vida com um professor bonito e sexy que é ótimo embrulhando presentes e nunca quebra as coisas?

Ela revirou os olhos.

— Isso, mas também ficarmos em nossa casa. O Bangalô Madressilva é parte da família. Isso é muito bobo?

— É algo que só uma mulher diria. Ai. — Nick se abaixou quando ela bateu na cabeça dele com o folheto. — Estava brincando. Claro que a casa é parte da família. Sei disso porque ele sangra nossa conta bancária e nos causa estresse, como os filhos.

Já que não tinha como discordar daquilo, ela deu uma olhada no folheto.

— É uma ótima ideia. Eu adorei.

— E tem isso.

Ele tirou uma caixinha fina de debaixo do travesseiro. Estava lindamente embrulhada, com um laço prateado elaborado que brilhava na luz.

— De jeito nenhum você embrulhou isso.

— O que me entregou?

— Por onde quer que eu comece? As beiradas estão retas. Tem fita.

— Você está certa, não embrulhei.

Parecia uma joia, mas Nick nunca comprava joias para ela, com exceção dos anéis de noivado e casamento. Os presentes que eles trocavam eram sempre muito práticos. Um casaco novo. Botas de caminhada.

Ela puxou o laço, passou o dedo debaixo do papel e olhou a caixa estreita.

— Isso não pode ser uma máquina de lavar.

— Tem a ver com jardinagem.

Curiosa, ela abriu a caixa. Aninhado em uma cama de veludo azul-escuro havia um pingente delicado na forma de uma pinha.

— Ah, Nick, que lindo, amei! E amei que tenha pensado nisso e escolhido… espera… isso… são diamantes?

— São. A pinha mais cara que já caiu de uma árvore. Pensei que nos lembraria desse lugar. — Nick removeu o colar da caixa e o prendeu no pescoço dela. — Achei que poderia usar para trabalhar no jardim.

— Acha que eu deveria usar diamantes para trabalhar no jardim? — Ela pegou o rosto dele entre as mãos e beijou. — Obrigada.

— Há mais um presente.

Ela empurrou os embrulhos vazios para o lado e pegou o envelope.

— Não me diga... vamos passear de trenó de novo.

— Não, mas deveríamos.

Ele observou-a abrir o envelope e olhar a carta dentro.

— Uma carta de demissão?

— Um rascunho de carta de demissão. Vai querer personalizá-la.

Ela tomou fôlego. Segurar a carta fazia parecer assustadoramente real.

— Tenho pensado muito nisso.

— Se vai me dizer que não pode se demitir sem um emprego engatilhado, não vou ouvir. Você odeia o que faz, Mags. Considere que pedir demissão é algo que só uma boa mãe faria, pois nossa Katie também odeia o que faz e você dará o exemplo.

Maggie sentiu algo remexer bem dentro dela. Ela odiava o fato de que Katie tinha mantido segredos deles, e os protegido, mas como poderia julgar se fizera a mesma coisa? Era engraçado o que estamos preparados para fazer por amor.

— Não era o que eu ia dizer — comentou Maggie.

— Então o quê?

— É algo que Catherine disse, sobre como ninguém a empregava, então decidiu empregar a si mesma. Se fizer o treinamento, talvez eu possa trabalhar para mim mesma. Sei que trabalho duro. Sei que sou boa com plantas e tenho olho para projetos. Não preciso me vender para mim mesma, se isso faz sentido.

— Faz muito sentido. — Ele se recostou nos travesseiros, parecendo convencido. — Então agora sou casado com uma mulher poderosa. Isso é muito excitante. Diga-me com franqueza, foi a agenda? Por mais que fosse gostar de ficar aqui o dia todo, acho que deveríamos nos vestir antes que as pessoas cheguem.

— Os presentes das meninas já estão debaixo da árvore. Meu presente para você também.

Ela pensara naquilo, se preocupara com aquilo, e chegara à conclusão de que era o presente perfeito para a vida nova deles. Esperava que não estivesse errada.

— Posso abrir na frente delas? É um brinquedo sexual?

O empurrão de brincadeira dela se transformou em um abraço, e então algo mais, e, depois que tomaram banho e trocaram de roupa, todos estavam na porta.

Nick escancarou a porta, deixando entrar o ar gelado e a algazarra que era a família deles.

Entre o coro de cumprimentos de Natal, Catherine apresentou a mala perdida de Maggie.

— Foi entregue ontem, mas, com toda a empolgação do casamento, a mensagem não foi repassada para mim na recepção.

Maggie pegou a mala.

— Isso significa que as meninas terão dois presentes, porque já comprei outros.

— A vida é dura — disse Rosie —, mas vamos superar.

Maggie riu.

— Vou precisar devolver meu guarda-roupa novo?

— Não. — Nick pegou a mala dela. — Mas fico feliz em ver isso, pois contém algo muito importante. Algo de que preciso.

— O que você poderia precisar da minha mala?

Ela observou, intrigada, enquanto Nick abria a mala, remexia no fundo e tirava uma caixa familiar.

— Ah, *pai*. — Rosie correu e tirou a tampa. — Você trouxe as decorações de casa. Ali está minha estrela. E o camelo com pedrarias! Agora realmente parece Natal. Você é o melhor.

Katie ria.

— Isso é quase tão vergonhoso quanto mostrar nossas fotos de bebê. Minha contribuição é uma estrela de Natal muito impressionante. — Ela abraçou Jordan. — Por favor, lembre-se de que eu tinha 7 anos quando fiz a estrela. Não julgue.

— Parece que estou julgando?

Maggie olhou para Nick, a garganta engasgada de emoção.

— Você trouxe essas decorações?

— Não. Elas pularam para dentro da mala porque não queriam ficar de fora de um Natal da família White. — Ele deu de ombros. — E eu pensei que talvez você fosse ficar um pouco nostálgica, e que a caixa poderia ajudar. É um pouquinho de casa, só isso.

— Acho que é o mais maravilhoso, atencioso...

Ela andou na direção dele, e Rosie se colocou entre os dois.

— Não! Apenas... não. — Ela estendeu os braços para mantê-los separados. — Acho que falo por todos nós quando digo como estamos felizes por você e papai não se divorciarem, mas não precisamos testemunhar cada segundo da reconciliação. Já estamos convencidos, de verdade.

— Estou encarregada do café da manhã — disse Catherine, carregando várias sacolas grandes para a cozinha.

Katie a seguiu.

— Vou ajudar.

Maggie observou a filha e Catherine esvaziarem as sacolas, rindo e conversando enquanto trabalhavam juntas com facilidade. Ela já via uma mudança em Katie. Estava mais suave, menos afiada e assustada, e os olhares que trocava com Jordan diziam a Maggie que, não importava o que fosse aquele relacionamento, fazia a filha feliz.

Houve um estouro e um brado quando a primeira garrafa de champanhe foi aberta, e então o tilintar de taças e o murmúrio de conversa.

Catherine abanou um garfo.

— Sirvam-se, e depois abrimos os presentes.

Havia salmão defumado, ovos mexidos, tortas quentinhas e muito champanhe gelado e suco de laranja.

Maggie tirou um momento para admirar a família. Tinha ficado apavorada por passar o Natal longe de casa, e no entanto ele estava se revelando ser melhor que nunca, o que provava que mudanças poderiam ser boas.

Passar o Natal ali fora algo a que fora forçada, mas tinha dado tudo certo.

Se ela pedisse demissão, talvez também desse certo.

— Vou fazer um brinde. — Ela levantou a taça. — A ser corajoso e correr riscos.

Todos se juntaram a ela no brinde, e Nick foi até ela para encher a taça.

— Amo quando você é corajosa.

— Não dê mais champanhe para a mamãe! — gritou Rosie do outro lado do cômodo.

Nick a ignorou e serviu o champanhe.

— Não sei por que está dizendo isso. Não há outra mulher que tolere álcool como sua mãe.

— Aqui... baixe essa garrafa e abra isso, papai. Tem seu nome. — Rosie atravessou a sala e colocou uma caixa nas mãos dele. — Vou pegar isso.

Ela tirou a garrafa de champanhe dali e a passou para Jordan.

Nick abriu o presente, e Maggie prendeu o fôlego. Ela tinha feito a coisa certa?

Ele abriu a caixa.

— É um bicho de pelúcia. Um cachorro.

Ele o tirou, intrigado.

— Sim. — Maggie sentiu-se nervosa. — É uma representação, é claro. O de verdade está esperando por você em casa. Tem uma foto dele na caixa.

Nick enfiou a mão na caixa e puxou uma foto de uma ninhada de filhotes.

— Labradores pretos?

— A cadela dos Baxter teve uma ninhada mês passado. Eu ajudei com eles um pouco. — Quando estava triste e sentindo muita saudade de Nick. — Um deles em particular me conquistou. Achei... Sei que ama cães, e nunca pudemos ter um por causa da asma de Rosie, mas agora somos só nós dois, e achei que estava na hora. Passear com ele vai nos manter em forma. E sei que precisaremos ser cuidadosos quando Rosie e Dan visitarem — ela sorriu para a filha —, mas os Baxter prometeram tomar conta dele sempre que precisarmos, e nunca deixaremos que ele vá ao andar de cima, dos quartos, e nosso andar de baixo tem chão de madeira, então vai ser fácil limpar.

Ela esperou, observando o rosto dele.

— Um filhote. — Nick observou a foto. — Ele tem olhos inteligentes.

— Ele é muito inteligente. Já estou apaixonada por ele.

— Eu poderia levá-lo para o trabalho para confortar estudantes estressados. Quando estará pronto para deixar a mãe?

— Em algumas semanas, mas os Baxter vão segurá-lo enquanto quisermos. O que acha?

— Eu acho — disse Nick, devagar — que esse pode ser o melhor presente que alguém já me deu.

— Se vocês vão pegar um filhote — disse Katie —, posso precisar repensar a mudança de volta para casa.

— Mal posso esperar para ir visitar — disse Catherine. — Fevereiro é um bom mês para conhecer Oxford?

— Espere até maio. A primavera em Oxford é maravilhosa. É mais quente e é um mês perfeito para ver todos os jardins. Vamos caminhar pelo rio e vou levá-la para ver os *colleges*. Já estou animada para isso.

Maggie levantou a taça. Parecia inacreditável pensar que um mês antes ela estava com medo daquela semana e ansiosa em conhecer Catherine.

— Bebemos em homenagem ao casal feliz ontem — continuou —, então hoje bebemos em homenagem a Catherine. Obrigada por nos receber em sua casa e sua vida, por dar à família White o primeiro Natal com neve de verdade, por fazer um trabalho inacreditável preparando um casamento. Aos novos amigos, e novos membros da família.

Todos levantaram suas taças e fizeram coro ao brinde dela.

— Obrigada. — Catherine estava vermelha. — Estava esperando que o Natal aqui se tornasse uma nova tradição da família White-Reynolds. O que acham? Primavera em Oxford e Natal no Colorado?

Nick colocou um braço em torno dela, o outro em volta de Maggie, o champanhe em sua taça prestes a derramar.

— Não tenho certeza.

Maggie levantou as sobrancelhas.

— O quê?

— Se tiver mais oportunidade de praticar, você pode ganhar de mim em uma guerra de bolas de neve.

— Eu já ganho de você.

Maggie pensou em sua tristeza por achar que aquele pudesse ser seu último Natal em família com a filha. Tudo o que pensara fora em repetir o passado. Na verdade, tinha se agarrado tanto ao passado que quase deixara marcas com as unhas. Que perda de tempo e de energia que aquilo se revelara. Nada ficava do mesmo jeito. Mas às vezes a vida que estava adiante poderia ser ainda melhor que a vida que deixavam para trás. E, não importa o que acontecesse, estaria vivendo aquela vida com Nick. Com sua família.

Ela levantou a taça mais uma vez.

— Natal no Colorado.

Agradecimentos

Venho escrevendo livros de Natal desde que comecei a ser publicada, e isso virou uma parte de minha própria tradição festiva — uma que com frequência vai até março, quando o livro é entregue! Cada vez que um novo livro meu é publicado, tenho a mesma sensação de empolgação, e também de gratidão. Muito dessa gratidão é por minhas equipes de edição super-humanas: HQN nos Estados Unidos e HQ no Reino Unido. Tantas pessoas boas (e divertidas!) trabalham duro para levar minhas histórias aos leitores, e sou mais grata por seus esforços do que consigo dizer.

Minha editora, Flo Nicoll, é uma verdadeira maga dos livros, tão generosa com seu tempo e seu talento, e sempre capaz de tirar o melhor de cada história. Trabalhar com ela é um sonho tornado realidade.

Um livro publicado precisa encontrar um público, e fico agradecida aos muitos blogueiros e leitores maravilhosos que de forma incansável leem e resenham meus livros, e ao meu time dos sonhos, em particular Sophie Calder, Lucy Richardson, Lisa Wray e Anna Robinson.

Minha agente Susan Ginsburg traz discernimento, energia, apoio e orientação à minha carreira de escritora. Sou grata tanto a ela quanto a toda a equipe na Writers House, pelo apoio incansável.

Tenho sorte por ter uma família que sempre me apoiou e me estimulou em meu amor pela escrita. Obrigada por entenderem quando eu tiro um bloco de notas e começo a rabiscar em momentos inconvenientes.

Como sempre, meu maior agradecimento vai para meus leitores, que dedicam seu tempo a entrar em contato comigo com mensagens carinhosas, recomendações de livros, e para expressar entusiasmo por minhas histórias. Obrigada por se dedicarem a outra obra minha, e espero que este livro dê um toque de calor e festividade a suas leituras.

Com amor, Sarah

xxxx

Este livro foi impresso pela Vozes, em 2023, para a Harlequin. O papel do miolo é pólen natural 70g/m^2 e o da capa é cartão 250g/m^2.